Anna-Maria Caspari
PERLENBACH

ANNA-MARIA CASPARI

PERLENBACH

Roman

Ullstein

Wir verpflichten uns zu Nachhaltigkeit
- Papiere aus nachhaltiger Waldwirtschaft und anderen kontrollierten Quellen
- Druckfarben auf pflanzlicher Basis
- ullstein.de/nachhaltigkeit

Ullstein Paperback ist ein Verlag
der Ullstein Buchverlage GmbH
www.ullstein.de

Originalausgabe im Ullstein Paperback
© Ullstein Buchverlage GmbH, Berlin 2023
4. Auflage 2024
Alle Rechte vorbehalten.
Wir behalten uns die Nutzung unserer Inhalte für Text und
Data Mining im Sinne von § 44b UrhG ausdrücklich vor.
Gesetzt aus der ITC Berkeley Oldstyle bei LVD GmbH, Berlin
Druck und Bindearbeiten: ScandBook UAB, Litauen
ISBN 978-3-86493-201-4

In Erinnerung an meinen Vater

———

(…) Jeder geht seinem kleinen Schicksal zu. Das Leben ist Wandlung. Jedes Ich sucht ein Du. Jeder sucht seine Zukunft. Und geht mit stockendem Fuß, vorwärtsgerissen vom Willen, ohne Erklärung und ohne Gruß, in ein fernes Land.

Kurt Tucholsky, *Aus*

Teil I

1865–1879

Wie alles begann

Juni 1865

Die Fahrt in der Kutsche war aufregend. Abgesehen davon, dass es der erste große Ausflug allein mit dem Vater war, gab es für Jacob so viel zu sehen. Er war früh aufgewacht und sofort aus dem Bett gesprungen. Heute war der große Tag! Ganz zappelig vor Freude hatte er kaum sein Frühstück herunterbringen und es nicht erwarten können, in die Kutsche zu steigen. Er war noch nie aus Montjoie herausgekommen, und jetzt fuhren sie durch eine fremde Landschaft, und alles um ihn herum war neu.

Über den bewaldeten Hügeln lag noch der Morgendunst, und zwischen den weißen Schwaden stiegen vereinzelt dünne graue Rauchsäulen auf. »Das sind Köhler«, erklärte der Vater. »Sie leben im Wald, bauen Meiler aus Holz und Erde und schwelen das Holz darin zu Kohle. Das ist eine hohe Kunst, und wenn es die Köhler nicht gäbe, könnten wir keine Dampfmaschinen betreiben.«

Endlich kam das Dorf in Sicht. Kleine, geduckte Fachwerkhäuser mit Strohdächern säumten die Straße, die bis zur Kirche mit ihrem hohen, spitzen Turm anstieg. Von Weitem bot sich ein friedliches Bild. Auf der Hochfläche weideten Schafe, bewacht von einem Schäfer mit Umhang und breitkrempigem Hut, der sich auf einen krummen Stock stützte. Weiter unten zog ein Ochsengespann, von einem Jungen geführt, einen Pflug, hinter dem ein Mann herging.

Die Kutsche hielt vor der Toreinfahrt eines Fachwerkhauses, das sich tief unter ein überhängendes Strohdach duckte.

Jacob kletterte, ein wenig steifbeinig nach der langen Fahrt, hinaus in den Nieselregen und blieb neben der Kutsche stehen. Obwohl es Juni war, lag ein kühler Hauch in der Luft. Der Vater hatte ihm auf der Fahrt hierher erklärt, dass es um diese Jahreszeit durchaus noch einmal richtig kalt werden konnte, und dass man diese Witterung Schafskälte nannte. »Wir fahren nach Wollseifen, um Schafwolle zu kaufen«, hatte er gesagt, »also sind um diese Zeit die Schafe meistens schon geschoren. Und wenn es dann zu kalt wird, kann es vorkommen, dass die Tiere, die nicht so kräftig sind, verenden. Aber sie müssen geschoren werden, damit sie nicht so unter der Hitze im Sommer leiden.«

Unschlüssig schaute er sich um. Ein großer Teil des Hofs wurde von einem riesigen Misthaufen beherrscht, aus dem sich eine stinkende braune Brühe ihren Weg auf die Straße bahnte. Vorsichtig trat Jacob einen Schritt zur Seite, damit er seine neuen Lederstiefel nicht schmutzig machte. Vielleicht wäre er besser heute früh in seine alten Schuhe geschlüpft.

Plötzlich kam ein Junge in seinem Alter auf ihn zu, streckte ihm die Hand entgegen und sagte: »Guten Tag. Du musst Jacob sein. Ich bin Wilhelm. Komm mit. Soll ich dir den Hof und unsere Tiere zeigen?«

Jacob blickte zu seinem Vater, der noch mit dem Kutscher geredet hatte und sich gerade zum Haus wandte. Der nickte. »Da habt ihr euch ja gefunden. Geht nicht zu weit weg, Wilhelm, damit Jacob hört, wenn ich ihn rufe.«

Für Jacob waren es herrliche zwei Stunden. So lange brauchte der Vater, um mit Bauer Lintermann den Wollhandel abzuschließen. Wilhelm zeigte ihm die Ferkel, die gerade erst fünf Tage alt waren, er gab ihm ein winziges flauschiges Küken in die Hand, er ging mit ihm zur Dorfschule und zum Wolzig, dem Waschplatz, an dem seine Mutter die Wäsche wusch, und sie

aßen dicke, dunkle Süßkirschen, die eine Nachbarin ihnen gab.
»Die ersten im Jahr, Kinder«, sagte sie.

Jacob sah sich alles staunend an. Er fühlte sich glücklich und frei, und das kleine, armselige Bauerndorf kam ihm vor wie der aufregendste Ort auf der Welt. Das war ein anderes Leben als zu Hause in Montjoie, nicht so reglementiert, viel unbeschwerter, fand er. Und der Bauernjunge, Wilhelm, war so nett. Er musste unbedingt Luise davon erzählen. Dieses Erlebnis wollte er mit ihr teilen.

Das war der Anfang.

1

Wollseifen/Montjoie, Winter 1867

Sein Leben wurde auf den Kopf gestellt, doch das wusste Wilhelm Lintermann nicht, als er am 15. Dezember 1867, einem Sonntag, zum ersten Mal die Reise von Wollseifen nach Montjoie antrat. Es hätte den Bauernjungen, der vor ein paar Tagen neun Jahre alt geworden war – ohne es zu bemerken, da Geburtstage bei ihm zu Hause nicht weiter beachtet, geschweige denn gefeiert wurden –, allerdings auch nicht interessiert, dazu waren die Eindrücke dieser Fahrt viel zu überwältigend. Bisher war er noch nie über die Grenzen seines Heimatdorfes hinausgekommen, ja, er hatte nicht einmal gewusst, dass es einen Ort namens Montjoie gab, und noch viel weniger konnte er sich darunter etwas vorstellen. Aber er war ein aufgeweckter, wissbegieriger Junge, und schon die Fahrt in der von zwei Schimmeln gezogenen Kutsche war für ihn ein unerhörtes Abenteuer. Staunend saß er auf seinem Platz, ein wenig verlegen in Jacke und Hose, die schon seine Brüder vor ihm abgetragen hatten. Ihm waren die Sachen noch zu groß, deshalb hatte er die Hose in der Taille mit einer Kordel festgezurrt, damit sie ihm nicht herunterrutschte. An den Füßen trug er Holzpantinen, Lederschuhe besaß er nicht.

Er nahm das Neue um sich herum mit allen Sinnen auf. Und alles war neu: die hügelige Landschaft, die vorüberzog und die der ungewöhnlich milde, regnerische Dezember in ein graues, trübes Licht tauchte; die fremden Dörfer, durch die sie fuhren. Die Gerüche, die ihn umgaben, kitzelten ihn in der Nase. Das weiche Leder der Sitze in der Kutsche. Das Rasierwasser von Herrn Becker. Auf dem Hof in Wollseifen roch es anders. Und Rasierwasser benutzte dort niemand. Sogar die Geräusche kamen ihm ungewohnt vor. Das Schnauben der Pferde, das Rumpeln der Kutsche, alles klang neu in seinen Ohren. Und verheißungsvoll.

Eng in seine Ecke gedrückt, schaute Wilhelm aus dem Fenster und hing seinen Gedanken nach. Was hätte er mit Herrn Becker auch reden sollen? Zu Beginn der Fahrt hatte der Mann zu ihm gesagt: »Jacob wäre gerne mitgekommen, um dich abzuholen, aber er ist Messdiener und musste in die Kirche. Du siehst ihn dann ja, wenn wir da sind.«

Wilhelm hatte nur stumm genickt. Er würde die nächsten Monate in Montjoie im Haus des Tuchfabrikanten Carl Theodor Becker wohnen, weil er seinem Sohn Gesellschaft leisten sollte, so viel wusste er. Und wie es zustande gekommen war, dass er jetzt in der Kutsche saß und mit Herrn Becker nach Montjoie fuhr, daran erinnerte er sich noch gut.

Solange er denken konnte, kam Herr Becker jedes Jahr im Frühsommer, wenn die Schafe geschoren worden waren, nach Wollseifen, um von seinem Vater, dem ein Teil der Dorfherde von Fuchsschafen gehörte, Wolle zu kaufen. Die Schafschur war immer ein großes Ereignis. Die Schafe wurden zusammengetrieben, und da sie fast den ganzen Winter über draußen gewesen waren, waren sie so schmutzig, dass sie erst einmal im Bach gewaschen werden mussten, damit zumindest der gröbste Schmutz aus der Wolle gespült wurde. Dazu musste der Bach ein wenig angestaut werden, und alle halfen mit, um die Tiere nach und nach ins Wasser zu schicken. Danach begannen die Scherer mit der Arbeit. Wilhelm sah ihnen gerne zu. Er staunte jedes Mal darüber, wie geschickt sie die großen Scheren benutzten, um den Tieren das dicke Vlies möglichst im Ganzen und unbeschädigt abzutrennen. Das erzielte einen besseren Preis. Bald schon lagen die Felle auf einem Haufen auf dem Dorfplatz. Sein ältester Bruder Ernst, der schon erwachsen war und einmal den Hof übernehmen würde, hatte ihm erzählt, dass die Wolle von ihren Schafen besonders gut für Herrn Beckers Tuchherstellung geeignet sei, weil sie sich so gut färben lasse. Wilhelm hatte nicht viel mit dieser Bemerkung anfangen können, aber als er nachgefragt hatte, hatte Ernst nur gesagt: »Frag nicht so viel. Mehr weiß ich auch nicht.« So war das immer. Kinder hatten nichts zu fragen. Und obwohl er manches gerne gewusst hätte, behielt Wilhelm deshalb meistens seine Fragen für sich.

Eines Frühjahrs war Herr Becker wie immer im Juni nach Wollseifen gekommen, aber dieses Mal hatte er seinen Sohn Jacob mitgebracht. Wilhelm hatte ihn auf dem Hof stehen sehen, einen schmächtigen Jungen mit schönen blonden Locken, fast wie ein Mädchen, etwa so alt wie er. Ein Arm war kürzer und dünner als der andere, und die Hand daran war klein und seltsam verkrümmt, wie eine Vogelklaue. Wilhelm empfand Mitleid mit ihm, wie er so allein und verloren dastand und sich ratlos umschaute, und ohne dass es ihm einer aufgetragen hätte, sprach er ihn an und führte ihn ein bisschen herum, um ihm das Dorf und die Umgebung zu zeigen. Zu Wilhelms Aufgaben auf dem elterlichen Hof gehörte es unter anderem, den Ochsen zu führen, der vor den Pflug gespannt wurde, und die beiden Schweine zu füttern oder sie zu hüten, wenn sie in die Eicheln getrieben wurden. Diese Arbeiten erklärte er Jacob, und obwohl er die Schweine für den Tag schon versorgt hatte, ließ er ihn einfach noch einmal mitmachen, auch wenn der Junge sich dabei nicht sonderlich gut anstellte und eher ein bisschen Angst vor den großen Tieren zu haben schien. Dafür aber zeigte er sich äußerst gewandt mit dem Spielzeug, das Wilhelm in seiner freien Zeit für die kleinen Schwestern angefertigt hatte. Er baute sogar ganz alleine ein kleines Haus aus Rinde für die Püppchen aus Kastanien, Zapfen und Stöckchen. Das fand Wilhelm vor allem deshalb so erstaunlich, weil der Stadtjunge mit der verkrüppelten kleinen Hand wirklich sehr geschickt umging.

Auf jeden Fall fasste er anscheinend Zutrauen zu Wilhelm, und als ein paar Stunden später Herr Becker genug Wolle eingekauft hatte und seinen Sohn wieder mitnahm, verabschiedete sich Jacob herzlich von Wilhelm und meinte, es habe ihm sehr gut gefallen auf dem Hof in Wollseifen und er würde ihn gerne noch einmal besuchen.

Und tatsächlich war er im Jahr darauf, als Herr Becker im Juni wegen der Schafwolle nach Wollseifen kam, erneut dabei. Wieder nahm Wilhelm den Jungen überallhin mit, er zeigte ihm sogar, wie man eine Kuh melkte. Aber als Jacob es dann versuchte, wischte ihm die Kuh mit ihrem schmutzigen Schwanz nur einmal durchs Gesicht, und da hatte er keine Lust mehr. Danach hatte Wilhelm den Besuch beinahe schon wieder vergessen, als ein paar Wochen später, um Erntedank herum, Herr Becker auf einmal wieder da war, dieses Mal jedoch ohne Jacob. Allerdings wollte er keine Wolle kaufen, sondern nur mit Wilhelms Vater reden. Der Vater erwähnte das Gespräch Wilhelm gegenüber mit keinem Wort, aber von der Mutter erfuhr er, dass Herr Becker ihn, Wilhelm, wohl über die Wintermonate mitnehmen wollte nach Montjoie, in sein feines Haus, damit er seinem Sohn Jacob dort Gesellschaft leistete.

Zunächst kam Wilhelm der Gedanke, allein, ohne seine Familie so weit wegzufahren, eher unwirklich vor, aber als seine beiden großen Brüder anfingen, ihn damit aufzuziehen, dass er wohl nicht mehr mit ihnen reden würde, wenn er in der Stadt in einem so reichen Haushalt gelebt hätte, begann er, sich damit auseinanderzusetzen.

Wie mochte es sein, bei reichen Leuten zu leben? So wie bei der Familie von Hahn, die auf dem großen Gut am Dorfrand wohnte? Doch davon wusste er auch nur vom Hörensagen, schließlich war er noch nie in der Hofanlage gewesen und schon gar nicht in dem prächtigen zweigeschossigen Herrenhaus aus Stein, neben dem sein Elternhaus wie eine windschiefe, geduckte Hütte wirkte, mit ihrem Fachwerk und dem strohgedeckten Dach. Er wusste, dass letztes Jahr dort ein Sohn zur Welt gekommen war, weil im Dorf darüber geredet wurde, aber das war auch schon alles.

Und noch etwas beschäftigte ihn: Würde er es überhaupt aushalten in der Fremde, ganz allein, ohne seine Familie? Es war eng bei ihnen zu Hause, das stimmte, sechs Kinder, die Eltern, die Großmutter, die kaum noch laufen konnte, weil sie so schlimme offene Beine hatte, und der fast blinde, schwerhörige Großonkel Elias, der Onkel der Mutter, der zudem nicht mehr ganz richtig im Kopf war. Und die Mutter erwartete das nächste Kind. Wilhelm konnte sich gar nicht daran erinnern, die Mutter einmal anders als mit einem dicken Bauch gesehen zu haben. Die Familie wäre eigentlich noch viel größer gewesen, aber oft starb das neue Kind nach wenigen Tagen oder Wochen, kaum, dass es getauft worden war. So war es auch gekommen, dass zwischen ihm und den beiden kleinen Schwestern so viele Jahre lagen. Anna war drei und Mathilde gerade erst zwei Jahre alt. Sie schliefen alle zusammen in den drei Kammern neben der Küche, Wilhelm und seine beiden Brüder, Ernst und Heinrich, zusammen mit dem Großonkel; seine große Schwester Auguste mit Anna und Mathilde, die noch vor Kurzem in einem Bett hinter dem der Eltern geschlafen hatte. Aber das war jetzt für das neue Kind bestimmt. In der Küche, auf der Bank neben dem Ofen, schlief Matthes, der Knecht, der schon bei ihnen war, solange Wilhelm denken konnte.

Aber die Enge bedeutete auch Wärme. Er hatte noch nie alleine geschlafen, und vielleicht würde es ihm ja schwerfallen, ohne die Geschwister zu sein.

Herr Becker hatte ihn auch gefragt, ob er es denn aushalten würde, an Weihnachten weit weg von seiner Familie zu sein.

»Gerade an den Weihnachtstagen ist es doch immer besonders heimelig zu Hause, wenn die Kerzen am Tannenbaum brennen, Weihnachtslieder gesungen werden und es etwas Gutes zu essen gibt.«

Wilhelm hatte nicht verstanden, was er damit meinte. Er wusste zwar von der Großmutter, dass an Weihnachten Christi Geburt gefeiert wurde, und sie gingen auch in die Christmette in der Kirche von Wollseifen, aber im Haus hatten sie keinen Tannenbaum mit Kerzen. Wo hätten sie den auch hinstellen sollen? Und er konnte sich auch nicht erinnern, dass es an Weihnachten etwas besonders Gutes zu essen gab. Warum sollte er gerade an Weihnachten das Gefühl haben, zu Hause etwas zu versäumen?

Darüber grübelte er auch jetzt nach, als er in der Kutsche saß, die sich immer weiter von Wollseifen entfernte. Doch dann richtete er seine Gedanken entschlossen auf die Zeit, die vor ihm lag. Er war es nicht gewohnt, die Entscheidungen der Erwachsenen infrage zu stellen. Es würde schon gut sein, und wer weiß, am Ende gefiel es ihm dort besser als zu Hause.

Als die Kutsche mit einem Ruck hielt, rieb sich Wilhelm erschrocken die Augen. Herr Becker lächelte ihn an und sagte: »Du bist eingeschlafen, mein Junge. Wir sind da.«

Noch ganz benommen stolperte er hinter dem Tuchfabrikanten aus der Kutsche. Sein Blick fiel auf ein graues, dreigeschossiges Steinhaus, das aus drei Flügeln bestand und ein bisschen so aussah wie das Herrenhaus vom Hahnenhof. In der Mitte führte ein gepflasterter Weg über eine breite Treppe mit schmiedeeisernem Geländer zur Haustür, die sich jetzt öffnete. Eine Frau trat heraus, und neben ihr tauchte Jacob auf, der ihm entgegengelaufen kam. »Da bist du ja endlich!«, rief er.

Wilhelm wich einen Schritt zurück. Kurz hatte er den Eindruck, der andere Junge wolle ihm tatsächlich um den Hals fallen, aber zum Glück blieb Jacob vor ihm stehen und streckte nur die heile Hand aus. »Komm herein, Wilhelm. Wie geht es dir? Hattest du eine gute Reise?«

Auch die Frau kam auf ihn zu, um ihn zu begrüßen. In letzter Minute fiel Wilhelm ein, dass die Mutter ihm beim Abschied eingeschärft hatte, bei der Begrüßung die Mütze zu ziehen und einen Diener zu machen. Jacobs Mutter nickte ihm zu und sagte: »Komm erst mal herein, Junge. Du hast bestimmt Hunger.« Dann wandte sie sich an ihren Mann, und Wilhelm hörte, wie sie leiser sagte: »Er hat doch wohl keine Flöhe, Carl Theodor?«

Die ersten Tage im Haus der Beckers vergingen für Wilhelm wie im Rausch. Die Welt, in der er sich hier bewegte, hatte nichts mit seinem Leben in Wollseifen zu tun. So eine Pracht hatte er noch nie erlebt. Auf den Fußböden lagen dicke Teppiche, auf die zu treten er sich kaum traute, in jedem Zimmer standen schöne, kostbare Möbel, und Bilder hingen an den Wänden. Jeder Raum, nicht nur die Küche, war warm, obwohl in manchen noch nicht einmal ein Ofen stand. Er hatte tatsächlich eine eigene kleine Kammer unter dem Dach, mit einem richtigen Bett, einem Schrank und einem Waschtisch. Wenn er sich auf den Schemel stellte und aus dem kleinen Dachfenster sah, dann fiel sein Blick auf einen kleinen Fluss, der am Ende des Gartens dahinplätscherte.

Im Schrank lag neue Kleidung für ihn: zwei Hosen, zwei Hemden, eine warme Jacke. Er traute sich gar nicht, die Sachen anzuziehen, so etwas Schönes hatte er noch nie besessen. Frau Becker legte großen Wert darauf, dass er immer sauber gewaschen und gekleidet war. Das hatte sie ihm sofort zu verstehen gegeben, nachdem sie gegessen hatten. Schon bei Tisch hatte sie ihn die ganze Zeit so prüfend angeschaut, dass er ganz verlegen geworden war, und anschließend hatte sie ihn auf Wasserschüssel und Krug in seiner Kammer hingewiesen. »Wir waschen uns hier jeden Tag, Wilhelm, und nicht nur die Hände, sondern auch Ohren und Hals«, hatte sie gesagt. »Das Wasser im Krug wird täglich erneuert. Du brauchst nicht damit zu sparen.«

Ihre Stimme war freundlich, aber er spürte die Festigkeit dahinter, und ihm war ein wenig unbehaglich. Und so wusch er sich am Abend gründlich mit Wasser und Seife und kontrollierte in dem Spiegel an seinem Waschtisch, ob der schmutzige Rand am Hals, der sich als erstaunlich hartnäckig erwiesen hatte, weg war. Am nächsten Morgen wusch er sich wieder, statt sich, wie er es von zu Hause gewohnt war, höchstens ein bisschen Wasser ins Gesicht zu spritzen, um den Schlaf aus den Augen zu wischen.

In Wollseifen hatte er davon nichts gewusst. Zu Hause gab es seines Wissens gar keinen Spiegel, jedenfalls keinen so großen wie hier, und warum sollte man sich auch morgens waschen, wenn man gleich nach dem Aufstehen in den Stall musste und von der Arbeit ja doch nur wieder schmutzig wurde? Gebadet wurde höchstens einmal in der Woche, im Wasser, das die Mutter auf dem Herd heiß machte und dann in den großen Zuber goss, der in der Küche hinter dem Vorhang aufgestellt wurde. Als Erster badete der Vater, dann die beiden großen Brüder und der Knecht, und Wilhelm und die Schwestern kamen erst ganz zum Schluss. Die Mutter hatte Wilhelm nie baden sehen, er wusste gar nicht, ob sie in den Zuber ging, wenn alle fertig waren. Eigentlich konnte er sich das nicht vorstellen, denn bis dahin war das Wasser schon eiskalt, und ein schmutzig grauer Seifenfilm schwamm auf der Lauge.

Bei den Beckers jedoch bemühte sich Wilhelm vom ersten Tag an, alles richtig zu machen und sich anzupassen. Bei Tisch achtete er genau darauf, wie die Beckers aßen, und auch wenn er diese Art, den Tisch mit Porzellantellern, Gläsern und Besteck zu decken, von zu Hause her nicht gewohnt war, ahmte er einfach Jacob nach, der geschickt mit Messer und Gabel hantierte. Wilhelm schaute sich alles ab, und es gelang ihm auf Anhieb recht gut, zumal der jahrelange Umgang mit seinem Vater ihn gelehrt hatte, sich unauffällig zu verhalten.

Gleich am Montag begann der Schulunterricht bei Jacobs Hauslehrer, Herrn Linden. »Du brauchst keine Angst vor ihm zu haben«, hatte Jacob ihm versichert, als er besorgt nachgefragt hatte. »Er ist nicht streng. Im Gegenteil.«

Wilhelm glaubte ihm nicht, er war von der Volksschule in Wollseifen anderes gewohnt. Die Tatsache, dass er hier am Unterricht teilnehmen sollte, war ein Wermutstropfen in der Freude über das Abenteuer, das ihn erwartete. In Wollseifen ging er eher selten zur Schule. Im Sommer schon gar nicht, da brauchte der Vater ihn bei der Feldarbeit oder bei Arbeiten auf dem Hof. Ernst, der Einzige aus der Familie, von dem sich der Vater manchmal etwas sagen ließ, hatte ihm deshalb schon Vorwürfe gemacht. »Du darfst den Jungen nicht immer aus der Schule halten. Sei doch froh, dass wir endlich eine Schule hier in Wollseifen haben! Heinrich und ich mussten anfangs noch den weiten Weg nach Dreiborn gehen, und du weißt selbst, dass das im Winter oft genug nicht möglich war. Aber die Zeiten haben sich geändert, und auch wenn es für Heinrich oder mich vielleicht nie infrage gekommen ist, so solltest du doch ein bisschen an Wilhelms Zukunft denken. Er wird den Hof nicht übernehmen können, deshalb sollte er wenigstens ordentlich Rechnen und Schreiben lernen. Das braucht er in jedem Beruf. Und außerdem gibt es die Schulpflicht!« Aber dieses Mal war ihm der Vater nur barsch über den Mund gefahren und hatte ihm gesagt, er solle sich um seinen eigenen Mist kümmern, es sei immer noch seine Sache, ob und wann seine Kinder zur Schule gingen. Außerdem sei es dem Lehrer völlig gleichgültig, ob einer mehr oder weniger von den kleinen Nichtsnutzen vor ihm sitze. »Die haben doch sowieso alle nur Unsinn im Kopf, da richtet selbst der beste Lehrer nichts aus«, hatte er hinzugefügt.

Wilhelm wusste, dass der große Bruder ihm nur hatte beistehen wollen, aber ihm war es eigentlich recht, dass er nicht so oft zur Schule gehen musste. Der Vater war schon reizbar und manchmal auch gewalttätig, vor allem, wenn er etwas getrunken hatte, doch Lehrer Schultheiß war schlimmer. Er fand immer einen Grund, um einen zu verprügeln. Es genügte schon, dass man sich zur Unzeit räusperte, und sofort zog er einem die Ohren lang oder ließ sein Stöckchen tanzen. Am schlimmsten fand Wilhelm, wenn er die Hände ausstrecken musste und das dünne, biegsame Stöckchen über seine Finger pfiff. Manchmal platzte die Haut dann auf, und die Striemen entzündeten sich bei der Arbeit im Stall oder auf dem Feld. Und während er dem Vater aus dem Weg gehen konnte, war er dem Lehrer in dem kleinen Klassenzimmer auf Gedeih und Verderb ausgeliefert.

Doch hier in Montjoie blieb ihm nichts anderes übrig, als am Unterricht teilzunehmen, zumal es Herrn Becker sehr wichtig zu sein schien.

»Bildung legt den Grundstein für unser späteres Leben!«, hatte er zu ihm gesagt. »Man kann nie zu viel lernen, eher zu wenig.«

Der Meinung war Wilhelm zwar nicht, aber nun, wenn Herr Becker darauf bestand, musste er sich fügen.

Luise und Isabella waren schon da, als er mit feucht zur Seite gescheitelten Haaren zusammen mit Jacob das Klassenzimmer betrat. Schon am Tag zuvor war ihm das Haus ein Stückchen weiter die Straße hinauf aufgefallen. Es sah so aus, wie Wilhelm sich ein Schloss vorstellte, ein wuchtiges Steingebäude mit einem runden Turm und hohen, zum Teil bunt verglasten Fenstern.

»Da wohnen Luise und Isabella«, hatte Jacob ihm auf seine Frage hin erklärt. »Ihr Vater, Doktor Fabricius, ist Arzt. Du lernst sie spätestens am Montag kennen. Sie werden auch bei uns zu Hause von Herrn Linden unterrichtet.«

Isabella war mindestens genauso alt wie Auguste, dachte Wilhelm, als er sie sah. Damit war sein Interesse an ihr schlagartig erloschen. Eine ältere Schwester hatte er zu Hause auch. Ein Mädchen eben. Luise hingegen, die wohl so alt war wie Jacob und er, war zwar offensichtlich ebenfalls ein Mädchen, aber irgendetwas an ihr war anders. Sie lächelte ihn an, und ehe er wusste, wie ihm geschah, hatte er zurückgelächelt. In ihren großen blauen Augen funkelte es mutwillig, und auf einmal fielen alle Angst und Unsicherheit, die er noch verspürt haben mochte, weil er ganz allein in der Fremde war, von ihm ab, und in dem sicheren Gefühl, dass eine Zeit voller Wunder ihn erwartete, setzte er sich auf den Platz, den Lehrer Linden ihm zuwies.

2

Montjoie, Winter 1868

Hintereinander liefen die Kinder den schmalen, steilen Weg zwischen den Felsen hinunter zu den Wiesen am Bach. Im April waren sie übersät mit wilden Narzissen, die die Landschaft in ein einziges gelbes Blütenmeer verwandelten, aber jetzt, Anfang März, hatte der Frühling noch nicht Einzug gehalten. Der Weg war schlammig vereist und an manchen Stellen mit verharschtem Schnee bedeckt, auf dem man leicht ausrutschen konnte, wenn man nicht aufpasste.

Wie immer rannte Luise vorweg. Die Botanisiertrommel aus Blech, die Papa ihr zum Geburtstag geschenkt hatte, baumelte ihr über den Rücken. Vielleicht fand sich ja heute etwas Schönes, das sie hineintun konnte. Als Papa sie ihr überreicht hatte, hatte er ihr erklärt, dass sie darin Steine, Pflanzen oder auch kleine Tiere sammeln könne, die ihr auffielen und die sie sich genauer ansehen wolle. »Wenn du zum Beispiel Blumen pressen möchtest, dann kannst du eine pflücken und in der Botanisiertrommel sicher nach Hause bringen. Oder eben auch Käfer oder vielleicht sogar einen Schmetterling, der dir gefällt.«

»Papa«, hatte sie entrüstet gesagt, »Blumen und Steine will ich gerne darin sammeln, aber kleine Tiere ganz bestimmt nicht. Die sterben doch, wenn sie in so eine Trommel kommen.«

Luise wusste genau, was sie wollte. Sie bestimmte, wo es langging, was sie machten und wann, und die beiden Jungen stellten das nicht infrage. Sie achtete nicht darauf, ob ihr schönes

Kleid nass und schmutzig wurde. In der Pelerine hatten sich kleine Äste und Moos verfangen, und der schmale Hermelinkragen war voller braungrüner Flecken. Der Saum hatte einen deutlichen Schmutzrand und hing ihr feucht und lappig um die Knöchel. Das Fräulein würde bestimmt schimpfen, wenn sie nach Hause kam, aber das war ihr egal. Diese lästigen Kleider! Am liebsten hätte sie sowieso Jungenkleidung getragen, in der man sich viel besser bewegen konnte, aber die Gouvernante hatte nur seufzend den Kopf geschüttelt, als sie sie gefragt hatte, ob sie nicht auch eine Hose anziehen könne, weil die langen Röcke und steifen Kleider für draußen einfach so unpraktisch waren. Toben konnte man damit gar nicht, sie behinderten einen nur. »Ich würde es dir nur zu gerne erlauben, Luise«, hatte sie gesagt. »Ich kann ja verstehen, dass es bequemer für dich wäre, aber du weißt doch, dass es für Mädchen nicht schicklich ist. Du würdest nur unnötiges Aufsehen erregen hier in Montjoie. Eigentlich solltest du mit deinen neun Jahren sowieso nicht mehr mit deinen Freunden durch Wald und Wiesen stromern. An dir ist wahrhaftig ein Junge verloren gegangen. Deine Schwester hat zum Glück nie ein Verlangen danach gehabt!«

Die zwei Jahre ältere Isabella war ein Muster an Sittsamkeit und Bravheit. Sie mochte alles, was mit Handarbeit zu tun hatte, vor allem modellierte sie für ihr Leben gern und konnte sich stundenlang damit beschäftigen, kleine Figürchen aus Ton zu formen und zu bemalen. Luise liebte ihre große Schwester, aber der Gedanke daran, still in der Stube zu sitzen und sich die Zeit mit solchen Tätigkeiten zu vertreiben, war ihr zuwider. Sie wollte die Umgebung erkunden, wollte forschen und entdecken, und sie wollte mit lebendigen Menschen zu tun haben, nicht mit leblosen Püppchen.

Manchmal ermahnte Papa sie, sie solle das Fräulein nicht

über Gebühr ärgern. »Ich bin froh, dass wir sie gefunden haben, Luise«, sagte er. »Großmama tut ihr Möglichstes, aber sie kann eure Mutter natürlich nicht ersetzen. Und Fräulein Friederike ist so viel angenehmer als Fräulein Henriette.« Das stimmte allerdings. Luise musste zugeben, dass er vollkommen recht hatte.

Vor Fräulein Friederike hatte nämlich Fräulein Henriette auf sie aufgepasst, aber als die Mutter gestorben war, hatte Papa sie entlassen. Zum Glück, fand Luise, denn sie war sauertöpfisch und ungeheuer streng gewesen und hatte sie ständig in der Ecke stehen lassen oder ihnen Stubenarrest gegeben. Ihre Lieblingsbestrafung jedoch waren Schläge mit dem Stöckchen auf die Finger und Essensentzug gewesen. Als Papa das mitbekommen hatte, hatte er sich furchtbar aufgeregt, zumal besonders die zarte, stille Isabella unter den Methoden gelitten hatte. Deshalb hatte er ihnen eine neue Gouvernante gesucht.

Und so war Friederike von Knobloch zu ihnen gekommen. Sie war sehr hübsch, fand Luise, mit den dunkelblonden Löckchen, die sich über ihrer hohen Stirn aus der streng zurückgekämmten Frisur herausringelten, und mit ihren großen grauen Augen. Auch hatte sie eine schöne Singstimme. Oft sang sie mit ihnen, wobei sie zu allen Liedern die zweite Stimme wusste. Doch das Beste war, sie fand immer einen Grund, um mit Isabella und ihr zu lachen und zu scherzen.

»Ich stelle euch jetzt eine Frage«, sagte sie einmal unvermutet. »Welches Tier sieht dem Huhn am ähnlichsten?«

Und während Luise und ihre Schwester noch rätselten, welches Tier das wohl sein mochte, lachte sie schon und verriet ihnen die Lösung. »Der Hahn!«

»Weißt du«, sagte Papa bei einer ihrer gemeinsamen Ausfahrten zu Luise, »ich bin froh, dass Mademoiselle so lieb mit euch Mädchen umgeht. Es ist nicht leicht für sie, weit weg von der Heimat ihren Lebensunterhalt bei uns verdienen zu müssen. Sicher hat sie oft Heimweh. Dir würde es nicht anders gehen, wenn du weit weg an einem anderen Ort wärst.«

Damit traf er mitten in Luises mitleidiges Herz. Papa hatte ja recht. Zwar ermahnte Friederike von Knobloch sie manchmal auch, aber sie tat es immer mit einem Augenzwinkern, als wäre sie selbst nicht so recht vom Sinn der vielen Verbote überzeugt. Nein, es stimmte, so übel war sie wirklich nicht, und eigentlich stand sie auf ihrer Seite. Sie brachte Luise und ihrer Schwester Französisch bei, und sie erzählte gerne von ihrem Heimatort Greifswald an der Ostsee. Das war ein richtiges Meer, in dem es sogar eine versunkene Stadt gab, ganz in der Nähe von Greifswald. »Die Stadt Vineta war reich, aber ihre Bewohner waren hartherzig und geizig«, hatte das Fräulein erzählt, »und deshalb ist die Stadt von einer Sturmflut ins Meer gerissen worden. Noch heute kann man am Ostersonntag die Glocken von Vineta läuten hören.« Das war eine spannende Geschichte, fand Luise. Ebenso spannend war, dass man am Strand der Ostsee Bernstein finden konnte. Das war fest gewordenes Baumharz, weil vor Millionen von Jahren dort ein dichter Wald gewachsen war. Das Fräulein hatte Isabella und ihr jeweils einen kleinen Anhänger aus dem goldgelben Harz geschenkt, und wenn man genau hinsah, konnte man erkennen, dass ein winziges urzeitliches Insekt darin eingeschlossen war. Und dann gab es dort auch noch Hühnergötter, das war das Ulkigste von allem. So ein Hühnergott, ein grau-weißer Steinbrocken mit einem Loch, lag bei Fräulein Friederike auf dem Nachttisch, und sie hatte ihnen erklärt, dass diese Steine als Glücksbringer galten. Manchmal malte sich Luise aus, dass sie nach Greifswald fahren und all das selber erleben würde. Dann könnte sie ihren eigenen Glücksbringer finden.

Luises und Isabellas Mutter war gestorben, als Luise noch nicht einmal vier Jahre alt gewesen war. Sie konnte sich noch erinnern, dass sie sie manchmal nachmittags in ihrem Zimmer besucht hatten, aber vielleicht bildete sie sich das auch nur ein, weil Isabella ihr davon erzählt hatte.

An ihren schlechten Tagen hatte Mutter still und blass in ihrem Bett gelegen, an den guten hatte sie immerhin angekleidet im Sessel gesessen, aber auch dann, so hatte Isabella erzählt, durften sie nur vor sie treten, knicksen und vielleicht ein wenig von ihren Fortschritten im Unterricht berichten. Wenn Mama dann mit leiser, schwacher Stimme etwas darauf erwiderte, dann galt es meistens Luise, um sie zu ermahnen, nicht so laut zu reden, weil ihr davon der Kopf schmerzte.

Nicht lange darauf war sie gestorben, und seitdem lebte Großmama Fabricius bei ihnen im Haus. Sie war Witwe und in Luises Augen steinalt, aber so ganz genau wusste sie es nicht, und sie traute sich auch nicht zu fragen. Außerdem hatte sie eine lebhafte, energische Art, und allein schon dadurch herrschte ein anderer Ton im Haus. Obwohl sie natürlich sehr beschäftigt war, weil sie dem Haushalt vorstand und sich um alles kümmern musste, hatte sie für die beiden Mädchen immer ein offenes Ohr, und vor allem über Luise hielt sie ihre schützende Hand, wenn sie sich mal wieder nicht an die Regeln und Konventionen halten wollte und über die Stränge schlug. Eine Hose zu tragen, wollte sie ihr allerdings auch nicht erlauben, damit musste sich Luise abfinden.

»Es ist so ungerecht, Großmama«, beschwerte sie sich. »Warum dürfen Mädchen sich nicht so frei bewegen wie Jungen? Und warum ist es so wichtig, wo einer herkommt? Frau Landrat Müller hat mich vorgestern auf der Straße zurechtgewiesen, weil ich Martha angesprochen und ihr einen Apfel geschenkt habe.« Empört stemmte sie die Hände in die Hüften.

»Sie hat mich richtig am Arm weggerissen und mich nach Hause geschickt, stell dir das mal vor! ›Das gehört sich nicht für ein Mädchen aus gutem Haus, du solltest dich was schämen‹, hat sie gesagt.«

Die Großmutter lächelte. »Ich weiß, Kind, sie war schon bei mir. Ich würde dir gerne raten, dir nichts von ihr gefallen zu lassen, aber am Ende schadest du damit nur deinem Papa. Manchmal ist es klüger, sich an die Regeln zu halten und die Leute gewähren zu lassen. Frau Landrat Müller weiß es eben auch nicht besser, weil sie so erzogen worden ist. Es ist nun leider einmal so. Die Menschen sind nicht alle gleich, und du wirst daran nichts ändern.«

»Ich finde doch, dass alle Menschen gleich sind«, widersprach Luise. »Aber wenn es Papa schadet, werde ich natürlich nicht mehr mit Martha reden.« Sie überlegte einen Moment. »Oder zumindest nicht, wenn Frau Landrat Müller in der Nähe ist.«

Frau Fabricius lächelte. »Man muss nicht immer alles laut aussprechen. Sag dir einfach: Was du denkst, kann dir keiner nehmen. Wie in dem Lied von Hoffmann von Fallersleben, *Die Gedanken sind frei*. Das kennst du doch, oder? Wer ist denn eigentlich Martha?«

»Sie ist Küchenmädchen bei Froitzheims. Stell dir vor, Großmama, sie muss auf dem Hängeboden über dem Abort schlafen. Sie hat kein Bett und gar nichts. Und mitten in der Nacht muss sie schon aufstehen, weil sie sonst die ganze Arbeit nicht geschafft kriegt. Sie muss nämlich aufpassen, dass der Ofen in der Küche nicht ausgeht.«

Die Großmutter seufzte. »Das Leben ist sicher nicht gerecht, Luise. Es ist sehr lieb von dir, dass du Mitleid hast, aber die Umstände lassen sich nun einmal nicht ändern. Die armen Leute müssen sich ja auch ihren Lebensunterhalt verdienen. Ich fürchte, der Kleinen kann gar nicht geholfen werden. Und am Ende hast du ihr noch damit geschadet, dass du ein freundliches Wort an sie gerichtet hast.«

Luise riss die Augen auf. »Wieso das denn, Großmama?«

»Nun ja, wenn Frau Landrat Müller euer Zusammentreffen auch bei ihrer Herrschaft erwähnt hat, dann machen sie Martha vielleicht Vorwürfe, weil sie zurückhaltender sein und sich nicht aufdrängen soll. Das schickt sich nicht für ein Hausmädchen.«

Solche Vorkommnisse beschäftigten Luise sehr, und sie trug sie lange mit sich herum. Es war manchmal schwer, die Welt zu verstehen. Offensichtlich war sie aufgeteilt in Leute, denen es gut ging, die genug zu essen hatten und ein schönes Leben führten, und Leute, die arm waren, Hunger litten und nur Arbeit und Mühsal kannten. Es gab so viele Regeln und Vorschriften. Das schickte sich nicht für den und jenes nicht für den anderen, und oft war es einfach nur ungerecht, fand sie. Am liebsten hätte sie allen geholfen, und wenn sie erst einmal erwachsen war, nahm sie sich vor, würde sie es auch tun.

Doch heute wollte Luise daran nicht denken. Heute war sie mit ihren Freunden endlich einmal wieder draußen und auf dem Weg zum Perlenbach. Vor allem Wilhelm wollte sie den Bach unbedingt zeigen. Er sollte doch alles kennenlernen, was es an Schönem bei ihnen gab. Und es wurde höchste Zeit, denn morgen fuhr er wieder zurück nach Hause. »Ich hätte eigentlich an Mariä Lichtmess schon wieder zurückgemusst, weil wir dann mit den Vorbereitungen für das Ackerjahr anfangen«, hatte er zu ihr gesagt. »Aber Herr Becker hat meinen Vater überredet, mich noch länger hier zu lassen, weil sich die weite Fahrt ja sonst nicht lohnt.«

Luise hatte den mageren, hoch aufgeschossenen Bauernjungen mit dem widerspenstigen dunklen Haarschopf gleich gemocht, als sie ihn im Klassenzimmer bei den Beckers das erste Mal gesehen hatte. Jacob hatte ihr schon vor seiner Ankunft von ihm erzählt, und für sie stand fest, dass jemand, der so nett zu ihrem besten Freund war, auch ihr Freund werden würde. Und einen Freund wollte sie an allem teilhaben lassen, was ihr wichtig war. Und dazu gehörte der Perlenbach.

Doch dann waren sie den ganzen langen Winter über nicht dorthin gekommen, weil nach Weihnachten das Wetter auf einmal umgeschlagen war. Es wurde kalt, und wochenlang schneite es, sodass bald alles unter einer dichten weißen Decke verschwand. Luise hätte sich ja auch vom dicken Schnee nicht abhalten lassen, aber das Fräulein war unerbittlich gewesen. »Der Weg ist zu weit, und du weißt ganz genau, dass Jacob bei diesem Wetter sowieso nicht vor die Tür darf. Er ist viel zu anfällig und erkältet sich zu leicht.«

Doch jetzt waren sie endlich auf dem Weg. Der Bach war voller Perlmuscheln, die ihm seinen Namen gegeben hatten. Papa hatte ihr erklärt, dass sie dort besonders gute Lebensbedingungen vorfanden. »Im Perlenbach ist das Wasser so sauber und klar, dass es Bachforellen gibt. Und in deren Kiemen wachsen die Larven der Flussperlmuscheln heran«, hatte er ihr erklärt. »Sie sind nur staubkorngroß, und wenn sie sich nicht in kürzester Zeit in den Kiemen von Bachforellen festsetzen können, sterben sie.«

»Gibt es denn in der Rur keine Bachforellen?«, hatte Luise gefragt.

»Nein, dort können sie nicht leben, dazu ist das Wasser zu stark verschmutzt, weil die Fabriken am Ufer Farbreste und Gerbstoffe hineinfließen lassen.«

Das leuchtete Luise ein. Das Wasser der Rur, die durch Montjoie floss, war manchmal rot, bräunlich, bläulich oder auch giftig gelb, je nachdem, mit welchem Pflanzenstoff das Tuch gefärbt wurde, das in den Fabriken hergestellt wurde. Die Mittel, die die Gerber benutzten, waren besonders scharf und verschmutzten das Wasser.

Papa wusste darüber Bescheid. Er war zwar Arzt und hatte eigentlich nichts mit Tuchherstellung zu tun, aber das schöne Haus, in dem sie wohnten, hatte ihr Urgroßvater gebaut, und er war Tuchmacher gewesen. Herr Becker, der mit seiner Familie im Haus schräg gegenüber von ihnen wohnte, hatte heute noch eine Tuchfabrik, wie so viele in Montjoie.

Luise fand es besser, dass ihr Papa Arzt war. Natürlich war es wichtig, Stoffe herzustellen, damit daraus Kleider und Wäsche genäht werden konnten, aber ein Arzt half den Menschen, gesund zu werden. Ihr Vater liebte seinen Beruf, das wusste sie, und wenn es sein musste, fuhr er sogar mitten in der Nacht zu seinen Patienten. Manchmal, wenn es sich tagsüber gerade so ergab, nahm er sie auch mit. Na ja, wenn sie ehrlich war, musste sie immer ziemlich betteln, bis er ihr erlaubte mitzufahren. Meistens musste sie dann in der Kutsche warten, bis er wiederkam, doch dann berichtete er manchmal, was er in den Häusern der Kranken erlebt hatte, und sie konnte ihm alle möglichen Fragen stellen, die er mit großer Geduld beantwortete.

Luise liebte diese gemeinsamen Ausfahrten mit ihrem Vater. Insgeheim hatte sie das Gefühl, seine Lieblingstochter zu sein, aber Isabella gegenüber sagte sie nichts davon. Sie wollte die große Schwester nicht kränken.

Der steile Weg war rutschig, und an manchen Stellen war der Boden noch gefroren. Fast wäre sie ausgeglitten. »Pass auf!«, keuchte eine Stimme hinter ihr. Sie drehte sich um.

Wilhelm war dicht hinter ihr. Er hatte die Lederstiefel, die Herr Becker ihm geschenkt hatte, ausgezogen und hielt sie hoch über den Kopf, damit kein Wasserspritzer sie berührte.

Luise wusste, dass er noch nie in seinem Leben eigene Schuhe besessen hatte, und schon gar keine aus echtem Leder. »Sie drücken und sind eng und ein bisschen unbequem«, hatte er Jacob und ihr gestanden. »Ich muss sie erst noch einlaufen. Ich bin einfach nicht daran gewöhnt, weil ich die meiste Zeit barfuß gehe.« Seine Füße waren rot und rissig, aber ihm machte die Kälte kaum etwas aus. Das behauptete er jedenfalls. Er kannte es wohl nicht anders, und deshalb spürte er sie auch nicht.

Am Wald mussten sie scharf nach rechts abbiegen. Dort, am Knick, stand ein uralter verwitterter Findling, in den, unter dem Moos kaum zu erkennen, mit groben Buchstaben *Zum Perlenbach* eingeritzt war. Erneut schaute Luise nach hinten. Sie sah, dass Wilhelm langsamer geworden war und offensichtlich versuchte, im Laufen zu entziffern, was auf dem Stein stand. Er war nicht so gut im Lesen, zumal, wenn er die Buchstaben nicht direkt vor sich hatte, um sie in Ruhe studieren zu können, das hatte sie im Unterricht bei Lehrer Linden schon gemerkt. Als der Lehrer ihnen erklärt hatte, dass Wilhelm zu Hause nur ganz selten zur Schule gehen könne, weil er so viel bei der Feldarbeit und auf dem Bauernhof helfen müsse, hatte er einen roten Kopf bekommen. Körperlich war er der Größte und Kräftigste von ihnen, aber im Lesen, Schreiben und Rechnen war er der Schwächste, und das gefiel ihm sicher nicht.

»Da steht *Zum Perlenbach*«, rief sie über die Schulter, um es ihm leichter zu machen. Dabei trat sie mit ihren feinen weichen Schnürstiefelchen mitten in eine Schlammpfütze, dass Dreck und schmutziger Schnee nur so spritzten. Kurz geriet sie ins Rutschen, fing sich aber wieder.

»Pass auf!«, rief Wilhelm wieder. »Deine Schuhe!«

Luise machte eine abfällige Handbewegung und lief einfach weiter. Doch dann blickte sie sich erneut um. »Wo bleibt denn Jacob?« Sie blieb stehen. »Komm, wir warten auf ihn.«

Jacob war wie üblich weit zurückgefallen. Er war schmächtig, kleiner als Luise und zart für seine neun Jahre, und sein »armes Händchen«, wie seine Mutter immer sagte, hinderte ihn bei den meisten sportlichen Aktivitäten daran, mit Gleichaltrigen Schritt zu halten. Luise kannte die Geschichte, Jacob hatte ihr erzählt, wie es passiert war. Allerdings wusste er es auch nur von dem, was seine Mutter ihm berichtet hatte, denn erinnern konnte er sich nicht daran. Als er etwas über zwei Jahre alt gewesen war, war ihm sein Spielzeug in den Ofen gefallen, weil aus irgendeinem Grund die Klappe offen gestanden hatte, und er hatte versucht, es herauszuholen. Dabei fing sein ganzer Arm Feuer. Und bis das zu Tode erschrockene Hausmädchen, das auf ihn aufpassen sollte, die Flammen gelöscht hatte, hatte er bereits so schwere Verbrennungen erlitten, dass man schon befürchtet hatte, den rechten Arm amputieren zu müssen. Doch wider Erwarten überstand er das Unglück. Die Brandwunden verheilten, nur blieb der Arm kürzer, weil die vernarbte Haut nicht mehr mitwuchs und wohl auch der Knochen beschädigt war, und die Hand wurde zu einer kleinen Kralle mit seltsam geformten, spitzen Nägeln.

An manchen Tagen schmerzte der kleine Arm, und mit den verkrümmten Fingerchen konnte er so gut wie nichts anfangen, weil sie sich kaum bewegen ließen, aber er hatte sich damit arrangiert, und es störte ihn nicht weiter. Er machte eben das meiste mit der linken Hand und nahm die rechte nur zu Hilfe, wenn es unumgänglich nötig war. Er kam sich sogar ein bisschen besonders damit vor, seit seine Eltern ihm erzählt hatten, dass Friedrich Wilhelm, der Enkel des preußischen Königs Wilhelm I., der zudem noch genauso alt war wie Jacob, ebenfalls einen verkrüppelten Arm hatte. »Bei ihm ist es bei der Geburt passiert, und es ist der linke Arm, aber im Grunde habt ihr beide das gleiche Gebrechen«, hatte sein Vater gesagt.

Luise hatte immer das Gefühl, ihn beschützen zu müssen. Er war freundlich und sanft, und er tat alles, was sie sagte. Es wäre ihm nie in den Sinn gekommen, wegen seiner Verkrüppelung die Spiele und Unternehmungen abzulehnen, die sie vorschlug.

Jetzt kam er keuchend angerannt. Er war völlig außer Atem. Luise lief wieder los, diesmal aber in einem gemächlicheren Trab. Vor ihnen öffnete sich der Blick auf den Bach. Die Bäume zu beiden Seiten waren knorrig und mit Moos bewachsen, das ihnen jetzt, selbst im ausgehenden Winter, einen grünen Schimmer verlieh. Wilhelm war mittlerweile neben ihr angekommen. Luise zog sich bereits Stiefel und Strümpfe aus und raffte ihr Kleid.

»Was hast du vor?«, fragte er verwirrt.

»Ich gehe in den Bach und ernte ein paar Muscheln«, sagte sie.

Wilhelm warf ihr einen skeptischen Blick zu. »Und was machen wir damit?«

Jacob, der ebenfalls angekommen war, erwiderte, immer noch außer Atem: »Wenn wir Glück haben, sind Perlen darin. Deshalb heißt der Bach Perlenbach.«

Wilhelm verzog ungläubig das Gesicht. »Perlen? In Muscheln? Wer legt die denn hinein?«

»Die wachsen darin«, erklärte Jacob. »Warte mal. Luise findet bestimmt eine. Sie kennt die besten Stellen.«

Luise war bereits in das eiskalte Wasser gewatet. Mit einer Hand hielt sie ihren Rock hoch und betrachtete aufmerksam den Grund des klaren Bachs.

Jacobs Stimme wurde leiser, aber Luise hörte ihn trotzdem. »Wir dürfen eigentlich gar nicht hier sein«, sagte er. »Es ist verboten, Muscheln aus dem Perlenbach zu holen, das dürfen nur die Perlenfischer des Königs.«

Luise schaute zu ihnen herüber. »So früh im Jahr sind die

noch gar nicht hier. Denen ist es viel zu kalt. Und bisher haben wir so viele Perlen ja noch nicht gefunden. Das merkt doch niemand.« Sie watete ein Stückchen bachabwärts. »Bleib besser am Ufer«, rief sie Wilhelm zu, der ihr offenbar hinterher wollte, aber Jacob hielt ihn schon am Ärmel fest.

»Nein, lass Luise das alleine machen. Sie kennt sich aus.«

Und tatsächlich, unter den überhängenden Ästen einer Weide, die bis ins Wasser ragten, war, halb unter Steinen und Sand verborgen, eine ganze Kolonie. Luise stieß einen leisen Schrei aus. »Hier! Hier sind welche!«

Sie bückte sich, und dabei rutschte ihr das mühsam hochgehaltene Kleid aus der Hand und glitt ins Wasser. Rasch raffte sie den Stoff wieder und begann, mit der anderen Hand im Bach zu graben. Triumphierend hob sie eine Muschel hoch und hielt sie Wilhelm hin, der dicht ans Ufer getreten war und neugierig ins Wasser schaute. »Hier sind aber viele Fische!«, rief er erstaunt. »Soll ich uns einen fangen?« Er schaute sich nach Jacob um. »Den könnten wir uns braten.«

»Das ist verboten«, antwortete Luise. »Wir dürfen hier keine Fische fangen. Sie sind wichtig für die Muscheln, und der Perlenbach mit allem, was drin ist, gehört dem König.«

»Das sind Bachforellen«, erklärte Jacob ihm. »Luise will heute nur Muscheln holen.«

Aufmerksam beobachtete er seine Freundin, die immer noch den Boden musterte. »Oh, da ist noch eine!« Erneut bückte sie sich und grub eine weitere aus, die sie ebenfalls an ihn weiterreichte. Nach einem kurzen Blick auf den Grund verkündete sie: »Die anderen sind zu klein, die lasse ich drin. Mir wird's jetzt zu kalt. Wir können ja noch mal hierherkommen.«

Ihre Füße waren blau gefroren, der Kleidersaum und auch ein Ärmel waren triefend nass, als sie ans Ufer kletterte. Sie schüttelte sich und stampfte auf der Stelle. »Brrr! Das war jetzt eisig!«

Kopfschüttelnd sah sie an sich herunter. »Auweia, das gibt Ärger!« Sie wrang den Saum ihres Kleides aus und schlüpfte mit nackten Füßen rasch wieder in ihre Knopfstiefel. Die Strümpfe hielt sie zusammengeknüllt in der Hand. Dabei blickte sie auf Wilhelms rot gefrorene Füße. »Frierst du gar nicht?«

Er schüttelte den Kopf. »Nein«, sagte er. »Ich bin das gewohnt. Das nächste Mal gehe ich in den Bach. Du musst mir nur zeigen, worauf ich achten soll. Was machen wir jetzt mit den Muscheln?« Fragend blickte er auf die beiden ovalen, dunkelbraun-grünlich schimmernden Muscheln, die Luise ihm in die Hand gedrückt hatte. »Kann man die essen? Wir fangen am Bach immer Frösche, die Hinterbeine schmecken gebraten ganz lecker.«

»Ihr esst Frösche?« Jacob sah ihn fasziniert an.

»Nicht die ganzen Frösche. Wir reißen ihnen nur die Hinterbeine aus, und die werden gebraten.«

»Wie? Leben die Frösche dann noch?« Jacob fielen fast die Augen aus dem Kopf.

Wilhelm nickte. »Ja, klar.« Er wollte gerade zu einer ausführlichen Erklärung ansetzen, aber Luise unterbrach ihn.

»Du denkst ja wohl immer nur ans Essen! Das ist barbarisch. Spar dir deine ekligen Geschichten«, fuhr sie ihn an.

Es war Wilhelm anzusehen, dass ihm das Wort »barbarisch« nichts sagte. »Wenn ich doch Hunger habe ...«, setzte er zu einer Erklärung an, aber Luise unterbrach ihn erneut.

»Pst! Wir müssen verschwinden. Da drüben ist einer!«

Ihre Warnung kam gerade noch rechtzeitig. Auf der anderen Seite des Bachs kam ein Mann angelaufen. Schon von Weitem drohte er ihnen mit der Faust und schrie: »Ich habe euch gesehen! Was macht ihr da?«

»Nehmt die Beine in die Hand. Komm, Jacob, lauf, so schnell du kannst!«, drängte Luise.

»Ich habe es genau gesehen!«, schrie der Mann am anderen Ufer hinter ihnen her. »Ihr wollt Muscheln stehlen. Das ist verboten! Ich kriege euch schon noch.«

So schnell sie konnten, rannten die Kinder in den Wald, Luise immer voran. Wilhelm blieb ihr dicht auf den Fersen. »Was wollte der Mann?«, keuchte er. »Wer war das?«

Luise drehte sich um, antwortete ihm aber nicht. »Jacob«, rief sie leise. »Beeil dich, wir sind gleich da.«

Jacob war so außer Atem, dass er nur noch nicken konnte, aber er behielt tapfer den Anschluss, als Luise scharf nach rechts abbog. Der von Wurzeln durchzogene, steil ansteigende Trampelpfad endete vor einer hohen, scheinbar undurchdringlichen Buchenhecke. Luise schob ein paar überhängende Zweige zur Seite, und dann standen sie plötzlich auf einem kleinen freien Platz, den das braune trockene Laub der Buchen wie eine leise raschelnde Wand umgab. Die Stämme standen so eng beieinander, dass man nur ganz hoch oben ein kleines Stückchen Himmel sah. Hier im Schutz der hohen Hecke war es auf einmal viel wärmer.

Wilhelm blickte sich erstaunt um. »Was ist das hier?«, fragte er.

»Unser Versteck. Hier findet uns keiner. Gib mir die Muscheln!« Luise hatte den Durchgang zwischen den Stämmen ganz zufällig auf einem ihrer Streifzüge entdeckt und spontan beschlossen, dass dieser Ort ab jetzt ihr geheimer Unterschlupf werden sollte. Sie streckte Wilhelm die Hand hin, und er reichte ihr bereitwillig die Muscheln, die er fest umklammert gehalten hatte. Geschickt öffnete sie die Schalen und betrachtete ihren Fang zufrieden. »Habe ich's mir doch gedacht. Und gar nicht mal so klein.«

Sie zeigte den Jungen die geöffneten Hälften. In jeder lag neben dem gallertartigen Muschelfleisch eine schimmernde

Perle. Eine war hell wie Perlmutt, die andere ein wenig dunkler und grauer.

Jetzt fiel Jacob der Mann wieder ein. »Du hast doch gesagt, bei dem Wetter kommt sowieso keiner!« Ängstlich blickte er Luise an. »Was machen wir, wenn der Mann zu uns nach Hause kommt?«

Luise schüttelte den Kopf. »Der hat uns doch gar nicht erkannt«, beruhigte sie den Freund. »Er war viel zu weit weg. Und hier findet er uns auch nicht. Außerdem war er ja auf der anderen Seite vom Bach. Hier ist weit und breit kein Steg. Und ins Wasser geht er bei der Kälte sicher nicht.«

»Wer war das denn?«, wollte Wilhelm wissen.

»Ach, das war der Forstaufseher. Der passt auf die Muscheln auf. Aber der kann uns nichts anhaben.« Luise machte sich keine Sorgen. Sie ließ sich auf einen Baumstumpf nieder und zog sich erneut die Schuhe aus. Mit festen Handbewegungen massierte sie ihre nassen Füße.

Wilhelm stand immer noch mitten auf dem kleinen Platz. Schließlich seufzte er und sagte: »Am liebsten möchte ich für immer hierbleiben.«

Jacob, der sich vornübergebeugt hatte, die Hände in die Seiten gestemmt, um wieder zu Atem zu kommen, richtete sich auf und sah ihn an: »Ja, das wäre schön. Dann könnten wir jeden Tag zusammen sein. Aber hättest du dann kein Heimweh?«, fragte er besorgt.

Wilhelm schüttelte den Kopf. »Ich finde es hier schöner. Den Hof kann ich ja sowieso nicht übernehmen, den bekommt Ernst, und hier könnte ich in eurer Tuchfabrik arbeiten. Das würde mir Spaß machen.« Er sah Luise und Jacob fragend an. »Ihr werdet doch auch hierbleiben. Dann könnten wir immer zusammen sein. Was wollt ihr denn mal werden?«

Jacob zuckte mit den Schultern. »Weiß ich nicht. Ich übernehme vermutlich die Fabrik, wenn Papa zu alt ist. Aber das dauert ja noch lange, und was bis dahin ist ...« Er ließ die Worte verklingen und lauschte ihnen nach. »Nein, ich weiß es wirklich nicht. Aber kann man sich überhaupt aussuchen, was man werden will? Das glaube ich nicht.«

»Ich will mir auf jeden Fall aussuchen, was ich werden will. Ich werde Arzt«, warf Luise ein. Ihre Füße waren an der kalten Luft getrocknet, und sie rollte ihre Strümpfe hoch und schlüpfte wieder in ihre Schnürstiefeletten. »Aber ob ich hierbleibe, weiß ich nicht.«

»Geht das überhaupt, eine Frau als Arzt? Ich kenne kein Mädchen, das Arzt werden will.« Wilhelm schaute sie skeptisch an.

»Dann kennst du jetzt eins.« Luise war sich ihrer Sache sicher. Sie stand auf und nahm die Perlmuscheln, die sie neben sich gelegt hatte, wieder in die Hand.

»Eine gebe ich dir, Wilhelm, aber du musst mir dafür etwas versprechen.«

Wilhelm nickte eifrig. »Was?«, fragte er.

»Du musst mir versprechen, dass du nie wieder einem Frosch die Hinterbeine ausreißt.« Sie verzog das Gesicht. »Und schon gar nicht bei lebendigem Leib.«

Wilhelm blickte sie verständnislos an. »Das sind doch nur Frösche«, sagte er. »Und die Beine schmecken wirklich gut, wenn sie gebraten sind! Es ist zwar nicht viel dran, aber wenn du genug davon gesammelt hast ...« Allein schon bei dem Gedanken lief ihm das Wasser im Mund zusammen. Zu Hause hatte er oft Hunger, und Froschschenkel waren ein willkommenes, wenn auch seltenes Zubrot.

Luise schüttelte energisch den Kopf. »Keine Perle, wenn du es mir nicht versprichst.« Herausfordernd blickte sie Wilhelm an.

Jacob mischte sich ein. »Luise ist zu allen Tieren gut«, erklärte er dem Bauernjungen, der offensichtlich nicht verstand, worum es ging. »Man darf Tieren nicht wehtun. Wenn du unser Freund sein willst, darfst du keine Steine nach Vögeln werfen oder Katzen etwas an den Schwanz binden. Und Fröschen die Beine ausreißen schon mal gar nicht.«

Wilhelm dachte daran, wie sie schon einmal aus Spaß Vogelnester kaputt gemacht hatten. Na gut, so besonders lustig hatte er das nicht gefunden. Darauf konnte er in Zukunft auch verzichten. Und was das Essen anging ... Luise und Jacob wussten ja nicht, was er in Wollseifen machte. Hier war er nicht hungrig, bei Beckers gab es reichlich zu essen, und da fiel es ihm nicht schwer, ihnen das Versprechen zu geben. Außerdem wollte er unbedingt ihr Freund sein. Und er war bereit, alles zu tun, damit Herr Becker ihn jedes Jahr wieder hierherholte. »Ja, ich verspreche es!«, gelobte er.

»Schwöre es!«, verlangte Luise.

»Ich schwöre es.« Wilhelm hob die Schwurhand. Zur Sicherheit allerdings kreuzte er hinter seinem Rücken zwei Finger der anderen Hand.

Jacob klatschte begeistert in die Hände, und Luise lächelte ihn an. Sie klaubte die hellere Perle heraus und reichte sie ihm. »Du bist ja heute den letzten Tag da. Und ich gebe sie dir zur Erinnerung, damit du immer an die Zeit hier denkst.« Sie schaute ihn so eindringlich aus ihren hellen Augen an, dass ihm ganz seltsam zumute wurde. Dann wandte sie sich an Jacob. »Die andere nimmst du.«

Der protestierte sofort. »Ich will die nicht. Wenn Mama sie bei mir findet! Steck sie doch in deine Botanisiertrommel.«

»Du musst sie nehmen«, beharrte Luise. »Ich habe doch schon eine.«

»Ich dachte, die hättest du zu Hause abgegeben«, sagte Jacob.

Luise schüttelte den Kopf. »Wollte ich ja, aber dann hat Papa beim Abendessen erzählt, dass sie in Höfen einem Mann die Hand abgehackt haben, weil er ohne Erlaubnis des Kaisers Muscheln gefischt hat.« Kaum hatte sie die Worte ausgesprochen, ärgerte sie sich schon über sich selbst.

Jacob war blass geworden. »Und du bist trotzdem mit uns heute noch einmal hierhergegangen? Wenn sie uns jetzt schnappen?« Seine Stimme wurde immer schriller, während er redete.

»Ach was!« Luise machte eine wegwerfende Handbewegung. »Du brauchst keine Angst zu haben, Jacob. Hier in unserem Versteck sind wir sicher.« Sie blickte sich in der kleinen Senke unter den alten Bäumen um. Junges Laub trugen sie zwar noch nicht, aber die braunen Blätter bildeten einen guten Schutz. Außerdem waren sie hier weit genug vom Perlenbach entfernt. »Ich kann keine Perle mehr nehmen, das verstehst du doch. Und außerdem haben wir dann jeder eine.« Sie überlegte kurz, dann fügte sie feierlich hinzu: »Das ist dann ein Freundschaftspfand, etwas, was uns immer aneinander erinnert, auch wenn wir später einmal weit voneinander entfernt sind.«

Jacob schaute sie unschlüssig an. »Ich weiß nicht. Ich traue mich nicht. Und warum sollten wir später weit voneinander entfernt sein? Wir haben doch gerade erst gesagt, dass wir alle hierbleiben.«

»Ich nicht«, erinnerte Luise ihn. »Wir können doch gar nicht wissen, was später einmal sein wird. Also, was ist? Macht ihr mit?«

Wilhelm nickte entschlossen. »Ja, ich mache auf jeden Fall mit.«

Jacob war nicht überzeugt, das sah sie ihm an. Er war ein Angsthase und wollte die Perle nicht. Es war verboten, sie zu besitzen, und er fürchtete, dass seine Mutter sie finden würde.

Es war immer dasselbe mit Jacob, dachte Luise innerlich seufzend. Er musste immer behütet und beschützt werden. Aber sie wusste auch, dass er sich in allem auf sie verließ und ihr nichts abschlagen konnte. Bittend blickte sie ihn an.

»Na gut«, lenkte er ein. »Als Freundschaftspfand. Aber lieber wäre mir, du würdest sie für mich verwahren«, murmelte er. »Ich will nicht, dass du weggehst. Wir bleiben unser Leben lang in Montjoie.«

Wilhelm jedoch riss alle mit seiner Begeisterung mit. »Ja, unser Freundschaftspfand!« Strahlend hob er die Faust, mit der er die Perle umklammerte. »Auf unsere Freundschaft! Auf ewig in Montjoie!«

Aus dem Tagebuch von Friederike von Knobloch

10. Februar 1866

Heute habe ich beschlossen, wieder Tagebuch zu führen, so wie früher zu Hause als Backfisch. Durch die Ereignisse, die dazu geführt haben, dass ich als mittellose Waise für meinen Lebensunterhalt selber sorgen muss, ist es ganz in Vergessenheit geraten, aber jetzt will ich es wieder aufnehmen.
Seit fast einem Monat bin ich nun in Montjoie. Das kleine, tief verschneite Städtchen schien mir beim ersten Anblick wie am Ende der Welt gelegen, und mir wurde ein bisschen bang. Die Landschaft hier ist so ganz anders als bei uns in Greifswald. Dunkle Wälder, schroffe Felsen und Schnee, so viel Schnee. Doch beim näheren Hinschauen stellte ich fest, wie schön die Lage an dem kleinen Fluss ist, wie prächtig teilweise die Häuser sind und wie gemütlich sich der Ort ins Tal schmiegt. Und auf einmal hatte ich das Gefühl, hier am richtigen Ort zu sein.

15. Mai 1866

Mittlerweile fühle ich mich hier so wohl, wie ich es nie für möglich gehalten hätte. Und wie dankbar bin ich, dass Doktor Fabricius mich trotz meiner Jugend als Gouvernante seiner Töchter eingestellt hat. Die beiden mutterlosen Mädchen sind meine ganze Freude, und mir gefällt der Gedanke, dass ich ihnen ebenso Lehrerin wie Freundin und Schwester sein kann. Isabella, die Ältere, ist still und sanft. Nie muss man ihr etwas zweimal sagen, und sie erledigt ihre Pflichten mit großer Sorgfalt. Luise, die Jüngere, ist da ganz anders, und ich muss insgeheim gestehen, dass sie mir sehr nahe ist. Sie hat einen starken Willen und ein ausgeprägtes Gerechtigkeitsgefühl, dabei ist sie wissbegierig und ein richtiger kleiner Wildfang.

27. Dezember 1866

Das erste Weihnachtsfest fern der Heimat liegt hinter mir, und es ist mir leichter gefallen als erwartet. Dr. Fabricius hatte mich gefragt, ob ich nach Hause fahren wolle, aber ich habe abgelehnt. Mein Zuhause ist jetzt hier, und ich wüsste auch gar niemanden in Greifswald, dem ich es zumuten wollte, mich über die Festtage zu bewirten. Wie ich gehofft hatte, war es dann auch schön und stimmungsvoll. Im großen Salon stand der geschmückte Baum, wir haben Weihnachtslieder gesungen und Plätzchen geknabbert. Mir kam es vor, als gehörte ich zur Familie. Vor allem die Mädchen haben mir so liebevolle Geschenke gemacht. Isabella hat ein kleines Stickbild mit einem Segelboot auf dem Meer angefertigt. Es soll mich an die Ostsee erinnern und ist ganz entzückend. Luise ist über sich hinausgewachsen und hat ein kleines Büchlein zusammengeheftet, in das sie ihre schönsten gepressten Blumen geklebt hat. Unter jeder Pflanze hat sie in ihrer besten Schrift den lateinischen Namen vermerkt. Ich bin ganz gerührt über die Mühe, die sich das Kind gegeben hat.

4. Juli 1867

Heute habe ich all meinen Mut zusammengenommen und Doktor Fabricius gefragt, ob ich dem Allgemeinen Deutschen Frauenverein beitreten darf. Ich bewundere Louise Otto-Peters, die ihn vor zwei Jahren gegründet hat, maßlos und habe alle Schriften von ihr ge-

lesen, derer ich habhaft werden konnte. Ehrlich gesagt hatte ich große Angst, dass er es mir verbietet und mir sagt, ich könne dann nicht mehr Gouvernante seiner Töchter sein, aber dieser wunderbare Mann hatte überhaupt nichts dagegen. »Selbstverständlich«, hat er gesagt. »Ich begrüße sehr, was diese Bewegung für eine verbesserte Bildung der Mädchen und die Erschließung neuer Erwerbsmöglichkeiten tut. Das ist recht, Fräulein von Knobloch, dass Sie sich auf diese Weise für Ihre und die Belange Ihrer Zöglinge einsetzen wollen.« Seine Antwort hat mich ganz fassungslos, aber auch glücklich gemacht. Was für ein großer Vertrauensbeweis. Ich werde ihn nicht enttäuschen!

21. November 1867

Der Doktor hat einen illustrierten Katalog von der Weltausstellung, die dieses Jahr in Paris stattgefunden hat. Eine wahre Schatzkiste, dieser Band. Was es nicht alles zu sehen gab! Exotische Pavillons wie ein japanisches Teehaus oder hölzerne russische Bauernhäuser, eine große Maschinenhalle und, was mir am besten gefiel, diese Bateaux Mouches, mit denen man auf der Seine entlangfahren kann. Ach, wie gerne wäre ich dort gewesen! Aber allein schon das Betrachten der Abbildungen im Katalog war ein Vergnügen!

3

Montjoie 1869

Die Vorbereitungen zur Messe waren beendet, und der Pastor sprach ein kurzes Dankgebet. Zu den Klängen der brausenden Orgel zogen sie aus der Sakristei in die Kirche ein. Wie immer bei der Heiligen Messe war Jacob ganz feierlich zumute, wenn er mit den anderen Messdienern zusammen den prächtigen Innenraum der Kirche betrat. Ein Sonnenstrahl fiel durch die hohen Fenster auf den vergoldeten Silberschrein mit der Reliquie des heiligen Liberatus, des Schutzpatrons der Stadt Montjoie, und ließ ihn funkelnd aufblitzen.

Die von außen schmucklose Kirche St. Mariä Geburt war innen nicht zuletzt deshalb so prächtig ausgestattet, weil die alteingesessenen reichen Tuchmacher in Montjoie mit ihrem Geld dafür gesorgt hatten, wusste Jacob vom Vater. Auch sein Ururgroßvater hatte dazu beigetragen, dass die große Orgel mit dem Gehäuse aus dem Kloster Mariawald zu ihnen in die Kirche gebracht worden war.

Jacob war stolz darauf, Messdiener sein zu dürfen. Seit er letztes Jahr zur Kommunion gegangen war, war es endlich so weit. Kurz war ihm durch den Kopf gegangen, ob sein verkrüppelter Arm wohl ein Hinderungsgrund sein könne, aber diesen Gedanken hatte er gleich wieder verworfen. Ihn störten der Arm und die kleine Hand nicht, er konnte damit hantieren wie mit einem gesunden Arm, hatte er sich gesagt, und deshalb konnte er auch Messdiener sein, ganz egal, was manche Leute dachten. Und so war es auch gekommen – niemand hatte etwas dagegen gehabt. Ja, mehr noch, es hatte kaum einer darauf geachtet. Nur einmal hatte einer der anderen Jungen ihn neugierig gefragt, was er denn da an der Hand habe, und Jacob hatte es ihm erklärt. Für ihn war es einfach eine weitere willkommene Gelegenheit, mit anderen Kindern zusammenzutreffen, was er sonst, im Alltag, ab und zu schmerzlich vermisste. Er durfte nicht in die öffentliche Volksschule gehen, und seinen Umgang hatten die Eltern auf Isabella und Luise beschränkt.

Er wusste, sie taten das nicht, weil sie es böse mit ihm meinten, im Gegenteil, sie meinten es zu gut. Ständig hatten sie Angst um ihn, als könnte ihm etwas passieren, wenn er zu viel mit anderen Kindern zusammen war. Und eigentlich genoss er ihr Verhalten ja auch. Er hatte es gerne, verhätschelt und verwöhnt zu werden. Den wilden Drang, auszubrechen und sich ihrem Zugriff zu entziehen, wie ihn Luise wohl manchmal verspürte – jedenfalls hatte sie ihm das erzählt –, kannte er eigentlich nicht. Abenteuer erlebte er nur Luise zuliebe, aber wäre sie häuslicher gewesen wie ihre Schwester Isabella, hätte er auch zufrieden mit ihr am Sticktisch gesessen. Doch Luise war nicht wie ihre Schwester. Sie spielte lieber draußen, und deshalb musste er mit auf ihre Streifzüge in den Wald oder zum Perlenbach.

Doch auch wenn er sich manchmal erkältete und hinterher das Bett hüten musste, liebte er die Ausflüge mit Luise, weil er sie zutiefst bewunderte. Sie war all das, was er nicht war – sie war stark und mutig, und sie konnte schnell laufen, auch wenn sie nur ein Mädchen war.

Und dann war da auch noch Wilhelm. Er war jetzt schon zum zweiten Mal über die dunkle Jahreszeit bei ihnen gewesen. Jacob mochte Wilhelm sehr gerne. Er verstand ihn zwar manchmal nicht, weil er Wollseifener Platt sprach und oft die hochdeutschen Wörter gar nicht kannte, aber das würde ihm Herr

Linden schon noch beibringen, wenn er in Zukunft jedes Jahr zu ihnen kam. »Im Winter entbehrt Bauer Lintermann seinen Sohn nicht so, im Gegenteil, für die Familie ist es eine Erleichterung, einen Esser weniger am Tisch zu haben«, hatte der Vater ihm erklärt. »Und im Frühjahr, wenn beim Bauern alle Hände gebraucht werden, bringe ich ihn wieder zurück.«

Für sich selbst hätte Jacob sich nie vorstellen können, monatelang so weit von seinen Eltern entfernt zu leben, auch dass er seinen Eltern nicht fehlen würde, war für ihn ein fremder Gedanke, aber über Wilhelms Anwesenheit freute er sich. Er hatte sich vom ersten Moment an zu dem großen, dünnen Jungen, der immerzu Hunger hatte, hingezogen gefühlt. Bisher hatte Jacob noch nie einen Jungen zum Freund gehabt, aber nicht nur deshalb war Wilhelm etwas Besonderes für ihn. Wenn er in das sommersprossige Gesicht mit den tiefliegenden braunen Augen blickte, fühlte er sich beschützt. Wilhelm hatte richtig starke Muskeln an den Oberarmen. Er hatte ihm erlaubt, sie anzufassen, und Jacob war tief beeindruckt gewesen, wie hart sie waren! »Das kommt von der Arbeit auf dem Hof und auf dem Acker«, hatte Wilhelm ihm erklärt. »Da musst du stark sein, sonst bist du zu nichts nütze.«

Auch Jacobs Eltern empfanden es wohl so, dass der starke Wilhelm schon auf ihn aufpassen würde, und deshalb erlaubten sie ihm in der Zeit, in der Wilhelm da war, viel mehr als sonst, wenn nur Luise bei ihm war. Und sie hatten so viel Spaß zu dritt. Für Jacob war es das reine Glück, dass sich seine zwei besten Freunde so gut verstanden.

Vor vier Wochen schließlich hatte der Vater Wilhelm jedoch wieder zurück nach Wollseifen gebracht. Jacob hatte ihn nicht begleiten können, weil er sich bei ihrem letzten Ausflug an den Perlenbach verkühlt und sich diesen dummen Schnupfen eingefangen hatte. Gleich, als es ihm wieder besser gegangen war, hatte er Wilhelm einen Brief geschrieben, um ihn wissen zu lassen, wie sehr er ihn vermisste und wie schön die Zeit mit ihm in Montjoie gewesen war, aber leider hatte Wilhelm nicht geantwortet. Wahrscheinlich hatte er sich über Jacobs Brief eher gewundert, denn er hatte sicher keine Zeit, um Briefe zu schreiben, der Vater hatte ja gesagt, er müsse tüchtig auf dem Hof mithelfen. Zumindest jedoch hatte er ihm dieses Mal ein Abschiedsgeschenk dagelassen. Jacob lächelte unwillkürlich und tastete durch den Stoff seines Ministranten-Gewands an seiner Hosentasche nach dem kleinen Vogel aus Holz, den Wilhelm für ihn geschnitzt hatte. Er hatte ihm kleine Federn angesteckt, damit er echter aussah. Und wenn man es geschickt anstellte, konnte man sogar darauf pfeifen.

Jacob hatte sich sehr über das Geschenk gefreut. Es tröstete ihn über die langweilige Zeit hinweg, die er im Bett bleiben musste, weil sich zu dem Schnupfen dann auch noch leichtes Fieber und ein Husten gesellt hatten.

»Kind, Kind«, hatte seine Mutter, die oft bei ihm am Bett saß und ihm über die heiße Stirn strich, gesagt, »du musst dich einfach besser vorsehen! Ich mache mir solche Sorgen um dich!«

So war die Mutter immer, dachte Jacob jetzt. Er liebte seine Mutter über alles, und allein der Gedanke, sie könne tot sein wie Luises Mutter, schnürte ihm die Kehle zu. Luise hatte ihm erzählt, dass ihre Mutter ein Herzleiden gehabt habe, und seitdem ertappte er sich dabei, wie er seine Mutter häufig forschend auf Anzeichen einer Krankheit musterte. Bisher hatte er jedoch noch nichts feststellen können. Seiner Meinung nach sah sie gesund und munter aus. Er fand es wunderbar, von ihr umsorgt zu werden, schließlich war er ihr einziges Kind, und er ließ es sich gerne gefallen, gehätschelt zu werden. In die warmen, tröstenden Umarmungen konnte er sich fallen lassen wie in ein weiches Federbett.

Wegen der Erkältung hatte er die Ostermesse verpasst, doch heute durfte er zum ersten Mal seit Wochen wieder Dienst als Messdiener tun. In der Zwischenzeit war ein neuer Junge in die Gruppe gekommen. Er hieß Andreas und war wohl in seinem Alter. Mit seinen blonden Locken und seinen großen blauen Augen sah er aus wie ein Engel, fand Jacob. Er hielt sich abseits von den anderen, und Jacob gewann den Eindruck, er wolle nichts mit ihnen zu tun haben. Jacob hatte ihn im Ort noch nie gesehen, deshalb musterte er ihn neugierig, aber der Junge würdigte ihn keines Blickes.

Schon beim Umkleiden hatte sich seine Neugier in Besorgnis verwandelt, und er hatte ihn genau beobachtet, um herauszufinden, ob er vielleicht in seiner Abwesenheit seinen Platz eingenommen hatte. Jacob durfte normalerweise während des Evangeliums die Kerze halten, weil er das mit der gesunden Hand tun konnte, aber vielleicht war ja jetzt der neue Junge dazu eingeteilt worden? Doch schon bald hatte er festgestellt, dass der Neue viel zu viel falsch machte und der Pastor ihn manchmal zurechtweisen musste. Er war mit so auffällig wenig Eifer und Ernst bei der Sache, dass Jacob sich verwundert fragte, warum er überhaupt Messdiener geworden war. Insgeheim war er allerdings froh darüber, dass er in ihm keine Konkurrenz zu befürchten hatte.

Wie immer zog die Heilige Messe in einem Rausch von Licht, Klang und Duft an ihm vorbei. Jacob war tief gläubig, und der Pomp und die Prachtentfaltung der katholischen Kirche bestärkten ihn noch in seinem Glauben. Ehrfürchtig lauschte er der Liturgie, machte die Handreichungen, die von ihm erwartet wurden, und wie jedes Mal, wenn er Dienst als Messdiener tat, lebte er wie in einer anderen Welt. Die Rituale erfüllten sein ganzes Sein, und wenn sie nach dem Gottesdienst in der Sakristei ihre Gewänder ablegten, fand er erst nach und nach wieder in die Wirklichkeit zurück. Und so achtete er auch nicht darauf, als er hörte, wie der Pastor zu Andreas sagte, er solle noch dableiben. Sein Vormund komme ihn abholen, und er müsse noch mit ihm reden.

Pastor Niehm war erst seit Kurzem wieder in der Gemeinde, die er schon seit Menschengedenken leitete.

Der große, kräftige Mann, der gerne schon einmal den Talar ablegte und in Hemdsärmeln in seinem weitläufigen Garten oder am Pfarrhaus werkelte, hatte sich auf einer Wallfahrt zur Muttergottes nach Barweiler eine schwere Erkältung zugezogen, aus der schnell eine Lungenentzündung geworden war. Die Ahr war dort im letzten Oktober über die Ufer getreten, und aus dem beschaulichen kleinen Flüsschen war ein reißender Strom geworden, der die Brücke und alle Wege mit sich gerissen hatte. Kaum jemand von den Gläubigen aus Montjoie hatte sich noch getraut, den Fluss zu überqueren. »Es hilft ja nun nichts, wir müssen nach Hause«, polterte Pastor Niehm auf seine kernige Art, und als seine Schäfchen immer noch zögerten, nahm er die ängstlichen Gemeindemitglieder kurzerhand nacheinander huckepack und trug sie wie der heilige Christopherus durch die Fluten. Den Rest des Weges legte er dann in seinen nassen Sachen zurück, und dabei musste er sich wohl verkühlt haben, denn es war schon recht kalt gewesen, und als er im Pfarrhaus in Montjoie angekommen war, hatte er sich ins Bett gelegt und war erst mal nicht wieder aufgestanden.

Doch jetzt war er nach einer langen Kur wieder genesen und las seiner Gemeinde wie eh und je von der Kanzel herab die Leviten.

Sein Vater wartete vor der Tür auf ihn, wo sich der Pastor bereits von allen verabschiedet hatte. Die Mutter war in der Kutsche vorausgefahren. Ihr Haus lag etwas erhöht am Berg auf der anderen Seite der Stadt, oberhalb der Fabrik, und sie hatte den Vorschlag des Vaters, bei gutem Wetter nach der Messe zu Fuß nach Hause zu gehen, geradezu als Zumutung empfunden.

Jacob aber war von der Idee begeistert gewesen, und seitdem machten sie sich sonntags, wenn die Witterung es erlaubte, gemeinsam auf den Heimweg. Luise war leider nicht dabei. Sie war evangelisch und ging mit ihrem Vater und ihrer Schwester in die evangelische Kirche mitten in der Stadt, die viel näher an ihren Häusern lag.

Mit flotten Schritten liefen sie den steilen Weg hinunter in die Stadt, an der Rur entlang, die hier eher gemächlich floss, vorbei am hochherrschaftlichen Roten Haus, das der reiche Tuchfabrikant Scheibler vor über hundert Jahren erbaut hatte. An diesem Frühsommertag waren viele Menschen auf der Straße, und als der Vater stehen blieb, um einen Bekannten zu grüßen und mit ihm zu plaudern, tastete Jacob erneut nach dem Holzvogel, den Wilhelm ihm geschenkt hatte. Er war nicht mehr da. Jacob überlief es heiß. War er ihm etwa zu Boden gefallen? Stirnrunzelnd durchsuchte er alle seine Taschen.

»Ich muss noch mal zur Kirche«, unterbrach er das Gespräch seines Vaters. »Ich habe etwas verloren.«

Der Vater nickte zerstreut. »Lauf nur, Junge. Du kannst dann nachkommen. Den Weg kennst du ja. Ich gehe schon einmal vor.«

Jacob hatte sich bereits zum Gehen gewandt und blickte aufmerksam auf den Weg, ob der kleine Holzvogel vielleicht irgendwo lag. Als er bei der Kirche ankam, war niemand mehr zu sehen. Alle Kirchgänger waren schon nach Hause oder ins Wirtshaus gegangen. Der Vorplatz lag leer in der Sonne. Schnell lief er die Treppe hinauf, drückte die schwere Tür auf und trat ein.

In der Kirche war es still. Die Sonnenstrahlen fielen auf die leeren Bänke, und es roch nach Weihrauch. Nur aus der Sakristei drang leises Gemurmel. Anscheinend redete Pastor Niehm mit jemandem. Rasch tauchte Jacob zwei Finger in das Weihwasserbecken neben dem Eingang und bekreuzigte sich. Dabei blickte er den Gang entlang. Im Mittelgang lag nichts, aber da war er ja auch gar nicht gewesen. Er wandte sich nach rechts in den Gang, der an der Seite zur Sakristei führte. Und tatsächlich, da lag sein Vogel. Er musste ihm wohl beim Hinausgehen aus der Tasche gefallen sein. Erleichtert steckte er ihn wieder ein, wobei er ihn zur Sicherheit fest umklammert hielt.

Gerade wollte er sich zum Gehen wenden, als er aus einer der Bänke ganz vorne ein Geräusch hörte. Es klang, als schluchzte jemand. Vorsichtig schlich Jacob näher. Was mochte das sein?

Auf einmal sah er Andreas. Der Junge kauerte im Fußraum einer Bank. Er hatte den Kopf in den Händen vergraben und weinte. Im ersten Impuls wollte Jacob hingehen und ihn trösten. Doch eine seltsame Scheu hielt ihn zurück. Er kannte den Jungen doch gar nicht und wusste auch nicht, was vorgefallen war. Möglicherweise war es Andreas unangenehm, wenn er ihn so sah. Und was sollte er machen, wenn Pastor Niehm und der andere Mann, mit dem er redete, auf einmal aus der Sakristei kämen? Er bewunderte den Pastor, hatte aber zugleich auch Respekt und ein wenig Angst vor ihm, weil er einen manchmal so streng ansah. Nein, er mischte sich besser nicht ein. Leise drehte er sich um und huschte den Gang entlang zur Tür, um sie so geräuschlos wie möglich aufzustoßen.

Draußen hielt er einen Moment lang inne. Das grelle Sonnenlicht blendete ihn. Doch dann rannte er los, die Stufen hinunter auf den Weg. Er blieb erst stehen, als er schon fast zu Hause war. Völlig verschwitzt und außer Atem lehnte er sich an einen Baum und versuchte, seine Gedanken zu ordnen.

Warum war er weggelaufen? Warum war er nicht einfach zu dem Jungen gegangen und hatte ihn getröstet? Was hatte ihn daran gehindert? Jacob runzelte die Stirn. Er wusste es selber nicht.

»Es war ... ach, ich weiß nicht, wie ich es beschreiben soll«, sagte er zu Luise, als sie ein paar Tage später in ihrem Versteck saßen und die Kekse aßen, die Luise der Köchin abgebettelt hatte. »Einerseits hat er mir so leidgetan, aber andererseits wollte ich am liebsten so schnell wie möglich wieder weg.«

Luise zuckte mit den Schultern. »Ich verstehe nicht, warum du dir solche Gedanken deswegen machst. Du hast diesen Jungen am Sonntag zum ersten Mal gesehen. Es ist doch nicht schlimm, dass du ihn in Ruhe gelassen hast. Vielleicht war ihm das auch lieber.«

Jacob verzog den Mund. »Hmm«, sagte er unschlüssig. »Das kann schon sein.« Er nickte. »Aber er hat so geweint. Bestimmt ist er wegen irgendwas bestraft worden.« Er überlegte kurz. »Als Messdiener hat er gar nichts getaugt. Er hat alles falsch gemacht.«

»Siehst du!« Luise lächelte ihn an. »Da haben wir es schon. Das ist bestimmt der Grund. Du sagst doch selber, dass euer Pastor ganz schön streng sein kann. Glaub mir, es war besser, dass du ihn nicht gestört hast. Am Ende hättest du auch noch was abgekriegt.« Sie stupste ihn aufmunternd an. Dann jedoch verzog sie nachdenklich das Gesicht. »Oder hast du gegen das Gebot der Nächstenliebe verstoßen, weil du den Jungen nicht getröstet hast? Musst du das beichten?« Sie überlegte. »Lass das besser, damit der Pastor nichts davon erfährt.« Jacob wusste, dass sie ihn um die Möglichkeit beneidete, wie alle Katholiken regelmäßig zur Beichte zu gehen und sich von seinen Sünden freisprechen zu lassen. Sie hatte Jacob schon oft gesagt, wie sehr sie es bedauere, dass es so etwas bei den Protestanten nicht gab. »Stell dir nur vor, wie einfach das für mich wäre«, hatte sie erklärt. »Ich wüsste schon, was ich alles beichten müsste! Und anschließend bräuchte ich mir nie wieder Gedanken darüber zu machen. Und der Pastor darf, genau wie mein Vater, niemandem erzählen, was ich ihm gebeichtet habe!«, hatte sie hinzugefügt.

Doch in diesem Fall schien es wohl auch ihr nicht ratsam zu sein, dem Pastor zu nahe zu kommen.

Jacob schüttelte den Kopf. »Ich glaube nicht, dass ich gegen ein Gebot verstoßen habe. Aber du hast recht: Am besten lasse ich die Sache einfach auf sich beruhen. Ich habe ja nichts Falsches gemacht, und ich weiß selbst nicht, warum es mich so beschäftigt.« Er schwieg. Merkwürdig, dass er den weinenden Jungen einfach nicht aus dem Kopf bekam. Zwar hätte er es nicht benennen können, aber irgendetwas war an der Szene gewesen, das ihn aufwühlte. Der Anblick des schönen, traurigen Gesichts hatte ihn tief berührt und ließ ihn nicht mehr los.

4

Wollseifen, 1869

»Nein, nein, nicht, lasst mich in Ruhe!« Ein heftiger Schlag gegen den Brustkorb traf Wilhelm und riss ihn unsanft aus dem Schlaf. Sein Bruder Heinrich, der neben ihm auf dem Strohlager lag, wohlweislich am Rand, weit weg von den nächtlichen Ausbrüchen des Onkels, drehte sich um und murmelte schlaftrunken: »Stups ihn an, damit er Ruhe gibt. Das hält ja kein Mensch aus!«

Wilhelm richtete sich halb auf. So ging das in den meisten Nächten. Er rüttelte seinen Onkel, der immer noch unruhig gestikulierte und im Schlaf unverständliches Zeug vor sich hin redete, an der Schulter. »Onkel Elias, sei still! Wir wollen schlafen!« Der Redestrom versiegte allmählich, und die Atemzüge des alten Mannes wurden ruhiger, bis sie schließlich in sägendes Schnarchen übergingen.

Wilhelm legte sich wieder hin, aber obwohl er müde war, konnte er nicht wieder einschlafen. Seine Gedanken kreisten um die Zeit in Montjoie und um sein Leben bei den Beckers.

Seit seiner Rückkehr kam er sich in seiner Familie vor wie ein Fremder. Auf einmal fiel ihm auf, wie eng und düster es im Haus war, wie karg das Essen, wie bedrückend die Atmosphäre. Hier duftete es nicht nach frisch gebohnerten Holzböden und gestärkter Wäsche, hier roch es muffig und nach altem Schweiß. Hier lag er mit Onkel und Bruder auf einem gemeinsamen Strohlager. Hier wurde nicht fröhlich geplaudert, und niemand schenkte den Kindern Aufmerksamkeit. Hier führte allein der

Vater das Wort, und wenn er – wie meistens – schlechte Laune hatte, litten alle darunter.

Gleich am ersten Tag nach seiner Rückkehr aus Montjoie hatte er Wilhelm eine schallende Ohrfeige verpasst und ihm die neuen Stiefel abgenommen, damit er nicht auf dumme Gedanken kam, wie er es nannte. Von Anfang an hatte er das so gemacht, und eigentlich war Wilhelm schon daran gewöhnt, aber dieses Mal hatte es ihn stärker getroffen als sonst, weil er auf die Lederstiefel, die Herr Becker ihm auch dieses Jahr wieder geschenkt hatte, besonders stolz war. »Du glaubst wohl, du bist jetzt was Besseres? Was willst du denn mit den Städterschuhen hier auf dem Land? Wo sind deine Holzpantinen?«

»Die … die habe ich vergessen«, hatte Wilhelm gestammelt, weil ihm erst bei der Frage des Vaters siedend heiß eingefallen war, dass sie noch in seiner Kammer bei den Beckers unter dem Bett standen. Da hatte es gleich noch eine Ohrfeige gesetzt, und der Vater hatte so fest zugeschlagen, dass Wilhelm die Ohren nur so gerauscht hatten.

»Dann läufst du eben barfuß. In einer Minute stehst du in deiner Arbeitskleidung vor mir. Das neue Zeug taugt doch zu nichts! Das will ich nicht mehr sehen.«

Wilhelm wollte aufbegehren, insgeheim hatte er sich darauf gefreut, der Mutter und den Geschwistern seine neuen Kleidungsstücke zu präsentieren und von Montjoie und dem schönen Leben dort zu erzählen, doch als er die finstere Miene seines Vaters sah, schwieg er und lief eilig, um sich umzuziehen.

Große Wiedersehensfreude hatte es sowieso nicht gegeben, aber die Mutter hatte ihm wenigstens über die Haare gestrichen und gesagt: »Wie schön, dass du wieder da bist, Wilhelm.«

Sie hatte elend ausgesehen, das war ihm gleich aufgefallen. Das letzte Kind hatte sie verloren. Und jetzt war sie schon wieder in Hoffnung. Ihr Leib war mittlerweile so unförmig, dass jede Bewegung ihr schwerzufallen schien, und auf ihrer Stirn standen Schweißtropfen.

Am liebsten hätte er sich an sie geschmiegt, so wie er es bei Jacob und seiner Mutter des Öfteren gesehen hatte, aber in diesem Moment war die Tür aufgegangen, die Hebamme, Clara Schlund, war hereingekommen, und die Mutter hatte ihn weggeschickt. Er hatte nur noch gehört, wie sie zur Mutter gesagt hatte: »Na, Frau Lintermann, jetzt ist es ja wohl mal wieder bald so weit ...«

Später war er mit seinen Brüdern aufs Feld gegangen, um Kartoffeln zu setzen, die den Winter über gekeimt hatten, und nach ein paar Stunden kam es ihm beinahe so vor, als wäre sein Aufenthalt in Montjoie nur ein schöner Traum gewesen.

Er hatte versucht, seinen Brüdern von den vergangenen Monaten zu erzählen, aber Ernst, der sonst immer ein freundliches Wort für ihn gehabt hatte, war wohl mit den Gedanken ganz woanders gewesen und hatte gar nicht richtig zugehört, und Heinrich hatte schon nach den ersten Sätzen gesagt: »Hör auf, so anzugeben, kleiner Bruder! Ein Zimmer ganz für dich alleine, mit einem richtigen Bett, das glaubst du doch selber nicht. Das hast du dir doch ausgedacht.« Und dabei hatte er ihn so scheel von der Seite angesehen, dass Wilhelm es aufgegeben und lieber schweigend weitergearbeitet hatte.

Die Perle, die er bei seinem ersten Besuch in Montjoie bekommen hatte, hatte er sorgfältig in einen Lumpen eingewickelt in seinem geheimen Fach versteckt, das er im Schlafraum neben dem Strohsack in die Wand gekratzt hatte. Das Loch war so nahe am Balken, dass man es kaum bemerkte, und da er es immer wieder sorgfältig mit Stroh verschloss, hatte es bisher noch niemand entdeckt. Früher hatte er nur eine besonders schöne Glasmurmel dort aufbewahrt, die er gefunden hatte und vor seinen Geschwistern verbergen wollte. Ab und zu hatte er sich in einem unbeobachteten Moment hingeschlichen, sie herausgenommen und gegen das Licht gehalten. Sie war aus klarem Glas, aber innen hatte sie rötliche Schlieren, die in der Sonne funkelten und blitzten. Doch sie verblasste neben der Perle. So etwas Kostbares hatte er noch nie besessen. Nicht nur wegen ihres matten Schimmers, sondern auch, weil ihm die Tage in Montjoie vor Augen standen, wenn er sie wie jetzt betrachtete. Aber er durfte sich nicht zu lange damit aufhalten. Rasch schaute er sich verstohlen nach allen Seiten um, ob nicht eine der kleinen Schwestern ihm gefolgt war. Dann schob er die sorgfältig eingewickelte Perle in das Loch und verstopfte es wieder.

In der Küche hatte die Mutter die Petroleumlampe angezündet. Ihr schwacher Schein und die Flammen des offenen Herdfeuers waren die einzigen Lichtquellen im Raum. Die Luft war stickig, und es roch nach Rauch. Onkel Elias saß am Küchentisch und schnitzte an einem Stückchen Holz herum. Das tat er die meiste Zeit, ohne dass etwas dabei herauskam. Wahrscheinlich wollte er nur seinen Händen etwas zu tun geben, weil er sonst nicht mehr zu viel nütze war.

Mit der Großmutter ging es genauso. Sie saß neben Onkel Elias und schälte Kartoffeln. Ihr zahnloser Mund bewegte sich dabei unaufhörlich, und es sah so aus, als ob sie etwas kauen würde. Aber Wilhelm wusste es besser, denn wenn ihr die Mutter einmal nichts zu tun gab, dann betete sie unablässig den Rosenkranz. Selbst wenn sie an den langen Winterabenden Geschichten erzählte, flossen die Perlen des Rosenkranzes wie Wasser durch ihre Finger, vor allem, wenn sie von der letzten Hexe in Wollseifen erzählte. Wilhelm hatte die Geschichte schon lange nicht mehr gehört, doch er wusste ganz genau, wie sie ging, und als er jetzt daran dachte, gruselte es ihn ein wenig, obwohl es draußen noch hell war, und ein Schauer lief ihm über den Rücken. Im Dorf hatte es nämlich, »vor langer, langer Zeit«, wie die Großmutter gesagt hatte, eine Frau gegeben, die hexen konnte. Eines Tages hatte sie sich über den Küster geärgert, weil der sie erkannt und mit einem Trick daran gehindert hatte, nach der Sonntagsmesse die Kirche zu verlassen. In der Nacht wachte der Küster auf, weil seine ganze Schlafkammer voller Katzen war, und eine davon zerkratzte ihm das Gesicht. Er sprang aus dem Bett und schlug mit einem Knüppel wild um sich, wobei er vor allem die Katze traf, die ihn angriff. Am nächsten Tag fand man die Hexe mit zerschlagenem Gesicht tot am Wegesrand. Danach habe es nie wieder eine Hexe in Wollseifen gegeben, »aber«, hatte die Großmutter gesagt, »man kann nie wissen, besser ist es, die Jungfrau Maria um Beistand zu bitten, wenn man von ihr spricht«.

Die Mutter rieb sich leise ächzend den unteren Rücken, als sie zwischen Herd und Tisch hin und her ging. »Du musst das Dach ausbessern«, sagte sie zum Vater, der gerade mit seinen schmutzigen Stiefeln hereingepoltert kam. »In der Stube regnet es durch.«

Der Vater nickte gleichmütig. »Das können Ernst und Heinrich machen. Im Schuppen ist noch genügend Roggenstroh.«

Alle Dächer im Ort waren mit den langen Halmen des Winterroggens gedeckt, die sich besonders gut dafür eigneten. Das Stroh war hart und widerstandsfähig und schützte die Häuser in den langen, kalten Wintern und in der nassen Jahreszeit, wenn es manchmal tagelang am Stück regnete oder schneite.

Unwillkürlich dachte Wilhelm an die vielen prächtigen Fabrikantenvillen in Montjoie. Die meisten waren mit Schiefer gedeckt, für ihn der Inbegriff von Reichtum und Gediegenheit.

»Frau Schlund hat gesagt, es dauert nicht mehr lange«, sagte die Mutter jetzt. »Aber das Kind liegt dieses Mal nicht richtig, und sie kommt morgen noch mal vorbei. Die Geburt soll wohl schwierig werden.«

»Ach, lass mich mit der alten Hexe in Ruhe«, murrte der Vater. »Die kann es bloß nicht abwarten, bis sie endlich ihre Bezahlung bekommt! Du brauchst sie doch gar nicht!« Die Mutter, die offensichtlich Schmerzen hatte, wollte etwas erwidern, aber dem Vater war aufgefallen, dass Wilhelm vor sich hin träumte. »Schläfst du schon wieder mit offenen Augen?«, herrschte er ihn an. »Das hast du dir wohl auch bei den feinen Leuten angewöhnt. Ich werde es dir schon wieder austreiben! Hier wird gearbeitet, nicht müßig herumgesessen. Ich füttere doch keinen Nichtsnutz durch.«

»Lass ihn, Vater«, warf Ernst ein. »Du hast es ja erlaubt, dass er immer wieder mit nach Montjoie fährt. Und es ist doch auch für uns nicht schlecht.« Er nickte dem kleinen Bruder freundlich zu. »Das ist bestimmt eine gute Erfahrung, was?«

Matthes, der Knecht, hatte die ganze Zeit über stumm auf der Eckbank gesessen und mit langsamen Bewegungen Küchenmesser mit einem kleinen Schleifstein geschärft. Er war schon lange bei ihnen, ein kräftiger Mann von zweiunddreißig Jahren. Um drei Ecken war er wohl mit ihnen von der Seite der Mutter her verwandt, deshalb hatte der Vater ihn auch aufgenommen, als er vor etlichen Jahren bei ihnen vor der Tür gestanden hatte. Der Bauer, bei dem er gearbeitet hatte, war gestorben, die Erben hatten den Hof verkauft, und er musste sich eine neue Stelle suchen. Er hatte sie auf dem Lintermann-Hof gefunden, aber der Vater betonte immer wieder, dass er das im Grunde nur aus christlicher Nächstenliebe mache und dass Matthes froh sein könne, bei ihnen untergekommen zu sein. »Der Hof gibt's nicht her, der Kerl frisst uns ja die Haare vom Kopf!«, sagte er bei jeder Gelegenheit, doch insgeheim gefiel es ihm gut, einen so tüchtigen Knecht zu haben. Wilhelm mochte Matthes gerne. Er war freundlich und hilfsbereit, ging anständig mit den Tieren um und hatte meistens gute Laune.

Jetzt reichte er der Mutter die beiden Messer. »Hier, Bäuerin, jetzt sind sie wieder scharf.« Sehnsüchtig fügte er hinzu: »Nach Montjoie möchte ich auch mal gerne. Da war ich noch nie.« Er sprach den Namen wie »Monscho« aus, obwohl Wilhelm ihm erzählt hatte, wie es korrekt hieß. »Herr Linden hat gesagt, die Franzosen haben der Stadt ihren Namen gegeben, Matthes«, hatte er ihm erklärt. »Es heißt Monschoa.« Aber Matthes hatte abgewinkt. »Das ist zu schwierig für meine dicke Zunge«, hatte er gemeint und gelacht.

Jetzt wollte Wilhelm gerade etwas erwidern, da sagte die Mutter: »Wo wir gerade von Becker reden, Carl. Gibt es nicht für uns eine Möglichkeit, über die Tuchfabrik ein bisschen dazuzuverdienen? Weben vielleicht? Das bisschen Flachsspinnen ist ja nur für die Aussteuer der Mädchen. Gertrud Fassbender hat einen Webstuhl zu Hause stehen, und sie hat mir erzählt, dass sie gut zu tun hat. Sie arbeitet sogar für eine Fabrik in Aachen. Wenn jetzt noch ein weiterer Esser kommt ...« Sorgenvoll strich sie über ihren Bauch. »Wir könnten es brauchen. Und die Mädchen könnten mir helfen.« Sie blickte zu den kleinen Schwestern, die wie immer eng zusammenhockten und sich leise miteinander unterhielten.

Der Vater runzelte die Stirn und kniff die Augen zusammen. Dann sagte er mürrisch: »Ich weiß nicht, ob sich das lohnt. Vielleicht gibt die Gertrud nur an. Ich hab gehört, dass immer mehr neue Maschinen gebaut werden, die ein einziger Arbeiter bedienen kann. So was stellen sich die Herren Fabrikanten in ihre Fabriken. Das macht die Heimarbeit doch überflüssig.«

»Da hat der Vater recht, Mutter«, sagte Ernst. »Und du hast doch auch genug Arbeit. Du schuftest den ganzen Tag und gönnst dir nie eine Pause.« Er warf der Mutter einen besorgten Blick zu.

»Ach, was weißt du denn, die Weiber sind doch den ganzen Tag zu Hause. So gut möchte ich's mal haben.« Dem Vater war es anscheinend nicht recht, wenn jemand die Arbeit der Mutter würdigte. »Heinrich sollte lieber nach Mechernich in die Bleigrube gehen. Da kann man wenigstens gutes Geld verdienen.«

Heinrich blickte alarmiert auf. »Ich will nicht in der Grube arbeiten«, protestierte er.

»Ach, du hast nichts zu wollen«, schnitt ihm der Vater das Wort ab. »Solange du deine Füße unter meinen Tisch stellst, hast du zu tun, was ich dir sage. Aber heute Abend will ich davon nichts mehr hören. Lasst uns erst mal essen.«

Es war noch dunkel, als der Vater Wilhelm unsanft aus dem Schlaf weckte. »Steh auf und hol die Hebamme«, befahl er ihm. »Sie soll sofort herkommen. Die Mutter schafft's nicht allein.«

Benommen setzte Wilhelm sich auf und rieb sich die Augen.

»Los, trödle nicht!« Der Vater riss ihn hoch und gab ihm einen Schubs.

Im Dorf war es noch still. Die Hauptstraße lag im blassen Schein des Mondes da, und der spitze Kirchturm hob sich dunkel vor dem Nachthimmel ab. Die Hebamme wohnte in Herhahn, und Wilhelm fürchtete sich ein bisschen, als er den Weg über die Hochebene rannte. Hoffentlich begegnete ihm kein Wolf! Oder eine Hexe! War heute nicht Walpurgisnacht? Besorgt blickte er zum sternenklaren Himmel. Aber es half ja nichts. Er musste die Hebamme holen.

Seine Knie schlotterten vor Anstrengung, als er endlich außer Atem an dem kleinen Fachwerkhaus der Hebamme im Nachbarort angekommen war und mit aller Kraft gegen die Tür hämmerte.

»Frau Schlund! Frau Schlund! Kommen Sie schnell, die Mutter ...«

»Ich hab schon damit gerechnet, dass ihr mich holt.« Die Hebamme hatte offenbar gar nicht geschlafen. Gestiefelt und gespornt stand sie in der Tür, und gemeinsam machten sie sich auf den Weg zurück nach Wollseifen.

Ein grauer Morgen zog herauf, als sie endlich in den Hof einbogen. Wilhelm hörte die Schreie der Mutter schon von Weitem. Angstvoll blickte er die Hebamme an. Die verlor keine Zeit. Sie lief zur Tür und riss sie auf. Die ganze Familie war in der Küche versammelt und erwartete sie bereits. Nur Heinrich war mit Matthes im Stall und versorgte das Vieh.

»Ich brauche heißes Wasser und saubere Handtücher!«, sagte die Hebamme nur und ging gleich durch ins Schlafzimmer.

»Auguste, setz Wasser auf! Das hättest du schon längst machen können«, herrschte der Vater seine älteste Tochter an.

»Ich war schon am Brunnen. Feuer hab ich auch schon gemacht. Du siehst doch, dass der Kessel auf dem Herd steht.« Die Fünfzehnjährige zuckte gleichmütig mit den schmalen Schultern.

»Werd bloß nicht frech!« Einen Moment lang sah es so aus, als wollte der Vater auf Auguste losgehen, aber er besann sich und wandte sich stattdessen an Wilhelm.

»Du kannst gleich weitergehen und Tante Agnes Bescheid geben. Sag ihr, das Kind kommt und sie muss die Mutter vertreten.«

Agnes war die ältere Schwester des Vaters. Sie lebte in einem winzigen Häuschen am Ortsrand, wo sie sich mühsam allein durchbrachte, da sie nie geheiratet hatte. Sie war eine spitznasige, mürrische Frau mit dem aufbrausenden Naturell ihres Bruders, und Wilhelm hatte insgeheim Angst vor ihr. Sie war nicht freundlich zu den Kindern, und ihre hohe, nörgelnde Stimme ging allen durch Mark und Bein.

Jetzt jedoch gehorchte er sofort und rannte eilig aus dem Haus. Nur weg von den Schmerzensschreien der Mutter. Das Letzte, was er hörte, bevor er draußen war, waren ein lautes, gequältes Stöhnen und die Stimme von Frau Schlund, die rief: »Wo bleibt das Wasser?«

Im Gegensatz zur Hebamme war Agnes noch nicht auf den Beinen, obwohl es mittlerweile schon hell war. Wilhelm musste laut rufen, um sich bemerkbar zu machen, und als sie schließlich im wollenen Bettjäckchen an die Tür geschlurft kam, die Haare noch unter einer Nachthaube verborgen, war sie gereizt.

»Was machst du hier für einen Lärm um diese unchristliche Stunde? Was soll das?«

»Der Vater schickt mich«, erwiderte Wilhelm atemlos. »Die Mutter kriegt das Kind, und du sollst sofort kommen, hat er gesagt.«

Agnes zog die Augenbrauen hoch. Ihr dunkler Oberlippenbart bebte vor Empörung. »Was denkt sich der Carl? Hab ich es nicht schon schwer genug? Soll ich jetzt auch noch einen Haufen Kinder versorgen?« Sie warf Wilhelm einen finsteren Blick zu. »Na, hat's dir die Sprache verschlagen?«

»Ich ... ich weiß nicht«, stotterte Wilhelm. »Der Vater hat gesagt, du sollst gleich mitkommen.«

»So kann ich ja wohl kaum vor die Tür gehen.« Sie schaute an sich herunter. »Aber ich will mal nicht so sein. Geh nach Hause und sag, ich komme gleich.«

Wilhelm war froh, dass er den Weg nach Hause alleine antreten konnte. Hoffentlich war das neue Kind schon da, dachte er, aber seine Hoffnung schwand, je näher er dem Hof kam. Um das Schreien und Stöhnen nicht hören zu müssen, griff er in der Küche nach der Schüssel mit dem Abwaschwasser vom Vortag, in dem Kartoffelschalen schwammen, und verzog sich in den Stall, um die Schweine zu füttern.

Die Hühner fütterte er gleich mit, und er sammelte auch die Eier ein, obwohl das eigentlich nicht seine Aufgabe war.

Als er fertig war, überlegte er, ob er zur Schule gehen sollte, aber dann fiel ihm ein, dass ja gar keine Schule war, weil die Heuernte bereits begonnen hatte. Also begab er sich zögernd wieder in die Küche, in der Onkel Elias auf der Bank hockte, die Hände rang und vor sich hin murmelte. In ihrer Ecke am Ofen betete die Großmutter. Ab und zu unterbrach sie sich, um zu jammern: »Warum bin ich nur zu nichts mehr nütze!« Eng an sie gedrückt saßen die kleinen Schwestern, die Wilhelm mit schreckgeweiteten Augen entgegenblickten.

»Ich hab Hunger«, sagte Anna. Die vierjährige Mathilde nickte bestätigend.

»Ist kein Brot da?«, fragte Wilhelm, dem ebenfalls der Magen knurrte. Die Mädchen zuckten mit den Schultern.

»Ich will Milchsuppe«, greinte Anna.

»Tante Agnes kommt gleich, sie macht euch bestimmt eine Milchsuppe«, beruhigte Wilhelm die kleinen Geschwister.

In diesem Moment drang aus der Schlafkammer erneut heftiges Stöhnen. Die Mädchen hielten sich die Ohren zu, aber Wilhelm hörte ganz deutlich, wie Trudchen Breuer, die Nachbarin, die ebenfalls zu Hilfe gekommen war, mit ihrer heiseren Stimme sagte: »Das wird nix mehr! Ich hab heute früh die Totenvögel gesehen.«

Angstvoll blickte Wilhelm zur Tür. Die Totenvögel, das wusste er, das waren die Elstern. Die Großmutter hatte ihm erzählt, dass überall, wo die großen schwarz-weißen Vögel auftauchten, der Tod lauerte.

Auguste kam in die Küche gelaufen. »Wilhelm, du musst den

Doktor holen. Frau Schlund weiß nicht mehr weiter!« Sie beugte sich zu ihm und flüsterte ihm ins Ohr: »Beeil dich, da ist so viel Blut! Ich habe solche Angst!«

Der Arzt wohnte in Dreiborn, das war mindestens eine Stunde entfernt, selbst wenn er sich beeilte.

»Soll ich etwa zu Fuß da hinlaufen?«, fragte Wilhelm.

Auguste schüttelte den Kopf. »Du kannst ja Schwarzes Pitter fragen, ob er seinen Braunen vor den Wagen spannt.«

Peter Schwarz war Stellmacher und hatte Pferd und Wagen.

Wilhelm rannte los, und eine halbe Stunde später waren sie tatsächlich beim Arzt in Dreiborn. Auf ihr Klingeln hin öffnete ihnen die Haushälterin. »Doktor Simon ist nicht da«, sagte sie auf Wilhelms atemlos hervorgesprudelte Bitte. »Er ist auf Hausbesuch. Ich weiß nicht, wann er wiederkommt.«

Wilhelm biss sich auf die Lippe. »Frau Schlund hat gesagt, er muss so schnell wie möglich nach Wollseifen auf den Lintermann-Hof kommen. Sie ist bei meiner Mutter, und das Kind will nicht kommen.« Er holte tief Luft, dann fügte er hinzu: »Bitte, bitte, sagen Sie ihm Bescheid.«

Völlig verzweifelt saß er neben Peter Schwarz auf dem Bock. Tröstend sagte der Stellmacher zu ihm: »Wart's mal ab, Wilhelm, bis wir wieder daheim sind, ist bestimmt schon alles überstanden. Ist ja nicht das erste Kind für deine Mutter. Wird schon gut gehen!«

Doch es war nicht gut gegangen. Als Wilhelm auf den Hof gelaufen kam, trat Frau Schlund gerade aus der Küchentür, wobei sie sich die Hände an einem fleckigen Küchentuch abtrocknete. Zahlreiche graue Strähnen hatten sich aus ihrem langen Zopf gelöst, und sie sah müde und alt aus. Wilhelm wollte ihr sagen, dass es noch ein bisschen dauern würde, bis der Arzt kam, aber sie strich ihm nur über die Haare und sagte: »Armes Kind.«

Die Mutter und das neue Geschwisterchen, ein kleiner Junge, waren tot. »Es hat zu lange gedauert«, erklärte Frau Schlund dem Vater. »Sie ist mir unter den Händen verblutet.«

Der Vater blickte sie finster an. Auf seinem Gesicht zeigte sich keine Regung, aber das war noch unheimlicher, als wenn er laut geschrien und getobt hätte, dachte Wilhelm.

Irgendwann kam der Arzt, aber ihm blieb nur noch, den Totenschein auszustellen. Der Pastor kam und sagte: »Es war Gottes Wille.« Tante Agnes war da und wusch und kleidete die Tote zusammen mit der Nachbarin und mit Auguste, die so laut schluchzte, dass es im ganzen Haus zu hören war. Agnes fauchte sie ein paar Mal an, sie solle sich zusammenreißen, aber Auguste hörte nicht auf. Ihr Kummer war zu groß.

Wilhelm sah zu, dass er seinem Vater, der sich eine Flasche schwarzgebrannten Korn aus der Vorratskammer geholt hatte und sie immer wieder ansetzte, aus dem Weg ging. Am liebsten wäre er gar nicht da gewesen, um dem ganzen Elend zu entfliehen. Verzweifelt sehnte er sich danach, die Stimme der Mutter wieder zu hören, aber sie war auf immer verloren. In ihm war eine große Leere, er lief herum wie betäubt und wusste nichts mit sich anzufangen. Doch das Leben ging weiter. Die Arbeit erledigte sich nicht von alleine, und irgendwann tat es nicht mehr so weh.

5

Wollseifen, 1870

Der Sommer kam. Schon war die Heuernte vorbei, und Wilhelm, der mechanisch seine Pflichten erledigte, sehnte sich in jeder Minute nach Montjoie. Das Gefühl war neu für ihn, aber bevor er das erste Mal in Montjoie gewesen war, hatte er ja auch nichts anderes gekannt als den Hof und das Leben in Wollseifen. Doch jetzt war ihm alles zunehmend zuwider. Heimlich, weil er nicht wollte, dass der Vater es mitbekam, hatte er nach dem Tod der Mutter Jacob einen Brief geschrieben und ihm von seinem Kummer erzählt, damit Herr Becker auch ganz bestimmt kam, um ihn nach Montjoie mitzunehmen. Und tatsächlich hatte Jacobs Vater ihn über den Winter abgeholt, sodass er die traurigen Verhältnisse zu Hause ein wenig hatte vergessen können. Doch viel zu schnell war die Zeit vergangen.

Kaum war er wieder daheim gewesen, war im Frühjahr auch die Großmutter gestorben. Sie war einfach in ihrer Ecke auf der Bank am Fenster eingeschlafen und nicht mehr aufgewacht. Keiner hatte sich um sie gekümmert, und als ihnen am nächsten Morgen aufgefallen war, dass sie gar nicht wach wurde, war sie schon ganz starr und kalt gewesen. Jetzt war niemand mehr da, der ihm ein wenig Wärme gab, und mehr denn je fühlte er, dass er nicht mehr hierbleiben wollte.

Er war jetzt in der siebten Klasse. In zwei Jahren um die Zeit würde er die Schule beendet haben, und er hoffte inständig, dass Herr Becker ihn dann als Lehrling in der Fabrik anstellen würde. Doch das war sein Geheimnis. Der Vater und die Geschwister brauchten von seinen Träumen nichts zu wissen.

Da er mittlerweile regelmäßiger als sonst am Unterricht teilnahm, hatte er zu seiner Enttäuschung den Besuch von Herrn Becker verpasst, der wie immer im Juni gekommen war, um Wolle zu kaufen. Als er aus der Schule kam, war er schon weg, und Ernst berichtete ein wenig missmutig, dass er dieses Mal nicht so viel Wolle gekauft habe wie sonst. »Aber«, sagte er zu Wilhelm, »hoffentlich kommt er wenigstens im Winter wieder und nimmt dich mit. Ein Esser weniger bei den schlechten Wetterbedingungen für die Ernte dieses Jahr, ein Glück!« Nachdenklich hatte er das Gesicht verzogen. »Für die kleinen Mädchen müssten wir auch so eine Koststelle haben«, fügte er hinzu. »Doch die wird Herr Becker wohl nicht mitnehmen wollen. Weiß der Himmel, was für einen Narren er an dir gefressen hat. Na, wer weiß, wozu es noch gut ist.«

Die Aussicht, von Wollseifen wegzukommen, spornte Wilhelm so an, dass er fleißiger lernte als sonst. Und da auch Ernst dafür sorgte, dass er regelmäßig in die Schule ging, weil es ja Gesetz war, freute Wilhelm sich schon darauf, Lehrer Linden sein neu erworbenes Wissen vorzuführen. Nie wieder wollte er sich so blamieren wie damals beim ersten Mal.

Eines Abends, als sie nach getaner Arbeit im Hof saßen, versuchte Ernst, über Wilhelms Zukunft zu sprechen. Der Vater hatte sich ein Feierabendbier aus der Wirtschaft holen lassen, und anscheinend hielt der große Bruder den Zeitpunkt für günstig. »Er macht sich ganz gut, Vater«, sagte er. »Das Lernen hat noch keinem geschadet, und ich finde, er sollte nach Gemünd auf die Landwirtschaftsschule oder sogar aufs Realgymnasium gehen. Dann hat er für später ganz andere Möglichkeiten.«

Damit stocherte Ernst in einer offenen Wunde, das wusste

Wilhelm. Heinrich, der trotz der vielen Fehlzeiten ein sehr guter Schüler gewesen war, hatte nach Abschluss der Volksschule auf die weiterführende Schule gehen wollen, um sein Einjähriges zu machen. Die Landwirtschaft machte ihm keinen Spaß, und er hatte sich im Unterricht besonders beim Rechnen hervorgetan. Sein Traum war es gewesen, in einem Kontor zu arbeiten. Doch der Vater hatte es nicht erlaubt. »Was willst du denn da?«, hatte er nur gefragt. »Den Hof übernimmt doch sowieso Ernst. Und was du brauchst, um dich woanders zu verdingen oder in der Grube zu arbeiten, kannst du auch so lernen. Die Oberschule ist nur was für feine Leute, wir können uns das nicht leisten. Wer soll denn das Schulgeld bezahlen?«

Heinrich hatte sich notgedrungen gefügt, zumal danach nicht mehr die Rede davon gewesen war, dass er sich woanders verdingen oder nach Mechernich ins Bleibergwerk gehen sollte. Doch als er jetzt hörte, was der Bruder dem Vater vorschlug, reagierte er zornig. »Für den Kleinen schwingst du dich zum Fürsprecher auf«, brüllte er Ernst an. »Aber mich hast du damals im Stich gelassen. Ich durfte nicht weiterlernen. Dabei hätte ich so gerne einen anderen Beruf ergriffen, wollte Buchhalter oder vielleicht sogar Lehrer werden.«

Ernst zuckte nur mit den Schultern, aber der Vater erwiderte: »Was sind das denn für Flausen? Für jemanden wie dich kommt höchstens die Grube infrage. Das habe ich schon oft genug gesagt. Du kennst meine Meinung. Dann bist du auch aus dem Haus. Immer machst du nur Ärger.«

Heinrich geriet außer sich. »Ich habe es so satt, von früh bis spät zu schuften und auf keinen grünen Zweig zu kommen! Warum verstehst du nicht, dass ich etwas lernen will?« Er war so wütend, dass er aufsprang und zum ersten Mal in seinem Leben dem Vater offen die Stirn bot, obwohl er genau wusste, dass ihm das wahrscheinlich schlecht bekommen würde.

»Nichts gönnst du mir!«, schrie er mit überkippender Stimme. »Du hörst mir nicht einmal zu! Was habe ich dir denn getan, dass du mich schlechter behandelst als jeden anderen?« Er wies auf Harras, den Hofhund, der zu Füßen des Vaters lag. »Selbst der Hund hat es bei dir besser als ich! Am liebsten wäre ich tot!«

Obwohl Wilhelm schon daran gewöhnt war, dass Heinrich und der Vater öfter aneinandergerieten, bekam er doch einen Schreck, als sein Bruder das sagte.

Agnes, die seit dem Tod der Mutter Auguste ab und zu dabei half, den Haushalt zu führen, hatte seine letzten Worte mitbekommen. Warnend warf sie ein: »Versündige dich nicht, Heinrich. Der Vater will doch nur dein Bestes, nicht wahr, Carl? Und er weiß schon, was gut für dich ist. Am Ende hättest du tatsächlich nur deine Zeit vergeudet, wenn du weiter zur Schule gegangen wärst.«

Aber selbst die Vermittlungsversuche von Agnes waren vergebens. Der Streit war nicht mehr zu schlichten, und als Heinrich dann auch noch mit erhobenen Fäusten auf den Vater losging, schlug dieser ihm die Faust mitten ins Gesicht. Wilhelm, der Angst hatte, zwischen die Fronten zu geraten, suchte das Weite.

Am Abend, als sie alle zu Bett gingen, tauchte auch Heinrich wieder auf, schwarz geronnenes Blut unter der Nase, ein Auge zugeschwollen und die Oberlippe ganz dick. Leise ächzend legte er sich neben Wilhelm, der so tat, als ob er schon schliefe. Der Bruder, der sichtlich Schmerzen hatte, tat ihm leid, aber was hätte er ausrichten können?

Er war schon halb eingeschlafen, als er hörte, wie Heinrich vor sich hin murmelte: »Es wird ihm noch leidtun! Wenn ich erst einmal weg bin, dann wird er bedauern, dass er so hart zu mir war!«

Doch dann geriet der Streit erst einmal in Vergessenheit, denn alles wurde nur noch schlimmer. Mitte Juli erklärte Deutschland Frankreich den Krieg, und ehe Wilhelm noch begriff, was das bedeutete, war Mobilmachung, und Ernst musste zum Militär. Damit hatte keiner gerechnet, am allerwenigsten er selber. »Was soll das denn heißen? Hier steht, dass unser König die unerhörten Zumutungen des Franzosenkaisers zurückweist und uns deshalb zu den Fahnen ruft!« Mühsam entzifferte er die Bekanntmachung zur Mobilmachung. »In fester Zuversicht auf Gott werden wir zur Errettung des Vaterlands aufgerufen. Nun denn! Ich habe nichts gegen die Franzosen«, sagte er fassungslos. »Was habe ich damit zu schaffen, was die Herren in der Politik sich ausdenken! Aber macht euch keine Sorgen, bestimmt bin ich bald wieder da.«

Wilhelm war stolz und fast ein bisschen neidisch auf den großen Bruder, als er in seiner dunkelblauen Uniform mit der grauen Hose loszog. Doch als dann auch noch Matthes eingezogen wurde, wurde ihm mulmig zumute.

Zu Hause fehlten Ernst und der Knecht an allen Ecken und Enden. Der Vater wurde, wenn möglich, noch unberechenbarer als sonst, und die Brüder hatten kaum Gelegenheit, seinen unvermittelten Wutausbrüchen zu entgehen. Die Abende waren besonders schlimm. Während früher in der kurzen Feierabendstunde die Mutter schon einmal eine Geschichte erzählt hatte, herrschten jetzt nur Zank und Streit, und vor allem die beiden Jungen vermieden es, sich zu lange in der Küche aufzuhalten. Einmal machte Auguste den Versuch, die heimelige Atmosphäre, die die Mutter früher geschaffen hatte, wieder aufleben zu lassen, aber der Vater schnitt ihr barsch das Wort ab. »Lass den Unsinn«, fuhr er sie an, kaum dass sie angefangen hatte, die Geschichte vom ewigen Jäger zu erzählen. Dabei hätten alle gerne gehört, wie sie weiterging. Wilhelm sehnte mehr als einmal den Tag herbei, an dem Herr Becker endlich da war, um ihn nach Montjoie abzuholen.

Müde kam er an einem Tag Anfang September vom Feld nach Hause. Sie hatten den ganzen Tag Kartoffeln geerntet, und obwohl es schon spät war, warteten auch zu Hause noch zahlreiche Pflichten auf ihn. Hoffentlich hatten die kleinen Schwestern wenigstens die Kühe gehütet, damit sie nicht die ganze Zeit im Stall standen und Futter verbrauchten. Seit die Mutter nicht mehr da war, blieb vieles liegen, was sie sonst ganz selbstverständlich erledigt hatte. Auguste tat, was sie konnte, aber sie schaffte nicht alles alleine, zumal sie sich ja neben Onkel Elias, der immer wunderlicher wurde, auch noch um die kleinen Mädchen kümmern musste, die die Mutter schmerzlich vermissten. Und Agnes war keine wirkliche Hilfe. Sie schimpfte und nörgelte nur den lieben langen Tag.

Im Dorf kam ihm der Postbote entgegen, der einen Brief schwenkte. »Wilhelm, gut, dass ich dich treffe! Ich habe mich extra noch einmal auf den Weg gemacht. Hier ist ein Brief vom Regiment. Wird wohl was Wichtiges sein. Bring ihn nur schnell dem Vater!«

Neugierig betrachtete Wilhelm den Brief. Die kleine Schrift war schwer zu entziffern, aber deutlich lesen konnte er, dass der Brief an Carl Lintermann adressiert war. Er rannte nach Hause und überreichte ganz außer Atem dem Vater den Brief.

Unwillig schaute der Alte darauf und gab ihn Wilhelm zurück. »Meine Augen machen heute nicht so mit«, brummte er. »Mach ihn auf und lies vor.«

Wilhelm wusste, dass Lesen nicht zu den Stärken des Bauern gehörte. Und so kam es, dass er mit stockender Stimme und unterbrochen von zahlreichen Kopfnüssen seines Vaters, dem es nicht flüssig genug ging, vorlesen musste, dass sein Bruder,

Ernst Lintermann, am 1. September 1870 in der Schlacht von Sedan auf dem Feld der Ehre gefallen war. Weiter wurde ihnen mitgeteilt, dass die Schlacht am 2. September für die Preußen siegreich geendet habe und Ernst durch seinen Heldentod die Voraussetzung für einen Sieg Preußens über die Franzosen geschaffen habe.

Als der Vater begriff, was er ihm da vorlas, begann er zu toben und schlug so heftig auf Wilhelm ein, dass selbst der taube Onkel Elias, der in sich versunken in der Küche gesessen hatte, aufmerksam wurde. Tante Agnes, die im Garten die Bohnen geerntet hatte, kam erschrocken herbeigelaufen. Sie zog Wilhelm weg von den wirbelnden Fäusten des Bruders, der vor Wut völlig außer sich war. »Was machst du da? Lass den Jungen! Du schlägst ihn noch tot!«

Doch all sein Wüten und Heulen, in das dann auch Agnes einstimmte, als sie den Grund erfuhr, änderte nichts – Ernst wurde davon nicht wieder lebendig.

Wilhelm hatte von Politik keine Ahnung, er interessierte sich nicht dafür. Er wusste nur, dass sein großer Bruder tot war, und ihm tat das Herz weh bei dem Gedanken, dass Ernst nie wieder zur Tür hereinkommen würde. Erst die Mutter, dann die Großmutter und nun auch noch der große Bruder. Jetzt würde alles anders werden, das wusste er instinktiv. Auf Ernst hatte der Vater gehört, und der Bruder war der Einzige gewesen, der mäßigend auf ihn hatte einwirken können. Damit war es ein für alle Mal vorbei. Auf einmal fühlte sich Wilhelm unendlich allein. Matthes war ja auch im Krieg. Von ihm hatten sie nichts gehört, und sie wussten nicht, was aus ihm geworden war. Nach Hause gekommen war er bis jetzt auf jeden Fall noch nicht wieder. Wilhelm hatte niemanden mehr, der ihm mal ein gutes Wort gab.

Auf Heinrich konnte er nicht zählen. Der war leichenblass geworden, als er vom Tod des Bruders erfahren hatte. »Du machst jetzt den Hof«, hatte der Vater erklärt, und Heinrich war nichts anderes übrig geblieben, als sich zu fügen. Wilhelm war noch zu jung, und der Vater brauchte einen kräftigen Helfer, weil ihm seit Kurzem sein linker Arm nicht mehr recht gehorchen wollte. An manchen Tagen bekam er ihn gar nicht hoch, und so konnte er die Arbeit alleine natürlich nicht schaffen.

Doch Heinrich hatte innerlich schon lange mit dem Hof abgeschlossen und immer nach einer Gelegenheit gesucht, etwas anderes zu machen. Schließlich wusste er nur zu gut, was auf ihn zukam. Der Hof warf einfach nichts ab, in manchen Jahren litten sie Hunger, weil die Kartoffeln auf dem Acker verfaulten oder erfroren, da sie wegen widriger Wetterbedingungen die Ernte nicht hatten einfahren können. Ihm war klar, dass der Vater ihn für jeden Misserfolg verantwortlich machen und ihn keineswegs in Ruhe arbeiten lassen würde, wie er es bei Ernst getan hatte. Das alles setzte er Wilhelm flüsternd auseinander, als sie in der Nacht neben dem Onkel, der rasselnd atmete, auf dem Strohlager lagen. »Du kannst dich schon einmal darauf einrichten«, sagte er. »Über kurz oder lang bin ich hier weg. Ich warte nur noch ab, bis ihr alle ein wenig älter seid.« Und obwohl Wilhelm nie das beste Verhältnis zu Heinrich gehabt hatte, tat ihm der Bruder leid. Er wusste, wie schwer er es mit dem Vater haben würde, und er verstand nur zu gut, dass Heinrich wegwollte. Auch er wäre ja am liebsten vor dem Vater weggelaufen. Immer nur Prügel und Not und Elend, das hielt doch keiner aus. In dieser Nacht wurde ihm klar, dass das Leben, wie er es bisher gekannt hatte, endgültig vorbei war. Ich will auch nicht bleiben, dachte Wilhelm. Ich will nicht als einziger Sohn hier übrig sein. Das ist kein Leben. Am besten gehe ich nach Montjoie und komme nie wieder nach Wollseifen zurück.

Doch ausgerechnet in diesem Jahr kam Herr Becker nicht, um ihn zu holen.

Aus dem Tagebuch von Friederike von Knobloch

25. August 1870

Es herrscht Krieg zwischen Deutschland und Frankreich, und viele junge Männer werden aufgrund der neuen Wehrpflicht an die Front geschickt. Insgeheim danke ich dem Herrgott, dass Dietmar Linden nicht zu ihnen gehört. Er ist mir in den letzten Jahren so lieb geworden, dass ich ihn mir aus meinem Leben gar nicht mehr wegdenken mag. Und auch er hat mir seine Liebe schon gestanden. Manchmal träume ich davon, mit ihm einen eigenen Hausstand zu gründen, aber das ist natürlich vermessen, woher sollten wir denn das Geld nehmen, mittellos, wie wir beide sind? Vorläufig müssen wir uns deshalb damit begnügen, einander täglich sehen zu können.

25. Januar 1871

Wie ich im Kreisblatt gelesen habe, ist der Waffenstillstand vereinbart worden. Hier und da wird zwar noch gekämpft, aber Deutschland ist weitestgehend siegreich, und es geht dem Ende entgegen. Wie bin ich froh, wenn dieser Krieg endlich vorbei ist! Vor einer Woche nun hat sich König Wilhelm I. im Spiegelsaal von Versailles zum Kaiser krönen lassen. Die Zeremonie an diesem symbolträchtigen Ort trägt noch zur Demütigung der Franzosen bei, was sicher auch so gewollt ist. Um mich herum herrscht einmütig nationale Begeisterung über die Einigung des Deutschen Reiches, aber ich kann nicht umhin, Mitgefühl für die Franzosen zu empfinden, zu sehr bin ich mit der Sprache, Literatur und Kultur dieses Landes verbunden.

15. Mai 1871

Mit dem Friedensvertrag von Frankfurt am 10. Mai ist der Krieg nun offiziell beendet. Aber er hat auf beiden Seiten große Opfer gefordert, zumal es auch heißt, dass dieses Mal so viele neue Waffen und Geräte eingesetzt wurden wie noch nie zuvor. So viele Männer sind gefallen oder schwer verwundet worden, und das auf beiden Seiten. Frankreich muss einen Großteil des Elsass und einen Teil von Lothringen an Deutschland abtreten. Das Zweite Französische Kaiserreich gibt es nicht mehr.

6

Montjoie, 1871

»Guten Tag, Herr Doktor, kommen Sie herein. Herr Bergerhausen erwartet Sie schon. Möchten Sie ablegen?« Der Mann, der ihnen die Tür geöffnet hatte, hatte schütteres, streng zurückgekämmtes dunkles Haar, war glatt rasiert und trug einen schwarzen Frack. Luise blickte ihn staunend an. War das der Butler? Der Vater hatte ihr gesagt, dass so feine Leute wie Herr Bergerhausen, der seit einigen Jahren im Roten Haus wohnte, nicht selbst zur Haustür gingen. »Mein Großvater, dein Urgroßvater, hatte auch einen Butler«, hatte er gesagt. »Aber als einfacher Arzt kann ich mir das nicht leisten. Wir können froh sein, wenn Henny die Tür aufmacht.«

Der Vater reichte dem Mann Zylinder und Spazierstock, wobei er Luise einen warnenden Blick zuwarf. Sie wusste, was das bedeutete. Der Vater hatte ihr eingeschärft, sich im Hintergrund zu halten. »Du musst nicht vor dem Haus stehen bleiben, das wäre mir auch nicht recht, ich nehme dich natürlich mit hinein. Aber du musst mucksmäuschenstill sein und unten brav warten, bis ich wiederkomme. Ich möchte nicht, dass es Gerede gibt, weil ich meine Tochter zu Patientenbesuchen mitnehme.«

Er hätte sie gar nicht so eindringlich ermahnen müssen. Luise wusste, was man von ihr erwartete. Außerdem war sie daran gewöhnt, dass kaum jemand von ihr Notiz nahm. Wer achtete schon auf ein Kind? Das würde hier auch nicht anders sein.

Der Butler führte ihren Vater die Treppe hinauf. Auf halbem Weg kam ihnen ein weiterer Mann entgegen. Er war klein und untersetzt, und an den Seiten seiner fleischigen Wangen wuchs ihm ein komischer Backenbart. Trotz seiner Leibesfülle bewegte er sich erstaunlich schnell, und er schien völlig aufgelöst zu sein. Aus dem oberen Stockwerk drang lautes Stöhnen.

»Mein lieber Doktor«, rief er. »Ich danke Ihnen, dass Sie meiner Nachricht sofort gefolgt sind! Kommen Sie rasch! Sie hören ja selbst – meiner Frau geht es immer schlechter!« Auch er hatte keinen Blick für Luise.

Die Männer verschwanden um die Treppenbiegung, und Luise blickte sich staunend in der großen Eingangshalle um. Jedes Kind in Montjoie kannte das prächtige Haus, das vor mehr als hundert Jahren von der reichen Tuchmacherfamilie Scheibler an der Rur in direkter Nachbarschaft zu der evangelischen Stadtkirche erbaut worden war. Es hob sich von den umliegenden Fachwerkhäusern und den anderen Tuchmachervillen ab, nicht nur wegen seiner Höhe, sondern auch, weil es eine Fassade aus Ziegelsteinen hatte und als einziges Haus in Montjoie in einem dunklen Rot verputzt war. ›Das Rote Haus‹ wurde es deshalb genannt. Bisher war Luise jedoch noch nie darin gewesen. Was für ein Glück, dass der Vater ihr erlaubt hatte mitzukommen, als nach ihm geschickt worden war.

Die Halle war leer, seitdem die Männer gegangen waren. Alles war still, nur von oben hörte man ab und zu noch gedämpfte Stimmen. Was mochte Frau Bergerhausen fehlen? Die Frage interessierte Luise brennend, wie sie alles interessierte, was mit Krankheiten und ihrer Heilung zu tun hatte. Aber der Vater konnte ihr sicherlich helfen, davon war sie fest überzeugt.

Damit das Warten nicht so langweilig war, wanderte sie herum und betrachtete alles ganz genau. Das durfte sie ja, der Vater hatte ihr lediglich eingeschärft, nichts anzufassen. Luise war fast ein wenig beleidigt gewesen, das verstand sich doch von selbst. Sie war ja schließlich kein kleines Kind mehr.

Es roch nach Bohnerwachs und ganz leicht nach Zitronenöl. Die schwarz-weißen Bodenfliesen schimmerten im Licht, das durch die hohen Fenster fiel. Die Flügeltüren zu beiden Seiten der Eingangshalle waren geschlossen, sodass sie nicht sehen konnte, wie die Räume dahinter aussahen. Aber das Treppenhaus war ja auch schon etwas Besonderes. Luise hatte das Gefühl, sich in einem Schloss zu befinden, so prächtig war die freitragende Treppe mit ihrem reich verzierten Geländer, in dem man auf der Außenseite Szenen aus der Tuchverarbeitung bewundern konnte. Auf der Innenseite waren, ebenfalls auf Holzmedaillons, die Jahreszeiten, die Tageszeiten und die Elemente dargestellt. Das hatte Jacob ihr erzählt, und der wusste es von seinem Vater, der die Familie Scheibler kannte und mit ihr Umgang hatte. Er war wohl oft in dem Haus gewesen, als die Familie Scheibler hier noch gewohnt hatte.

Vorsichtig ging Luise die Stufen hinauf und versuchte, die Bildtafeln zu zählen.

Sie wusste von Jacob, wie viele Arbeitsgänge nötig waren, um aus Schafwolle Garn zu spinnen, das dann zu Tuch verarbeitet werden konnte. Zuerst musste die Wolle gewaschen und gelockert werden, gedehnt und getrocknet. Sie wurde mit Karden aufgeraut und geglättet, gekämmt und mit Pflanzenfarben gefärbt, bis sie schließlich versponnen und auf große Garnrollen gewickelt wurde, mit denen dann gewebt werden konnte. Das galt wohl für alle Fabriken gleich, und da all das auf den Holzmedaillons dargestellt war, wenn auch mit Engelchen und nicht mit Menschen, versuchte Luise auf den Schnitzereien diese Vorgänge zu erkennen.

Früher einmal waren Wohnhaus und Fabrik miteinander verbunden gewesen. Der Hauseingang, über dem ein goldener Helm prangte, führte ins Wohnhaus, während den Eingang in die Fabrik ein ebenfalls vergoldeter Pelikan zierte, der seine

Jungen füttert. Diese Zeichen über den Eingängen hatten ihren Ursprung in der Zeit, als es noch keine Straßennamen und Hausnummern gegeben hatte, hatte der Vater Luise erklärt. Der Helm wies auf die hohe Stellung der Familie Scheibler in der Gesellschaft hin, und der Pelikan galt als Symbol dafür, dass sie vielen Menschen Arbeit gaben.

In diesem Teil des Gebäudes wurde hoch oben unter dem Dach die kostbare Merinowolle gelagert, die über einen Schacht im Haus in den Keller gelangte, wo sie gewaschen wurde. Das Wasser der Rur war kalkarm, wusste Luise, was beim Färben der Wolle für besonders strahlende Farben sorgte. Jetzt jedoch wurde in dem großen Haus schon lange kein Tuch mehr hergestellt, und die Werkstätten im Keller, die man vom Ufer der Rur aus erkennen konnte, lagen brach. Der Vater hatte ihr erzählt, dass die Scheiblers aus dem Roten Haus in anderen Städten große Fabriken hatten, hier in Montjoie aber nichts mehr produzierten.

»Die Transportwege sind zu lang, weil Montjoie nicht an die Eisenbahn angeschlossen ist. Das macht die Produktion teuer, gerade für die Fabriken, die gemusterte Feintuche herstellen«, hatte er gesagt. »Und es gibt zu viel Konkurrenz, zum Beispiel in der Lausitz, wo billige Massenware hergestellt wird.«

Luise hatte nicht alles verstanden, was der Vater ihr erklärt hatte, aber das spielte keine Rolle. Wenn er solche Gespräche mit ihr führte, fühlte sie sich ernst genommen und geliebt. Und das war das Wichtigste, denn sie liebte ihren Vater mehr als jeden anderen Menschen auf der Welt. Nie war ihm eine Frage zu viel, und er beantwortete ihr alles, was sie wissen wollte. Luise wusste, dass Großmama, die ihr doch häufig ihre Eskapaden nachsah, nicht damit einverstanden war. Wenn sie, was zum Glück selten vorkam, bei einem ihrer Gespräche dabei war, tadelte sie den Vater. »Du behandelst das Kind wie eine Erwachsene! Sie versteht doch noch gar nicht, was du ihr erzählst.«

Aber Luise sog alles auf wie ein Schwamm, und so wusste sie auch, dass die Familie Scheibler das Rote Haus an die reiche Familie Bergerhausen verkauft hatte, weil sich die Tuchherstellung für sie in Montjoie nicht mehr lohnte. Die Waren mussten mühsam mit Pferd und Wagen transportiert werden, und außerdem, so hatte der Vater erklärt, war der gesamte amerikanische Markt weggefallen, weil in Amerika eine eigene Tuchindustrie entstanden war und deshalb Schutzzölle erhoben wurden. »So lohnt es sich für unsere Tuchfabrikanten nicht mehr, Ware nach Amerika zu verkaufen, und die Amerikaner schützen ihre eigene Produktion.«

»Aber wenn schon im Roten Haus nichts mehr hergestellt wird«, hatte Luise gefragt, »geht es dann Herrn Beckers Fabrik auch schlecht?«

»Nein«, hatte der Vater erklärt. »Zum Glück nicht. Er stellt Gebrauchstuche her, die sind längst nicht so aufwendig wie die feinen Stoffe, die im Roten Haus entstanden sind. Und vor allem liefert er kaum Ware ins Ausland, sondern produziert eher für unseren inländischen Markt. Uniformen müssen immer geschneidert werden, wenn nicht für Soldaten, dann doch wenigstens für Schaffner oder Postbeamte.«

Luise war schon einige Stufen auf der Treppe hinaufgestiegen, um sich die geschnitzten Bilder anzusehen, als sie von oben Stimmen hörte. Das Stöhnen war schon vor einiger Zeit verstummt, anscheinend hatte der Vater der Frau wohl helfen können. Rasch huschte sie hinunter und stellte sich in der Eingangshalle an eine Wand, die aussah, als wäre sie aus Marmor. Aber als sie die Hand ausstreckte und sie berührte, stellte sie fest, dass es nur eine Stoffbespannung war.

»Die Tropfen müssten ihr ein wenig Linderung verschaffen,

Herr Bergerhausen«, hörte sie den Vater sagen. »Ich kann Sie beruhigen, es ist nur eine leichte Diarrhö.«

Was mochte das sein? Luise überlegte, ob sie das Wort schon einmal gehört hatte.

»Oh, Gott sei Dank«, stieß Herr Bergerhausen hervor. »Ich fürchtete schon, sie hätte sich in den Armenquartieren Montjoies mit der Cholera angesteckt. Ständig hält sie sich am Mühlenberg auf. Sie lässt sich einfach nicht davon abbringen, den Ärmsten der Armen zu helfen.«

Luise hörte an der Stimme des Vaters, dass er lächelte. »Nein, nein, die Cholera ist es ganz gewiss nicht. Wie gesagt, eine Diarrhö. Sie sollte jedoch nur leichte Kost zu sich nehmen und sich in den nächsten Tagen schonen. Ruhe und viel trinken, vor allem Tee und abgekochtes Wasser. Und sosehr es Ihre Frau Gemahlin ehrt, dass sie den Ärmsten helfen will, so sollte sie sich in der nächsten Zeit nicht mehr höchstpersönlich dorthin begeben, sonst kommt es tatsächlich noch zu einer Ansteckung. Vielleicht sollte sie sich einen längeren Erholungsaufenthalt in einem Kurort wie Schlangenbad oder Baden-Baden gönnen, damit sie wieder zu Kräften kommt.« Er warf dem Mann einen scharfen Blick zu. »Ihnen könnte das auch nicht schaden, lieber Bergerhausen! Ah, Luise, da bist du ja«, fügte er hinzu, als er seine Tochter sah. Er wirkte beinahe ein wenig erstaunt, sie hier zu sehen.

»Ach, das Töchterchen«, sagte Herr Bergerhausen freundlich und streckte die Hand aus. Luise ergriff sie und machte einen Knicks, aber der Mann hatte sich schon wieder an ihren Vater gewandt. »Vielen, vielen Dank, Herr Doktor. Sie kennen das ja sicher, wenn sich Frauen erst einmal etwas in den Kopf gesetzt haben, kann man es ihnen nicht ausreden, und so geht es mir mit der wohltätigen Arbeit meiner Cäcilie. Bis jetzt ist es ja gut gegangen, aber ich möchte natürlich auf keinen Fall, dass sie

Gefahr läuft, sich anzustecken ... Und was mich angeht, ich werde gleich Reisevorbereitungen treffen.«

»Ja, tun Sie das, Herr Bergerhausen«, erwiderte der Vater. »Sollte sich wider Erwarten der Zustand Ihrer Gattin kurzfristig verschlimmern, schicken Sie nach mir. Aber sie hat kein Fieber, und nach menschlichem Ermessen müsste es ihr bald wieder besser gehen. Auf Wiedersehen, Herr Bergerhausen.«

Die Luft war angenehm warm, und die Sonne schien, als sie durch die Stadt zu ihrem Haus hinaufgingen.

Zunächst schwieg Luise, aber dann sagte sie: »Womit kann man sich denn bei armen Leuten anstecken, Papa?«

»Oh, da gibt es einiges. Cholera grassiert vor allem dort, wo die Menschen so eng zusammengedrängt wohnen, dass die Hygiene nicht gewährleistet ist. In den Fabriken sind giftige Dämpfe, und die Arbeiter kommen in Berührung mit Flüssigkeiten, die sie krank machen. Viele haben Tuberkulose, sind also lungenkrank, und es gibt ansteckende Hautkrankheiten, die einen Menschen ein Leben lang entstellen können.«

»Das ist ja furchtbar!« Luise war empört. »Hilft denn den Leuten niemand, wenn Frau Bergerhausen jetzt nicht mehr zu ihnen gehen darf?«

Der Vater zuckte mit den Schultern. »Oft suchen sie erst gar keinen Arzt auf, weil sie ihn sowieso nicht bezahlen könnten, und für die Fälle, die ich dann doch zu sehen bekomme, ist es oft schon zu spät. Auch der Medizin sind Grenzen gesetzt.«

Luise verzog nachdenklich das Gesicht, dann sagte sie mit Nachdruck: »Papa, ich bin froh, dass du Arzt bist und nicht Tuchfabrikant.«

»Warum denn das? Tuchfabrikant ist doch ein achtbarer Beruf«, erwiderte der Vater.

»Ja, aber wenn du Tuchfabrikant wärst, müsste ich ja, wenn

ich groß bin, die Fabrik übernehmen, so wie Jacob einmal. Und dann müssten die Arbeiter bei mir auch unter schlechten Bedingungen arbeiten. Wenn ich aber Ärztin werde, dann kann ich den Menschen genauso helfen wie du!«

Sie sagte es so ernsthaft, dass der Vater lächelte. »Das ist schön von dir. Und es würde mich tatsächlich freuen, das muss ich zugeben. Doch du bist ein Mädchen und brauchst gar keinen Beruf zu ergreifen. Du wirst eine gute Mitgift von mir bekommen und einen Mann heiraten, der dich standesgemäß versorgt.«

»Ich will aber nicht heiraten.« Luise runzelte die Stirn. »Ich will Medizin studieren, das weiß ich ganz genau.« Der Vater kam ihr heute ein bisschen begriffsstutzig vor.

»Ich fürchte, es wird dir sehr schwer gemacht werden, diesen Beruf zu ergreifen. Zunächst einmal müsstest du das Abitur ablegen, und selbst dann kannst du nicht an einer Universität studieren wie ein Mann, weil bisher in Deutschland Frauen zum Universitätsstudium nicht zugelassen sind. Nur Männer dürfen an die Universitäten.«

»Warum das denn?«, fragte Luise erbost. »Das ist doch ungerecht!«

»Ja, das ist es«, sagte der Vater. »Aber so sieht es nun einmal aus.«

»Fräulein Friederike hat uns von einem Arzt erzählt, der schon vor zweihundert Jahren seine Tochter so unterrichtet hat, dass sie später auch Ärztin werden konnte«, sagte Luise. »Das würde mir gefallen. Kannst du das mit mir nicht genauso machen?«

Doch der Vater war offensichtlich mit seinen Gedanken heute ganz woanders, denn statt wie sonst den Gesprächsfaden weiterzuspinnen, sagte er nur zerstreut: »Für jetzt solltest du dir darüber noch nicht den Kopf zerbrechen, Kind. Vielleicht finden wir ja einen Weg, wenn du alt genug bist. Kommt Zeit, kommt Rat. Jetzt lass uns erst einmal nach Hause gehen.« Er blieb kurz stehen, zog seine Taschenuhr heraus und ließ den Deckel aufspringen.

»Ach du lieber Himmel«, sagte er. »Schon fünf Uhr. Das Fräulein wird schimpfen. Du verpasst die Handarbeitsstunde.«

»Das ist mir egal«, sagte Luise und verzog das Gesicht. »Wir häkeln einen Pompadour, und wirklich, Papa, ich weiß nicht, wie Isabella das immer so gleichmäßig hinbekommt – bei mir werden die Maschen immer enger und kleiner, und am Ende sieht das Ding unmöglich aus!«

Der Vater lächelte. »Du musst dir auch Mühe geben«, sagte er. »Das Fräulein bringt euch eben auch diese wichtigen Dinge bei. Denk doch nur, was du für schöne …«

Er wurde unterbrochen, weil in diesem Moment ein Herr auf sie zukam, der den Vater mit einem Wortschwall begrüßte. »Ah, lieber Herr Doktor, ich grüße Sie! Sie waren wohl gerade im Roten Haus! Es wird doch nichts Ernstes sein? Wer ist denn krank? Herr Bergerhausen oder die Frau Gemahlin? Wie gut jedenfalls, dass ich Ihnen begegne. Ich wollte Sie schon lange in Ihrer Sprechstunde aufsuchen … Seit ein paar Wochen leide ich unter unerklärlichen Schmerzen im Knie. Was könnte das nur sein?«

»Lieber Herr Landrat«, sagte der Vater, um den Redefluss des Mannes zu stoppen. »Kommen Sie jederzeit gerne vorbei. Jetzt warten leider andere Pflichten auf mich. Außerdem muss ich meine Tochter nach Hause bringen. Das Fräulein wartet schon sehnsüchtig auf sie. Sie entschuldigen mich.«

Er wandte sich zum Gehen, und Luise, die einen Schritt zur Seite getreten war, fasste wieder nach seiner Hand, aber der Landrat erklärte unbekümmert: »Ach, wissen Sie was, ich begleite Sie ein Stück. Das Wetter ist ja so schön, und meinem

Knie wird es wohl nichts schaden. Und im Zweifelsfall sind Sie ja auch gleich zur Stelle.« Er lachte jovial.

Luise ärgerte sich über den Mann. Sie hatte sich so auf ihren kleinen Spaziergang mit dem Vater gefreut, aber das fiel jetzt wohl ins Wasser, wo der Mann neben ihnen herging. Doch dann spitzte sie die Ohren, denn der Mann fing an zu reden, als wäre sie gar nicht dabei.

»Das ist so eine Sache mit diesen Maschinenwebstühlen«, sagte er und wandte vertraulich den Kopf zum Vater. »Es wird gemunkelt, dass die meisten Tuchfabriken hier weit über ihre Verhältnisse leben. Ja, die Zeiten werden immer schwieriger.« Er musterte den Arzt. »Na, wollen wir zufrieden sein, dass wir noch genug zu essen haben. Wer Hunger hat, greift nur zum Alkohol und pöbelt dann auf der Straße herum. Das kommt doch auch bei uns immer häufiger vor.«

Es schien ihm gleichgültig zu sein, dass der Vater ihm nicht antwortete. Er redete einfach weiter.

»Ihr Nachbar hat wohl hoffentlich nicht solche pekuniären Probleme?« Fragend blickte er den Arzt von der Seite an, wartete aber die Antwort gar nicht erst ab. »Aber, nun, er stellt ja Gebrauchsstoffe her. Wie das Wort schon sagt – die werden immer gebraucht!« Schon wieder stieß er sein meckerndes Lachen aus.

Luise fiel auf, dass der Vater äußerst einsilbig antwortete, eigentlich murmelte er nur etwas vor sich hin, aber den Mann schien das nicht zu stören. Er redete munter weiter. »Und der Krieg ist dem Becker wohl ganz recht gekommen. Der hat ihm sicherlich einen ordentlichen Aufschwung beschert.«

Der Vater seufzte so leise, dass nur Luise es hörte. Mittlerweile waren sie schon am Aukloster vorbeigegangen. Laut sagte er: »Ich muss mich jetzt wirklich verabschieden, Herr Landrat. Ich habe es leider sehr eilig. Wichtige Termine, Sie verstehen.«

Er zog seinen Zylinder, dann ergriff er fest Luises Hand und zog sie mit sich fort. Dabei machte er so lange Schritte, dass Luise in der steilen Gasse beinahe laufen musste.

»Papa«, traute sie sich zu fragen, als der Landrat nicht mehr in der Nähe war, »was war das, was die Frau Bergerhausen gehabt hat?«

Der Vater schüttelte leicht den Kopf. »Diarrhö«, antwortete er einsilbig.

»Ja, das habe ich gehört. Und was ist das?«, fragte Luise.

Der Vater runzelte die Stirn. »Luise, hast du etwa unser Gespräch belauscht? Du weißt, dass du das nicht darfst, genauso wenig, wie ich vor Dritten über die Krankheiten meiner Patienten sprechen darf. Ich habe dir doch vom Arztgeheimnis erzählt. Der Pastor in der katholischen Kirche darf auch nicht verraten, was ihm in der Beichte anvertraut wird, und so muss auch ein Arzt alles für sich behalten, was einem die Patienten anvertrauen.«

Das wusste Luise natürlich. »Ich habe euch nicht belauscht, Papa, großes Ehrenwort«, sagte sie. »Ihr habt ja im Treppenhaus miteinander geredet, und da musste ich doch alles hören. Aber ich verrate niemandem etwas. Niemals!« Sie verzog nachdenklich das Gesicht und fügte ernsthaft hinzu: »Bei mir ist es so sicher aufgehoben wie in einem Grab.«

Der Vater warf ihr einen Blick zu und lächelte. »Ich weiß. Ich darf nicht vergessen, dass du noch ein Kind bist. Vielleicht sollte ich dich nicht so oft mitnehmen.«

Das war nun gar nicht in Luises Interesse, aber sie wusste genau, wann sie nicht weiter in ihren Vater dringen durfte.

Schweigend gingen sie weiter. Nach einer Weile sagte sie: »Papa, stimmt es, dass Mama gestorben ist, weil ich so anstrengend für sie war?«

Diese Frage beschäftigte sie, seit sie vor einiger Zeit zufällig mitbekommen hatte, wie Henny, die Köchin, die schon vor Isabellas Geburt bei ihnen gewesen war, zum Fräulein gesagt hatte, die gnädige Frau sei erst nach Luises Geburt so kränklich geworden. »Bevor Luise auf der Welt war, hätten Sie die gnädige Frau mal erleben sollen! Damals war sie kerngesund und fröhlich«, hatte sie hinzugefügt. »Springlebendig und immer ein Lachen auf den Lippen! Ach, das können Sie sich gar nicht vorstellen. Doch als dann Luise auf der Welt war, ist sie kränklich geworden und schließlich nach langem Siechtum gestorben. Der arme Herr Doktor! Seine ganze Kunst hat ihr nicht geholfen.« Den Rest hatte Luise nicht mehr gehört, weil Henny so laut mit den Töpfen hantiert hatte.

Die Bemerkung hatte sich in Luises Kopf festgesetzt. Was hatte sie denn getan, damit es Mama so schlecht gegangen war? Mehrmals schon hatte sie sich vorgenommen, ihren Vater danach zu fragen, aber bis jetzt hatte sich nie eine Gelegenheit ergeben. Und mit Isabella wollte sie nicht darüber reden. Die Schwester war ja nur zwei Jahre älter als sie und konnte gar nichts darüber wissen.

Jetzt wiederholte sie dem Vater gegenüber, was Henny gesagt hatte. Erstaunt sah sie, wie seine Miene sich verfinsterte und er die Stirn runzelte.

»Die dumme Person!«, entfuhr es ihm. »Henny redet viel Unsinn, wenn der Tag lang ist, und du darfst nicht alles glauben, was du so hörst. So etwas darfst du nicht denken! Wie sollst du denn Mamas Leiden verursacht haben? Mama hatte ein schwaches Herz und eine zarte Konstitution, und das hatte rein gar nichts mit dir zu tun.«

Zweifelnd schaute Luise ihn an. Der Vater wirkte plötzlich bekümmert und geistesabwesend. Aber Mama hat auch immer zu mir gesagt, ich solle nicht so laut sein, dachte sie. Daran kann ich mich noch erinnern. Doch es war wohl besser, nicht an das Thema zu rühren.

»Ich werde ein ernstes Wort mit Henny reden müssen«, murmelte der Vater vor sich hin. »Das Kind hat seine Ohren überall. Das geht so nicht weiter.«

Luise tat so, als hätte sie nichts gehört.

7

Montjoie 1871

Mittlerweile waren sie am Haus an der Eschbachstraße angekommen. Das Dach und die obere Fensterreihe sowie der Turm an der Seite wurden noch von der Sonne angestrahlt, aber die unteren Stockwerke, die üppig mit wildem Wein bewachsen waren, lagen schon im Schatten der hohen Bäume unten am Fluss. Wie immer, wenn sie das Haus sah, stieg ein warmes Gefühl in Luise auf. Hier war sie daheim. Wenn sie durch die schwere Eichenholzhaustür mit dem Messingknauf, der einer Sonne nachgebildet war, trat, fühlte sie sich beschützt. In Sichtweite floss ruhig und beschaulich die Rur, die hier durch ein Wehr ein wenig angestaut war.

Für Luise war ihr Haus das schönste in ganz Montjoie. Sicher, das große, dreiflügelige Wohnhaus der Beckers mit der mächtigen Blutbuche im Garten, das ein wenig flussabwärts auf der anderen Seite des Weges direkt an der Rur lag, war auch schön, mit seiner schlichten grauen Putzfassade, aber sie fand, es wirkte bei Weitem nicht so wehrhaft und eindrucksvoll wie ihr Haus, das aus großen Steinquadern erbaut und an den Seiten verschiefert war.

»Ein Ungetüm von einem Haus«, sagte der Vater immer. »Man steckt unendlich viel Geld hinein, und es verschwindet. Ich glaube, es verschlingt am Ende noch seine Bewohner, wie es das Geld verschlingt.«

Davon verstand Luise nichts, sie wusste nur, sie fühlte sich wohl in ihrem Elternhaus. Die weitläufige Küche, Hennys

Reich, war wie die Kutscheneinfahrt mit dem großen Holztor im Erdgeschoss direkt vom Weg aus zu erreichen.

In der Bel Étage, in die man über einen Weg aus großen Kieselsteinen und eine Steintreppe von der Seite her gelangte, befanden sich neben dem breiten Treppenaufgang die Praxisräume des Vaters. Trat man durch die Flügeltüren mit den geätzten Milchglasscheiben, musste man erst noch an Frau Huntgeburth vorbei, die in einer gestärkten Schwesterntracht wie ein Zerberus darüber wachte, dass kein unangemeldeter Besucher in das Ordinationszimmer des Vaters vordrang. Die resolute Witwe war zwar keine gelernte Krankenschwester, aber sie führte ein strenges Regiment. Doch jetzt war sie wohl schon nach Hause gegangen. Die Türen waren verschlossen, und der Vater musste sie erst aufschließen.

»Geh schon voraus nach oben«, sagte er zu Luise. »Und wasch dir die Hände, bevor du dich an deinen gehäkelten Pompadour machst.«

Über der Bel Étage lagen die Räume der Familie, neben dem Salon, dem Empfangszimmer, dem Herrenzimmer und dem Esszimmer auch die privaten Räume des Vaters. Im letzten Stockwerk befanden sich die Gästezimmer, in denen jetzt die Großmutter wohnte, der Kindertrakt mit Spiel- und Nähzimmer, das Zimmer der Gouvernante und die beiden Schlafzimmer der Töchter. Isabella nutzte ihres gar nicht. Sie schlief am liebsten mit Luise in einem Zimmer, deshalb hatte man ihr auch ihr Bett dort hineingestellt. Luise war es recht. Sie liebte ihre große Schwester und fand es schön, Gesellschaft zu haben. Früher, als sie kleiner gewesen waren, hatten sie sich vor dem Einschlafen immer Geschichten erzählt. Isabellas Geschichten handelten eher von Blumen, Feen und braven Mädchen, während Luise in ihren Geschichten Abenteuer in fremden Ländern erlebte, wo sie Tiere und Menschen gesund machte.

Über der Kinderetage gab es nur noch den Dachboden mit seinen kleinen Mansardenfenstern, hinter denen sich zahlreiche Dienstbotenkammern verbargen, von denen jedoch nur zwei bewohnt waren. In einer schlief Mina, das Hausmädchen, das schon seit Papas Jugend im Haus war, und in der anderen Bertha, das Lehrmädchen. Alfons, der Bursche, der den Garten in Ordnung hielt, alles im Haus reparierte und die beiden Pferde versorgte, schlief im Stall, und Henny hatte ein Zimmer neben der Küche, damit sie morgens als Erstes Feuer machen konnte.

Luise wusste, dass Bertha sich graute, so alleine da oben in ihrer Kammer. Mina hatte einen tiefen, festen Schlaf, und sie ließ sich durch nichts aus der Ruhe bringen. Als Bertha einmal versucht hatte, nachts zu ihr ins Bett zu krabbeln, weil sie sich so gefürchtet hatte alleine, hatte Mina ihr eine Ohrfeige verpasst und sie weggeschickt.

Sie hatte Luise anvertraut, dass es nachts dort oben unheimliche Geräusche und Erscheinungen gebe. Überall auf dem Dachboden raschelte es so seltsam, und einmal, so hatte sie geschworen, hatte ein glühend rotes Augenpaar sie aus einer dunklen Ecke angeschaut. »Das war bestimmt eine Hexe oder vielleicht sogar der Teufel«, hatte sie mit schreckgeweiteten Augen gesagt und sich bekreuzigt.

»Das würde ich gerne einmal sehen! Am liebsten würde ich bei dir übernachten. Dann bräuchtest du auch keine Angst zu haben«, hatte Luise gemeint, aber sie wusste, das Fräulein würde es nicht erlauben, und da Friederike von Knobloch im Durchgangszimmer neben ihrem und Isabellas Zimmer schlief, hatte Luise auch nie Gelegenheit, sich heimlich davonzuschleichen. Die Gouvernante blieb abends oft lange auf, um Tagebuch zu schreiben, das wusste Luise. Und sooft sie sich schon vorgenommen hatte, wach zu bleiben, so hatte sie es doch nie geschafft. Meistens schlief sie schon, wenn das Fräulein das

Licht löschte. Heute Abend jedoch würde sie ganz bestimmt wach bleiben, das hatte sie sich geschworen.

Sie liebte ihr Zimmer. Vor allem im Winter, wenn die Bäume kein Laub hatten, konnte sie vom Fenster aus direkt in Jacobs Zimmer schauen. Und wenn er dann eine Kerze ins Fenster stellte, konnte sie von ihrem Zimmer aus sehen, dass er da war. Im letzten Jahr hatten sie mit Alfons' Hilfe sogar ein Seil zwischen den beiden Häusern gespannt und sich daran in einem kleinen Kästchen Nachrichten geschickt. Das war sehr praktisch gewesen, weil sie sich so miteinander unterhalten konnten, ohne das Haus zu verlassen. Doch schon nach kurzer Zeit hatte ein Sturm das dünne Seil zerrissen, und Alfons hatte gemeint, es habe wohl keinen Sinn, die Anlage zu reparieren. Die Entfernung sei zu groß, und das Seil würde immer wieder kaputtgehen.

Auch heute ging Luise, nachdem sie die breite geschwungene Holztreppe hinaufgelaufen war, als Erstes in das Eckzimmer, das sie sich mit ihrer Schwester teilte. Aus alter Gewohnheit schaute sie aus dem Fenster, um zu sehen, ob ihr Freund zu Hause war. Aber niemand war zu sehen.

Im Nähzimmer hatten Isabella und das Fräulein bereits ihre Köpfe tief über den Stickrahmen gesenkt und stichelten eifrig vor sich hin, als Luise eintrat.

Friederike von Knobloch blickte auf. »Luise, du bist zu spät«, sagte sie tadelnd. »Wo warst du denn schon wieder?«

»Entschuldigen Sie, Mademoiselle, Papa hat mich zu einem Krankenbesuch mitgenommen.«

Das Fräulein verzog mit leiser Missbilligung das Gesicht. »Wasch dir rasch die Hände, und dann setz dich her. Deine Häkelarbeit wartet schon auf dich. Ich muss mit der Köchin sprechen, aber es dauert nicht lange. Ich bin gleich wieder zurück.«

Luise blickte der großen, schlanken Gestalt nach, als sie das Zimmer verließ. Na, das war ja glattgegangen. Sie hatte mehr Schelte befürchtet.

Isabella lächelte Luise an. »Ist nicht so schlimm, dass du so spät kommst«, sagte sie. »Ich habe schon ein bisschen vorgehäkelt für dich, dann hast du heute nicht mehr so viel Arbeit.«

Luise fiel der großen Schwester um den Hals. »Bella, du bist die Allerbeste!«

Isabella war sehr geschickt in allem, was mit Handarbeit zu tun hatte, und ganz im Gegensatz zu Luise hatte sie auch eine Engelsgeduld. Stundenlang konnte sie still sitzen und kleine Kunstwerke schaffen. Wenn sie etwas häkelte, stickte oder zeichnete, dann wurde es immer wunderschön. Einmal war ihre Puppe zu nah an den Ofen gekommen, und der Porzellankopf war schwarz angesengt, die Wimpern aus echtem Haar verbrannt wie auch ein Teil des Kopfhaares, und ein Auge war kaum noch zu erkennen gewesen. Zuerst war Isabella untröstlich gewesen, doch dann hatte sie für die Puppe eine bestickte Stoffmaske angefertigt, die sie beinahe noch schöner aussehen ließ als zuvor. Und jetzt wünschte sie sich zu Weihnachten einen kleinen Brennofen, damit sie Figürchen aus Ton brennen konnte.

Luise bewunderte die große Schwester sehr für ihre Fähigkeiten, aber sie neidete sie ihr nicht. Für sie kam so etwas nicht infrage. Sie musste in Bewegung sein, wollte lieber entdecken und erforschen; still sitzen konnte sie nur, wenn sie bei seltenen Gelegenheiten das Mikroskop des Vaters benutzen und sich Präparate darunter anschauen durfte.

Am liebsten jedoch hatte sie es, wenn der Vater ihr medizinische Fachausdrücke erklärte und sie in den dicken Lehrbüchern blättern ließ, die in seinem Studierzimmer im Bücherschrank standen.

Der Großmutter ging das oft zu weit, das wusste sie, weil sie bei den wenigen Malen, in denen sie es mitbekommen hatte, ihren Unmut deutlich zum Ausdruck gebracht hatte.

»Eduard, was pflanzt du dem Kind in den Kopf?«, hatte sie mit ihrer sanften Stimme geschimpft. »Bildung ist wichtig, da bin ich ganz auf deiner Seite, aber Luise wird einmal eine gute Partie sein, heiraten und eine Familie gründen. Du solltest sie auf ein Lyzeum schicken, wo sie Sprachen und gute Umgangsformen lernt und in der Haushaltsführung unterwiesen wird. Was soll sie denn mit deiner Fachliteratur anfangen? Du weißt doch genau, dass sie nie in deine Fußstapfen treten wird. Sie ist nun mal kein Junge.«

Aber der Vater hatte nur gelacht. »Es macht ihr doch so großen Spaß«, hatte er erwidert. »Auch als Hausfrau kann es nicht schaden, medizinisches Wissen zu haben. Sie ist doch noch ein Kind, lass sie spielen. Der Ernst des Lebens holt sie noch früh genug ein. Und wer weiß, bis sie groß ist, dürfen Frauen vielleicht sogar Medizin studieren. Ich möchte mir dann nicht den Vorwurf machen, nicht meinen Teil dazu beigetragen zu haben.«

Als Luise am Abend ins Bett ging, war sie fest entschlossen, dieses Mal aber wirklich länger wach zu bleiben. Sie wollte endlich einmal mit eigenen Augen sehen, was auf dem Dachboden in der Nacht los war. Ein bisschen wollte sie natürlich auch Bertha unterstützen. Und tatsächlich: Als das Fräulein nach Isabella und ihr schaute, bevor sie selbst zu Bett ging, war Luise noch hellwach. Die Aussicht auf ein aufregendes Abenteuer in der Dunkelheit ließ ihr Herz höherschlagen, und auch die regelmäßigen Atemzüge von Isabella steckten sie nicht an. Sie stellte sich schlafend, doch kaum hatte die Gouvernante das Zimmer verlassen, riss sie die Augen wieder auf, um nur ja nicht einzuschlafen. Stattdessen malte sie sich aus, was sie heute Nacht auf dem Dachboden noch alles erleben würde.

Es dauerte eine Weile, aber schließlich war es im ganzen Haus still. Gerade als Luise dachte, jetzt gefahrlos aus dem Zimmer huschen zu können, hörte sie auf einmal, dass jemand Steinchen an das Fenster des Zimmers nebenan warf.

Sie spitzte die Ohren.

»Friederike«, hörte sie eine leise, drängende Stimme. »Komm ans Fenster.«

Nebenan knarrten die Dielen, als das Fräulein aufstand. Offenbar hatte sie doch noch nicht geschlafen. Luise hörte, wie sie das Fenster öffnete. »Dietmar«, rief sie leise. »Was machst du hier noch so spät?«

Luise durchzuckte es. Sie kannte nur einen Dietmar. Das musste Lehrer Linden sein. Vorsichtig richtete sie sich im Bett auf. Wenn sie sich reckte, konnte sie auch aus dieser Position das Haus der Beckers sehen. Dort war alles dunkel. Aufzustehen und aus dem Fenster zu schauen, traute sie sich allerdings nicht, am Ende merkten Herr Linden und das Fräulein, dass sie belauscht wurden. Und eigentlich wollte sie die beiden auch nicht stören.

»Meine liebe Friederike«, sagte er jetzt wieder, und Luise fand, so, wie er es sagte, klang allein schon ihr Name wie Musik. »Ich kann unmöglich jetzt schlafen. Hast du nicht diesen Vollmond gesehen? Er leuchtet mir direkt ins Zimmer. Du hast mir heute den ganzen Tag gefehlt. Wie gerne wäre ich mit dir spazieren gegangen!« Solche und ähnliche Sätze säuselte er, aber Luise konnte nicht alles verstehen, weil er so weit unten auf dem Weg stand und flüstern musste, um niemanden zu wecken. Doch plötzlich wurde seine Stimme ein wenig lauter. »Hast du schon mit Herrn Dr. Fabricius geredet?«

»Noch nicht«, hörte Luise die leise Stimme des Fräuleins. »Es hat sich noch keine Gelegenheit ergeben.« Dann fügte sie noch etwas hinzu, was Luise nicht verstehen konnte, obwohl sie sich kaum traute zu atmen, damit kein Laut die Unterhaltung störte.

»Komm am Sonntag mit mir in die Perlenbachaue, ja? Da wollen wir alles besprechen«, ertönte jetzt wieder die tiefe Stimme des Hauslehrers.

Nebenan blieb es ruhig. Luise hielt die Luft an. Gab das Fräulein ihm am Ende einen Korb? Aber sie musste wohl genickt haben, denn Lehrer Linden sagte leise: »Ich freue mich so. Und jetzt schlafe gut, meine Liebste. Bis Sonntag.«

Sie hörte unten den Kies knirschen, als er wegging, und das Bett ächzte, als das Fräulein sich wieder hinlegte. Dann war alles still. Jetzt glaubte Luise erst recht, nicht mehr einschlafen zu können. So vieles ging ihr plötzlich durch den Kopf. Bertha und der Dachboden waren vergessen, jetzt musste sie über wichtigere Dinge nachdenken.

Bedeutete das Gespräch etwa, dass Fräulein Friederike und Lehrer Linden jetzt ein Paar wurden? Seltsam, dass ihr das vorher noch nicht aufgefallen war. Aber die wichtigste Frage war ja wohl, ob die beiden dann hierbleiben und weiter für sie da sein würden oder ob sie weggingen und ihren eigenen Hausstand gründeten. Wenn sie heirateten, konnten sie ja nicht in zwei verschiedenen Häusern wohnen bleiben. Würde sie dann am Ende eine neue Gouvernante bekommen? Für Isabella spielte diese Frage keine große Rolle mehr. Sie ging im nächsten Monat auf die Höhere Töchterschule, das war schon beschlossene Sache. Zwei Jahre lang sollte sie im Institut von Frau Armgard van Pée in Haushaltsführung und französischer Konversation den letzten Schliff bekommen, und sie würde dort auch wohnen. Und wer wird mich unterrichten?, dachte Luise bang. Wenn Herr Linden nicht mehr da wäre, würde Jacob am Ende jetzt schon ins Internat gehen. Er war ja ein Junge und sollte eine fundierte Ausbildung erhalten, bevor er irgendwann die Firma übernahm. Was sollte sie machen, wenn sie ganz allein zurückbliebe? Würde es für sie auch ein Internat geben? Am Ende musste sie dann auch wie Isabella nach Aachen auf die Höhere Töchterschule. Und das wollte sie doch auf gar keinen Fall. Außer eine gute Hausfrau zu sein, lernte man dort nichts.

Lieber Gott, mach, dass sich alles zum Besten fügt, betete Luise, und über diesem Gedanken schlief sie schließlich doch ein.

Aus dem Tagebuch von Friederike von Knobloch

27. November 1871

Es ist für mich immer noch ein unwirkliches Gefühl, aber ich bin tatsächlich eine Braut. Wer hätte gedacht, dass ich mitten in der Eifel auf den Mann meines Lebens treffe? Schon bei unserer ersten Begegnung hatten wir beide das Gefühl, uns seit Langem zu kennen, und als er mir gestern den Antrag gemacht hat, ist für mich ein Traum in Erfüllung gegangen.
Es war die romantischste Situation, die man sich vorstellen kann, auch wenn das Wetter gar nicht dazu angetan war. Wir standen im grauen Nieselregen, jeder mit einem Schirm bewaffnet, auf der kleinen Brücke, die über den Perlenbach führt. Das Wasser plätscherte sanft, und auf einmal sank Dietmar auf die Knie und bat mich, seine Frau zu werden. Ich musste kichern, weil er wegen der Nässe ein wenig unbehaglich dahockte, aber natürlich habe ich Ja gesagt, und alles endete damit, dass wir uns lachend umarmt und geküsst haben. Ich bin so glücklich! Von nun an gehen wir unseren Weg zu zweit, auch wenn es sicher noch eine Weile dauert, bis wir einen gemeinsamen Hausstand gründen können. Aber es macht mir nichts aus zu warten. Ich weiß den liebsten, besten Kameraden an meiner Seite!

11. Dezember 1871

Gestern haben Doktor Fabricius und die Familie Becker Dietmar und mir ein wunderschönes Verlobungsfest ausgerichtet, das wir drüben im Hause Becker gefeiert haben. Zur Feier des Tages haben

Henny und Käthe ihre Kochkünste zusammengetan, es war großartig. Es gab eine Suppe mit Einlage, Sauerbraten und zum Nachtisch eine Apfelspeise. Zu trinken gab es Punsch, für die Kinder natürlich ohne Alkohol, und anschließend haben wir mit einem Glas Schaumwein angestoßen. Es war ein fröhliches Fest, und Doktor Fabricius hat sogar eine kleine Rede auf uns gehalten. Dietmar und ich haben beide keine Familie, umso glücklicher können wir uns schätzen, hier in Montjoie angekommen zu sein.

4. April 1872

In Leipzig sind zwei führende Männer der Sozialdemokratischen Arbeiterpartei, August Bebel und Wilhelm Liebknecht, wegen Hochverrats zu zwei Jahren Festungshaft verurteilt worden. Sie hatten während des Krieges im November 1870 im Reichstag einen Friedensvorschlag eingebracht, »unter Verzichtleistung auf jede Annexion französischen Gebietes« (so hat es in der Zeitung gestanden). Daraufhin wurde ihnen Landesverrat vorgeworfen. Da nun der Krieg gewonnen wurde, wurde die Anklage in Hochverrat umgeändert. Ich muss gestehen, ich finde die Geschichte kurios. Verurteilt zu werden, weil man Frieden will ...

17. November 1872

Es ist so furchtbar, ich kann es kaum in Worte fassen. Ich sitze hier weit entfernt von zu Hause, und meine Heimatstadt wurde von einer schrecklichen Katastrophe heimgesucht. Vom 12. bis 13. November hat es an der Ostsee, von Eckernförde bis Usedom, ein gewaltiges Sturmhochwasser gegeben. Die Meldungen überbieten sich, was die Zahl der Opfer und die Zerstörung der Küstenorte *angeht. Im Rostocker Hafen wurden siebzig Schiffe zerschlagen, Peenemünde auf Usedom wurde überflutet. Im Greifswalder Ortsteil Wieck wurden fast alle Gebäude zerstört, und neun Menschen ertranken. Die Trümmer der Häuser sollen bis in die Innenstadt von Greifswald getrieben sein. Eine Unruhe hat mich erfasst, und ich weiß nicht, wohin mit mir. In solchen Momenten spüre ich deutlich, wie sehr ich an meiner alten Heimat hänge. Wie gerne wäre ich jetzt dort! Aber Dietmar und ich können nicht hier weg, und was sollte ich denn auch ausrichten? Es würde nichts helfen, wenn ich jetzt in Greifswald wäre …*

8

Wollseifen, 1873

Das Jahr, nachdem der große Bruder gefallen war, war Wilhelm wie das längste und finsterste seines Lebens vorgekommen. Zudem war er auch noch ohne jede Nachricht aus Montjoie geblieben. Niemand war nach Wollseifen gekommen, um ihn über den Winter mitzunehmen, und er hatte die dunkle, kalte Jahreszeit in dem kleinen Bauernhaus ertragen müssen, in dem seit dem Tod der Mutter und des Bruders nur noch trübe Stimmung herrschte. Auguste arbeitete unermüdlich von früh bis spät. Sie war mit ihren neunzehn Jahren noch halb in der Nacht die Erste, die aufstand, und abends ging sie als Letzte zu Bett, doch es gelang ihr nicht, die Familie zusammenzuhalten. In den düsteren Monaten nach Ernsts Tod hatte der Vater versucht, sie zu sich ins Ehebett zu holen, aber sie hatte sich nach Kräften dagegen gewehrt, und selbst Agnes hatte mit heftigen und deutlichen Worten des Abscheus gegen den Bruder aufbegehrt. »Hast du den Verstand verloren?«, hatte sie ihn angeschrien. »Auguste ist deine Tochter, nicht deine Frau! Wag es nicht, sie anzurühren, du jämmerlicher Wicht, sonst kriegst du es mit mir zu tun!« Ihr Ausbruch hatte Wirkung gezeigt. Der Vater ließ Auguste in Ruhe, und sie schlief weiterhin mit den kleinen Mädchen im Verschlag hinter der Schlafkammer der Eltern.

Eine kleine Freude gab es, als Matthes heil aus dem Krieg zurückkehrte und seine Arbeit wieder aufnahm, als wäre er nie weg gewesen. Kurz hellte sich die Stimmung im Hause Lintermann auf, aber wenig später kehrte die alte, freudlose Atmosphäre wieder zurück.

Als Wilhelm gegen Ende des Jahres einen Brief von Jacob erhielt, keimte Hoffnung in ihm auf. Doch der Freund schrieb nur, diesen Winter könne er nicht damit rechnen, abgeholt zu werden. Er müsse warten bis nächstes Jahr. *Doch dann,* stand in dem Brief, *wirst du den Winter ganz bestimmt wieder in Montjoie verbringen. Das hat Vater mir versprechen müssen, weil du vor allem mir und auch Luise sehr fehlst.* Auch weitere Neuigkeiten teilte er ihm mit. Lehrer Linden und Fräulein Friederike hatten sich verlobt, und Luises Großmama war leider gestorben.

Das alles zu erfahren gab Wilhelm das Gefühl, den Freunden ein bisschen näher zu sein, doch die Aussicht, noch ein weiteres Jahr warten zu müssen, war fast nicht zu ertragen. Letztendlich jedoch war auch diese Zeit vergangen, wobei sich Wilhelm im Nachhinein schon gar nicht mehr daran erinnern konnte, wie er sie verbracht hatte.

Herr Becker hielt Wort und holte ihn tatsächlich ein weiteres Mal über die Wintermonate. Wieder verbrachte Wilhelm unbeschwerte Wochen in Montjoie, und danach fiel es ihm noch schwerer, nach Hause zurückzukehren.

Das einzig Gute war, dass er durch den Unterricht bei Herrn Linden einen Wissensvorsprung vor seinen Klassenkameraden in Wollseifen hatte und ihm die Schule leichtfiel. Seitdem er ein so guter Schüler war, ließ ihn auch Lehrer Schultheiß nicht nur in Ruhe, im Gegenteil, er lobte ihn ständig vor seinen Mitschülern in den höchsten Tönen. Das machte ihn bei den anderen nicht gerade beliebt, aber Wilhelm kümmerte das wenig. Er würde sowieso nicht in Wollseifen bleiben, sagte er sich, deshalb war es ihm gleichgültig, was die anderen von ihm dachten. Sie konnten ihm gestohlen bleiben.

Und das Gleiche galt für seinen Vater. Wilhelm schloss im Frühjahr die Volksschule mit besten Noten ab, und obwohl sogar der Lehrer es befürwortete, war zu Hause seit Ernsts Tod nicht mehr die Rede davon gewesen, dass er auf eine weiterführende Schule oder zumindest die Landwirtschaftsschule gehen sollte. Entweder hatte der Vater es vergessen, oder er wollte nicht mehr daran denken.

»Auf die Schule pfeife ich«, hatte Wilhelm zu Heinrich in einem ihrer seltenen vertrauten Momente gesagt. »Ich stelle mir mein Leben anders vor.«

Heinrich, der das Gefühl hatte, seine eigenen Worte zu hören, ohne dass er jemals die Möglichkeit gehabt hatte, sie wahr zu machen, hatte ihn nur gekränkt angeschaut. »Träum weiter«, hatte er gesagt. »Du siehst ja, was aus meinen hochfliegenden Plänen geworden ist. Dir wird es nicht anders gehen.«

Darauf hatte Wilhelm nichts erwidert. Er wollte seinem Bruder nicht verraten, dass Herr Becker bei seinem letzten Aufenthalt in Montjoie angedeutet hatte, er würde ihn vielleicht als Lehrling übernehmen. Er hatte Jacob und ihn sogar einmal mit in die Fabrik genommen, und sie hatten überall herumlaufen und sich alles anschauen dürfen.

»Lerne nur fleißig und mache die Schule gut zu Ende, Junge, dann werden wir sehen, ob ich hier etwas für dich tun kann«, hatte er am letzten Tag in Montjoie zu ihm gesagt. Mehr war ihm allerdings nicht zu entlocken gewesen, und Wilhelm blieb nichts anderes übrig, als geduldig abzuwarten und zu hoffen. Sicher sein konnte er sich nicht.

Doch eines wusste er genau: Er wollte auf keinen Fall in Wollseifen versauern. Der Hof warf einfach zu wenig ab für so viele Menschen. Insgeheim fürchtete Wilhelm schon, dass ihm auf lange Sicht nichts anderes übrig bleiben würde, als sich bei einem anderen Bauern zu verdingen oder ins Bleibergwerk nach

Mechernich zu gehen. Aber solche Gedanken wollte er eigentlich nicht zulassen. Er hoffte auf eine rosigere Zukunft und ein schöneres Leben in der Nähe seiner Freunde.

Wilhelm ging gerade mit einer Schubkarre voll Einstreu zum Stall, als eine Kutsche vor dem Haus hielt. Er blieb stehen und blickte dem Mann entgegen, der ausstieg und auf ihn zukam.

Endlich war Herr Becker wieder da. Natürlich, er wollte bestimmt Wolle kaufen, es war ja Sommer. »Wo ist der Vater, Wilhelm?«, rief er. »Ich muss mit ihm sprechen. Du sollst auch dabei sein.«

Wilhelm warf ihm einen unsicheren Blick zu. Auf sein Glück wagte er nicht zu hoffen. Vielleicht hatte er etwas angestellt? Sollte er gar nicht mitkommen zu seinem jährlichen Besuch? Unwillkürlich duckte er sich ein wenig. »Der Vater ist auf dem oberen Acker. Ich hole ihn«, erbot er sich.

»Ich habe Ihnen einen Vorschlag zu machen, Herr Lintermann«, sagte Herr Becker, als der Vater und Heinrich angelaufen kamen. »Wir haben ja vor einiger Zeit schon einmal darüber gesprochen, dass ich Wilhelm bei mir in die Lehre nehmen möchte. In meiner Fabrik in Montjoie kann er alles lernen, was er braucht, und wenn er ausgelernt hat, kann er Jacob in der Tuchherstellung unterstützen.«

Wilhelm schlug das Herz bis zum Hals. Endlich war es so weit. Seine Hoffnungen gingen in Erfüllung. Würde der Vater einwilligen? Noch schwieg er und schaute Herrn Becker nur an.

»Hmm«, brummte er schließlich, »ich kann es mir nicht leisten, den Jungen in eine Lehre zu schicken. Wer soll das denn bezahlen?«

»Es kostet Sie keinen Pfennig«, erwiderte der Fabrikant. »Im Gegenteil, ich würde Ihnen eine einmalige Entschädigung dafür zahlen, dass Sie auf seine Arbeitskraft verzichten. Ich sorge auch dafür, dass er in Montjoie unterkommt. Wahrscheinlich bringe ich ihn sogar in meinem eigenen Haus unter. Für Kost und Logis komme ich auf. Ihr Junge hat einen hellen Kopf und ist interessiert an allem, was mit der Tuchherstellung zu tun hat, und für mich wäre es eine Erleichterung zu wissen, dass er in späteren Jahren, wenn ich nicht mehr sein sollte, Jacob zur Seite steht. Sie wissen ja, dass mein Sohn nicht der Kräftigste ist.«

»Ja, aber«, wandte der Vater ein, »die Wolle kann ich Ihnen nicht billiger lassen, nur weil Sie Wilhelm mitnehmen.«

»Nein, nein«, Herr Becker schüttelte leicht ungeduldig den Kopf, »davon kann keine Rede sein. Ich bitte Sie lediglich, mir Ihren Sohn als Lehrling anzuvertrauen.«

Heinrich, der bisher dem Gespräch stumm gefolgt war, mischte sich ein. »Wie sieht es denn überhaupt mit dem Fortbestand der Tuchfabrikation aus?«, warf er kühl ein. »Ich habe gehört, dass die Tuchhersteller Schwierigkeiten haben. In den großen Städten werden die Fertigungsvorgänge mehr und mehr durch Maschinen ersetzt. Das merken wir sogar bei uns auf dem Land. Die Frauen haben in Heimarbeit kaum noch etwas zu tun. Wenn es so weitergeht, werden wir hier im Dorf wohl auch die Schafherde verkleinern müssen. Die Tiere kosten uns bald mehr, als sie einbringen.«

Becker nickte. »Da hast du recht, aber die Situation betrifft vor allem die Feintuchfabrikation mit ihren edlen Stoffen und den komplizierten Mustern. Sie können tatsächlich mit den Maschinenanlagen in den Städten nicht mithalten. Heimarbeit ist viel teurer und auch langsamer, deshalb können wir nicht mehr so viele Aufträge vergeben. Das geht auch mir nicht anders.«

»Und warum soll dann Wilhelm bei Ihnen in die Lehre gehen?« Heinrich blickte ihn finster an. »Er ist Bauer, und auf der Scholle wird er immer sein Auskommen haben.«

»Nun ja«, fuhr der Vater ihm über den Mund, »bei uns aber nicht. Rede doch nicht so geschwollen daher, Heinrich. Immer tust du so gelehrt. Der Hof ist zu klein, das weißt du auch. Er ernährt ja kaum seinen Mann. Wenn du das noch nicht begriffen hast, solltest du lieber dein Maul halten und dich nicht in unser Gespräch einmischen.«

Alles wie immer, dachte Wilhelm. Der Vater braucht den Heinrich doch auf dem Hof, aber er kann sich einfach nicht mit ihm vertragen. Ständig streiten sie sich. Ich kann es nicht mehr hören. Nein, ich will lieber so schnell wie möglich weg. Er warf seinem Bruder, dessen Wangen brannten, als hätte der Vater ihm eine Backpfeife gegeben, einen Blick von der Seite zu.

»Die Lage bei Gebrauchsstoffen allerdings sieht anders aus«, erklärte Herr Becker, der so tat, als hätte der Wortwechsel gar nicht stattgefunden. »Gröbere Tuche sind nicht so schwierig herzustellen. Wir können uns noch ganz gut behaupten, zumal wir feste Aufträge an Uniformstoffen haben. Den Auftraggebern ist gerade an unserer Qualität gelegen. Und ich habe in dampfbetriebene Webstühle investiert, um mithalten zu können.«

Heinrich schwieg, und Wilhelm dachte insgeheim, dass Herr Becker wirklich der Klügste war. Er wusste auf alles eine Antwort. Bewundernd schaute er ihn an.

»Nun, also ...« Der Vater überlegte. »Sie können den Jungen mitnehmen. Hier ist er mir sowieso keine große Hilfe. Und ich hab's ja schon immer gesagt, der Hof ist einfach zu klein für so viele hungrige Mäuler. Die Mädchen sind Last genug. Sie helfen nicht viel, wollen aber auch ernährt werden. Aber das eine sage ich Ihnen: Er braucht nicht mehr zurückzukommen, und entschädigen müssen Sie mich auch! Das ist Bedingung!« Er warf Becker einen lauernden Blick zu, als berechnete er im Stillen schon, was er ihm anknöpfen konnte.

»Ja, da werden wir uns schon einig«, sagte Herr Becker und nickte bekräftigend. »Dann ist es also abgemacht?«

»Ja, so ist es wohl.« Der Vater streckte Becker die Hand hin, die dieser ergriff und schüttelte. Wilhelm sah er dabei nicht an, und einen kurzen Moment lang kam sich der Junge vor wie ein Stück Vieh, das verkauft wurde. »Abgemacht. Mir soll es recht sein. Ich bin froh, dass ich ihn los bin. Ein nutzloser Esser weniger.«

Die letzte Bemerkung versetzte Wilhelm einen Stich, aber er schluckte den aufsteigenden Groll schnell herunter. Sollte der Vater doch reden, was er wollte.

»Ist es dir denn auch recht, Wilhelm?«, fragte Herr Becker ihn freundlich.

Wilhelm nickte heftig. Er war es nicht gewohnt, dass man ihn nach seiner Meinung fragte. Normalerweise musste er tun, was ihm der Vater oder der ältere Bruder anschafften. Jetzt konnte er sein Glück kaum fassen. Kurz dachte er an die Geschwister, daran, dass er sein Heimatdorf verlassen musste, aber die Freude auf sein neues Leben überwog. Nein, er wollte sein Glück ergreifen. Trotzig dachte er: Ich will bestimmt nie wieder nach Wollseifen zurückkommen.

Und so saß er schon eine Stunde später bei Herrn Becker in der Kutsche. Der Fabrikant hatte nicht lange gefackelt und seinen neuen Lehrling gleich mitgenommen. Der Abschied vom Hof und von den Schwestern war Wilhelm dann doch schwerer gefallen, als er geglaubt hatte. Tante Agnes, nein, die würde er nicht vermissen, aber vor allem Auguste, an die er sich seit dem Tod der Mutter enger angeschlossen hatte, würde ihm fehlen.

»Alles Gute, Wilhelm«, hatte sie ihm zugeflüstert. »Ich würde auch am liebsten weggehen, um in der Stadt zu arbeiten, aber die beiden Kleinen brauchen mich noch. Ich wünsche dir alles Glück der Welt.«

Auch die beiden kleinen Schwestern klammerten sich weinend an ihn und waren erst zu beruhigen, als Auguste ihnen versprach, dass Wilhelm ihnen sicher neue Zopfbänder aus Montjoie schicken würde.

Matthes schlug ihm freundschaftlich auf die Schulter und sagte nur: »Du wirst mir fehlen, Junge. Du wärst ein guter Bauer geworden.« Das war das Letzte, was Wilhelm hören wollte. Er würde ein guter Tuchmacher werden, dachte er, und es ihnen allen zeigen.

Auch von Onkel Elias verabschiedete er sich. »Ich gehe fort!«, schrie er ihm ins Ohr. Der alte Mann nickte und lächelte sein zahnloses Grinsen, aber kurz darauf war er wieder in seinen üblichen Dämmerzustand verfallen, und Wilhelm war sich nicht sicher, ob er ihn überhaupt verstanden hatte.

Der Vater und Heinrich hatten ihm erst gar nicht Lebewohl gesagt, sie waren gleich wieder auf den Acker gegangen, ohne sich noch einmal umzudrehen, und das hatte ihn in seinem Entschluss nur noch bestärkt. Sollten sie doch sehen, wie sie ohne ihn zurechtkamen. Der Vater fand ja sowieso, dass er keine Hilfe war.

Wilhelm ahnte, dass sein Bruder ihm das Angebot von Herrn Becker neidete. Heinrich gönnte ihm wohl die Aussicht auf eine bessere Zukunft, aber er fühlte sich jetzt sicher allein zurückgelassen auf dem Hof, den er nie gewollt hatte, mit dem Vater, der ihn ständig drangsalierte. Doch darauf konnte und wollte Wilhelm keine Rücksicht nehmen. Es ging ja um sein eigenes Glück. Zufrieden sank er in die Polster zurück. Während die Kutsche über die Hochebene rumpelte, auf der der Ginster in voller Blüte stand und die Landschaft vergoldete, malte er sich aus, was das neue Leben wohl alles für ihn bereithalten würde.

Aus dem Tagebuch von Friederike von Knobloch

14. Februar 1873

Was ich noch vor wenigen Monaten nicht für möglich gehalten hätte, ist nun eingetreten: Bei dem furchtbaren Sturmhochwasser ist wohl eine entfernte Verwandte von mir, von deren Existenz ich nichts geahnt habe, ums Leben gekommen. Sie hat ein Haus in Greifswald besessen, ganz in der Nähe der Universität. Und das hat sie mir vererbt, zusammen mit einer kleinen Leibrente. Gestern kam das Schreiben meines früheren Vormunds. Ich kann es immer noch nicht glauben. Die Ereignisse überschlagen sich. Jetzt können wir heiraten, und wenn Dietmar noch eine Anstellung in Greifswald findet, woran ich nicht zweifle, dann gehen wir wieder in meinen Heimatort zurück.

18. Mai 1873

Gestern haben wir Luises vierzehnten Geburtstag gefeiert. Doktor Fabricius hat das Datum zum Anlass genommen, noch einmal zu bekräftigen, was wir in den letzten Wochen besprochen haben. Da es Luises größter Wunsch ist, Medizin zu studieren und Ärztin zu werden, hat sich ihr Vater schweren Herzens dazu entschlossen, sie Dietmar und mir mit nach Greifswald zu geben, wenn wir im Sommer geheiratet haben. Der Zeitpunkt ist perfekt, zumal Jacob Anfang nächsten Jahres nach Aachen aufs Gymnasium wechseln wird. Dietmar hat eine Anstellung am Greifswalder Gymnasium, das erst vor drei Jahren am Wilhelmplatz eröffnet wurde. Luise kann zwar nicht am Unterricht teilnehmen, wird aber von meinem Mann – wie sich das anhört! – zu Hause auf das externe Abitur vorbereitet. Wie es danach für sie weitergeht, werden wir sehen, aber Dietmar und ich werden sie nach Kräften in ihrem Wunsch unterstützen.

28. September 1873

Jetzt dauert es nicht mehr lange, bis wir unser gemeinsames Häuschen in Greifswald beziehen können. An manchen Tagen kommt es mir vor wie ein Traum. Ich bin tatsächlich eine Ehefrau! Und ich habe den besten Mann der Welt! Ich habe es nicht für möglich gehalten, dass jemand so großzügig und liebevoll, so zugewandt sein kann. Wir stimmen in so vielem überein, und er hat die fortschrittlichsten Ansichten, die man sich denken kann. Am schönsten ist es, dass er sofort einverstanden war, Luise mit zu uns zu nehmen, damit er sie in Ruhe auf das Abitur vorbereiten kann.

9

Montjoie, 1873

Verlegen drehte Wilhelm seine Mütze zwischen den Fingern. Er stand neben Herrn Becker im Hof der Fabrik. Das große Backsteingebäude mit den hohen Fenstern ragte bedrohlich hoch vor ihm auf. Um sie herum war trotz der frühen Morgenstunde reger Betrieb. Männer in Arbeitskleidung gingen grüßend an ihnen vorbei, und laute Stimmen erschallten.

»Herr Lückerath, das ist Wilhelm«, sagte Herr Becker zu einem älteren Mann mit Backenbart, der sie schon erwartet hatte. »Sie haben ihn ja sicher schon öfter als Begleiter meines Sohnes gesehen. Setzen Sie ihn überall dort ein, wo Sie ihn brauchen können. Er soll mit der Zeit alle Abteilungen in der Produktion durchlaufen, zuerst am besten wohl in der Wolferei und als Laufbursche.«

»Jawohl, Herr Becker.« Der Mann hatte eine tiefe, volltönende Stimme. Er musterte Wilhelm mit zusammengekniffenen Augen. »Na, dann komm mal mit, Junge. Ich werde dir alles erklären. Zuerst zeige ich dir das Herzstück der Fabrik.«

Wilhelm nickte zaghaft. Er fühlte sich anders als bei seinen früheren Aufenthalten, und eine Ahnung stieg in ihm auf, dass jetzt tatsächlich der Ernst des Lebens begann.

Gestern Abend hatte er zu seiner Enttäuschung festgestellt, dass Jacob ihn gar nicht erwartete. Auf seine Frage hin hatte Herr Becker ihm knapp geantwortet, Jacob müsse lernen, der Hauslehrer bereite ihn auf das Gymnasium vor. Aber er lasse ihm einen schönen Gruß ausrichten. Er hatte Wilhelm wohl seine Enttäuschung angesehen, denn er hatte ernst hinzugefügt: »Ihr werdet euch wahrscheinlich nicht häufig sehen. Du bist jetzt Lehrling in der Fabrik und trittst damit ins Arbeitsleben ein. Mit der Freiheit der Schulzeit ist es für dich vorbei. Lehrjahre sind keine Herrenjahre.«

Auch das Fenster von Luises Zimmer im Haus gegenüber war dunkel geblieben, aber nach Herrn Beckers strengen Worten war Wilhelm ganz mulmig zumute gewesen, und er hatte sich nicht getraut, nach ihr zu fragen.

Zwar bezog er wieder seine Kammer im Haus, aber auch hier galten andere Regeln. »Es ist jetzt nicht mehr so wie bei deinen früheren Aufenthalten, Wilhelm«, hatte Herr Becker gesagt. »Du kannst gerne in unserem Haus wohnen bleiben, wirst dich aber auf deine Kammer beschränken. Und du musst die Dienstbotentreppe benutzen. Das verstehst du doch, nicht wahr? Kost und Logis werden von deinem Lohn abgezogen.«

Wilhelm hatte nur stumm genickt. Dass er nicht mehr zusammen mit Beckers, sondern in der Küche essen sollte, machte ihm nichts aus. In dem feinen Esszimmer der Familie, wo der Tisch mit dem guten Geschirr und den Kristallgläsern gedeckt war, war ihm sowieso immer ein wenig unbehaglich gewesen, weil er ständig Angst gehabt hatte, nicht sauber genug zu sein oder etwas kaputt zu machen. Zwar war er im Laufe der Jahre sicherer im Umgang mit dem schweren Silberbesteck geworden, aber es hatte ihn jedes Jahr aufs Neue Überwindung gekostet, sich an die vornehmen Tischmanieren anzupassen. In der Küche, die im Erdgeschoss des Hauses lag und von der gemütlich runden Köchin Käthe regiert wurde, fühlte er sich wohler.

Herr Lückerath, der Meister in Herrn Beckers Fabrik war, nahm ihn zunächst mit auf einen Rundgang durch die einzelnen Hallen. Einen Großteil des weitläufigen Gebäudes kannte Wilhelm schon von seinen früheren Besuchen, aber jetzt gewann alles für ihn eine neue Bedeutung, und der Anblick der großen Maschinen und der Lärm, den sie machten, überwältigten ihn. Er versuchte sich einzuprägen, in welchem Raum sie sich gerade befanden, aber die Bezeichnungen der Maschinen und Abteilungen, in denen sie standen, sagten ihm nicht viel. Wolferei, Nassappretur, Krempelei, das waren Begriffe, unter denen er sich nichts vorstellen konnte. Doch allein die Tatsache, dass aus der Schafwolle, die in großen Paketen im ersten der Räume lagerte, Garn und letztendlich feine Tuchballen wurden, brachte ihn zum Staunen. Mit großen Augen folgte er Herrn Lückerath, der mit weit ausholenden Schritten und hastig hingeworfenen Sätzen so schnell voranging, dass Wilhelm fast laufen musste, um mitzukommen. Verschnaufen konnte er nur, wenn der Meister ab und zu einmal stehen blieb, um mit einem der Arbeiter ein Wort zu wechseln. Ob er sich jemals ohne Hilfe in diesen vielen Räumen zurechtfinden würde?

In der Färberei war die Luft schwer und feucht. Die nackten Oberkörper der Männer, die hier arbeiteten, glänzten vor Schweiß, und das Atmen fiel schwer.

In der Weberei war die Luft zwar nicht so stickig, dafür aber war der Lärm ohrenbetäubend, und Wilhelm konnte gar nicht so schnell gucken, wie die Weberschiffe vor und zurück sausten. Nebenan saßen in einem abgeschlossenen Raum hinter Glasscheiben Frauen tief gebückt über den Stoffen und besserten kleinste Webfehler aus, was bei den schlechten Lichtverhältnissen bestimmt äußerst schwierig war. Noch während er hinschaute, richtete sich eine junge Frau auf und rieb sich verstohlen den schmerzenden Rücken. Als sie jedoch sah, dass sie beobachtet wurde, beugte sie sich sofort wieder über ihre Arbeit. In einem anderen Raum wurden Wollfetzen und Lumpen sortiert, damit sie weiterverarbeitet werden konnten.

Die letzte Station seiner Einweisung war der Raum, in dem die riesige Dampfmaschine installiert war, die über ein kompliziertes Rohrsystem die gesamte Fabrik am Laufen hielt. Wenn sie nicht ständig gefüttert wurde, dann standen alle Räder still. Im Kesselraum schaufelten der Maschinist und ein Heizer unermüdlich Kohle in die Ofenklappe. Ein weiterer Heizer belud eine Schubkarre, mit der er dann in den Tiefen der Fabrik verschwand. Die Männer arbeiteten wie die Färber mit nacktem Oberkörper in der Hitze und waren bis zum Hosenbund schwarz von Kohlenstaub.

»Du hast ja bestimmt die großen Kohlehaufen im Hof gesehen – zwei Drittel Braunkohle und ein Drittel Steinkohle«, erklärte Herr Lückerath, der auf das Ungetüm sichtlich stolz war. »Diese hochmoderne Dampfmaschine verschlingt viel, aber sie ist auch das Herzstück der Fabrik. Wenn du dich geschickt anstellst, kannst du auch hier arbeiten.«

Wilhelm schluckte. So schmutzig hatte er sich die Ausbildung zum Tuchmacher eigentlich nicht vorgestellt. Er hatte eher gedacht, dass sie der erste Schritt wäre, um so ein feiner Herr wie Herr Becker zu werden. Herr Lückerath mochte ihm angesehen haben, dass er sich ein wenig ängstlich umschaute, denn er fuhr gleich fort: »Für den Anfang wirst du allerdings erst einmal in der Wolferei eingesetzt. Dort lagert die gewaschene Wolle in fest zusammengepressten Ballen. Sie wird von der Maschine auseinandergezupft.«

Er brachte ihn in einen Raum, in dem die Wolle in eine große Maschine geschoben wurde, die sie über ein dickes Rohr als feine Flocken wieder ausspuckte. Staunend blickte Wilhelm auf den Flockenwirbel.

Einer der Arbeiter, der wohl bemerkt hatte, dass ihm der Mund offen stand, rief lachend: »Ja, da staunst du, Junge, was? Wie im Märchen, oder? Bei uns ist es schöner als bei Frau Holle.«

»Warum heißt das hier Wolferei?«, fragte Wilhelm Herrn Lückerath. »Was hat das mit Wölfen zu tun?«

»Siehst du die große Walze dort, mit den Reißzähnen? Das ist der Krempelwolf. Er zerreißt die zusammengepresste Wolle in Flocken, und alle Geräte, die Reißzähne haben, haben ein ›Wolf‹ im Namen.«

»Aber das sind keine echten Wolfszähne, oder?« Fragend blickte Wilhelm ihn an.

Herr Lückerath runzelte die Stirn und schob ihn zu dem jungen Arbeiter, der die Wolle im Mischbett zusammenschob. »Hier, Peter, kümmere dich um ihn. Das ist unser neuer Lehrling.« Er beugte sich zu dem Mann und fügte leiser hinzu: »Kommt von Herrn Becker. Mir scheint, er hat von Tuten und Blasen keine Ahnung. Aber er fragt dir Löcher in den Bauch.«

Der Mann grinste und zog Jacob zu den Wollballen. »Na, komm her! Dann wollen wir dir mal was beibringen.«

Wilhelm wurde rot, und insgeheim schwor er sich, dass er alles lernen würde, was er hier brauchte. Über ihn sollte sich keiner lustig machen!

Es war Herbst geworden. Bis zum frühen Nachmittag hatte es geregnet, aber jetzt schien die Sonne und brachte das nasse Herbstlaub zum Leuchten. Doch Wilhelm hatte keinen Blick für die Farbenpracht. Er war jetzt schon seit vier Monaten in der Tuchfabrik. Die Arbeit machte ihm Spaß, und er hatte viel gelernt, auch wenn die anderen Arbeiter ihn oft nur kleine Besorgungen machen ließen oder ihm auftrugen, sauber zu machen und zu kehren. Trotzdem fand er immer wieder Gelegenheit, sich alles genau anzuschauen, und auch wenn sich der Vorarbeiter in der Krempelei, in der die Wolle, die aus der Wolferei kam, entwirrt wurde, häufig beklagte, dass der Junge ihn mit seinen vielen Fragen ganz verrückt mache, so wusste Wilhelm doch, dass er es eigentlich nicht ernst meinte, sondern ihn ganz gerne mochte, weil er eifrig war und sich geschickt zeigte.

Großen Respekt hatte er vor den Webern, die »ihren« Webstuhl hegten und pflegten und ihn bei jedem Wechsel gründlich kontrollierten. Der Meister hatte ihm erklärt, dass schon die kleinste Unebenheit oder Schramme in den Schiffchen, die blitzschnell hin und her huschten, einen Zeitverlust für die Weber bedeutete, deshalb gingen sie so sorgfältig mit ihren Geräten um. Sie arbeiteten in einem Tempo, das Wilhelm schwindlig machte, und verloren keine Zeit mit unnötigem Geschwätz. Wenn er etwas über sie wissen wollte, musste er andere fragen.

Mittlerweile kannten ihn alle, und die meisten gaben ihm bereitwillig Auskunft. Herr Becker war stolz darauf, dass seine Arbeiter sich bei ihm wie in einer großen Familie fühlten. Er hielt nichts von den ausbeuterischen Methoden anderer Fabrikanten, die ihre Leute schlecht behandelten und bezahlten. Wilhelm war mit seinen fünfzehn Jahren einer der Jüngsten in der Fabrik, bei Becker gab es keine Kinderarbeit, auch und vor allem nicht in der Weberei.

Am besten gefiel es Wilhelm, dass er hier nicht ständig heruntergeputzt und ausgeschimpft wurde, und er freute sich jeden Morgen darauf, an seinen Arbeitsplatz in der Fabrik zu gehen, auch wenn die Arbeit schwer war. Nur ein Wermutstropfen trübte die Freude an seiner Lehrstelle: Seit er hier war, war er nicht mehr mit seinen Freunden zusammen gewesen. Vor allem bei Jacob hatte er das Gefühl, er ginge ihm aus dem Weg.

In seiner wenigen freien Zeit war er häufig in der Natur unterwegs, vor allem zog es ihn immer wieder ins Perlenbachtal, weil er sich dort Jacob und vor allem Luise am nächsten fühlte – und insgeheim hoffte, ihnen dort zu begegnen. Er suchte sogar ihr altes Versteck auf, auch wenn es mittlerweile so zugewachsen war, dass die dicken Äste und das Laub den Zugang erschwerten. Es war wohl lange niemand mehr hier gewesen.

Eines Sonntags lief er mal wieder dorthin, um am Ufer seinen Gedanken nachzuhängen. Der Bach murmelte leise über die Kieselsteine, ab und zu sprang eine Forelle, und in der Nähe sang eine Amsel ihr Abendlied. Wilhelm zog die Perle, die Luise ihm damals gegeben hatte, aus dem Tuch, in das er sie eingewickelt hatte, und betrachtete sie sehnsüchtig. Warum unternahmen sie nichts mehr miteinander? Vor allem Luise vermisste er schmerzlich. Traurig dachte er an frühere Zeiten, als sie noch alle zusammen gewesen waren. Zwar ahnte er dunkel, dass das etwas mit ihrer unterschiedlichen Ausbildung zu tun haben könnte, aber er wollte einfach nicht wahrhaben, dass sich eine Kluft zwischen ihnen aufgetan hatte. Er sehnte sich danach, dass alles wieder so wie früher war, als sie noch gemeinsam durch den Wald gestreift waren.

Erschrocken blickte er hoch, als plötzlich Stimmen ertönten. Hastig wickelte er seine Perle ein und steckte sie in die Tasche. Er war eben aufgesprungen, als drei Männer auf ihn zukamen. Ihre Kleidung wies sie als Perlenfischer des Kaisers aus. Einer, mit einem langen grauen Bart und einer Kappe auf den kurz geschnittenen grauen Haaren, fuhr ihn barsch an: »Was hast du hier zu suchen, Bursche? Du weißt, dass die Perlmuscheln dem Kaiser gehören.«

Wilhelm lief rot an. Hoffentlich hatte ihn keiner dabei beobachtet, wie er die Perle betrachtet hatte. Es war eine Dummheit gewesen, sie mit hierher zu nehmen.

Er zog seine Mütze. »Ich habe nichts Unrechtes getan, meine Herren«, sagte er. »Ich arbeite in der Tuchfabrik von Herrn Becker und wollte nur den Abend am Bach verbringen, weil es hier so heimelig ist.«

Die drei musterten ihn scharf, aber schließlich meinte einer:

»Ist schon in Ordnung, Junge. Ich kenne dich, ich habe dich schon im Ort gesehen.« Zu den anderen gewandt fügte er hinzu: »Er wohnt bei Herrn Becker im Haus.«

Die Männer nickten ihm zu, und Wilhelm atmete erleichtert auf, als sie wieder weg waren. Als er langsam nach Hause trottete, dachte er, dass er sich vielleicht in seiner Freizeit auf weniger gefährlichen Pfaden bewegen sollte.

Becker und Fabricius gingen jetzt regelmäßig einmal in der Woche in den neu gegründeten Pfeifenverein, der im kleinen Saal von Haus Horchem tagte. Dort saßen die Herren in gemütlicher Runde zusammen und schmauchten ihr Pfeifchen. So einem Verein wäre Wilhelm auch gerne beigetreten, aber dafür war er nicht nur zu jung, er erfüllte als Lehrling auch nicht die Aufnahmebedingungen. Für ihn gab es lediglich die Wahl zwischen dem Männergesangverein und dem Turnverein, in dem viele Arbeiter aus der Fabrik waren. Da er auf Turnen wenig Lust verspürte, zumal er in der Tuchfabrik den ganzen Tag auf den Beinen war, entschied er sich eher notgedrungen für den Männergesangverein. Zu seiner Überraschung stellte er jedoch fest, dass ihm das Singen Freude machte. Er konnte zwar keine Noten lesen, aber es fiel ihm nicht schwer, sich Melodie und Text zu merken, wenn er sie nur einmal gehört hatte. Da er den Stimmbruch schon hinter sich hatte und seine Stimme zu einem schönen, klaren Tenor geworden war, empfanden die anderen es als Bereicherung, wenn er mitsang.

Zwar fehlten ihm seine Freunde immer noch, aber er fühlte sich langsam doch immer heimischer in Montjoie.

Als er an diesem Samstag müde von der Arbeit den Weg zum Haus hinaufstieg, ging ihm ein Problem nicht aus dem Kopf, das ihn schon seit Tagen beschäftigte. Von der Decke der Krempelei tropfte immer wieder Öl aus der darüberliegenden Weberei, und da es eine von Wilhelms Aufgaben war, den Fliesenboden mit einem Schaber von Fett, Öl und Faserflug zu reinigen, damit niemand ausrutschte, überlegte er, wie man es verhindern könnte, dass zu viel Öl auf den Boden gelangte. Auf einmal kam ihm eine Idee. Er schlug sich vor die Stirn. Dass er darauf nicht schon früher gekommen war. »Natürlich! Man braucht bloß ein Blech unter der Decke zu befestigen, dann tropft das Öl nicht herunter«, murmelte er vor sich hin. Morgen war sein freier Tag, aber gleich am Montag würde er es dem Vorarbeiter sagen, und er malte sich schon jetzt voller Vorfreude aus, wie er ihn loben würde.

Noch während er seinen Gedanken ausspann, kam ihm Luise in Begleitung ihrer Gouvernante entgegen. Er bemerkte sie erst, als sie beinahe schon vor ihm standen, und unwillkürlich machte sein Herz einen Satz.

Die meisten Mädchen waren ihm gleichgültig, doch an Luise hatte er gerade in der letzten Zeit immer häufiger denken müssen, und wenn er allein in seinem Bett lag und sich ihr Gesicht und ihre Gestalt vorstellte, wurde es ihm ganz warm ums Herz.

Diese Gedanken wurden immer wieder befeuert, weil er sie ab und zu von Weitem gesehen hatte, aber da war sie stets in Begleitung ihres Vaters gewesen, und es hatte sich nie die Gelegenheit ergeben, mit ihr so vertraut zu reden wie früher. Deshalb empfand er jetzt auf einmal eine merkwürdige Scheu, als sie auf ihn zukam. Sie trug ein helles Wollkleid mit einem Pelerinenumhang gegen die kühle Abendluft. Ihre Haare waren zu einer Art Zopfkrone hochgesteckt, auf der ein flacher Filzhut mit schmaler Krempe und einem Band saß, das farblich zu ihrem Kleid passte. Wie immer ringelten sich überall kleine Löckchen heraus, und es juckte ihn in den Fingern, sie zu berühren.

»Wilhelm, guten Tag«, begrüßte sie ihn freundlich. Auch das Fräulein blieb stehen und nickte ihm zu. »Wir haben uns ja lange nicht gesehen. Wie geht es dir? Was macht deine Lehre in der Tuchfabrik?«

Wilhelm blinzelte verwirrt. Sie schien sich aufrichtig zu freuen, ihn zu sehen, aber ihre Anrede wirkte auf ihn so förmlich, dass er sich auf einmal vorkam wie ein kleiner, dummer Junge. Dabei hätte er sie am liebsten auf der Stelle an der Hand gepackt, um mit ihr durch den Wald hinunter zum Perlenbach zu laufen.

»Ja, d-danke«, stotterte er. »Es ist eine gute Arbeit, nicht so schwer wie auf dem Bauernhof.« Er spürte, wie seine Stimme bebte, und atmete langsam ein und aus. »Ich gebe mein Bestes, um Herrn Becker zufriedenzustellen«, fuhr er ruhiger fort.

Das Fräulein lächelte. »Das ist schön, Wilhelm«, sagte sie.

Wilhelm schluckte. »Ich denke sogar schon über Verbesserungsvorschläge nach«, setzte er ein wenig großspurig hinzu und blickte zum Rahmenberg hinauf, als ob seine Ideen etwas mit den Holzgestellen zu tun hätten, die dort oben zum Trocknen der Tuche aufgebaut waren. »Vielleicht wendet der Meister sie an. Gehen wir mal wieder zusammen zum Perlenbach?«, setzte er mutig hinzu.

»Ach, das würde ich schrecklich gerne machen«, sagte Luise, »aber ich weiß gar nicht, ob mir dazu noch Zeit bleibt. In vier Wochen fahren wir schon nach Greifswald, und es muss noch so viel vorbereitet werden. So bald komme ich dann nämlich nicht mehr nach Hause.«

»Warum denn das?« Wilhelm schaute sie entsetzt an. »Und warum gerade nach Greifswald?«

Das Fräulein war bereits ein paar Schritte weitergegangen, blieb aber stehen, als Luise nicht mitkam.

»Du wusstest doch, dass Herr Linden sich mit meiner Gouvernante verlobt hatte, oder? Sie haben im Sommer geheiratet, und da Fräulein Friederike ... Nein«, korrigierte sie sich, »sie ist ja jetzt Frau Linden. Also, sie hat von einer entfernten Verwandten ein Haus in Greifswald geerbt. Ich werde bei ihnen wohnen, und Herr Linden wird mich dort weiter unterrichten, bis ich die Abiturreife erlange.«

Wilhelm wurde heiß und kalt zugleich. »Du ... du gehst weg?«, stammelte er. »Aber dann sehen wir uns ja gar nicht mehr.« War er nicht vor allem nach Montjoie gekommen, um mit den Freunden zusammen zu sein? Und jetzt sollte das gar nicht mehr möglich sein?

»Luise, jetzt komm endlich«, drängte die Gouvernante, die sich nach ihr umgeschaut hatte, »wir müssen nach Hause. Bestimmt warten schon alle mit dem Abendessen auf uns.«

Luise sah ihm wohl an, was er dachte, denn sie legte ihm tröstend die Hand auf die Schulter. »Weißt du was?«, sagte sie. »Ich frage Fräulein Friederike, ob wir nicht einen letzten Ausflug machen können, bevor ich abreise. Du und ich und Jacob – ganz so wie früher. Sollen wir das machen?« Als Wilhelm heftig nickte, wandte sie sich zum Gehen, wobei sie ihm eine Kusshand zuwarf. »Leb wohl, Wilhelm! Auf bald! Ich sag dir Bescheid!«

10

Montjoie, 1873

»Von hier oben kann man gut erkennen, dass die Gehöfte von hohen Buchenhecken umgeben sind, die sie vor den rauen Winden hier in der Gegend schützen.« Lehrer Linden zeigte mit einer weit ausholenden Handbewegung auf die Landschaft, die sich unter ihnen ausbreitete. Sie waren von Montjoie aus über alte Wirtschaftswege auf den Steling gewandert, die mit über sechshundertfünfzig Metern höchste Erhebung im Montjoier Land, und standen jetzt unterhalb des Gipfels an einer Stelle, von der aus man weit über das Land blickte.

»Und da hinten, in östlicher Richtung, reicht der Blick bis über die Dreiborner Hochfläche und den Höhenzug des Kermeter. Heute ist es ein wenig diesig, aber bei klarem Himmel könntest du sogar bis zu deinem Heimatdorf schauen, obwohl es ein wenig versteckt hinter dem Wald liegt«, wandte er sich an Wilhelm.

Wilhelm nickte, aber sosehr er auch seine Augen anstrengte, außer den bewaldeten Hügeln und ein paar Wiesen dazwischen sah er nichts, was ihm bekannt vorkam.

»So, und jetzt suchen wir uns ein schönes, geschütztes Plätzchen, wo wir unser Picknick verzehren können. Ich bin gespannt, was Käthe uns eingepackt hat.«

Dietmar Linden, dem sein schwerer Rucksack anscheinend gar keine Mühe bereitete, marschierte mit seiner Frau flott voraus, während Luise, Jacob und Wilhelm ihnen langsamer folgten. Vor allem Jacob war nach dem langen Aufstieg ein wenig außer Puste, und die beiden anderen nahmen ihn wie früher in ihre Mitte, um ihn ein wenig zu unterstützen.

In aller Herrgottsfrühe waren sie an diesem sonnigen Sonntag im September zu einer Wanderung aufgebrochen. Am Morgen war es frisch gewesen, und ein leiser Hauch von Herbst hatte in der Luft gelegen, doch der milchige Dunst über den Wiesen hatte sich verzogen, als die Sonne an Kraft gewann. Jetzt trieben kleine weiße Wölkchen am blassblauen Himmel, und die Luft war angenehm warm. Noch standen die Bäume in vollem Laub, nur hier und da färbten sich die Blätter schon bunt.

Luise hatte Wort gehalten und tatsächlich dafür gesorgt, dass die Freunde einen gemeinsamen Tag verbringen konnten. »Eigentlich wäre ich ja noch lieber mit euch zum Perlenbach gegangen«, sagte Wilhelm halblaut, damit die Erwachsenen nichts hörten, »in Erinnerung an alte Zeiten, aber so ist es auch schön. Ich habe schon befürchtet, euch gar nicht mehr zu sehen.«

Jacob lächelte ihn an. »Das war auch meine Sorge. Ich durfte kaum nach draußen, weil ich so viel lernen muss. Aber Lehrer Linden meint, dass ich sonst auf dem Gymnasium nicht mitkomme. Glaub mir, am liebsten würde ich in Montjoie bleiben, aber das erlauben die Eltern nicht.«

»Warum musst du denn überhaupt weiter zur Schule gehen? Du könntest doch gleich in die Fabrik eintreten, sie gehört euch doch.«

Jacob schüttelte den Kopf. »Nein, Vater sagt, ich muss richtig darauf vorbereitet werden, dass ich die Fabrik eines Tages übernehmen kann. Deshalb muss ich nach dem Abitur auch noch bei seinem alten Freund Textor in die Lehre gehen. Damit ich etwas anderes kennenlerne.« Er runzelte die Stirn. »Das ist so, wenn man als Sohn in die Fußstapfen des Vaters tritt«, setzte er nachdenklich hinzu.

»Umso schöner ist es, dass wir heute noch einmal zusammen

sind«, warf Luise ein. »Und auch wenn Lindens dabei sind, ist es doch beinahe ein bisschen so wie früher, oder, Wilhelm?«

Wilhelm schwieg. Was sollte er darauf auch sagen? Wieder einmal dachte er, dass er sich sein Leben in Montjoie anders vorgestellt hatte. Er hatte gehofft, wie in der Kindheit jeden Tag mit Luise und Jacob zusammen sein zu können, aber mittlerweile war ihm klar geworden, dass die beiden einen ganz anderen Weg einschlugen als er. Sie gingen weg, und er blieb allein zurück. Gemeinsame Unternehmungen würde es wohl kaum noch geben. Grüblerisch blickte er auf einen Raubvogel, der hoch über ihnen mit kurzen, schnellen Flügelschlägen in der Luft stand und wahrscheinlich auf eine Maus oder ein anderes kleines Tier lauerte.

Luise sah ihm wohl an, was er dachte. »Freunde bleiben wir so oder so, Wilhelm«, sagte sie. »Wir schreiben dir einfach und erzählen, wie es uns geht, oder, Jacob?«

Jacob nickte und wollte ihm den Arm um die Schultern legen, aber Wilhelm schüttelte ihn ab. »Das ist nicht dasselbe«, maulte er. »Ihr geht beide weg, und ich bleibe alleine hier zurück.«

»Noch sind wir da«, stellte Luise fest. »Und wir wollen doch heute den schönen Tag genießen. Seht mal, Lehrer Linden winkt uns. Er hat bestimmt einen Rastplatz gefunden.«

»Diesen Felsen hier nennt man ›Kaiser Karls Bettstatt‹«, erklärte Dietmar Linden, als die drei angelaufen kamen. Er zeigte auf einen großen, flachen Felsblock. »Der Legende nach hat Kaiser Karl sich bei einem Jagdausflug im Hohen Venn verirrt und musste sich deshalb hier auf diesem Stein zum Schlafen niederlassen. Wenn ihr genau hinschaut, könnt ihr sogar den Abdruck seines Kopfes und seiner Füße erkennen«, fügte er augenzwinkernd hinzu. »Findet ihr nicht auch, dass er wie geschaffen ist für unser Picknick?«

Während sie aßen, erklärte Friederike Linden ihnen alles

Wissenswerte über das Venn. »Hier über den Steling verläuft seit einigen Jahren die Grenze zwischen Deutschland und Belgien«, sagte sie. »Das Hohe Venn ist die Landschaft, die beide Länder vereint. Große Flächen sind als Hochmoor ausgebildet, daher kommt auch der Name. Venn bedeutet nichts anderes als Moor. Der Boden ist so feucht, dass man in manchen Gegenden von den befestigten Wegen nicht abweichen darf, um nicht zu versinken.«

Die drei hörten gebannt zu, als Lehrer Linden das Wort ergriff. »Der Tod im Moor ist grausam. Ist man einmal eingesunken, kommt man aus eigener Kraft nicht mehr heraus, der feuchte Boden hält einen fest umklammert. Je mehr man versucht, den einen Fuß herauszuziehen, desto tiefer sinkt der andere ein. Langsam und unaufhaltsam wird man hereingezogen, bis man irgendwann das Bewusstsein verliert und stirbt.«

Jacob riss ängstlich die Augen auf. »Müssen wir auch noch durchs Moor gehen?«, fragte er.

Friederike schüttelte lächelnd den Kopf. »Nein, wir halten uns an die Wirtschaftswege und gehen auf festem Untergrund zurück nach Montjoie. Das ist nicht gefährlich.« Sie schaute in die Runde. »Und wir haben alle festes Schuhwerk und geeignete Kleidung an.«

Der Pfad zurück war zum Teil so schmal, dass sie im Gänsemarsch hintereinander hergehen mussten, wobei Wilhelm Gelegenheit hatte, die schlanke, hoch aufgeschossene Gestalt von Luise zu betrachten. Sie war in der letzten Zeit gewachsen und beinahe genauso groß wie er. Ebenso wie Fräulein Friederike – nein, korrigierte er sich in Gedanken, sie hieß ja jetzt Frau Linden und war gar kein Fräulein mehr – trug sie einen langen Rock, unter dem die Kappen der Wanderschuhe hervorblitzten, und eine eng anliegende Jacke. Gleich zu Beginn der Wanderung hatte sie Jacob und Wilhelm anvertraut, dass sie lieber eine dieser Pumphosen getragen hätte, die es jetzt anscheinend in England als Sportkleidung für Frauen gab. »Aber das durfte ich nicht«, hatte sie bedauernd hinzugefügt. »So etwas gibt es nicht in Montjoie.«

Von Modefragen hatte Wilhelm keine Ahnung. Ihm war es gleichgültig, was Luise trug. Sie gefiel ihm in jeder Kleidung. Er würde auf der Wanderung schon noch Gelegenheit finden, ihr das zu zeigen, dachte er bei sich.

Da es auf dem Rückweg bergab ging, kamen sie zügig voran. Bald schon lag Mützenich hinter ihnen, und am Laufenbach, der sich idyllisch durch baumbestandene Wiesen schlängelte, schlugen sie ein gemächlicheres Tempo an, weil keiner von ihnen zu schnell zu Hause sein wollte. Wilhelm erzählte von seinem Alltag in der Fabrik, den er nach Kräften ausschmückte, und freute sich darüber, wie interessiert ihm die beiden anderen zuhörten. Wieder einmal spürte er, wie gut es ihm tat, mit ihnen zusammen zu sein. Am liebsten hätte er jeden Tag mit ihnen verbracht.

»Und dann hat der Meister gesagt, dass ich pfiffig sei, weil ich in der Krempelei dafür gesorgt habe, dass kein Öl mehr von der Decke auf die Wolle tropft ...«, übertrieb er ein wenig die Bedeutung seiner Person in der Fabrik.

Jacob, der ihm fasziniert lauschte, ließ sich von Wilhelms Worten so ablenken, dass er nicht auf den Weg achtete. Er stolperte über eine Wurzel und schlug der Länge nach hin. Erschrocken wollten Luise und Wilhelm ihm aufhelfen, doch er stieß einen leisen Schrei aus und fasste sich ans Bein. »Mein Knöchel! Aua, das tut so weh«, jammerte er.

»Was ist passiert?« Dietmar Linden, der mit Friederike ein ganzes Stück zurückgeblieben war, kam angelaufen und zog ihn hoch, damit er sich auf einem Baumstumpf niederlassen konnte.

Vorsichtig schnürte er ihm den Stiefel auf und tastete den Knöchel ab. Jacob verzog weinerlich das Gesicht, aber sein Lehrer beruhigte ihn. »Es scheint nichts gebrochen zu sein. Du bist wohl mit dem Fuß umgeknickt. Wahrscheinlich eine Verstauchung.« An Friederike gewandt, die neben ihm stand und Jacob besorgt musterte, fügte er hinzu: »Wir machen eine kurze Pause. Zum Glück ist es ja nicht mehr weit. Und den Rest des Weges können Wilhelm und ich ihn stützen.«

Luise und Wilhelm schickte er los, damit sie Breitwegerich pflückten. »Fünf, sechs große Blätter«, sagte er. »Das sollte reichen. Wir können sie um Jacobs Knöchel legen und mit dem Küchentuch fixieren.«

»Weißt du, wie Breitwegerich aussieht?«, fragte Luise, als sie am Bach entlanggingen. »Ich habe keine Ahnung, wonach wir suchen müssen.«

Wilhelm nickte. »Ich weiß Bescheid. Da vorne, siehst du«, er wies in die Richtung, »da stehen ganze Büschel. Der wächst hier überall. Die Mutter hat ihn immer gesammelt. Sie hat Tee davon gekocht, der hilft bei Husten und bei Magenbeschwerden.«

Luise warf ihm einen bewundernden Blick zu. »Was du alles weißt.« Sie lächelte ihn an. »Du hast so lebendig und spannend von deiner Arbeit in der Fabrik erzählt. Ich könnte dir stundenlang zuhören.«

Wilhelm schwoll das Herz. So etwas Schönes hatte noch nie jemand zu ihm gesagt. Unwillkürlich griff er nach Luises Hand, und als sie ihn fragend ansah, beugte er sich vor und gab ihr einen Kuss auf den Mund. Ihre Lippen waren weich und nachgiebig. Kurz war ihm, als schmiegte sie sich an ihn, aber dann war der Moment schon wieder vorbei. Luise entzog ihm ihre Hand und rannte zu den Pflanzen, die er ihr gezeigt hatte. Verlegen blieb Wilhelm stehen, und erst als Luise sich bückte, um ein paar der großen Blätter abzubrechen, setzte auch er sich langsam in Bewegung. Sein ganzer Körper war in Aufruhr. Noch nie zuvor hatte er jemanden geküsst, noch nicht einmal die Mutter. Ob Luise jetzt wohl böse auf ihn war? Bang suchte er ihren Blick, doch sie lächelte ihn unbefangen an und legte ihm sogar kurz die Hand auf den Arm, als sie gemeinsam wieder zum Weg gingen.

Die Burgruine lag im Schein der Abendsonne, als sie nach Montjoie zurückkehrten. Wilhelms Schritte waren immer langsamer geworden, und Jacob hatte mehrmals gefragt, ob er ihm zu schwer sei. Doch daran lag es nicht. Die Wanderung war vorbei, und Wilhelm wollte das Ende des gemeinsam verbrachten Tages so lange wie möglich hinauszögern. Aber es half alles nichts. Schließlich standen sie vor Jacobs Elternhaus, und der Ausflug war vorüber. Früher, ging Wilhelm durch den Kopf, hätte er nach einem gemeinsam verbrachten Tag zumindest noch mit Jacob zusammen das Abendbrot eingenommen, aber ein Blick auf Jacobs schmerzverzerrtes Gesicht sagte ihm, dass davon heute ganz sicher nicht die Rede sein konnte. Jeder ging in sein eigenes Zuhause. Sogar die Eheleute mussten sich trennen, weil sie noch keine gemeinsame Wohnung hatten.

Als Luise mit ihrer Gouvernante in die Eschbachstraße einbog, drehte sie sich noch einmal um und hob grüßend die Hand. »Es war so schön heute mit euch! Am liebsten würde ich morgen gleich wieder losziehen!«

Doch ihr Wunsch erfüllte sich nicht. Die Wochen vergingen, und Wilhelm sah und hörte nichts von den Freunden. Und der Tag, an dem Luise nach Greifswald abreisen würde, rückte immer näher.

Der Gedanke daran setzte ihm so zu, dass er an manchen Tagen an nichts anderes denken konnte. Bei der Arbeit war er unaufmerksam und machte Fehler. Eines Abends im Oktober hatte er besonders schlechte Laune. Der Meister hatte ihn beiseitegenommen und ernsthaft gerügt, weil er nicht aufgepasst hatte und beinahe ein Unglück passiert wäre. Die Sache ging ihm nach, als er sich nach Feierabend auf den Heimweg machte. Missmutig kickte er einen Stein vor sich her. »Lass das, Junge!«, sagte auf einmal eine barsche Stimme. Ein Herr mit Zylinder warf ihm im Vorbeigehen einen finsteren Blick zu. Trotzig reckte Wilhelm das Kinn und sah ihm nach. Heute hatten aber auch alle was an ihm auszusetzen, dachte er. Wie immer betrat er das Haus der Beckers durch den Dienstboteneingang und schaute in die Küche. Die Köchin war nicht da, aber das Hausmädchen Mina wartete schon auf ihn. Er mochte sie nicht besonders, aber sie hatte offensichtlich ein Auge auf ihn geworfen, und manchmal hatte er das Gefühl, sie lauere ihm regelrecht auf, wenn er von der Arbeit nach Hause kam.

Sie war ein paar Jahre älter als er, ein dünnes, unansehnliches Geschöpf mit schlechten Zähnen. Er vermied es immer, ihr zu nahe zu kommen, weil sie aus dem Mund roch. Das einzig Schöne an ihr waren ihre großen braunen Augen, aus denen sie ihn, wie er fand, so hungrig musterte, als wollte sie ihn am liebsten verspeisen.

»Dein Abendessen steht auf dem Tisch«, sagte sie jetzt. »Erbsensuppe mit ordentlich Wurst und Speck. Ich habe der Köchin gesagt, sie soll dir noch einen guten Schlag mehr drauftun, große Jungen müssen ordentlich essen!« Sie musterte ihn anerkennend, und Wilhelm wand sich innerlich. »Ein hübscher Junge bist du! Wie alt bist du jetzt? Fünfzehn Jahre, was? Du poussierst doch bestimmt schon mit den Mädchen! Hast sicher an jedem Finger zehn!«

Wilhelm wurde knallrot. Er hasste dieses Gerede, zumal es gar nicht stimmte. Das einzige Mädchen, das in seinen Gedanken vorkam, war Luise, und sie hing ihm ganz gewiss nicht am Finger.

Schweigend setzte er sich an den Küchentisch und begann, sein Essen zu löffeln. Aber so schnell gab Mina nicht auf. Sie stellte sich neben ihn und legte ihm die Hand auf den Oberarm. »Oh, du hast schon richtige Muskeln«, sagte sie schmeichelnd. »Du bist bestimmt sehr stark. So jemanden können sie in der Fabrik sicher gut gebrauchen.«

»Hmm.« Wilhelm ignorierte die Berührung und aß einfach weiter. Die Erbsensuppe schmeckte großartig und enthielt reichlich Fleisch und Speck. So gutes Essen gab es in Wollseifen höchstens mal an hohen Feiertagen, aber auch dann eigentlich fast nie.

Als Mina jedoch nicht von ihm abließ, schüttelte er mit einer unwilligen Bewegung ihre Hand ab. Kurz sah er auf und warf ihr einen finsteren Blick zu.

»Ach so«, bemerkte das Hausmädchen spöttisch, »der junge Herr ist heute nicht gut gefusselt. Na, dann will ich nicht stören. Iss nur weiter.« Endlich wandte sie sich ab, und er konnte in Ruhe seinen Gedanken nachhängen.

Wie würde es ihm ergehen, wenn er hier in Montjoie ganz auf sich allein gestellt war? Im Grunde hatte er ja nur deshalb für immer hierbleiben wollen, weil Jacob und Luise hier waren und in seiner Vorstellung alles so abgelaufen war wie bei seinen Winteraufenthalten. Heute in der Fabrik jedoch war er wieder einmal mit der Nase darauf gestoßen worden, dass seine Wunschträume rein gar nichts mit dem wirklichen Leben zu tun hatten. Sie waren keine Kinder mehr, und jeder musste seinen Weg im Leben alleine suchen. Nachdenklich kaute er auf einem Stück Schweineschwänzchen herum. Wozu waren Träume überhaupt gut? Sie gingen ja doch nicht in Erfüllung!

Jacob hatte keine Zeit mehr für ihn, seit er sich auf das Gymnasium in Aachen vorbereitete. Zusätzlich zu Herrn Linden, der jetzt bald mit seiner Frau und Luise abreisen würde, war noch ein weiterer Lehrer für ihn eingestellt worden. Und wenn er ihm tatsächlich einmal begegnete, dann nur in Begleitung seines Vaters, sodass sie kaum ein Wort miteinander wechseln konnten. Bei der Wanderung auf den Steling war doch fast alles wieder so wie früher gewesen, aber seitdem hatte es keine Gelegenheit mehr gegeben, die alte Vertrautheit wiederaufleben zu lassen.

Mit Luise war es genauso, nur traf es ihn hier noch härter als bei Jacob. Auch sie hatte er kaum zu Gesicht bekommen. Da die Köchin der Beckers mit Henny befreundet war, hatte er sich einmal sogar getraut, sie nach Luise zu fragen, aber Käthe hatte ihn nur groß angesehen und ihn mit den Worten abgefertigt, warum er das denn wissen wolle, das gehe ihn gar nichts an. Mina hatte sich danach noch tagelang über ihn lustig gemacht und ständig gestichelt, er habe wohl ein Auge auf die hübsche Arzttochter geworfen. »Am Ende machst du dir sogar Hoffnungen auf sie! Das kannst du dir mal gleich aus dem Kopf schlagen«, hatte sie gesagt. »Es wäre ja noch schöner, wenn jeder dahergelaufene Bauernlümmel sich Hoffnungen auf eine Bürgerstochter machen könnte. Ich kann dir versichern, so eine heiratet in ihren Kreisen, und es liegt auf der Hand, dass Jacob und Luise wie füreinander geschaffen sind.«

Er hatte sich zwar nichts anmerken lassen, doch die Bemerkung wurmte ihn immer noch, und wenn er daran dachte, ballte er innerlich die Faust. Sie würden sich noch alle wundern. Sollte er vielleicht doch das Geheimnis verraten, das Luise und ihn seit der Wanderung verband? Im Geiste durchlebte er noch einmal die kurze Szene, und der verstohlene Kuss wurde in seiner Vorstellung zu einem Versprechen auf eine verheißungsvolle Zukunft.

Mina sah ihm wohl an, dass er mit sich haderte, denn sie sagte spöttisch: »Was stierst du so vor dich hin? Denkst wohl wieder an dein Liebchen, was?«

Wütend stand Wilhelm so abrupt auf, dass der Küchenstuhl polternd auf den Steinboden fiel. »Lass mich in Ruhe«, murmelte er und verließ die Küche.

Es wurde bereits dunkel, aber er hatte noch keine Lust, sich in seine Kammer zurückzuziehen. Er hätte sowieso keinen Schlaf gefunden, dazu war er viel zu aufgewühlt. Ziellos lief er draußen herum, und wie von selber fanden seine Füße den Weg zur Eschbachstraße, vorbei am Haus von Doktor Fabricius. Etwas oberhalb blieb er stehen, wandte den Kopf und schaute auf den wuchtigen Bau. Die meisten Fenster waren unbeleuchtet, und er konnte nicht sagen, ob die Familie noch wach war. Sie hatten wohl die Vorhänge vorgezogen. Nur die Laterne über dem Tor flackerte, und oben unter dem Dach stand eine Kerze im Fenster. Noch während er hinsah und sich überlegte, wessen Zimmer das wohl sein mochte, wurde sie ausgeblasen. Von wem, konnte er nicht erkennen. Wilhelm wandte sich ab und stapfte weiter den Berg hinauf in Richtung Wald.

Er merkte nichts von der seltsam stillen, schweren Luft und auch nicht von der merkwürdigen Atmosphäre um ihn herum. Die Bäume ragten dunkler und drohender auf als sonst, kein Laut war zu hören. Von alldem bekam Wilhelm nichts mit, er spürte nur seine eigene, rastlose Unruhe.

Er war noch nicht weit gekommen, als auf einmal der Boden unter seinen Füßen zu schwanken begann. Erschrocken blieb er stehen. Was war das? Ein kleiner Felsbrocken brach am Abhang ab und kullerte über die Straße seitlich den Berg hinunter. Fassungslos blickte Wilhelm ihm nach. Er wollte einen Schritt weitergehen, doch jetzt bebte auf einmal die Erde so heftig, dass sich unter lautem Grollen ein schmaler Spalt vor ihm auftat. Erschrocken sprang er zurück, und plötzlich kam der gesamte Abhang ins Rutschen.

Wilhelm rannte um sein Leben. Um ihn herum taten sich Verwerfungen auf, Steine polterten den Abhang herunter, und er ruderte wild mit den Armen, um sich zu schützen. Ein kleinerer Stein traf ihn so schmerzhaft an der Schläfe, dass ihm kurz schwarz vor Augen wurde. Schon spürte er das Blut warm an seiner Wange herunterrinnen.

Doch dann war der Spuk genauso schnell vorbei, wie er angefangen hatte. Risse klafften in der Straße, die von Steinen und kleinen Felsbrocken übersät war, und der eben noch so stille Abend war plötzlich erfüllt von den Rufen und Schreien der Leute, die erschrocken aus den Häusern gelaufen kamen, teilweise schon im Schlafrock, um zu sehen, was passiert war.

Wilhelm war bis zum Haus der Beckers gelaufen, um dort Schutz zu suchen. Die Leute aus seinem Haushalt und die Nachbarn standen zusammen und redeten erregt durcheinander. Jacob und seine Mutter hielten sich abseits. Jacob hatte seine Mutter mit seinem gesunden Arm umschlungen und redete beruhigend auf die kreidebleiche Frau ein. Mina schluchzte hysterisch, und die Köchin stand im langen weißen Nachthemd mit dicken Socken an den Füßen und Betthäubchen mit verschränkten Armen und finsterer Miene an der Hauswand. Alle blickten sich angstvoll um. Herr Becker hob die Arme, um die aufgeregten Menschen zu beruhigen.

»Das war ein Erdbeben«, sagte er mit lauter Stimme. »Das kennt ihr doch. Dieses Mal war es vielleicht etwas heftiger als sonst. Doch jetzt hat es sich erst einmal beruhigt und ist vorbei. Wir warten noch ein wenig ab, und wenn keine weiteren Erdstöße mehr kommen, dann könnt ihr alle wieder nach Hause gehen und nachsehen, ob das Beben Schäden angerichtet hat.

Ah, Wilhelm«, fügte er hinzu, als er Wilhelm sah, »du kommst mit mir, wir schauen in der Fabrik nach, ob alles noch an seinem Platz steht.«

Gehorsam setzte Wilhelm sich in Bewegung. Als sie den Weg zur nahe gelegenen Fabrik heruntergingen, warf er einen sehnsüchtigen Blick nach oben in die Eschbachstraße, wo er meinte, Luise gesehen zu haben. Doch jetzt konnte er niemanden mehr erkennen.

In der Fabrik hatte das Beben keine nennenswerten Schäden angerichtet. »War was Größeres, Herr Becker«, bestätigte der Nachtwächter bedächtig. »Ich selber hab so was noch nicht erlebt. Aber mein Großvater hat immer davon erzählt, dass es früher häufig Erdbeben hier in der Gegend gegeben hat. 1827 muss wohl die Erde besonders stark gebebt haben. Damals hat es einen Felssturz an der Chaussee von Aachen nach Trier gegeben, aber ob das heute auch so schlimm war?« Er zuckte mit den Schultern.

Herr Becker schaute Wilhelm an. »Doch, ich glaube, oberhalb von Fabricius' Haus war es auch heute am schlimmsten. Du hast doch gesagt, Wilhelm, dass da Steine heruntergekommen sind. Hoffentlich war es das jetzt.«

Wilhelm nickte und wollte berichten, was er erlebt hatte, aber der Nachtwächter schüttelte den Kopf. »Ich nehme an, es hat sich beruhigt. Und ich habe schon nachgeschaut: In der Fabrik ist so gut wie nichts in Unordnung geraten. Noch nicht mal eine Tonne ist umgefallen. Ich hatte es mir schlimmer vorgestellt.«

Becker ordnete an, dass für den Rest der Nacht noch ein zusätzlicher Wachmann über das Gelände patrouillieren sollte, dann machten sie sich wieder auf den Weg nach Hause.

»Hat es denn in Montjoie wirklich schon öfter Erdbeben gegeben?«, fragte Wilhelm Herrn Becker, als sie auf dem Heimweg waren.

Herr Becker nickte. »Ja, das kommt von Zeit zu Zeit vor, aber der Nachtwächter hat hoffentlich recht und das Beben heute war tatsächlich nicht so stark wie vor fünfzig Jahren. Ich werde gleich mal zu Fabricius gehen und nachfragen, wie es bei ihm aussieht.« Insgeheim hoffte Wilhelm, Herr Becker würde ihn bitten, ihn dorthin zu begleiten, aber zu seiner Enttäuschung erwähnte er nichts dergleichen. Stattdessen fuhr er fort: »Manchmal merkt man auch gar nichts davon, wenn die Erde bebt, aber die Wissenschaftler können die Erdstöße messen.«

Davon hatte Wilhelm noch nie etwas gehört, aber allein den Gedanken fand er ungeheuerlich. Der Boden, auf dem er sich bewegte, war ihm immer fest und unerschütterlich vorgekommen, doch jetzt blickte er fast ängstlich auf seine Füße, als könnte sich die Erde jederzeit vor ihm auftun.

In den nächsten Tagen wurde bekannt, dass die Schäden in Montjoie überschaubar geblieben waren. Am Rahmenberg mussten ein paar Gestelle ausgebessert werden, und einige Wege mussten von Steinen geräumt und wieder befahrbar gemacht werden. Häuser waren nicht eingestürzt. Am schlimmsten hatte es tatsächlich die Villa des Arztes getroffen, weil sie direkt an den Steilhang gebaut war.

»Die Baumeister haben sich beim Doktor gegenseitig die Klinke in die Hand gegeben«, erzählten sie in der Fabrik. »Das Haus steht so dicht am Berg, dass sie jetzt wohl Stützpfeiler einziehen müssen, damit es nicht einstürzt.« Die Baumaßnahmen wurden zum Stadtgespräch, und Fabricius musste mit dem gesamten Hausstand ausziehen.

In der nächsten Zeit bekam Wilhelm überhaupt niemanden von der Familie mehr zu Gesicht. Erst zum Jahresende kehrten alle wieder in das Haus zurück, aber da war Luise schon längst in Greifswald.

Aus dem Tagebuch von Friederike Linden

15. Februar 1874

Seit ein paar Monaten sind wir jetzt wieder in Greifswald. Bisher bin ich nicht zum Schreiben gekommen, weil immer noch so viel zu erledigen war, aber mittlerweile sind wir alle gut installiert, und der Alltag ist eingekehrt. Meine Aufgaben hier sind vielfältiger als in Montjoie, zumal ich meinen eigenen Hausstand ohne Personal bewältigen muss, aber ich genieße es, schalten und walten zu können, wie es mir beliebt, und uns ein gemütliches Heim zu schaffen. Dietmar ist der aufmerksamste und liebevollste Ehemann – ich bin sehr glücklich! Luise hat sich gut eingelebt. Sie lernt fleißig und macht uns nur Freude. Die Nachbarin hat sich gewundert, dass Dietmar und ich schon so eine große Tochter haben, aber ich habe das Missverständnis schnell aufgeklärt.

24. März 1874

In der Ostsee-Zeitung habe ich gelesen, dass in Hamburg eine Völkerschau stattgefunden hat. Ein Tierhändler namens Hagenbeck hat in seinem Parkgelände exotische Tiere und Menschen aus fremden Ländern ausgestellt. Offensichtlich kann man dort lebendige Menschen aus Afrika und aus dem hohen Norden anschauen. Der Andrang muss recht groß gewesen sein, aber ich weiß nicht so recht, was ich davon halten soll. Wie mag sich ein Eskimo aus dem ewigen Eis bei uns fühlen? Ich für meinen Teil möchte nicht in einem mir völlig fremden Land von wildfremden Menschen angegafft werden.

7. Juli 1874

In Braunschweig hat ein Lehrer am Gymnasium zur körperlichen Ertüchtigung seiner Schüler ein Spiel eingeführt, das er Fußball nennt. Zwei Mannschaften spielen gegeneinander und treten mit dem Fuß gegen einen Ball, um ihn in das gegnerische Tor zu schießen. Die Vorstellung finde ich lustig. Vielleicht mache ich das mit Luise auch einmal.

30. Mai 1875

Fast ein Jahr ist vergangen seit meinem letzten Eintrag. Ich habe nur noch selten genug Muße, um zur Feder zu greifen. Doch jetzt, wo mein Herz so voll mit Glück und Liebe ist, muss ich endlich wieder etwas schreiben.

Anfang September wird mein Kind zur Welt kommen. Noch weiß ich nicht, ob es ein Junge oder ein Mädchen wird, aber es strampelt kräftig in meinem Leib, und ich liebe es. Dietmar trägt mich auf Händen und liest mir jeden Wunsch von den Augen ab, was manchmal sicherlich nicht so einfach ist, denn gerade in den ersten Monaten hatte ich nicht nur seltsame Gelüste wie Heißhunger auf Erdbeeren oder saure Gurken, ich war auch nah am Wasser gebaut und brach ohne jeden Anlass in Tränen aus. Mittlerweile jedoch ist es besser geworden.

Luise umsorgt mich ebenfalls liebevoll und bemüht sich, mir jede Arbeit abzunehmen, die ihr zu schwer für mich scheint. Dabei geht es mir prächtig, und ich habe Tatkraft und Elan für zwei. Ein bisschen bang ist mir manchmal, wenn ich an meine schwere Stunde denke, aber die Hebamme wohnt in der Nachbarschaft, und ich kann sie immer um Rat fragen, wenn ich unsicher oder ängstlich bin.

25. Juni 1875

Gerade habe ich darüber nachgedacht, wie froh ich doch sein kann, in so einer privilegierten Situation zu leben, in gesicherten Verhältnissen, mit einem klugen, aufgeschlossenen Ehemann und der Möglichkeit, meine eigenen Entscheidungen treffen zu können. Sollte ich ein Mädchen bekommen (und die Hebamme glaubt fest daran, weil mein Bauch so rund ist), werde ich mein Bestes tun, um sie stark für diese Welt zu machen, in der Frauen immer noch keine Rechte haben. Nicht nur für mein eigenes Kind ist es mir wichtig, dass mehr für die Bildung von Mädchen getan wird, dass Frauen, die die gleiche Arbeit leisten wie Männer, auch den gleichen Lohn bekommen und dass Mütter besser geschützt werden. Dafür setzen wir uns im Allgemeinen Deutschen Frauenverein ein, und wir werden immer mehr. Man denke nur, bei der Gründung vor zehn Jahren hatte der Verein nur vierunddreißig Mitglieder, und jetzt sind wir schon nahezu zehntausend.

11

Aachen, 1874

Jacob war beklommen zumute, als er durch das breite, zweiflügelige Eisentor den Innenhof des Schulgebäudes betrat. Hier, auf dem Königlichen Gymnasium zu Aachen, würde er die nächsten vier Jahre zur Schule gehen, um anschließend sein Abitur zu machen. Herr Linden hatte ihn mit seinem Unterricht darauf vorbereitet. Wohnen würde er bei einem Geschäftsfreund seines Vaters, dem Tuchfabrikanten Friedhelm Textor, bei dem er nach dem Schulabschluss auch in die Lehre gehen würde, um zu lernen, was er brauchte, damit er die Fabrik übernehmen konnte.

Kurz nach seinem vierzehnten Geburtstag im vergangenen Sommer hatte ihm sein Vater in einem ernsten Gespräch eröffnet, dass sie sich schweren Herzens entschlossen hätten, ihn jetzt schon nach Aachen zu schicken.

»Am liebsten würden wir dich gar nicht fortgehen lassen, Jacob, doch Mutter und ich fühlen, dass du in deinem Tagesablauf mehr gefordert werden musst und eine härtere Hand brauchst, als wir es vermögen«, hatte er gesagt. »Das Königliche Gymnasium in Aachen ist eine strenge, aber auch fortschrittliche Schule, und es wird dir guttun, dort zu lernen, du wirst sehen. Es ist nur zu deinem Besten.«

Jacob hatte ihn entsetzt angesehen. Zwar hatte er geahnt, dass dieser Zeitpunkt kommen würde, doch insgeheim hatte er sich davor gefürchtet. »Aber Vater, was habe ich denn falsch gemacht, dass ihr mich wegschickt?«, stieß er hervor. »Ich war doch immer gehorsam und habe fleißig gelernt. Herr Linden hat sich wohl sicher nicht über mich beschwert?«

»Nein, nein«, beruhigte ihn der Vater. »Nichts dergleichen, Jacob, aber Herr Linden geht nun bald weg, und hier in der Nähe gibt es einfach keine geeignete Schule für dich.«

»Aber wolltet ihr nicht einen neuen Hauslehrer für mich einstellen? Dann kann ich doch weiter zu Hause bleiben.«

Der Vater hatte nur den Kopf geschüttelt. »Der neue Lehrer soll dich nur aufs Gymnasium vorbereiten. Aber er kann dir nicht alles beibringen. Vor allem bist du viel zu schwächlich. Du sollst Sport treiben und fester in deinem Auftreten werden, schließlich wirst du eines Tages die Firma übernehmen. Der geordnete Tagesablauf wird dir guttun. Ich habe mit Herrn Textor schon alles besprochen. Er ist auch der Ansicht, dass es nicht schaden kann, wenn du früh lernst, auf eigenen Füßen zu stehen.«

Jacob verzog unglücklich das Gesicht und warf seiner Mutter, die bei dem Gespräch zugegen war, einen flehenden Blick zu, aber auch sie war offensichtlich nicht gewillt, ihm beizustehen. Sie nickte ihm nur aufmunternd zu, als der Vater fortfuhr: »Eines Tages wirst du uns dankbar sein, dass wir dich auf diese ausgezeichnete Schule geschickt haben. Du findest bestimmt rasch Freunde unter den anderen Jungen, und im Hause Textor wird man dich aufnehmen wie ein eigenes Kind. Ich bin sicher, dass es dir dort gefällt. Herr Textor ist doch kein Unbekannter für dich. Und ich weiß, dass du in der Familie gut aufgehoben bist.« Bittend sah ihn der Vater an. »Mach es uns doch nicht so schwer, Junge. Du wirst sehen, das neue Leben wird dir Freude machen, auch wenn du es dir jetzt noch nicht vorstellen kannst.«

Seufzend hatte Jacob sich in sein Schicksal ergeben. Wahrscheinlich war es immer noch angenehmer, bei halbwegs bekannten Menschen in einem Privathaus ein eigenes Zimmer zu bewohnen, als sich in einem Internat den Schlafsaal mit vielen anderen Jungen teilen zu müssen.

Und jetzt stand er in der großen Eingangshalle der Schule. Den Griff seiner Schultasche hielt er fest umklammert. Sie war die einzige Verbindung zu seinem Zuhause. Hier war alles fremd. Der Vater hatte ihn gestern begleitet und die Nacht ebenfalls im Hause Textor verbracht, aber heute früh war er wegen dringender Geschäfte wieder abgereist, und so musste Jacob den ersten Tag alleine bewältigen. Wenn doch nur Luise und Wilhelm da gewesen wären, um ihm zur Seite zu stehen. Er vermisste die Freunde schmerzlich. Von Luise hatte er sich wenigstens noch verabschiedet, bevor sie nach Greifswald gegangen war, aber Wilhelm hatte er gar nicht mehr gesehen, der Vater hatte es verboten, damit nichts ihn von der Vorbereitung auf die neue Schule ablenkte.

Beklommen schaute er sich um. Einige etwa gleichaltrige Jungen, die Anzug und Schülermütze trugen, kamen schwatzend und lachend die Treppe heruntergelaufen. Einer löste sich aus der Gruppe und blieb vor ihm stehen. »Bist du neu hier?«, fragte er. »Kann ich dir helfen?«

Jacob blickte ihn staunend an. War das nicht der engelhafte Junge, den er damals in der Kirche beobachtet hatte? Er hatte das Gesicht nie vergessen, und auch jetzt stand ihm die Szene von damals lebhaft vor Augen.

»Warst du nicht Ministrant in Montjoie?«, platzte er heraus.

Der Junge runzelte die Stirn. »Ja, ich war mal Messdiener, das ist aber schon lange her. Und es waren auch nur wenige Wochen. Kennen wir uns denn? Du kommst mir nicht bekannt vor.«

Er war nur kurz in Montjoie gewesen. Deshalb hatte er ihn nicht mehr gesehen. Aber vielleicht war es besser so, dachte

Jacob. Dass er ihn weinen gesehen hatte, wollte er lieber nicht erwähnen. Er lächelte den Jungen an. »Ich bin aus Montjoie, aber du kannst dich wahrscheinlich nicht mehr an mich erinnern. Für mich ist schön, dass ich ein wenigstens halbwegs vertrautes Gesicht sehe. Ich muss ehrlich zugeben, dass mir das alles hier ziemliche Angst einjagt. Ich heiße übrigens Jacob«, stellte er sich vor.

Der Junge zog seine Schülermütze, die schief auf seinen blonden Locken saß, und machte einen ironischen Kratzfuß. »Hocherfreut. Ich bin Andreas, zu deinen Diensten. Und ja, das mit der Angst verstehe ich nur zu gut. Ich lebe hier in Aachen bei meinem Vormund, meine Eltern sind tot, und im Anfang war mir hier auch alles fremd. Mit der Zeit gewöhnt man sich daran.«

Jacobs Ängste schwanden, als er in das lachende Gesicht des Jungen sah. Mochte die Schule sein, wie sie wollte, er hatte zumindest schon einen Freund gefunden. Vertrauensvoll überließ er sich der Führung des schönen Jungen, der ihn herumführte und ihn in alles einwies, was er wissen musste.

Es stellte sich heraus, dass sie beide in die Untertertia gingen, und als Andreas ihn schließlich vor der Tür des Direktorzimmers verließ, verabschiedete er sich mit einem lässigen »Bis später, mein Freund!« von ihm.

Die Begegnung mit Andreas gab Jacob das Gefühl, nicht ganz fremd in Aachen zu sein, und als er am Abend bei seiner Gastfamilie im Esszimmer saß, fühlte er sich schon wesentlich heimischer, auch wenn der Trubel, der dort am Tisch herrschte, ungewohnt war.

»Was ist mit deiner Hand? Kannst du die überhaupt gebrauchen?« Die kleine Juliane blickte ihn aus ihren großen blauen Augen an.

»Kind, hör auf, unseren Gast mit Fragen zu bedrängen. Und hantiere vor allem nicht so mit deiner Gabel! Man zeigt nicht mit Gegenständen auf Menschen!« Frau Textor, eine füllige Matrone in einem dunkelgrünen Atlaskleid mit Spitzenjabot, schritt energisch ein.

Jacob warf ihr einen dankbaren Blick zu und griff nach seiner Gabel, als er zusammenzuckte. Der siebenjährige Hartmut, der neben ihm saß, trat ihm mit zunehmender Festigkeit gegen das Schienbein. Die zwölfjährigen Zwillinge, die ihm gegenübersaßen, steckten kichernd und tuschelnd die Köpfe zusammen. Sie wurden ebenfalls von der Mutter ermahnt, was allerdings nicht lange vorhielt, da die Mutter abgelenkt wurde, als die Gouvernante mit dem jüngsten Spross der Familie, dem zweijährigen Gustav, das Esszimmer betrat. Und Hartmut ließ weiter seine Beine baumeln und guckte ihn dabei herausfordernd an.

Jacob seufzte innerlich. »Du wirst sehen, bei Familie Textor fällst du weiter gar nicht auf«, hatte der Vater gesagt. »Bei ihnen ist immer etwas los, und du wirst es genießen, Teil einer großen Familie zu sein.«

Vorerst tat Jacob sein Bestes, um sich an den Lärmpegel und die Betriebsamkeit zu gewöhnen. Die Atmosphäre in dem großen, vornehmen Stadthaus der Textors hatte so gar nichts Preußisch-Bürgerliches, wie man angesichts der Hausfassade hätte vermuten können, ihm kam die lebhafte Familie eher so vor, wie er sich das Leben bei Künstlern vorstellte. Bunt und bei Weitem nicht so ruhig und gediegen, wie er es von zu Hause gewöhnt war. Dabei war Herr Textor doch ein alter Geschäftsfreund des Vaters. Und er nahm seine Aufgabe, ihn für die Dauer der Schulzeit und der anschließenden Lehre in seinem Haus aufzunehmen, sehr ernst, richtete ständig das Wort an ihn, sodass Jacob tatsächlich kaum zum Essen kam.

»Jacob, wie war es denn heute in der Schule?«, fragte er ihn jetzt. »Hast du dich schon eingelebt?«

Jacob ließ die Gabel sinken, die er gerade zum Mund hatte führen wollen, und nickte. »Ja, Herr Textor. Ich habe sogar schon einen Freund gefunden. Und der Unterricht gefällt mir sehr gut.«

Das stimmte nicht ganz, denn heute hatte unter anderem »Leibeserziehungen« auf dem Stundenplan gestanden, und als Jacob begriffen hatte, dass sich dahinter vor allem das Turnen an solch furchterregenden Geräten wie Stufenbarren, Kasten und Pferd verbarg, war es schon zu spät gewesen. Er hatte große Probleme bei den meisten Übungen gehabt, weil er sich mit der kleinen Hand nirgendwo abstützen konnte, und so hatte er sich mehr oder weniger durch den Unterricht gequält. Einige der Jungen in seiner Klasse hatten ihn ausgelacht, und obwohl er die Zähne zusammengebissen hatte, waren ihm fast die Tränen gekommen, zumal der Turnlehrer ihm nicht beigestanden, sondern sich am allgemeinen Spott noch beteiligt hatte. Andreas, der ein sehr guter Turner war und elegant alle Übungen, die der Lehrer von ihnen verlangte, vorturnte, legte ihm nach dem Unterricht tröstend den Arm um die Schultern. »Mach dir nichts draus, Jacob«, sagte er zu ihm. »Ich möchte mal die sehen, die dich jetzt auslachen, wenn sie auch mit einer verkrüppelten Hand durchs Leben gehen müssten. Achte einfach nicht auf sie – du kannst ganz bestimmt Dinge, die sie nicht können.«

Dankbar hatte Jacob ihn angelächelt. Unwillkürlich hatte er sich ein wenig enger an den Freund geschmiegt, und es hatte ihm gutgetan, dass Andreas ihm den Arm um die Schultern gelegt hatte.

Der ungewohnte Schulalltag nahm Jacob so sehr in Anspruch, dass er gar nicht merkte, wie schnell die Zeit verging. Wie der

Vater es ihm prophezeit hatte, gefiel es ihm bei den Textors, nachdem er sich erst einmal eingewöhnt hatte. Die Kinder der Familie sahen zu ihm auf wie zu einem großen Bruder, und auch in der Schule kam er mit seinen Klassenkameraden gut aus. Sein bester Freund war allerdings vom ersten Tag an Andreas geblieben.

Mittlerweile war es Herbst geworden. Die beiden Jungen verbrachten alle Tage zusammen, und in den letzten Wochen hatten sie es sich angewöhnt, abends in der Freistunde im nahe gelegenen Wald spazieren zu gehen. Dabei fassten sie sich wie zufällig immer häufiger an der Hand, und manchmal legte ihm Andreas auch den Arm um die Schultern. Jacob liebte es, den anderen Jungen anzusehen, aber es verwirrte ihn auch. Andreas war in seinen Augen so vollkommen und so schön, dass nichts ihm gleichkam, und ihm tat das Herz weh, wenn er daran dachte, dass sie eines Tages wieder getrennt sein könnten. Instinktiv fühlte er, dass zwischen ihm und Andreas etwas anderes war als das, was er für Luise oder Wilhelm empfand.

Deshalb wurde es ihm auch ganz kalt, als Andreas ihm eines Tages berichtete, dass sein Vormund aus Aachen weggehen und in Chile ein Handelskontor führen würde.

Entsetzt blickte er den Freund an. »Musst du mit ihm gehen?«, fragte er.

»Nein, ich mache zuerst mein Abitur. Und ich werde dann auch hier im Internat wohnen und kein Externer mehr sein. Wenn ich die Schule abgeschlossen habe, soll ich nachkommen, hat mein Vormund gesagt.«

Jacob atmete auf. »Dann bist du ja mindestens noch vier oder fünf Jahre hier.« Doch in seine Erleichterung mischte sich sofort wieder Sorge. Danach würde sein Freund weggehen. Was sollte dann aus ihm werden?

Andreas sah ihm anscheinend seine Befürchtungen an. Er

legte ihm die Hand auf die Schulter und drückte sie leicht. »Das ist noch eine lange Zeit«, sagte er tröstend. »Und ich schwöre dir, ich werde dich nie vergessen.« Er blickte ihn ernst an, und dann beugte er sich plötzlich vor und küsste ihn auf den Mund.

Jacob wollte auffahren, sich über die Lippen wischen, den Kuss ungeschehen machen. Was erlaubte sich der Freund? Aber er tat nichts. Er stand da wie erstarrt und schaute den anderen Jungen an. In seinem Kopf wirbelten die Gedanken umher, und eine Woge widerstreitender Gefühle überflutete ihn.

Andreas lächelte. »Komm«, sagte er und zog ihn mit sich. »Wir suchen uns ein Versteck.«

Sie fanden es in einem alten Geräteschuppen auf dem Schulgrundstück. Dort, im hintersten Winkel, hinter verrosteten Gartengeräten und Blumenkübeln, alten Eimern und Tonnen, küssten sie sich ein weiteres Mal. Jacob kam sich vor, als hätte er keinen eigenen Willen mehr, als ob sein Körper, sein Mund, seine Hände von alleine, ohne sein Zutun, agierten und reagierten. Scham mischte sich mit Lust. Er wusste nicht, wie ihm geschah, er wusste nur, dass er sich wünschte, dieses Gefühl, von dem er nicht wusste, woher es kam, möge für immer anhalten. Staunend ließ er zu, dass ihm der andere Junge die Jacke, das Hemd öffnete und mit den Händen seine warme, bloße Haut erkundete. Er stand nur da und ließ alles geschehen. Erst als Andreas seine Hand ergriff und sie in seine Hose schob, erwachte er aus seiner Erstarrung.

»Nein, nicht«, sagte er und zog die Hand zurück. »Das ist Sünde.«

Andreas zuckte zurück, als hätte er ihn geohrfeigt. Er kniff die Lippen zusammen, und einen Moment lang kam er Jacob wieder so vor wie der Junge, der damals weinend in der Kirche gesessen hatte.

»Ich ... ich weiß doch auch nicht«, stammelte Jacob. »Ich ... es kommt mir nicht richtig vor. Ich weiß ja selbst nicht.« Er riss sich los und rannte weg. Erst als er völlig außer Atem vor dem Schulgebäude angelangt war, blieb er stehen. Hastig stopfte er sein Hemd in die Hose, machte seine Jacke zu und fuhr sich durch die Haare. Sein Gesicht brannte, und seine Lippen fühlten sich wie geschwollen an, sein Mund war trocken, und er konnte kaum schlucken.

Er drückte sich eng an die Seitenmauer. Hoffentlich sah ihn jetzt niemand. Er hatte das Gefühl, jeder müsste ihm ansehen, was sie gemacht hatten, als stünde es ihm auf die Stirn geschrieben. Er sah verstohlen um sich. Um diese Uhrzeit waren die meisten schon im Haus. In einer Stunde war Schlafenszeit. Er musste zurück, hoffentlich vermisste ihn bei Textors niemand.

Vorsichtig blickte er sich um. Andreas war ihm nicht gefolgt. Jacobs Gedanken überschlugen sich. Er musste sich eingestehen, dass er sich zu dem gleichaltrigen Jungen hingezogen fühlte. Schon als er ihn zum ersten Mal in der Kirche in Montjoie gesehen hatte, hatte sein Anblick ein Sehnen in ihm ausgelöst, ohne dass er sich damals darüber im Klaren gewesen war. Immer, wenn er in seiner Nähe war, wollte er ihn berühren, und wenn er sich an ihn schmiegte, dann fühlte er sich wohl. Aber es durfte nicht sein! Das war doch widernatürlich, oder? Hätte er solche Gefühle nicht eigentlich bei einem Mädchen empfinden müssen? Doch weit und breit gab es kein Mädchen, das etwas Ähnliches bei ihm auslöste. Selbst Luise nicht, auch wenn er sich in ihrer Nähe immer wohl und beschützt fühlte.

Wilhelm fiel ihm ein, und seine Wangen brannten. Er biss sich auf die Lippen. Wilhelm rief ähnliche Gefühle bei ihm hervor, er hatte es sich wohl nur nie eingestanden. Und wie sollte er auch? Es war doch nicht normal, dass er so empfand!

Er war sich sogar ziemlich sicher, dass es verboten war. Gab es nicht sogar ein Gesetz, das ein solches Treiben untersagte?

Jacob biss sich auf die Lippe. Immer wieder drängte sich Andreas in seine Gedanken. Sein Mund, seine Augen mit den langen Wimpern, seine rosigen Wangen – ihm wurde ganz heiß, wenn er nur daran dachte. Was sollte er nur tun?

Instinktiv wusste er nur eines: Er durfte und wollte mit niemandem darüber reden. Noch nicht einmal mit Luise, obwohl er ihr vertraute und sicher war, dass sie ihn nicht verraten würde. Aber das hier durfte keiner wissen. Er musste es mit sich allein ausmachen.

12

Greifswald, 1876

Luise ließ den Brief sinken und schaute versonnen aus dem Fenster auf die ruhige Straße. Die Gaslaternen waren bereits angezündet, und in ihrem Schein sah sie Flocken wirbeln. Bisher war der Januar trüb und grau gewesen, erst heute Nachmittag hatte es angefangen zu schneien. In Montjoie lag schon seit Weihnachten Schnee, doch das wusste sie nur aus Isabellas Brief. Eigentlich hatte sie im Dezember nach Hause fahren wollen, doch aus Rücksicht auf Friederike, die seit der Geburt ihrer Tochter im vergangenen Spätsommer immer noch ein wenig angegriffen war, hatte sie darauf verzichtet und war in Greifswald geblieben. Und ausgerechnet an diesem Silvester hatte Isabella sich verlobt. Luise kannte den Bräutigam ihrer Schwester nicht persönlich, nur aus ihren zahlreichen Briefen. Schon vor zwei Jahren hatte sie von dem Gerichtsassessor geschwärmt, den sie in ihrer Zeit an der Töchterschule in Aachen kennengelernt hatte. Mittlerweile war Conrad Lissenich, der aus einer angesehenen Aachener Familie stammte, Doktor der Jurisprudenz. Er war als Richter ans Kölner Landgericht berufen worden und wollte sich mit Isabella verloben, bevor er fortmusste. Und so hatte Luise die Verlobung ihrer einzigen Schwester verpasst.

Vom nahe gelegenen Dom ertönte das Fünf-Uhr-Geläut. Luise erhob sich, um die Petroleumlampen anzuzünden. Ihr flackernder Schein tauchte die Umgebung in ein warmes Licht. Hier im Wohnzimmer mit dem polierten Kirschholztisch und den mit taubenblauem Samt bezogenen Stühlen hielt sie sich gerne auf, wenn sie lernen musste. Der Raum strahlte Behaglichkeit und Gediegenheit aus. Zwar waren die Decken hier nicht so hoch und die Zimmer nicht so groß wie in der Villa in Montjoie, aber das machte ihr nichts. Sie fand es gemütlich.

Sie fühlte sich wohl in Greifswald und im Haus der Lindens, doch vor allem, wenn sie Post von zu Hause erhielt, spürte sie, wie sehr ihr die Familie und die vertraute Umgebung fehlten. Zum Glück schrieben vor allem der Vater und Isabella ihr regelmäßig, und ab und zu erhielt sie auch Post von Wilhelm und sogar von Jacob, der noch nie gerne geschrieben hatte und nur kurze, belanglose Zeilen über sein Leben in Aachen schickte. Doch sosehr sie sich über die Briefe aus der Heimat freute, wurde sie auch immer ein bisschen wehmütig, wenn sie las, was sie alles nicht miterlebte. Zwar umsorgte Friederike Linden sie wie eine Tochter, und Dietmar Linden war der beste Lehrer, den sie sich nur wünschen konnte, doch dieser Rest Heimweh steckte in ihr wie ein Dorn, der sich in der Haut verwachsen hatte und nur manchmal, wenn man ihn unvermutet berührte, heftig schmerzte. Und obwohl sie ihre Zieheltern beim Vornamen nannte und die kleine Gertrud wie eine Schwester liebte, wusste sie doch tief im Inneren, dass ihr Aufenthalt in Greifswald nur eine Etappe auf dem Weg zu ihrem großen Ziel war. Angekommen war sie noch lange nicht, und hier für immer zu leben, konnte sie sich nicht vorstellen.

Leise seufzend legte sie den Brief beiseite und beugte sich wieder über die Bücher. Dietmar Linden nahm seine Aufgabe als ihr Lehrer sehr genau. Er unterrichtete am neuen Gymnasium am Wall, und für einige Fächer hatte er für sie eine Ausnahmegenehmigung erwirkt, sodass sie bei den Lehrern, die der Frauenbildung wohlwollend gegenüberstanden, am Unterricht teilnehmen durfte. Sie hatte sich daran gewöhnt, dass sie im Klassenzimmer als einziges Mädchen sehr unter Beobachtung stand und sich keinen Schnitzer erlauben durfte. Im Anfang war es nicht einfach gewesen, aber nach einer Zeit hatte sie das richtige Maß gefunden. Weder durfte sie zu viel Wissen an den Tag legen – sie hatte schnell gemerkt, dass das den meisten Herren der Schöpfung nicht so recht war –, noch durfte sie zu unwissend sein, dann fühlten sie sich bestätigt, dass sie gar nichts auf einer Höheren Schule zu suchen hatte. Den größten Teil des Lernpensums jedoch nahm der häusliche Unterricht bei Lehrer Linden ein, der sie auf die externe Abiturprüfung vorbereitete. Er hatte es nicht schwer mit Luise, sie war eine fleißige und wissbegierige Schülerin, die rasch begriff.

Für die Leibesertüchtigung sorgte Friederike. Jeden Morgen machten sie zusammen gymnastische Übungen, und auch sonst achtete die ehemalige Gouvernante darauf, dass ihr Zögling sich viel an der frischen Luft bewegte.

Luise dachte an die Ausflüge, die sie im vergangenen Sommer gemacht hatten. Einmal waren sie zur berühmten Klosterruine Eldena gefahren, die den Greifswalder Maler Caspar David Friedrich zu zahlreichen Gemälden inspiriert hatte. Ein Druck mit einer Ansicht von Greifswald hing in der Wohnstube über dem Sofa. Luise liebte seine Bilder, die ihrer Meinung nach eine ganz besondere Atmosphäre vermittelten. Es war ein strahlend schöner Tag gewesen, mit weißen Wölkchen, die wie hingetupft am blauen Himmel standen, was einen reizvollen Kontrast zu den Backsteinruinen in dem weitläufigen, von Peter Joseph Lenné angelegten Park bildete. Ein romantischer Zauber lag über der Anlage, die vom Denkmalamt sorgfältig gepflegt wurde, und Luise konnte sich lebhaft vorstellen, wie in früheren Jahrhunderten hier die Zisterziensermönche durch die Gänge gewandelt waren. Anschließend wäre sie auch gerne noch an den nahen Ostseestrand gefahren, aber das hatten sie auf einen späteren Zeitpunkt verschoben. Friederike, die wenige Wochen vor der Niederkunft stand, hatte es nach Hause gezogen. Außerdem war die herrschende Mode nicht dazu angetan, lange Spaziergänge zu unternehmen. Sie engte die Frauen sehr ein und war einer gesunden Körperhaltung nicht gerade förderlich. Die Korsetts wurden so eng wie möglich geschnürt, und selbst die Alltagskleidung umgab den Körper wie ein Panzer.

Nach einer Weile merkte Luise, dass sie immer nur auf dieselbe Stelle im Buch starrte, ohne zu begreifen, was dort stand. Heute konnte sie sich wohl nicht mehr aufs Lernen konzentrieren. Erneut nahm sie den Brief der Schwester zur Hand und las ihn noch einmal. Sie sah sie vor sich, wie sie errötend die Glückwünsche entgegennahm. Sie hatten im kleinen Kreis gefeiert, der Vater hatte lediglich die Familie Becker dazugebeten. Jacob war wohl auch dabei gewesen, hatte ihr jedoch auch in seinem letzten Brief nichts verraten. Es hatte Champagner gegeben, und um Mitternacht hatten sie auf das Brautpaar und das neue Jahr angestoßen. Nun war Isabella also verlobt. Und sie war offensichtlich sehr glücklich darüber. »Ich freue mich für sie«, murmelte Luise, »aber für mich kommt das nicht infrage.«

»Was kommt für dich nicht infrage, Liebes?« Friederike Linden war ins Zimmer getreten. Sie hatte Gertrud auf dem Arm, die sich wand und zappelte, weil sie herunterwollte. Sie hatte vor Kurzem entdeckt, dass sie sich drehen konnte, und seitdem war sie kaum zu halten.

Luise, die gar nicht gemerkt hatte, dass sie den Satz laut ausgesprochen hatte, wandte sich zu ihrer ehemaligen Gouvernante um und lächelte sie an. Sie zeigte ihr den Brief.

»Papa und Isabella kommen im Sommer nach Greifswald. Sie steigen aber im Hotel ab. Und stell dir nur vor, Friederike, Isabella hat sich verlobt. Mit Conrad Lissenich, du weißt doch, der Jurist, der ihr schon in Aachen den Hof gemacht hat.«

»Oh, das freut mich. Er scheint ein sehr netter, zielstrebiger junger Mann zu sein, nach allem, was ich über ihn gehört habe. Und warum hast du gesagt, das käme für dich nicht infrage?«

Luise zuckte mit den Schultern. »Ich kann mir das alles nicht vorstellen. Heiraten, von einem Mann abhängig sein, das will ich nie.« Sie zeigte auf den Brief. »Sieh nur, sie schreibt, dass die Zeit als ›Wartemädchen‹ für sie jetzt vorbei ist. Sie hat sie wohl als öde und trostlos empfunden, und erst jetzt, wo Conrad um ihre Hand angehalten hat, kann sie sich auf die Zukunft freuen. Das ist der Unterschied zwischen uns – ich würde eine solche Zeit als Haustochter gar nicht akzeptieren. Ich will lernen, einen Beruf ausüben, so leben können, wie ich gerne möchte. Mit Warten will ich meine Zeit bestimmt nicht vertrödeln.«

»Nun«, Friederike lächelte, »Isabella ist nicht wie du. Sie hat nie diesen Drang verspürt, und die Eheschließung bedeutet für sie die Erfüllung ihrer Träume. Aber deshalb ist ihr Lebensentwurf ja nicht weniger wert als der deine. Außerdem muss das eine das andere nicht unbedingt ausschließen. Es kann eine große Erleichterung sein, jemanden an der Seite zu haben, der einen unterstützt.«

»Wenn er einen unterstützt …«, sagte Luise düster. »Ich kümmere mich lieber alleine um mein Glück.«

Jetzt lachte Friederike. »Das sind aber heute finstere Gedanken, Luise. Ich glaube, du brauchst ein wenig Ablenkung.« Sie legte Gertrud in das Laufställchen, das auf dem Teppich stand. Sofort drehte sich die Kleine vom Bauch auf den Rücken und fuchtelte aufgeregt mit den Ärmchen.

»Die Nachbarin hat sich bereit erklärt, morgen Vormittag auf Gertrud aufzupassen«, fuhr Friederike fort. »Möchtest du mich denn zu Frau Piel begleiten? Ich war jetzt lange nicht mehr da. Seit Gertrud auf der Welt ist, komme ich nicht mehr so oft dazu, aber jetzt muss ich wirklich noch mal nach dem Rechten schauen. Ich habe die Familie sträflich vernachlässigt.«

Seit sie wieder in Greifswald wohnte, kümmerte Friederike sich um die Arbeiterfamilien, die oft nicht genug zum Leben hatten, obwohl sogar die Kinder mitarbeiteten.

Sie sammelte bei Freundinnen und Nachbarinnen abgelegte Kleidungsstücke und Spielzeug für die Kinder und auch Geld, das sie besonders bedürftigen Familien auszahlte.

Friederikes Devise lautete: »Es gibt nichts Gutes, außer man tut es«, und sie ließ sich nicht beirren, auch wenn manche Damen der Gesellschaft sich darüber mokierten, wie unermüdlich sie sich dafür einsetzte, die Lebensbedingungen der Armen zu verbessern. »Mit ehrlicher Arbeit kann sich jeder ernähren«, hieß es häufig, wenn sie anklopfte, um für die Ärmsten der Armen Spenden zu sammeln. »Wenn die Leute zu viel Geld haben, vertrinken sie es doch nur.«

Solche Bemerkungen brachten Friederike auf die Palme, aber sie ließ sich nichts anmerken und blieb immer freundlich. »Um der guten Sache willen muss man auch mal den Mund halten können«, erklärte sie Luise. »Der Frauenverein will vor allem die Arbeiterfrauen stärken, und was ich hier in meiner kleinen Welt dazu beitragen kann, will ich gerne tun«, sagte sie immer.

Luise hatte erst in Greifswald entdeckt, dass Friederike eine glühende Anhängerin von Louise Otto-Peters war, die zehn Jahre zuvor in Leipzig mit anderen Frauen zusammen den Frauenbildungsverein und den Allgemeinen Deutschen Frauenverein gegründet hatte. Bildung und wirtschaftliche Unabhängigkeit von Frauen waren ihr ein Anliegen, für das sie kämpfte. »Wenn es solche Frauen wie Louise Otto-Peters nicht gäbe«, hatte Friederike einmal zu Luise gesagt, »könnten Mädchen auch in hundert Jahren noch keine Schule besuchen, in der sie die gleichen Dinge wie Jungen lernen.«

Die Familie Piel, die mit sieben Kindern in einem winzigen Häuschen in der Altstadt lebte, lag ihr besonders am Herzen. Herr Piel hatte in der Eisengießerei gearbeitet, hatte aber nach einem schweren Unfall dort die Arbeit aufgeben müssen. Er zog als Hausierer von Tür zu Tür und verkaufte Besen und Bürsten. Das Geld war schon vorher knapp gewesen, aber jetzt reichte es hinten und vorne nicht mehr. Friederike hatte schon mehrmals an den Besitzer der Eisengießerei geschrieben und ihn gebeten, dem Mann doch wenigstens eine kleine Rente auszuzahlen, da der Unfall schließlich in seiner Fabrik geschehen sei und der Mann seitdem nicht mehr in der Lage sei, seine Familie zu ernähren. Aber der Fabrikbesitzer hatte nicht einmal geantwortet. Frau Piel saß oft bis tief in die Nacht über Näh- und Flickarbeiten und verdarb sich die Augen, um wenigstens ein bisschen dazuzuverdienen, und auch die beiden ältesten Kinder, die zwölf und vierzehn Jahre alt waren, trugen ihren Teil bei. Besonders stolz war Frau Piel auf die älteste Tochter, die Küchenhilfe bei einer Professorenfamilie war und abends regelmäßig Essensreste mit nach Hause brachte.

Seit Gertruds Geburt war Friederike nur selten dort gewesen, und so konnte sie ihr Erschrecken kaum verbergen, als sie mit Luise zusammen das winzige Haus in der Vorstadtsiedlung betrat.

Obwohl es in dem kleinen Raum mit der niedrigen Decke dunkel und stickig war, war deutlich zu sehen, dass die rechte Gesichtshälfte von Helene Piel durch ein großes Geschwür entstellt war, das sich bis über die Nase ausgebreitet hatte. An den Rändern, vor allem unter dem Auge, war die Haut blutig verschorft, und tiefe dunkelrote Narben zogen sich wie ein Krater bis in die Mitte der Wange. Es sah so aus, als ob ein Geschoss im Gesicht der Frau explodiert wäre.

»Um Himmels willen, Frau Piel, Sie sind krank! Haben Sie Schmerzen?«

Die kleine Frau, die gebeugt über einer Näharbeit gesessen hatte, hob den Kopf. Zu ihren Füßen hockten ihre beiden Jüngsten auf dem Boden und spielten mit einem Kreisel, den Friederike ihnen beim letzten Mal mitgebracht hatte. Die Fünfjährige stand am Herd und rührte in einem Kessel, in dem Suppe kochte.

Die Augen der Frau leuchteten auf, als sie Friederike erkannte. »Oh, Frau Linden, wie schön, Sie zu sehen! Nein, nein, machen Sie sich keine Gedanken, das war nur so ein dummer Ausschlag, aber er ist seit einer ganzen Weile schon wieder verheilt.«

»Das sieht gar nicht gut aus. An der Seite ist ja noch alles entzündet! Sie sollten einen Arzt aufsuchen«, mahnte Friederike.

Frau Piel ließ die Näharbeit sinken und machte eine wegwerfende Geste. »Ach, Frau Linden, Sie wissen doch, wie es ist. Das kann ich mir nicht leisten. Und es behindert mich kaum. Die Haut spannt nur ein bisschen. Wichtiger wäre es für meinen Mann, er ist seit zwei Wochen wieder so elend. Er ist ja ständig unterwegs, und das kaputte Bein macht ihm sehr zu schaffen. Er kann kaum noch laufen und hat so schreckliche Schmerzen.«

»Ist er denn da?« Friederike blickte zu der kleinen Tür hinten im Häuschen, die zur Schlafkammer führte.

Frau Piel schüttelte den Kopf. »Nein. Wenn er nicht hinausgeht, verdient er ja nichts. Aber es tut mir weh, wenn ich sehe, wie schwer ihm jede Bewegung fällt.«

»Ich schicke Ihnen die Gemeindeschwester«, versprach Friederike. »Sie kann ihm zumindest etwas zum Einreiben geben.«

Luise war neugierig näher getreten. Sie machte einen Knicks und fragte, ob sie sich den Ausschlag einmal ansehen dürfe.

»Sie erinnern sich doch an Luise?« Friederike legte Luise den Arm um die Schultern. »Ich habe sie schon einmal mitgebracht. Sie wohnt bei uns. Ihr Vater hat sie uns anvertraut, damit sie in Greifswald auf die Abiturprüfung vorbereitet wird. Sie möchte Medizin studieren.«

»Oh.« Frau Piel warf Luise einen ehrfürchtigen Blick zu. Bereitwillig drehte sie ihr Gesicht so, dass die Siebzehnjährige den Ausschlag genau betrachten konnte. Vorsichtig streckte sie einen Finger aus, um eine der vertrockneten Pusteln zu berühren, überlegte es sich jedoch im letzten Moment anders und zog die Hand wieder zurück. Der Vater hatte ihr schon früh eingeschärft, wie wichtig Hygiene war. Sie wandte sich zu Friederike. »Ich habe so etwas schon einmal in einem Lehrbuch meines Vaters gesehen«, flüsterte sie ihr zu. »Da war ein Bild, das sah ganz genauso aus. Das scheint eine dieser fressenden Flechten zu sein, von denen Papa mir einmal erzählt hat.« Laut sagte sie: »Im Sommer kommt mein Vater, Frau Piel. Er ist Arzt. Auch wenn es bis dahin sicher schon verheilt sein wird, bringe ich ihn zu Ihnen, damit er Sie untersucht. Und er weiß sicher, wie man Ihnen für zukünftige Erkrankungen Linderung verschaffen kann. Vorläufig jedenfalls sollten die Kinder Ihnen nicht ins Gesicht fassen. Am Ende stecken sie sich noch an. Und Ihren Mann kann mein Vater dann bestimmt auch untersuchen. Vielleicht kann er ihm helfen.«

Isabella und der Vater kamen Ende Juni und blieben zehn Tage in Greifswald. »Länger kann ich meine Praxis nicht vernachlässigen«, sagte der Vater zu Dietmar Linden. »Wir brauchen ja schon für An- und Abreise jeweils vier Tage. Aber wenn ich mir hier alles so anschaue, dann hat sich die lange Reise auf jeden

Fall gelohnt. Und ich kann mich endlich mit eigenen Augen überzeugen, dass es meiner Jüngsten gut geht.«

Die Schwestern genossen die gemeinsame Zeit nach der langen Trennung. Letztendlich übernachtete nur der Vater im Hotel. Isabella schlief wie früher mit Luise in einem Bett, und sie flüsterten bis spät in die Nacht miteinander.

»Wie ist es denn so, verlobt zu sein?«, fragte Luise. »Ist dir nicht ein bisschen bang davor, bald von Conrad abhängig zu sein?«

Isabella lächelte. »Du bist unbezahlbar, Luise. Meine Freundinnen fragen mich, ob mir nicht bang davor ist, bald Ehefrau zu sein und meine ehelichen Pflichten erfüllen zu müssen, aber du denkst nur daran, dass es mich stören könnte, von einem Mann abhängig zu sein. Ich kann dich beruhigen: Angst habe ich weder vor dem einen noch vor dem anderen.« Sie ergriff die Hände der Schwester und drückte sie. »Im Gegenteil, ich freue mich darauf. Ich möchte eine große Familie um mich haben, mindestens vier Kinder.«

Luise lachte. »Fang doch erst einmal mit einem an. Und ich verspreche dir, ich werde eine großartige Tante sein!«

Auch Gespräche mit dem Vater kamen nicht zu kurz, und Luise merkte deutlich, wie ihr der vertraute familiäre Umgang fehlte. »Wenn du doch nur immer hier wärst, Papa«, seufzte sie mehr als einmal. »Am liebsten hätte ich euch alle ständig um mich. Viele Fragen kannst ja nur du mir beantworten. Wirklich, du bist mein bester Ratgeber!«

Bei aller Wiedersehensfreude hatte Luise jedoch den entstellenden Ausschlag von Frau Piel nicht vergessen und ihrem Vater bei der ersten Gelegenheit davon erzählt. »Mir schien es eine von diesen fressenden Flechten zu sein, die du mir in deinem Lehrbuch gezeigt hast«, sagte sie. »Weißt du noch? Die, wo du gesagt hast, dass die Patienten nach dem Abheilen so aussehen, als wären sie von einem Wolf gebissen worden? Meiner Meinung nach sah das genauso aus. Bitte, Papa, kannst du dir Frau Piel einmal anschauen? Ich weiß ja nicht, was ich tun soll, aber du kannst ihr vielleicht eine Salbe geben.«

Ihr Vater blickte sie verwundert an. »Kind, du machst mich ganz neugierig. Es wäre erstaunlich, wenn du auf Anhieb die richtige Diagnose gestellt hättest! Dann allerdings wüsste ich auch nicht, wie wir der armen Frau helfen sollten. Die Wissenschaft hat noch kein Heilmittel dagegen entdeckt, zumal man auch nur Vermutungen anstellen kann, woher diese Krankheit kommt. Und wie soll man die Entstellungen verbergen, wenn sie erst einmal entstanden sind?«

»Aber du untersuchst die Frau doch, oder, Papa? Und darf ich denn mitkommen, wenn du dorthin gehst? Bitte, Papa!« Luise war ganz aufgeregt.

»Mitkommen darfst du, und wenn die Patientin nichts dagegen hat, darfst du dabei sein, wenn ich sie untersuche. Bei dem Mann, den ich, wenn ich dich richtig verstanden habe, auch untersuchen soll, hast du allerdings nichts verloren«, erwiderte der Vater. »Ich will doch hoffen, dass du ihn dir gar nicht erst angeschaut hast?«

Luise schüttelte den Kopf. »Nein, nein, er war gar nicht da. Dass es ihm nicht gut geht, weiß ich nur vom Hörensagen.«

Der Vater nickte. »Dann wollen wir mal sehen, ob wir helfen können.«

Es erfüllte Luise mit Stolz, dass ihr Vater sie so selbstverständlich einbezog. Aufmerksam sah sie zu, wie er Frau Piel untersuchte. Seit ihrem letzten Besuch war der Schorf an den Rändern bis auf eine leichte Rötung zurückgegangen, hatte aber ebenfalls Narben hinterlassen. Der Vater tastete vorsichtig das

Gesicht ab und erkundigte sich, ob sie den Ausschlag auch an anderen Körperteilen bemerkt habe, aber die Frau schüttelte den Kopf. »Nein, Herr Doktor, Ausschlag hatte ich nur im Gesicht. Aber da war er auch besonders hartnäckig. Doch jetzt ist es ja wieder gut.« Sie überlegte. »Allerdings tun mir in der letzten Zeit die Finger so weh, und ich muss häufig beim Nähen pausieren.«

Doktor Fabricius nickte. »Das haben Sie gut beobachtet. Sie leiden an Gesichtstuberkulose. Sie ist recht gut abgeheilt, aber die Spätfolgen äußern sich häufig in Gelenkschmerzen. Viel kann ich Ihnen leider zur Linderung nicht empfehlen. Die Krankheit ist noch nicht erforscht, und bis jetzt hat noch niemand ein Heilmittel dagegen gefunden. Machen Sie abends Kohlwickel um die Hände, das hilft ein wenig. Und ich lasse Ihnen in der Apotheke eine Salbe aus Senfmehl und Muskatnuss anrühren. Die nimmt die Schmerzen.«

»Vielleicht hilft sie meinem Mann ja auch«, sagte Frau Piel hoffnungsvoll. »Sein Bein schmerzt arg, vor allem, wenn das Wetter umschlägt. Es ist in der Eisengießerei völlig zertrümmert worden, und wir glauben, dass es nicht richtig zusammengewachsen ist. Aber er kann es auch nicht schonen, weil er so viel unterwegs ist. Er wäre gerne heute hier gewesen, er hat sich von Ihrem Besuch so viel versprochen, aber er musste schon in aller Herrgottsfrühe los.« Bekümmert blickte sie den Doktor an. »Wenn er nur wieder gesund wäre, dann wäre alles leichter zu ertragen.«

Da er schon einmal da war, horchte Fabricius auch die Kinder ab, die sich am Ofen zusammengedrückt und ängstlich beobachtet hatten, wie er die Mutter untersucht hatte. Er machte das auf seine eigene selbstverständliche und lustige Art, die den Kindern alle Scheu nahm, und Luise dachte bewundernd, dass sie so auch einmal mit ihren Patienten umgehen wollte.

Als sie gingen, dämmerte es schon, und das Kopfsteinpflaster der schmalen Straßen glänzte feucht vom feinen Nieselregen, der alles in einen silbrigen Dunst hüllte. Der Vater spannte den Schirm auf, Luise hängte sich bei ihm ein, und wie früher fühlte sie sich unendlich geborgen und beschützt.

Aus dem Tagebuch von Friederike Linden

20. August 1876

Ich bin kaum noch in der Lage, mein Tagebuch fortlaufend zu führen. Meine Familie, meine häuslichen Pflichten und die Arbeit in den Arbeitervierteln Greifswalds, die immer mehr wird, nehmen mich ganz in Anspruch. Gertrud wird bald ein Jahr, und sie ist ein kleiner Wirbelwind. Es wird nicht lange dauern, dann läuft sie, und ich werde sie nicht mehr aus den Augen lassen können. Ich nehme sie fast überallhin mit, und es ist rührend zu sehen, wie lieb die Kinder, die ich unterrichte, mit ihr umgehen.
In Bayreuth haben übrigens in diesem Monat zum ersten Mal Festspiele mit der Uraufführung von Richard Wagners Der Ring des Nibelungen stattgefunden. Ein gewaltiges Werk, das für drei Tage und einen Vorabend konzipiert wurde. Es geht mir mit solchen Ereignissen wie mit der Weltausstellung: Ich würde wohl gerne einmal dabei sein und mir das mächtige Spektakel anschauen, aber es ist natürlich undenkbar, hier alles im Stich zu lassen, um eine Vergnügungsreise zu unternehmen. Und wenn ich ehrlich bin, bin ich auch zufrieden damit, darüber zu lesen und mich in Gedanken dorthin zu träumen.

26. November 1878

Ich fasse es nicht. Der letzte Eintrag liegt schon wieder so lange zurück ... Aber trotzdem hier an dieser Stelle eine kleine Notiz, damit ich es nicht vergesse: In diesem Jahr wurden zwei Attentate auf Kaiser Wilhelm I. verübt. Da beiden Attentätern Verbindungen zur Sozialdemokratie nachgesagt wurden, hat der Reichstag auf Bestreben Bismarcks im vergangenen Monat ein »Gesetz gegen die gemeingefährlichen Bestrebungen der Sozialdemokratie« erlassen. Das hat leider auch Auswirkungen auf unsere Arbeit, weil mit diesem Gesetz alle dazugehörigen Frauenvereine gleichermaßen verboten werden. Wir hier in Greifswald arbeiten unter dem Deckmantel der Wohltätigkeit und zählen zum Glück nicht zu den verdächtigen Gruppierungen, aber aufpassen müssen wir trotzdem, weil Bildungsangebote für Frauen nicht gerne gesehen werden.

15. April 1879

Der Frühling ist noch nicht wirklich eingezogen, aber an Ostern hatten wir zum Glück wenigstens einen Hauch davon. Wir haben für Gertrud bunt bemalte Eier im Garten versteckt, und bei jedem Ei, das sie entdeckte, jubelte sie laut. In vier Wochen sind wir bereits in Montjoie, um Isabellas Hochzeit zu feiern. Wir freuen uns sehr darauf, vor allem Luise zählt die Tage bis zu unserer Abreise. Ich habe es noch niemandem gesagt, aber ich glaube, ich bin wieder in der Hoffnung. Ein Geschwisterchen für Gertrud wäre zu schön!

13

Montjoie, 1878

»Matthes, was machst du denn hier? Habt ihr nichts zu tun in Wollseifen?«

Es war früher Abend. Die Vögel zwitscherten, und eine milde Vorfreude auf den nahenden Sommer lag in der Luft. Wilhelm war vor einer halben Stunde von der Arbeit nach Hause gekommen, hatte sich rasch Gesicht und Hände gewaschen, ein frisches Hemd angezogen und war jetzt auf dem Weg zur Chorprobe des Männergesangvereins, die wie immer im Saal von Haus Horchem stattfand. Er freute sich auf das Zusammensein mit den anderen Männern, auf das Singen und auf das Bier danach.

Matthes drehte verlegen seine Kappe zwischen den schmutzigen Fingern. »Der Schwarz hat mich im Wagen mitgenommen«, sagte er. »Ich musste zu dir kommen, ich weiß mir keinen Rat mehr.«

»Um Himmels willen, was ist denn geschehen? Warum wendest du dich nicht an Heinrich? Er ist doch der Bauer«, sagte Wilhelm verwundert. Er würde zu spät kommen, wenn er sich jetzt nicht endlich auf den Weg machte. Aber der Knecht sah elend aus. Ein unbehagliches Gefühl stieg in Wilhelm auf. Irgendetwas Schlimmes musste passiert sein. Matthes hatte sich bestimmt nicht leichtfertig auf den langen Weg nach Montjoie gemacht.

»Schon gleich sieben«, sagte er zögernd mit einem Blick auf seine Taschenuhr, die mit einer Kette an einer Gürtelschlaufe seiner Hose befestigt war. »Eigentlich muss ich mich sputen! Die anderen warten sicher schon auf mich.«

Matthes seufzte. »Wilhelm, bitte«, sagte er. »Es ist wichtig. Du kennst mich. Ich wäre nicht hierhergekommen, wenn es nicht so wichtig wäre. Können wir irgendwo ungestört miteinander reden?«

Wilhelm blickte zum Haus der Beckers, in dem er immer noch wohnte. Er wusste, er sollte sich langsam ein eigenes Zimmer besorgen, aber es wohnte sich so angenehm hier. Und solange der Fabrikant nichts dagegen hatte und Wilhelm sich an die Hausregeln hielt, war es für ihn die bequemste Lösung.

Resigniert zuckte er mit den Schultern. »Ja, ich dachte es mir schon. Weißt du was, wir gehen auf mein Zimmer, und ich besorge dir noch was zu essen. Du hast bestimmt Hunger. Dann wird das heute eben nichts für mich mit dem Gesangverein.«

»Du singst im Männergesangverein?« Matthes klang beinahe ein bisschen neidisch.

»Ja, was dagegen?« Es kam gereizter heraus, als Wilhelm beabsichtigt hatte.

»Nein, nein, ich frag ja nur.« Matthes hob abwehrend die Hand.

In Wilhelms Kammer blickte er sich staunend um. »Du hast es aber gemütlich hier!« Anerkennend musterte er das Bett mit dem dicken Plumeau, den kleinen Tisch mit zwei Stühlen, den Schrank und die Kommode mit der Waschschüssel.

»Ja, es geht«, erwiderte Wilhelm ein wenig großspurig. »Solange ich noch Lehrling war, hat es ausgereicht, aber mittlerweile bin ich ja fertig und verdiene als Arbeiter in der Appretur mein eigenes Geld. Herr Becker ist sehr zufrieden mit mir, und ich werde sicher bald befördert. Da wird es eigentlich Zeit, dass ich mir was anderes suche.« Er genoss es sichtlich, wie bewundernd Matthes ihn ansah. »Aber es ist natürlich von Vorteil, dass die Köchin hier immer etwas Gutes zu essen für mich hat. Sie hat mich in ihr Herz geschlossen«, prahlte er. »Ich gehe mal rasch hinunter und frage sie, ob sie auch für dich was hat«, bot er großzügig an.

Er verschwand und kam nach einer Weile mit einem dampfenden Teller Linsensuppe, einem Krug Wasser und einem dicken Brotkanten wieder. Matthes' Augen wurden immer größer. Hungrig begann er zu essen.

Wilhelm betrachtete den älteren Knecht, seine grobe Drillichhose mit den abgescheuerten Knien, sein gutes weißes Hemd aus Leinen, das vom häufigen Waschen schon ganz vergilbt war, seine großen rauen Hände, in die sich die Erde, in der er jeden Tag wühlte, förmlich eingefressen hatte, die Schmutzränder unter den Fingernägeln. Er musste an Wollseifen denken, und auf einmal tat ihm das Herz weh. Doch dann schüttelte er unwillig den Kopf. Was sollten diese sentimentalen Gedanken? Er vermisste sein Heimatdorf doch gar nicht. Hier ging es ihm gut. Er konnte sich sogar Hoffnungen auf eine Stelle im Lager machen, wo er körperlich nicht mehr so schwer arbeiten musste. Herr Becker hatte kürzlich zu ihm gesagt, er habe einen guten Kopf fürs Rechnen, und er könne ihn unter Umständen in der Warenverwaltung einsetzen. Seinen Händen sah man zwar auch an, dass er arbeiten musste, aber sie waren sauber, und wenn er nicht mehr in der Wollverarbeitung arbeiten musste, würden sie mit der Zeit weich und gepflegt werden wie die von Herrn Becker.

Langsam und mit Bedacht kaute Matthes das letzte Stück Brot, dann spülte er mit einem Schluck Wasser nach, setzte sich auf seinem Stuhl zurecht und zog einen Brief aus der Innentasche seiner Joppe.

»Du hast es hier wahrhaftig gut getroffen, Wilhelm«, sagte er ernst, »aber zu Hause fehlst du an allen Ecken und Enden. Und das sage ich nicht nur so, um dir zu schmeicheln. Es stimmt wirklich. Heinrich ist kein Bauer, das merkt man jeden Tag, und dein Vater wird immer starrsinniger und jähzorniger, je älter er wird. Es ist ein Kreuz, mit ihm zu arbeiten.«

Wilhelm hatte sich so in seinen Tagtraum verloren, dass er zusammenzuckte, als Matthes ihm den Brief hinhielt. »Hier. Der Brief ist von Auguste. Sie hat ihn mir geschrieben, aber du sollst ihn auch lesen.«

Wilhelm runzelte die Stirn. »Wieso hat sie dir einen Brief geschrieben?«

Matthes zog die Schultern hoch und warf Wilhelm einen traurigen Blick zu. »Sie ist nach Köln gegangen. Schon vor zwei Jahren. Ich konnte sie nicht aufhalten.«

»Sie ist großjährig. Warum solltest gerade du sie denn aufhalten?«

»Ich habe sie gefragt, ob sie meine Frau werden will«, sagte Matthes unglücklich, ohne auf Wilhelms Einwand einzugehen. »Aber sie hat Nein gesagt. Sie hat gesagt, sie will lieber allein ihr Glück in Köln versuchen, als in der Eifel zu zweit zu verrecken.«

Ungläubig betrachtete Wilhelm den Brief in Matthes' Hand. »Was erzählst du da? Jetzt rede doch, Mann! Was hat Heinrich gesagt, als sie gegangen ist?«

Matthes seufzte. »Heinrich sagt gar nichts. Er ist viel zu sehr mit sich selber beschäftigt. Dem ist Auguste egal. Er hat vor zwei Monaten geheiratet.«

Sofort war Wilhelm abgelenkt. »Oh, wen denn? Kenne ich sie?«

»Ich denke schon.« Der Knecht kratzte sich bedächtig am Kopf. »Dora? Maaßen, die baufällige Kate hinten am Wolzig. Der Vater ist Tagelöhner auf dem Hahnenhof.«

»Ah ja, ich weiß.« Wilhelm nickte. »So eine Kleine, Magere, mit einem verkniffenen Gesicht. Und die hat ihm gefallen? An der ist doch gar nichts dran.«

»Immer schon. Sie kann gut arbeiten.« Erneut kratzte sich der Knecht.

»Lass mir bloß keine Flöhe hier. Das ist ein vornehmes Haus.« Wilhelm musterte ihn besorgt.

Matthes schüttelte den Kopf. »Nein, keine Sorge.« Er richtete sich im Stuhl auf. »Tut mir leid, ich bin ein bisschen müde. Na ja, und was dein Vater gesagt hat, kannst du dir ja denken. Er hat Auguste wüst hinterhergeschimpft und gemeint, sie braucht nie mehr nach Hause zu kommen. Er würde sie nicht mehr aufnehmen, und wenn sie angekrochen käme. Zum Glück war sie schon weg, als er es erfahren hat. Die beiden Mädchen haben alles abgekriegt.«

»Und warum kommst du jetzt, nachdem sie schon zwei Jahre weg ist, zu mir?« Wilhelm blickte ihn ratlos an. »Mich geht das eigentlich alles nichts mehr an, weißt du. Mein Leben ist jetzt hier. Ich will in der Tuchfabrik arbeiten und in Montjoie wohnen. Mir gefällt's hier besser als in Wollseifen. Und«, fuhr er leiser, wie zu sich gewandt, fort, »es gibt hier ein Mädchen, das ich heiraten will. Ein feines Mädchen.«

Matthes reagierte nicht auf sein Geständnis, sondern blickte nur weiter traurig vor sich hin, deshalb sagte Wilhelm wieder lauter: »Was soll ich denn jetzt daran ändern? Ich verstehe sie schon. So schön ist das Leben auf dem Hof weiß Gott nicht. Sie will eben eine Zukunft haben.«

»Ja, Zukunft.« Matthes hob seine großen Hände. »Die hat sie jetzt nicht mehr in der Stadt.« Er schaute Wilhelm gequält an. »Ich war da«, brach es aus ihm hervor. »Ich hatte auf einmal so ein Gefühl und hab gedacht, ich muss sie sehen. Dem Bauern hab ich was vorgelogen, warum ich wegmuss, und er hat mir widerwillig zwei Tage freigegeben. Ich bin hingefahren und wollte mit ihr sprechen. Aber da war es schon zu spät.«

Wilhelm runzelte die Stirn und blickte ihn fragend an.

»Unglücklich hat sie sich gemacht. Sie hat's bloß nicht gesehen. Sie hat sich mit dem Sohn ihres Dienstherrn eingelassen, und er hat ihr ein Kind gemacht. Sie hat tatsächlich geglaubt, dass er sie heiratet.« Er hielt inne und atmete schwer, als stünde ihm alles noch einmal vor Augen. Dann schnaubte er verächtlich. »Im Leben nicht«, fuhr er schließlich fort. »Das wäre das erste Mal, dass so ein feiner Herr das Dienstmädchen heiratet, nachdem er es entehrt hat.«

»Ja, und?«, fragte Wilhelm erschrocken. »Warum hast du sie denn nicht gleich mitgebracht? In dem Haushalt kann sie doch nicht bleiben. Die Leute werden sie vor die Tür setzen.«

Matthes schüttelte den Kopf. »Ich habe doch gesagt, es war zu spät. Sie war schon nicht mehr da. Die Leute, wo sie gearbeitet hat, wollten sogar Geld von mir für die Tage, an denen sie nicht da war. Sie ist einfach verschwunden, hat noch nicht mal ihre Sachen mitgenommen.« Er zog ein buntes Halstuch aus der Tasche, das wohl Auguste gehörte. »Das ist alles, was mir von ihr geblieben ist, das andere haben die Leute behalten. Und den Brief durfte ich mitnehmen, es stand ja mein Name darauf.«

»Und dann?«, drängte Wilhelm. Eine seltsame Angst stieg in ihm auf. »Was hast du dann gemacht?«

»Ich bin zur Polizei gegangen. Aber da haben sie mich beinahe ausgelacht und gesagt, wenn sie nach jedem davongelaufenen Dienstmädchen suchen sollten, hätten sie viel zu tun. Ich hab ihnen gesagt, sie hat sich bestimmt was angetan, und weißt du, was der eine Polizist gesagt hat?«

Wilhelm schüttelte den Kopf.

»Wenn sie ins Wasser gegangen ist, finden wir sie sowieso nicht. Der Rhein fließt so schnell, da treibt sie ins Meer, wenn sie nicht vorher irgendwo hängen bleibt.« Resigniert zuckte er mit den Schultern. »Sie wollten mir nicht helfen, und jetzt bin ich zu dir gekommen.«

»Ja«, sagte Wilhelm nur.

Eine Weile schwiegen sie beide, schließlich zog Matthes die Nase hoch und wischte sich mit dem Handrücken über die Augen. Mit abgewandtem Kopf murmelte er: »Jetzt lies den Brief. Ich glaube, ich habe nicht alles verstanden. Ich bin nicht so gut im Lesen.«

Wilhelm nahm das Blatt Papier und entfaltete es umständlich. Die kleine, ordentliche Schrift seiner Schwester war nicht schwer zu entziffern, und so las er Matthes flüssig vor, was sie geschrieben hatte.

Beim Lesen stieg eine schlimme Ahnung in ihm auf. »Sie hat die Schwestern einfach so zurückgelassen«, sagte er. »Warum hat sie sie nicht mitgenommen?«

Matthes schüttelte den Kopf. »Das wäre nicht möglich gewesen, du hast doch auch niemanden mitgenommen.«

»Nein, du hast ja recht. Jeder sucht sich seinen Weg allein«, lenkte Wilhelm ein. Warum wurde ihm beim Lesen nur der Brustkorb so eng? Er musste sich räuspern, als er an den letzten Absatz kam.

»Wenn du diesen Brief liest, bin ich mit meinem Kind in ein besseres Leben aufgebrochen. Möge der Herr mir gnädig sein. Grüße Wilhelm von mir, er war mir immer der Liebste von allen Brüdern. Dir wünsche ich ein glückliches Leben.

Vergiss mich nicht! Deine Auguste.« Wilhelm blickte den Knecht alarmiert an. »Um Gottes willen, Matthes«, sagte er. »Sie hat sich tatsächlich etwas angetan.«

Matthes blickte ihn gequält an. »Dann habe ich es wohl doch richtig verstanden.« Er senkte den Kopf. »Ich hätte sie genommen, auch mit Kind«, sagte er tonlos.

Wilhelm sah Auguste vor sich, mit ihren dicken, dunklen Haaren und den seelenvollen braunen Augen. Klaglos hatte sie nach dem Tod der Mutter alle Pflichten der Hausfrau übernommen. Nie hatte sie an sich gedacht, immer nur an die anderen. Auf einmal überfiel ihn der verzweifelte Wunsch, die Zeit zurückzudrehen und alles noch einmal von vorne zu leben. Vielleicht, wenn sie gemeinsam dem Vater die Stirn geboten hätten, vielleicht wäre dann alles anders gekommen. Doch tief im Innern wusste er, dass niemand seinem Schicksal entrinnen konnte. Es war so, wie die Großmutter es früher immer gesagt hatte: Von Geburt an stand der Lebensweg im großen Himmelsbuch vorgezeichnet. Die Erkenntnis traf ihn wie ein Fausthieb. Es hatte alles so kommen müssen. Dabei hatte Auguste nur ein besseres Leben haben wollen. Was mochte ihm auf seinem Weg noch alles begegnen? Auch für ihn konnte schon morgen alles vorbei sein. Ein falscher Schritt, dachte er, und auf einmal liegt alles in Scherben. Die Trauer um Auguste schnürte ihm die Kehle zu, und plötzlich hatte er Angst vor dem, was ihn noch erwarten mochte. Aber er würde seine Schritte mit Bedacht setzen, schwor er sich.

Eine Weile starrte er stumm vor sich hin, dann jedoch richtete er sich entschlossen auf. Es ging nicht um ihn. Erst einmal musste er sich um Matthes kümmern, der gebeugt und unglücklich vor ihm stand. Schließlich war er zu ihm gekommen, um ihn um Hilfe zu bitten.

Auf einmal kam er sich sehr erwachsen vor. »Es ist zu spät, Matthes. Wir können ihr nicht mehr helfen.« Tröstend legte er dem älteren Mann die Hand auf die Schulter. »Du musst dich beruhigen. Es hat ja alles keinen Zweck. Was passiert ist, ist passiert, und du trägst ganz sicher keine Schuld daran.« Die trage eher ich, schoss ihm durch den Kopf. Ich habe die Geschwister im Stich gelassen.

Als Matthes nur zögernd nickte, drängte er: »Komm, ich lade dich auf ein Bier ein. Heute Nacht kannst du bei mir schlafen. Morgen wirst du schon jemanden finden, mit dem du zurückfahren kannst.«

14

Montjoie, 1879

Jacob fürchtete sich ein bisschen vor dem Zeitpunkt, an dem er endgültig nach Hause zurückkehren musste. In Aachen fühlte er sich wohl und vor allem relativ sicher. Hier dachte sich niemand etwas dabei, wenn er mit seinem alten Schulfreund Andreas zusammen war. Als er entdeckt hatte, dass er sich zum männlichen Geschlecht hingezogen fühlte, war ihm auch bewusst geworden, in welcher Gefahr er schwebte. Seit einigen Jahren gab es einen Paragrafen, der besagte, dass die sogenannte widernatürliche Unzucht mit einer Gefängnisstrafe und der Aberkennung der bürgerlichen Ehrenrechte geahndet wurde. Er mochte sich gar nicht vorstellen, was es für ihn und seine Eltern bedeuten würde, wenn er überführt würde. Das musste er um jeden Preis verhindern. Deshalb hatte er sich auch vorgenommen, sich in Montjoie nichts anmerken zu lassen. Er würde auf andere Orte ausweichen müssen, und sie mussten weit genug entfernt sein. Eine Liebschaft in Montjoie wäre viel zu gefährlich. Mehr noch, sie war unmöglich.

Oder sollte er sich besser eine Braut suchen? Das wäre sicherlich die einfachste Lösung. Wenn er eine Ehefrau hätte, könnte man ihm nichts nachweisen. Als verheirateter Mann wäre er über jeden Verdacht erhaben, aber eigentlich konnte er sich das nicht vorstellen. Er empfand nun mal nichts für Frauen, und es schüttelte ihn innerlich bei dem Gedanken, was eine Ehefrau von ihm erwarten würde. Luise war natürlich in jeder Beziehung eine Ausnahme, aber auch sie liebte er nur wie eine

Schwester, und sie wollte doch bestimmt lieber einen Mann heiraten, mit dem sie eine Familie gründen konnte. Nein, er musste ledig bleiben, selbst wenn er dann Anlass für Gerede bot, dachte er. Aber wie sollte er die Fabrik führen, wenn in Montjoie über ihn getuschelt würde?

Ach, all diese Gedanken waren ihm zuwider. Er wollte sich lieber einfach nur darauf freuen, für ein paar Tage wieder zu Hause zu sein. Er hatte sein Abitur ganz ordentlich bestanden, und Herr Textor hatte ihm nur zu gerne einen kleinen Urlaub bewilligt. Isabella würde heiraten, und zu dem großen Hochzeitsfest am nächsten Wochenende waren auch seine Eltern und er eingeladen. Morgen Abend jedoch hatte Herr Fabricius zum Polterabend gebeten, der in der Waldschenke stattfinden sollte, einem schönen Gartenlokal, das, nicht weit vom Wohnhaus der Familie entfernt, idyllisch am Waldrand an der Rur lag.

Am meisten freute er sich auf das Wiedersehen mit Luise. Greifswald war so weit weg, dass sie nur ganz selten einmal zu Hause war. Sie hatten sich jetzt schon seit einigen Jahren nicht mehr gesehen. Einmal hatte er in einer dunklen Stunde versucht, ihr in einem Brief seine Seelenlage zu erklären, aber dann hatte ihn der Mut verlassen, und er hatte ihn gar nicht erst abgeschickt. Tief im Inneren fühlte er, dass sie die Einzige war, der er sich anvertrauen konnte, aber letztlich fehlten ihm die Worte, um ihr zu schildern, wie es ihm ging. Vielleicht ergab sich ja jetzt bei dem Besuch eine Möglichkeit dazu.

Mit Wilhelm hingegen hatte er sich zwei oder drei Mal getroffen, aber obwohl er jetzt in der Fabrik des Vaters arbeitete, hatten sie sich kaum noch etwas zu sagen gehabt, was zum Teil sicher auch daran gelegen hatte, dass Jacob sich ihm gegenüber scheu und seltsam gehemmt gefühlt hatte. Ständig war er auf der Hut gewesen, damit der Freund ihm nichts anmerkte, und

Wilhelm hatte ihn spüren lassen, dass er in seinen Augen viel zu verweichlicht war. Er war mittlerweile Mitglied im Turnverein und im Männergesangverein, erzählte ihm etwas von einem Pfeifenclub, in den er bald aufgenommen würde, und Jacob war sich wie ein dummer Schuljunge vorgekommen.

Letztlich hatten sie sich zwar redlich Mühe gegeben, ein Gespräch in Gang zu bringen und Interesse an den Vorhaben und Unternehmungen des anderen zu zeigen, doch die alte Vertrautheit hatte sich nicht mehr so recht einstellen wollen. Jacob tat es leid, weil er geglaubt hatte, sich auf diese Freundschaft immer und ewig verlassen zu können, aber er musste sich eingestehen, dass es ihnen wohl beiden an Offenheit mangelte.

Vielleicht, so dachte Jacob, fehlte auch hier Luise als Vermittlerin. In ihrer Gegenwart redete es sich immer leichter, und sie hatte so eine Art, auch die größten Gegensätze miteinander zu verbinden.

Er dachte an ihren letzten gemeinsamen Ausflug. Er war schon so lange her, dass es ihm vorkam, als wäre es in einem anderen Leben gewesen. Sie waren sehr vertraut miteinander gewesen, obwohl auch das Ehepaar Linden dabei gewesen war, und das Gefühl der Sicherheit, das Jacob immer in der Gegenwart der Freunde empfunden hatte, stellte sich auch jetzt in der Erinnerung sofort wieder ein. Damals hatten sie – nicht zum ersten Mal – von ihren Plänen gesprochen, und Wilhelm war optimistisch gewesen, alles erreichen zu können, was er wollte. Für Luise und ihn hingegen hatte die Zukunft noch in einem fernen Dunst gelegen. Sie hatten nicht gewusst, was alles auf sie zukommen würde. Und ganz sicher hatten sie nicht daran gedacht, dass sie sich so auseinanderleben würden.

Jacob seufzte. Auf dem Polterabend, zu dem auch Wilhelm bestimmt kommen würde, würde sich vielleicht alles einfacher gestalten. Er freute sich auf jeden Fall darauf, die alten Freunde wiederzusehen, und wer weiß, vielleicht konnten sie ja einen neuen Anfang finden.

Auch Luise dachte an die Vergangenheit, als sie in der Kutsche saß und durch die waldige Hügellandschaft auf Montjoie zufuhr. »Ach, es ist so schön, wieder einmal in der Heimat zu sein«, sagte sie zu ihrem Vater, der ihr gegenübersaß und sie liebevoll musterte.

»Du hast es dir verdient«, erwiderte Fabricius. »Ich kann dir gar nicht sagen, wie stolz es mich macht, dass du dein Abitur abgelegt hast und jetzt tatsächlich weiter dein Ziel verfolgst, Medizin zu studieren.«

»Das Lernen ist mir nicht schwergefallen. Am schlimmsten war es, so weit weg von euch zu sein.« Luise lächelte ihren Vater an. »Dabei kann ich mich gar nicht beklagen, ich bin gerne in Greifswald. Friederike und Dietmar machen mir das Leben dort leicht, aber es geht doch nichts über zu Hause.« Sie schaute aus dem Fenster. »Wenn es die Zeit erlaubt, würde ich gerne mit Jacob und Wilhelm einen Ausflug zum Perlenbach machen.«

»So ganz schicklich ist das aber jetzt nicht mehr, Luise«, sagte der Vater. »Du bist zwanzig, da kannst du nicht mehr wie ein Kind mit den beiden durch den Wald laufen. Ich habe dir früher viele Freiheiten gelassen, doch jetzt bist du erwachsen und musst dich wenigstens nach außen hin an die Regeln halten. Wenn du in Begleitung von Friederike mit Jacob spazieren gehst, habe ich nichts dagegen, aber es ist nicht mehr passend, wenn Wilhelm auch dabei ist. Wir wollen doch Klatsch und Tratsch im Ort nicht unnötig befeuern.«

Luise lächelte. »Du hast ja recht, Papa. Ich will mich gerne mit Jacob begnügen. Er war schon immer die beste Anstandsdame, das weißt du. Und für mich ist er wie ein Bruder.«

Beim letzten gemeinsamen Ausflug hatten allerdings sowohl

das Ehepaar Linden als auch Jacob versagt, dachte sie, denn keiner von ihnen hatte mitbekommen, dass Wilhelm ihr heimlich einen Kuss gegeben hatte. Sie war selbst völlig überrumpelt gewesen, und es war alles so schnell gegangen, dass sie sich hinterher gefragt hatte, ob sie es nicht nur geträumt hatte. Bei dem Gedanken zogen sich ihre Mundwinkel unwillkürlich nach oben. Sie hatte es nie jemandem erzählt, noch nicht einmal ihrer Schwester. Aber eigentlich maß sie der Sache auch keine Bedeutung bei. Damals waren sie noch Kinder gewesen.

»Es ist wohl schlimm genug für die Damen der Montjoier Gesellschaft, dass ich es darauf anlege, einen Männerberuf zu ergreifen, und dafür sogar mein Zuhause verlasse. Du musst dir bestimmt einiges über deine aufsässige Tochter anhören, da will ich dir nicht zumuten, dass noch mehr geredet wird. Wir sehen uns schließlich auch alle auf dem Polterabend von Isabella!«

»Luise!« Isabella, die am Zeichentisch gesessen hatte, sprang auf und fiel der Schwester um den Hals. »Seid ihr schon da? Ich hatte noch gar nicht mit euch gerechnet. Oh, wie schön! Wo sind Friederike und Dietmar? Sie sind doch nicht etwa in Greifswald geblieben?«

»Sie kommen übermorgen. Leider konnten sie mich nicht begleiten, weil Dietmar noch eine wichtige Lehrveranstaltung hat. Aber keine Sorge, deine Hochzeit würden sie sich um nichts in der Welt entgehen lassen. Gertrud sieht in dem Kleidchen, das du ihr geschickt hast, ganz entzückend aus.«

Luise schaute sich im ehemaligen Spielzimmer um. »Hier ist tatsächlich noch alles unverändert.« Sie lächelte. »Man sollte meinen, wir hätten erst gestern hier am Tisch gesessen und Pompadours gehäkelt.«

»Ich habe gehäkelt«, korrigierte Isabella sie. »Du warst mit anderen Dingen beschäftigt. Aber das bist du ja immer noch.«

»Das bin ich immer noch. Stell dir vor, Bella, letzten Monat habe ich vor der externen Schulkommission die Abiturprüfung abgelegt. In allen Fächern mit der besten Note! Kannst du das glauben? Ich glaube es selber noch nicht so ganz, und manchmal träume ich nachts, ich müsste die Mathematikprüfung, die wirklich schwer war, wiederholen.«

»Ja, deine Nachricht hat uns alle tief beeindruckt. Papa ist furchtbar stolz auf dich. Aber das wird er dir selbst schon gesagt haben. Du musst mir alles in Ruhe erzählen. Und auch, wie du jetzt weiter vorgehen willst. Ich hätte mir für mich nie vorstellen können, einmal einen solchen Weg zu gehen. Du bist so mutig! Hoffentlich finden wir eine Gelegenheit, um uns vor der Hochzeit noch einmal ausführlich zu unterhalten.«

Luise nickte. »Ja, ganz bestimmt. Und mit Mut hat das alles wenig zu tun.« Sie zuckte mit den Schultern. »Ich kann einfach nicht anders. Es ist so, als steckte es in mir drin. Aber jetzt geht es erst einmal um dich, Bella. Ich bin schon sehr gespannt auf deinen Conrad.« Sie boxte ihre Schwester leicht auf den Oberarm. »Gesehen habe ich ihn ja noch nicht. Du hast ihn bisher vor mir versteckt gehalten. Hat er einen Makel, von dem ich nichts erfahren soll?«

Isabella lächelte die Schwester verträumt an. »Ach was, er ist natürlich ganz wunderbar, was dachtest du denn? Er reist morgen Mittag mit seiner Familie an. Sein Bruder wird mit seiner Frau und dem kleinen Sohn in Haus Horchem absteigen, aber Conrad und seine Mutter wohnen bei Beckers. Bei uns ist ja leider nicht genug Platz, und Beckers stellen uns großzügig ihre gesamte Gästeetage zur Verfügung.«

»Der Bräutigam darf vor der Hochzeit sowieso nicht im gleichen Haus wohnen wie die Braut. Das bringt Unglück«, erinnerte Luise die Schwester.

Isabella nickte. »Natürlich, du hast recht. Begleitest du mich gleich? Ich muss ein letztes Mal zur Anprobe ins Atelier. Schau, ich habe diese Details noch ändern lassen.« Sie zeigte auf die Zeichnungen, die am Zeichentisch lagen. Luise nahm ein Blatt in die Hand, und bald schon waren die Schwestern in die Einzelheiten des schlichten weißen Brautkleides vertieft.

15

Montjoie, 1879

Wilhelm konnte es kaum erwarten, aus der Fabrik herauszukommen. Ausgerechnet heute hatte ihm der Meister den freien Tag verwehrt, um den er gebeten hatte. »Wir bekommen eine wichtige Lieferung an Wolle aus Übersee, und ich möchte, dass du das Ausladen überwachst«, hatte er gesagt. Unter anderen Umständen hätte ihm das Vertrauen, das der Meister in ihn setzte, geschmeichelt, zeigte es ihm doch, dass er auf dem richtigen Weg war. Doch heute bereitete es ihm nur Verdruss, weil es bedeutete, dass er zu spät auf den Polterabend in der Waldschenke kommen würde, der bereits um vier Uhr am Nachmittag angefangen hatte.

Endlich läutete die Glocke, und Wilhelm wandte sich hastig zum Ausgang. »He, warte«, rief der Meister hinter ihm her, aber er tat einfach so, als hätte er ihn nicht gehört, und rannte, so schnell ihn seine Beine trugen, den Weg zum Haus hinauf. Jetzt noch rasch ein wenig frisch machen, dann konnte er los.

Kritisch musterte er sich in dem kleinen Spiegel, den er über der Waschschüssel aufgehängt hatte. Er musste sich tatsächlich noch einmal rasieren, auf den Wangen und am Kinn schlugen die Bartstoppeln schon wieder durch. Eigentlich war er stolz auf seinen kräftigen Bartwuchs, der ihn mindestens alle zwei Tage dazu zwang, sich zu rasieren, anders als manche Milchgesichter in seinem Alter, deren Flaum nur kümmerlich spross. Seine Stoppeln gefielen den Frauen, das hatte er schon gemerkt.

Und auch den Schnurrbart, den er sich hatte stehen lassen, mochten sie. Viele von den Mädchen, die in der Fabrik vor allem in der Nopperei arbeiteten, hatten ihm gezeigt, dass sie gerne einmal von ihm ausgeführt werden wollten, aber von den Fabrikarbeiterinnen ließ er sich keine schönen Augen machen. Für ihn, so sagte er sich immer wieder, gab es seit jeher schon nur Luise, und sie empfand bestimmt genauso für ihn, schließlich hatte sie ihn damals gewähren lassen, als er sie geküsst hatte. Genau wissen konnte er es allerdings nicht, denn er hatte das Thema in den Briefen, die er ihr von Zeit zu Zeit nach Greifswald geschrieben hatte, nie angesprochen. Wenn er sich am Feierabend hingesetzt hatte, um ein paar Zeilen an sie zu Papier zu bringen, waren ihm nie die richtigen Worte eingefallen, und er hatte eher über Belanglosigkeiten und seinen Alltag in der Fabrik berichtet.

Er hatte sie jetzt schon so lange nicht mehr gesehen, aber heute Abend auf dem Polterabend ihrer Schwester war sie natürlich dabei, und da wollte er ihr seine Liebe gestehen, das hatte er sich fest vorgenommen. Er hatte sogar überlegt, ob er die Perle bei einem Goldschmied für einen Ring fassen lassen sollte, doch dafür hätte er nach Aachen fahren müssen, und außerdem hätte der Besitz der Perle sicherlich unangenehme Fragen zur Folge gehabt.

Stattdessen hatte er bei einem Hausierer einen hübschen Ring mit einem glitzernden grünen Stein gekauft. Er war zwar sicher nicht aus Gold, aber fürs Erste musste er reichen, sagte er sich, als er das Kästchen vom Nachttisch nahm, es aufklappte und das kleine Schmuckstück betrachtete, das auf einem Kissen aus dunkelblauem Samt ruhte.

Auf dem Bett lagen die Kleider bereit, die er heute früh herausgelegt hatte: eine Hose mit passender Weste und ein Gehrock. Sorgfältig band er sich die Krawatte und befestigte die

Uhrenkette mit der – vernickelten – Taschenuhr, die er sich von seinem Lohn zusammengespart hatte. Dann noch in die Schuhe geschlüpft, die er schon am Abend zuvor gründlich gewienert hatte – schon seit Langem machte es ihm nichts mehr aus, feine Lederstiefel zu tragen. Den armen Bauernjungen von früher, der nur Holzpantinen gekannt hatte, gab es nicht mehr.

Für den Polterabend hatte er der Köchin zwei angeschlagene Teller abgebettelt, die wollte er auf dem Scherbenhaufen zerschmettern, schließlich wünschte er dem Brautpaar nur das Allerbeste. Doch wenn er seine Glückwünsche losgeworden war, würde er sich so schnell wie möglich zu Luise begeben. Heute musste er es wagen!

Er gab noch ein wenig Pomade auf seine dicken, dunklen Haare, damit sie glänzten, dann lief er über die Dienstbotentreppe hinunter.

An diesem schönen, lauen Maienabend hielt es kaum einen zu Hause. Zum Polterabend war jeder aus dem Ort, der der ältesten Tochter des Arztes zu ihrer bevorstehenden Vermählung gratulieren wollte, eingeladen. Vor der Waldwirtschaft standen bereits zahlreiche Droschken. Das Stimmengewirr der vielen Gäste war schon von Weitem zu hören, und vor der Tür hatte sich ein beachtlicher Scherbenhaufen angesammelt, den das Brautpaar zusammenfegen musste. Jeder neue Gast zerschmetterte unter dem Hallo der Umstehenden mindestens eine Tasse oder einen Teller. Isabella und Conrad standen im Eingang und taten so, als erschrecke sie der Berg von Scherben, aber sie wussten beide, dass das Fegen nur symbolisch war. Je größer der Haufen, desto besser. Scherben brachten Glück.

Auch Wilhelm sagte sein Sprüchlein auf, warf aber seine Teller so nachlässig auf den Haufen, dass sie beide heil blieben. Jacob, der in der Nähe stand, lachte und meinte: »Wilhelm, so kraftlos heute? Du musst fester werfen, wenn es Glück bringen soll.« Ein paar andere fielen in sein Lachen ein, und Wilhelm warf ihm einen finsteren Blick zu. Er fühlte sich bloßgestellt und wollte schon eine gehässige Bemerkung über Jacobs kleine Hand machen, doch als er sah, dass auch Luise näher trat, schluckte er seinen Groll hinunter, bückte sich rasch nach den Tellern und warf sie so fest zu Boden, dass die Scherben nur so spritzten.

Das Fest war in vollem Gange. Nach dem Essen wurde getanzt, und alle waren bester Stimmung. Nur Wilhelm wartete angespannt auf seine Gelegenheit. Bis jetzt war es ihm noch nicht gelungen, allein in Luises Nähe zu gelangen. Ständig war sie von Menschen umgeben, und wenn sie nicht gerade tanzte, dann saß sie bei Jacob. Sie steckten die Köpfe zusammen und tuschelten miteinander, sodass er sich kaum in ihre Nähe traute. Beinahe kam es ihm so vor, als beachteten sie ihn absichtlich nicht.

Endlich war sie einen Moment alleine. Er trat zu ihr und verbeugte sich vor ihr. »Darf ich bitten?«, fragte er, als die Kapelle bereits eine neue Weise aufspielte.

Luise stand auf. Ihr Kleid war aus einem seidig schimmernden Stoff und schmiegte sich eng an ihren Körper an. Nach hinten bauschte sich eine lange, mit Schleifen besetzte Schleppe. Wilhelm schluckte. Noch nie war sie ihm so schön und so begehrenswert erschienen.

»Wilhelm«, sagte sie freudig. »Wo hast du die ganze Zeit gesteckt? Ich habe Ausschau nach dir gehalten, dich aber nicht gesehen. Es sind einfach zu viele Menschen hier.«

Wie selbstverständlich ergriff sie den Arm, den er ihr bot, und ging mit ihm zum Tanzboden. Mittlerweile war es dunkel geworden, und Hunderte von bunten Lampions, die in die Bäume gehängt worden waren, beleuchteten den Garten. Im oberen Teil der Wiese war es eben, deshalb war dort der Tanzboden verlegt worden, aber zur Rur hin fiel der Garten leicht ab. Die Bäume, die dort am Ufer standen, rauschten leise in der schwachen Brise und reckten ihre Äste dunkel gegen den nachtblauen Himmel.

»Wollen wir ein wenig ans Wasser gehen?«, murmelte Wilhelm, als sich ihr Tanz, eine lebhafte Polka, dem Ende zuneigte.

»Ja, gerne«, antwortete Luise, unbekümmert wie immer. »Papa würde es sicher unpassend finden, dass wir hier ganz alleine sind«, plauderte sie unbefangen, »aber es ist nun wirklich nichts dabei. Du bist es ja nur, Wilhelm.« Sie drückte seinen Arm und lächelte ihn an. »Oder sollen wir Jacob Bescheid sagen? Er möchte vielleicht mitkommen.«

Nur das nicht. Wilhelm schluckte. »Ach, ich sehe ihn gar nicht. Komm, lass uns gehen. Wir bleiben ja nicht lange.« Er zog Luise mit sich.

Hand in Hand liefen sie lachend über die Wiese hinunter zum Fluss, der im Mondlicht silbern schimmerte. »Schau, wie dick und rund der Vollmond über den Bäumen steht.« Luise wies zum Wald am gegenüberliegenden Ufer. »Wie schön es doch heute Abend ist. Und die Luft ist so mild, so wunderbar ...« Sie breitete die Arme aus und warf den Kopf zurück. »Ach, was bin ich froh, einmal wieder zu Hause zu sein!«

Wilhelm starrte sie wie verzaubert an. Das war der Moment, nach dem er sich so lange gesehnt hatte. Entschlossen trat er vor sie und nestelte die kleine Schachtel mit dem Ring hervor. Dann sank er auf ein Knie und sagte feierlich: »Luise ...«

»Wilhelm, steh auf, was machst du denn da?« Luise blickte ihn entgeistert an.

Sie brachte ihn ein wenig aus dem Konzept, aber er fuhr trotzdem tapfer fort: »Luise, ich liebe dich von ganzem Herzen. Willst du meine Frau werden?«

Luise riss die Augen auf und schlug die Hand vor den Mund. Fast schien es ihm, als müsste sie ein Lachen unterdrücken. »Wilhelm, was ist in dich gefahren? Was soll das?«, fragte sie gespielt streng. »Hör auf mit dem albernen Theaterspiel und steh sofort wieder auf. Wenn uns einer sieht!«

Wilhelm runzelte die Stirn. In seinen Träumen war die Szene anders verlaufen. Da hatte sie stets ein ergriffenes »Ja« gehaucht und war ihm in die Arme gesunken. Vielleicht hatte sie ihn nicht richtig verstanden.

»Ich liebe dich, Luise«, wiederholte er mit fester Stimme. »Schon immer. Du bist die Frau meiner Träume. Willst du meinen Ring nehmen?« Auffordernd reckte er ihr das geöffnete Kistchen entgegen.

Luise schüttelte so energisch den Kopf, dass sich eine Strähne ihrer dunklen Haare aus der sorgfältig gesteckten Frisur löste. »Wilhelm, ich bitte dich. Hör endlich auf! Nein, ich will deinen Ring nicht nehmen!« Sie verzog amüsiert die Mundwinkel und griff sich an den Kopf, um die Strähne in ihren tief im Nacken geschlungenen Knoten zurückzuschieben. »Ach du lieber Himmel! Sieh doch nur, bei deiner Frage löst sich sogar meine Haarpracht auf.«

Jetzt war es an ihm, sie entgeistert anzublicken. »Ja, aber, warum denn nicht?«, stotterte er. »Magst du mich denn nicht? Wir haben uns doch geküsst!«

»Ach, Wilhelm, lass doch das alberne Gerede. Natürlich mag ich dich. Du bist ja mein Freund. Aber ein Ring ist ein Versprechen. Und das kann ich dir nicht geben. Ich kann dich doch nicht heiraten. Auf gar keinen Fall!«

»Aber warum denn nicht?«, stammelte er. Seine Gedanken überschlugen sich. War er ihr nicht gut genug? Fand sie ihn zu gering für sich? Er würde ihr von seinen Aussichten in der Fabrik erzählen, das würde sie bestimmt umstimmen.

Aber Luise redete bereits weiter. »Es hat nichts mit dir zu tun, Wilhelm«, sagte sie. »Rein gar nichts. Aber schau, ich will doch studieren, Medizin, das weißt du doch. Ich habe mittlerweile die externe Abiturprüfung bestanden, und das war die Voraussetzung dafür, dass ich zur Universität gehen kann.«

Wilhelm schaute sie stumm an.

»Nun ja«, korrigierte sie sich. »Ich kann eigentlich nicht zur Universität gehen, ich bin ja eine Frau, aber ...«

Er unterbrach sie. »Ja, wenn es doch nicht geht, dann geht es eben nicht. Warum willst du denn unbedingt studieren? Du kannst mich doch heiraten. Ich kann dir ein schönes Leben bieten. Ich habe Aussichten«, fügte er stolz hinzu.

»Lass mich ausreden, Wilhelm«, erwiderte sie, und er meinte, leisen Tadel in ihrer Stimme zu hören. Ärger stieg in ihm auf.

»Ob du es nun verstehst oder nicht, ich träume seit Kindertagen davon, Ärztin zu werden, das weißt du doch. Für mich gibt es nichts Wichtigeres im Leben. Ich werde Medizin studieren.« Luise blickte ihn fest an. »Und ich werde dich nicht heiraten.«

Eigensinnig sagte er erneut: »Aber wir haben uns doch geküsst, Luise! Ich kann an keine andere Frau denken als an dich.« Dann schlug er sich mit der Hand vor die Stirn. »Jetzt weiß ich es! Du liebst einen anderen! Jacob, oder? Es ist Jacob, dem dein Herz gehört.« Er kniff die Augen zusammen. »Aber mich hast du geküsst!«

»Ach, Wilhelm, was redest du nur für dummes Zeug! Begreifst du es denn nicht?« Luise biss sich auf die Unterlippe. »Der Kuss, von dem du ständig redest, ist eine Ewigkeit her. Damals waren wir noch Kinder! Außerdem hast du ihn dir gestohlen. Ich habe ihn keineswegs erwidert.« Ihre Stimme wurde weicher. »Ich mag dich sehr gerne, mein Freund, aber ich werde überhaupt nicht heiraten. Weder Jacob noch dich. Und auch sonst niemanden. Nie. Das ist mein letztes Wort. Und jetzt steh endlich auf. Du solltest lieber das schöne Fest genießen, statt hier auf dem feuchten Boden zu knien.«

Noch bevor er etwas erwidern konnte, drehte sie sich um und verschwand zwischen den Bäumen. Kurz darauf sah er, wie sie sich bei ihrem Vater einhängte und ihn plaudernd mit sich zur Terrasse zog.

Wilhelm blieb wie betäubt zurück. Unfähig, sich zu rühren, starrte er vor sich hin. Nach einer Weile jedoch besann er sich. Er erhob sich und klopfte sich den Schmutz vom Knie. Dann steckte er die kleine Schachtel mit dem Ring wieder ein. Benommen schüttelte er den Kopf. Warum wollte sie ihn nicht heiraten? Dass sie tatsächlich studieren wollte, war doch nur ein Vorwand. Es gab einen anderen, davon war er überzeugt. Jemanden, der ihr mehr bieten konnte als er. Und das konnte doch nur Jacob sein. Sie hatte noch nicht einmal seinen Ring genommen.

Er trat ans Ufer und blickte auf das Wasser des Flusses, der gemächlich durch die Wiesen dahinfloss. Hier unten war es ganz still, der Lärm vom Gartenfest drang nur gedämpft durch die dichten Baumreihen. Ab und zu plätscherte es, wenn ein Fisch sprang, und der Mondschein glitt über die kleinen Wellen, die sich an den dicken Flusskieseln brachen.

Ein Lied kam ihm in den Sinn, das die Mutter früher manchmal gesungen hatte, wenn sie im Haus ihren Pflichten nachgegangen war.

In einem kühlen Grunde,
da geht ein Mühlenrad.
Mein Liebchen ist verschwunden,
das dort gewohnet hat.

Er wusste nicht mehr alle Strophen, aber an die letzte konnte er sich gut erinnern. Und sie passte zu seiner Stimmung.

Hör ich das Mühlrad gehen,
ich weiß nicht, was ich will.
Ich möcht' am liebsten sterben,
dann wär's auf einmal still.

Lange stand er so. Schließlich atmete er tief auf und wandte sich zum Gehen. Er hatte keine Freude mehr am Fest. Am liebsten wollte er sich zu Hause in seinem Bett verkriechen. Wahrscheinlich würde es sowieso niemandem auffallen, wenn er weg war. Und Luise geschah es nur recht, wenn sie ihn vermisste. Vielleicht änderte sie ja ihre Meinung noch.

Doch tief im Inneren wusste er, dass das nicht der Fall sein würde. Sie wollte ihn nicht.

Als er auf den Rasen trat, sah er Luise und Jacob, die einträchtig in der Gartenschaukel saßen und in ein Gespräch vertieft waren. Luise hörte Jacob aufmerksam zu. Isabella trat zu ihnen, und die drei lachten über eine Bemerkung, die sie machte, bevor sie von ihrem Bräutigam wieder weggezogen wurde. Luise sagte etwas zu Jacob, und kurz ließ sie ihren Kopf an seine Schulter sinken. Er beugte sich zu ihr herunter, und für Wilhelm sah es so aus, als drückte er einen Kuss auf ihren Scheitel.

Heiße Wut stieg in Wilhelm auf. Er hatte es doch gewusst! Er hatte recht gehabt! Der verweichlichte kleine Jacob mit dem armen Händchen, der nie mit ihnen hatte Schritt halten können, auf den man immer aufpassen musste, der bei jeder Gelegenheit in Tränen ausbrach ... Warum gerade er?

Seine Gedanken überschlugen sich. Er würde diesen Rivalen ausschalten! Das musste ein Leichtes sein. Er blieb stehen und überlegte fieberhaft. Plötzlich zuckte ein Gedanke durch seinen Kopf. Die Suppe würde er ihm versalzen! Ja, das würde Jacob ein für alle Mal davon abhalten, sich an die Frau heranzumachen, die für ihn bestimmt war ...

Entschlossen trat er aus dem Schatten der Bäume auf die Schaukel zu, Luise war nicht mehr da, dafür hatte Jacobs Mutter neben ihrem Sohn Platz genommen. Er verbeugte sich vor Frau Becker. Zu Jacob gewandt sagte er: »Jacob, auf ein Wort?«

Jacob sprang auf. »Ja, gerne, Wilhelm, wir haben uns ja den ganzen Abend noch nicht gesehen.« Er ging ein paar Schritte neben dem Freund her, wobei er ihm tröstend die Hand auf den Oberarm legte. »Luise hat mir gerade alles erzählt«, sagte er halblaut. »Gräm dich nicht. Sie will einfach niemanden heiraten, ihr Studium ist ihr das Allerwichtigste. Wirklich, es hat gar nichts mit dir zu tun.«

Erneut kochte der Zorn in Wilhelm hoch. Sie machten sich lustig über ihn! Das war alles noch viel schlimmer, als er es sich hätte vorstellen können. »Ich glaube eher, sie hat einen anderen«, erwiderte er mit gepresster Stimme.

»Ach was! Da gibt es niemanden.« Jacob legte ihm den Arm um die Schultern und zog ihn leicht an sich. »Wer sollte das denn sein?«

»Na, vielleicht du!« Herausfordernd blickte Wilhelm Jacob an.

Jacob schüttelte verwirrt den Kopf. »Nein, ich ...« Er führte den Satz nicht zu Ende. Ohne es zu merken, streichelte er Wilhelm über den Arm.

In diesem Moment zerriss etwas in Wilhelm. Zwar hatte er sich seine Anschuldigung schon vorher überlegt, aber auf einmal war ihm, als stünde er in einem weiß glühenden Feuer, und alles um ihn herum explodierte. Er wusste selbst nicht, woher die Worte kamen, als er mit überkippender Stimme Jacob anschrie: »Nimm die Finger von mir, du widerlicher Sodomit! Fass mich nicht an! Ich gehe zur Polizei! Ich werde dich anzeigen!«

Jacob war schon bei den ersten Worten erschrocken zurückgewichen. Hilflos blickte er sich um. Seine Mutter war aufgesprungen, und ein paar Gäste, die weiter weg standen, drehten sich nach ihnen um. Sie hatten jedoch offenbar nichts gehört, und als sie die beiden streitenden jungen Männer sahen, wandten sie sich wieder ab.

»Ich ... ich wollte dich doch nur trösten ...«, stotterte Jacob. »Was sagst du da? Ich wollte nicht ... Nein, glaub mir, du irrst dich.« Hilfesuchend blickte er seine Mutter an, die auf ihn zugelaufen kam.

»Mich täuschst du nicht!« Wilhelms Stimme war kalt. »Ich gehe zur Polizei und erstatte Anzeige.« Ohne auf Frau Becker zu achten, die nach ihrem Mann rief, musterte er Jacob verächtlich von Kopf bis Fuß. »Ich werde dafür sorgen, dass du ins Gefängnis kommst und deine gerechte Strafe erhältst.«

Damit drehte er sich um und verließ den Garten, bevor ihn jemand aufhalten konnte.

Teil II

1879–1905

16

Wollseifen, 1879

Blindlings stolperte Wilhelm durch den Wald. Die letzten Stunden kamen ihm vor wie ein böser Traum. Immer wieder liefen sie vor seinem inneren Auge ab.

Er war nach der Konfrontation mit Jacob einfach losmarschiert, ohne nachzudenken, ohne zu wissen, wohin er gehen wollte, doch schon nach kurzer Zeit hatte Herr Becker ihn eingeholt. Wütend hatte er sich vor ihm aufgebaut. Seine Worte hallten immer noch in Wilhelm nach.

»Bursche, was ist nur in dich gefahren? So dankst du mir, was ich für dich getan habe?«

Stammelnd hatte Wilhelm sich rechtfertigen wollen, ihm erklären wollen, dass er es gar nicht so gemeint hatte, er wollte doch Jacob nur einen Schreck einjagen, aber Herr Becker hatte ihn gar nicht erst zu Wort kommen lassen: »Wie kannst du Jacob solche schändlichen Dinge vorwerfen? Hast du den Verstand verloren? Du wirst jetzt sofort dein Bündel schnüren und mein Haus und meine Fabrik verlassen! Nein, schweig!«, hatte er ihn donnernd angefahren, als er erneut versucht hatte, sich zu rechtfertigen. »Geh mir aus den Augen! So jemanden wie dich dulde ich nicht in meinem Haus und meiner Fabrik! Ich will dich nie wiedersehen!«

Vielleicht hatte er wirklich den Verstand verloren, dachte Wilhelm, von Selbstmitleid überwältigt. Rückblickend kam ihm der Vorfall nur noch unwirklich vor. Wie war er nur darauf gekommen, Jacob der Sodomie zu bezichtigen? Je mehr er darüber nachdachte, desto verwirrter wurde er. Hatte Jacobs Verhalten ihm Anlass dazu gegeben? Er wusste ja nicht einmal genau, was darunter zu verstehen war. In der Walkerei gab es einen Arbeiter, dem die anderen nachsagten, er mache den Männern schöne Augen, aber außer Andeutungen und halben Bemerkungen hatte Wilhelm nichts mitbekommen, nur, dass es etwas Schändliches war, für das man ins Gefängnis kommen konnte.

Und doch hatte er Jacob diesen Vorwurf gemacht. Vielleicht, weil er ihm immer schon so zart und schwächlich, ja fast eine wenig weibisch vorgekommen war … Aber er hatte ihn doch gar nicht anzeigen wollen. Im Grunde war das Ganze doch nur haltloses Geschwätz gewesen, um den beiden einen Denkzettel zu verpassen, weil sie so vertraut miteinander gewesen waren. Aus Zorn, weil Luise ihn abgewiesen hatte. Wieder und wieder dachte er, dass er die Freundschaft zu ihm und Luise leichtfertig aufs Spiel gesetzt hatte.

An diesem Punkt mischte sich sein Jammer erneut mit Wut. Tränen traten ihm in die Augen, und er fühlte sich allein und ausgeschlossen. War es denn so eine wahnwitzige Idee gewesen zu glauben, Luise würde ihn heiraten wollen? Fand sie ihn so abstoßend? Was hielt sie wohl jetzt von ihm, nach seinem Auftritt vor Jacob? Dass es so heftig aus ihm herausbrechen würde, hatte er selbst nicht erwartet.

»Der Schuss ist nach hinten losgegangen«, murmelte er. Er hatte seine Worte mit dem Verlust von allem bezahlt, was ihm etwas bedeutete. Er dachte an das Fest, an sein gemütliches Zimmer im Becker'schen Haus, an seine Arbeit in der Fabrik, wo ihn jeder kannte und respektierte, weil er seine Sache gut machte. Und Jacob und Luise wollten ihn sicher nie mehr wiedersehen. Alles verspielt.

Sein Kummer überwältigte ihn, erschöpft ließ Wilhelm sich

auf einen umgestürzten Baumstamm sinken. Es war dunkel, und die hohen Bäume, die tagsüber den Wald so friedlich erscheinen ließen, ragten düster und bedrohlich um ihn herum auf. Er stützte sich mit den Ellbogen auf den Knien auf und barg sein Gesicht in den Händen. »Alles Glück vertan!«, stöhnte er. Das Herz tat ihm so weh, dass er kaum wusste, wie er den Schmerz aushalten sollte.

Neben ihm knackte es im Gebüsch, und er hörte ein Schnauben. Hastig sprang er auf. Er hatte keine Lust, auf wilde Tiere zu treffen. Eine Wildkatze war es wohl nicht, die hätte er im Zweifelsfall nicht gehört, auch Wölfe trieben sich nicht so im Unterholz herum. Aber die Wildschweine hatten Frischlinge, und wenn er ihnen in die Quere kam, konnte es gefährlich werden.

Erneut schulterte er sein Bündel, in dem sich nur wenige Habseligkeiten befanden, das meiste hatte er in der Eile zurücklassen müssen, zumal Herr Becker ihn von der Tür aus misstrauisch beobachtet hatte, damit er nichts unrechtmäßig einsteckte. Ein Zeugnis und damit einen Nachweis über seine Arbeit in der Fabrik hatte er nun auch nicht. Aber er würde sowieso nach Wollseifen zurückkehren, etwas anderes blieb ihm gar nicht übrig. »Bauer bleibt eben doch Bauer«, murmelte er bitter. Und mit der Bitterkeit kam auch die Wut wieder zurück. Erneut kreisten seine Gedanken um den Moment, als Luise ihn abgewiesen hatte und zu Jacob gegangen war.

Plötzlich spürte er einen leisen Windhauch an der Wange, als ob etwas dicht an ihm vorbeigeflogen wäre. Panisch blickte er sich um. Das Mondlicht fiel durch das Laub, und von einem Baum in der Nähe musterte ihn ein glitzerndes Augenpaar. Vor Schreck brach ihm der Schweiß aus, aber als er das dumpfe Schuhu hörte, atmete er tief durch. »Nur eine Eule, Wilhelm«, sagte er sich beruhigend, aber sein Herz klopfte trotzdem schneller.

Das viele Denken strengte ihn an, er war müde und hätte sich gerne hingelegt, aber das traute er sich mitten im Wald nicht. Er wollte weitergehen, bis es dämmerte, dann würde er sich in der Nähe einer Ortschaft eine Scheune oder einen Unterstand suchen, wo er ein paar Stunden schlafen konnte. Danach musste er versuchen, sich etwas Essbares zu besorgen.

Doch das stellte sich als schwierig heraus. Damit hatte Wilhelm nicht gerechnet. Auf den großen Höfen wurde er weggejagt wie ein Bettler, und die kleinen Höfe hatten selber kaum etwas zu beißen. In seiner Verzweiflung, weil der Hunger immer unerträglicher wurde, tauschte er schließlich den Ring, den er Luise hatte geben wollen, gegen einen Brotkanten und etwas Milch.

»Es tut mir leid, mehr kann ich dir dafür nicht geben«, sagte die Bauersfrau, die den Ring begehrlich musterte, entschuldigend, »wir haben selber nicht viel. Die letzten Jahre waren schlecht, und wir wissen kaum, wie wir unsere Kinder satt kriegen sollen.«

Als er am späten Nachmittag des zweiten Tages endlich in Wollseifen ankam, war er nicht nur müde und hungrig, ihm taten auch die Füße weh, weil er so einen langen Marsch nicht mehr gewohnt war, vor allem nicht in den Lederstiefeln. Langsam ging er die Dorfstraße hinauf. Auf den ersten Blick wirkte alles wie immer, und beinahe hatte Wilhelm das Gefühl, nie weg gewesen zu sein. Aber tatsächlich war er nicht mehr da gewesen, seit Herr Becker ihn damals nach Montjoie geholt hatte. Es hatte sich einfach nicht mehr ergeben. Herr Becker hatte zwar noch zwei oder drei Mal Wolle beim Vater gekauft, aber Wilhelm hatte nicht das Bedürfnis verspürt, ihn dabei zu begleiten, und Herr Becker hatte auch nicht danach gefragt.

Irgendwann war dann für ihn die Wolle von einem Hof im Venn günstiger gewesen, und da er, wie er oft sagte, nichts zu verschenken habe, kaufte er von da an dort ein und fuhr nicht mehr nach Wollseifen.

Ob der Vater wohl noch Schafe hatte? Matthes hatte nichts davon erwähnt, als er letztes Jahr bei ihm in Montjoie gewesen war. Auguste ist auf jeden Fall nicht mehr da, dachte er traurig. Auch sie war durch eigene Schuld ins Elend geraten. Und jetzt er ... Wilhelm presste die Lippen zusammen. Umbringen würde er sich gewiss nicht.

Er ging am Hahnenhof vorbei, der, umgeben von hohen Mauern, wie eine uneinnehmbare Festung vor dem Dorf mit freiem Blick ins Urfttal lag. Das große Tor stand offen, und im Hof herrschte geschäftiges Treiben.

Die meisten Tagelöhner im Dorf arbeiteten für Herrn von Hahn, den reichen Gutsbesitzer. Wie oft hatte Wilhelm ihn glühend beneidet, wenn er in seiner Kutsche durch den Ort fuhr und alle, die ihm begegneten, ehrerbietig die Mütze zogen.

Der Sohn musste im gleichen Alter sein wie er, dachte Wilhelm. Wie angenehm doch das Leben sein musste, wenn man aus einem so wohlhabenden Haus kam.

Dieser Gedanke brachte ihn sofort wieder zu Luise. Wenn er der Sohn eines reichen Gutsbesitzers wäre, hätte sie ihn bestimmt nicht abgewiesen. Eine Welle von Verzweiflung überflutete ihn, und er biss die Zähne zusammen.

Ein Mädchen, eher eine junge Frau, mit langen dunkelblonden Zöpfen und braunen Augen kam ihm entgegen und lächelte ihn so freundlich an, dass er für einen Moment seinen Kummer vergaß und sich unwillkürlich nach ihr umschaute. Die ist aber hübsch, dachte er trotz seiner düsteren Stimmung, als sie in einer kleinen Kate verschwand, an die er sich gar nicht erinnern konnte. Hatte das Häuschen schon immer da gestanden? Jetzt fielen ihm auch andere Veränderungen auf. Manche Häuser wirkten vernachlässigt und ungepflegt, andere schienen unbewohnt zu sein. Alles machte einen viel ärmlicheren Eindruck als früher. Oder kam ihm das nur so vor, weil er so lange im Haus der reichen Familie Becker gelebt hatte? Auch in Montjoie gab es Armenviertel, vor allem am Rahmenberg, wo die Häuser klein und feucht waren, aber dort hatte er sich so gut wie gar nicht aufgehalten.

Nachdenklich setzte er seinen Weg fort. Ein paar Leute erkannten und begrüßten ihn, sie wirkten aber alle sehr in sich gekehrt und mit sich selbst beschäftigt. Überhaupt begegnete er nur wenigen Menschen. Das Dorf wirkte beinahe verlassen. Er kam an Kirche und Schule vorbei, und schließlich stand er vor dem väterlichen Hof, der ihm auch viel kleiner vorkam als früher.

Er schluckte. Was mochte ihn erwarten? Würden sie ihn überhaupt aufnehmen? Entschlossen drängte er seine Angst zurück und machte ein paar Schritte in den Hof hinein. Dort war es genauso leer wie im Dorf. War denn niemand zu Hause?

Unschlüssig blieb Wilhelm stehen und schaute sich um. Nichts hatte sich verändert. Der Misthaufen in der Nähe des Küchenfensters, ein paar magere Hühner, die im Dreck pickten. Die Stalltür war nur angelehnt. Noch während er darauf zuging, hörte er, wie die Küchentür aufging und eine Stimme in seinem Rücken sagte: »Was suchen Sie hier? Bei uns gibt es nichts zu holen.«

Er drehte sich um. Anna stand in der Tür. Aus der kleinen Schwester war ein junges Mädchen geworden, aber sie war immer noch so mager wie das achtjährige Kind, das er vor sechs Jahren zuletzt gesehen hatte.

Er trat einen Schritt auf sie zu. »Anna, erkennst du mich nicht? Ich bin es, Wilhelm.«

Ihr schmales Gesicht war verhärmt, und ihre Miene blieb verschlossen, als sie ihn mit zusammengekniffenen Augen ansah.

»Ich weiß nicht«, sagte sie schließlich zögernd. »Ich kenne dich nicht.«

»Anna, ich bin es doch, dein Bruder. Wo sind denn die anderen? Wo ist Mathilde?« Er trat noch einen Schritt auf sie zu, aber sie wich zurück ins Haus. In diesem Moment rumpelte der Karren auf den Hof. Heinrich sprang vom Bock und hob einen kleinen Jungen herunter. Der andere war schon so groß, dass er selbst herunterklettern konnte.

Er riss die Augen auf, als er Wilhelm sah. »Ich glaube, ich träume! Der feine Herr!« Er musterte ihn von Kopf bis Fuß. »Wo kommst du denn her? Du willst uns doch nicht etwa besuchen, Bruder?«

Wilhelm ging auf den Bruder zu. »Ich bin nicht auf Besuch. Ich will bleiben, Heinrich.«

Heinrich schnaubte. »Wie kommen wir zu der Ehre?« Doch bevor Wilhelm etwas sagen konnte, winkte er ab. »Aber für uns bist du zu spät dran. Wir sind morgen fort.«

Wilhelm runzelte die Stirn. »Wie, fort?«

»Ich habe alle Papiere beisammen. Morgen früh geht es nach Amerika.«

»Hast du den Hof verkauft?«, fragte Wilhelm erschrocken. »Geht Vater mit?«

Heinrich schüttelte den Kopf. »Nein, ich habe den Hof nicht verkauft. Das hätte der Alte nie zugelassen. Und nein, um Himmels willen, er geht nicht mit. Er liegt oben und muss versorgt werden.« Kurz legte er Wilhelm die Hand auf die Schulter. »Nichts für ungut, Bruder. Du kommst genau im richtigen Moment zurück. Matthes wird sich freuen.«

»Ja, aber Amerika«, sagte Wilhelm und schüttelte ratlos den Kopf. »Warum verlässt du denn deinen eigenen Grund und Boden?«

Anna war wieder im Haus verschwunden, dafür kam jetzt

eine hagere Frau in einem verschossenen dunkelbraunen Kleid heraus. Ihre dünnen blonden Haare hatte sie im Nacken zu einem festen kleinen Knoten gedreht. Ohne Wilhelm zu begrüßen, fing sie sofort an, den kleineren der beiden Jungen auszuschimpfen. »Komm sofort aus dem Dreck, Johannes«, schrie sie ihn an. »Du hast schon deine Reisesachen an.«

Wilhelm erkannte Dora und nickte ihr zu. Dann wandte er sich wieder an Heinrich. »Wer soll denn den Hof führen, wenn du nicht mehr da bist?«

Heinrich zuckte mit den Schultern. »Das ist mir ehrlich gesagt völlig gleichgültig. Matthes ist ja da.«

»Und was sagt der Vater dazu?«

Heinrichs Miene wurde finster. »Der hat gar nichts dazu zu sagen. Liegt oben nutzlos in seiner Kammer herum und lässt sich durchfüttern. Meinetwegen kann er ins Armenhaus gehen. Über kurz oder lang wird ihm sowieso nichts anderes übrig bleiben.« Er blickte seinen Bruder eindringlich an. »Ich sag dir was, Wilhelm. Wir haben hier nicht genug zu fressen, das ist es. Wenn das so weitergeht, dann verhungern wir alle bei lebendigem Leib. Was wir an Vieh hatten, habe ich schlachten müssen. Wenn du nicht mal mehr Kartoffelschalen hast, um die Schweine zu füttern ...« Er beendete den Satz nicht und blickte finster vor sich hin.

Wilhelm musterte ihn ratlos. »Und die Kühe? Der Ochse?«

Heinrich lachte bitter auf. »Du warst wirklich lange weg! Die Kühe mussten als Erste dran glauben. Sie waren so mager, dass sie schon von selber umgefallen sind. Dann der Ochse. An dem hatten wir noch ein bisschen länger zu kauen.«

»Ja, und wer hat den Pflug gezogen?«

Heinrich zuckte mit den Schultern. »Dora, manchmal haben auch die Kinder geholfen. Aber genug Saatgut war auch nicht da.«

Wilhelm glaubte, seinen Ohren nicht zu trauen. Der Hof hatte noch nie viel abgeworfen, aber für eine Handvoll Kartoffeln und eine Milchsuppe hatte es doch immer gereicht. »Wie sieht es denn mit den Schafen aus?«, fragte er hoffnungsvoll. Schafe waren genügsam, und die Wolle hatte sich schließlich gut verkauft.

»Noch nicht einmal mehr die Schafe haben sich rentiert.« Heinrich hob die Hände. »Das mag dir vielleicht unverständlich vorkommen. Anscheinend hast du ja in Montjoie auf einem anderen Stern gelebt. Die Winter in den letzten Jahren waren so streng, dass immer mehr Tiere verendet sind. Vielleicht hat auch der Wolf sich ein paar geholt. Aber davon hast du ja nichts mitbekommen. Hast da warm in deinem Nest gehockt und den lieben Gott einen guten Mann sein lassen.«

Der Bruder tat so, als hätte er in Montjoie das Leben eines reichen Mannes geführt. So konnte Wilhelm das nicht auf sich sitzen lassen. »Was denkst du?«, protestierte er empört. »Ich habe gearbeitet, und nicht zu knapp! Wenn du glaubst ...«

Heinrich machte nur eine müde Geste, und Wilhelm lenkte ein. »Natürlich, du hast recht, die Winter sind wirklich besonders hart gewesen, davon sind wir auch in Montjoie nicht verschont geblieben. Aber trotzdem ... Bist du sicher, dass es hier überhaupt noch Wölfe gibt? Es heißt doch, die sind alle ausgerottet.«

Heinrich hob die Hände. »Was weiß ich? Die Tuchfabriken haben jedenfalls immer weniger Wolle gekauft, die Herde hat nur noch Geld gekostet, und wir haben nichts mehr daran verdient. Die meisten im Dorf haben sowieso keine Schafe mehr. Ich war noch einer der Letzten.« Er blickte Wilhelm an. »Du kannst gerne versuchen, aus dem Drecksloch hier noch was rauszuholen, ich wünsche dir alles Gute. Und vielleicht geschieht ja ein Wunder, und ihr bleibt alle am Leben. Ich hab endgültig die Schnauze voll! Wir sitzen auf gepackten Koffern. Morgen früh sind wir weg.«

»Ja, aber Amerika ...« Verzweiflung stieg in Wilhelm auf. »Du kannst mich doch hier nicht alleinlassen! Aus Amerika kommt man doch nicht eben mal so zurück.«

Erneut stieß Heinrich ein freudloses Lachen aus. »Na, du gefällst mir. Du hast mich doch auch hier alleingelassen. Und warum du gerade jetzt hier auftauchst, will ich lieber gar nicht wissen. Du wirst schon irgendwas angestellt haben.«

Wilhelm rang nach Worten, um seinem Bruder eine Erklärung zu geben, aber Heinrich winkte ab. »Du brauchst nichts zu sagen. Ich will sowieso nicht zurückkommen. Je weiter weg, desto besser. Und vielleicht finden wir ja in Amerika unser Glück. Zumindest, so habe ich gehört, gibt es da genug zu essen für alle. Und wenn du fleißig bist, dann kannst du es zu etwas bringen.« In versöhnlicherem Tonfall fügte er hinzu: »Du weißt doch, dass ich immer schon davon geträumt habe wegzugehen. Ich will ein besseres Leben für mich und meine Familie.«

Wilhelm nickte stumm. Er merkte schon, der Bruder war nicht mehr umzustimmen. Er dachte daran, wie Heinrich schon früher immer davon geredet hatte wegzugehen, und jetzt war der Zeitpunkt wohl gekommen. Pech nur, dass er gerade mit seiner Rückkehr zusammentraf.

Er riss sich zusammen. Alles Jammern half ja nichts. »Gut«, sagte er entschlossen. »Dann bin ich wohl tatsächlich im richtigen Moment zurückgekommen, und wenn nur, um dich zu verabschieden und dir eine gute Reise zu wünschen.« Insgeheim war er froh, dass Heinrich nicht wissen wollte, warum er eigentlich wieder hier war. Matthes würde er es vielleicht irgendwann einmal erzählen, aber seinen Bruder ging das nichts an.

In der kleinen dunklen Küche blieb Wilhelm stehen. Mit einem Mal überwältigte ihn die Erinnerung so heftig, dass er einen Moment die Augen schließen musste. Er sah die Mutter vor sich, die unermüdlich arbeitete und geschäftig in ihrem kleinen Reich hin und her ging, er sah die Großmutter und Onkel Elias, die auf der Bank am Fenster saßen und ihren Teil zum Alltag beitrugen, ob sie Gemüse putzten oder die Kinder hüteten. Er sah Anna und Mathilde, die auf dem Boden am Schrank hockten und sich leise austauschten in einer Sprache, die nur sie verstanden.

»Was ist los, Wilhelm?«, fragte seine Schwägerin. »Hast du was? Bist du krank?«

»Nein, Dora.« Wilhelm schüttelte den Kopf. »Ich musste nur …« Er räusperte sich. »Ich musste nur gerade an früher denken. Wo ist denn eigentlich die Mathilde?«

»Der Vater hat sie letztes Jahr als Magd an einen Hof in Flamersheim verkauft«, antwortete Heinrich.

»Kommt sie denn manchmal zu Besuch? Seht ihr sie noch mal?«

»Nein«, erwiderte Heinrich, und als er nicht weiterredete, erklärte Dora: »Sie haben sie nach ein paar Monaten weiter ins Bergische geschickt, seitdem wissen wir nicht mehr, wo sie ist.«

Wilhelm hatte auf einmal einen Kloß im Hals. »Und Anna?«, fragte er. Die beiden Mädchen waren so eng miteinander gewesen. Man konnte sich die eine ohne die andere gar nicht vorstellen.

»Ja, Gott!« Heinrich hob die Schultern. »Du kannst es dir nicht aussuchen im Leben. Aber sie wird zumindest nicht weggeschickt, sie muss den Vater pflegen.«

Wilhelm nickte. »Ja, ich geh am besten mal zu ihm nach oben und sage ihm, dass ich wieder da bin«, sagte er zögernd.

Heinrich grinste schief. »Ob das so eine gute Idee ist? Seit ihn letztes Jahr erneut der Schlag getroffen hat, ist er sehr unleidlich geworden.« Er stieß ein raues Lachen aus. »Nicht, dass er vorher anders gewesen wäre. Aber jetzt ist es noch schlimmer. Vielleicht wartest du lieber noch ein bisschen. Wenn Anna ihn füttert, ist mit ihm nicht gut Kirschen essen.«

In diesem Moment trat Matthes in die Küche. Erstaunt blieb er in der Tür stehen, als er Wilhelm erblickte. Dann verzog sich sein Gesicht zu einem breiten Grinsen. »Wilhelm, du bist wieder da? Gott sei Dank! Jetzt wird alles gut!«

»Na, die Wiedersehensfreude ist ja groß«, bemerkte Heinrich spöttisch. »Hoffentlich erfüllst du die Erwartungen, die anscheinend in dich gesetzt werden.«

»Lass das mal meine Sorge sein. Ich komme schon klar!« Mit Matthes zusammen konnte er es schaffen, dachte Wilhelm, auch wenn ihm außer Anna und dem offensichtlich bettlägerigen Vater von der Familie keiner mehr blieb. Er würde den heruntergekommenen Hof schon wieder auf Vordermann bringen. Es würde harte Arbeit werden, aber er würde es allen beweisen. Weglaufen würde er jedenfalls nicht!

Der Gedanke schnürte ihm kurz die Kehle zu, weil er wieder an seinen unrühmlichen Abgang aus Montjoie denken musste. Aber dann fasste er sich. Er würde jetzt gleich hinauf zum Vater gehen, dann würden sie schon alle sehen, dass es ihm ernst war.

Entschlossen wandte er sich zur Treppe und stieg die steilen Stufen hinauf. Die Tür zum Zimmer des Alten war nur angelehnt, und er hörte den Vater schlürfen und lallen.

Als er die Tür aufstieß, saß Anna am Bett und fütterte den Kranken. Sie schaute nicht auf, als sie ihn kommen hörte, sondern tunkte immer wieder den Löffel in den Topf mit der Milchsuppe, die sie in der Hand hielt. Ab und zu schlug der Alte nach ihr, sodass ein Teil der Flüssigkeit auf dem Handtuch landete, das sie über die Bettdecke gelegt hatte. Und wenn es ihr doch einmal gelang, ihm einen Löffel in den zahnlosen Mund zu schieben, dann rann die Hälfte wieder heraus, weil er nicht schluckte.

Wilhelm schaute erschrocken auf den Vater. Er hätte ihn nicht mehr erkannt. Dort im Bett lag ein kleines, ausgezehrtes Männlein, das in nichts dem harten, gewalttätigen Vater ähnlich sah, wie er ihn in Erinnerung hatte. Böse schien er jedoch immer noch zu sein, und Kraft hatte er auch noch. Er riss Anna an den Haaren, und Wilhelm sah die blauen Flecken auf ihren Wangen, wo er sie wohl mit den Fäusten traktiert hatte, wenn sie nicht schnell genug ausgewichen war. Ihre Miene war hart, aber sie hatte offensichtlich geweint, und Wilhelm gab es einen Stich, seine kleine Schwester so zu sehen.

Zögernd trat er auf das Bett zu. »Vater, ich bin wieder da!«, sagte er mit lauter Stimme.

Der Alte, der zusammengesunken in den Kissen gelegen hatte, richtete sich auf. Beinahe traten ihm die Augen aus den Höhlen, als er den verlorenen Sohn dort stehen sah. Er gurgelte unverständliche Worte und reckte die Faust.

Anna war aufgestanden und, den Topf mit der Milchsuppe in der Hand, ans Fenster zurückgewichen.

»Ich werde den Hof übernehmen, Vater«, fuhr Wilhelm fort. »Du musst dir keine Sorgen machen.« Er wollte weiterreden, aber tief aus der Brust des Vaters drang ein solches Grollen, dass er erschrocken schwieg. Wie gebannt sah er auf die ausgezehrte Gestalt, die krampfhaft versuchte, sich aus dem Bett zu erheben und mit erhobenen Fäusten auf ihn loszugehen. Das Gesicht wutverzerrt und hochrot, mit weit aufgerissenem Mund, so wälzte er sich hin und her, bis seine dürren Beine über dem Bettrand baumelten.

Entsetzt von dem Anblick wich Wilhelm zurück. Er warf einen Blick auf seine Schwester, die kreidebleich am Fenster stand und am ganzen Leib zitterte, dann zog er sich hastig aus dem Zimmer zurück und rannte die Treppe hinunter. Von oben drangen wüste Laute hinter ihm her.

Heinrich stand am Fuß der Treppe und hatte wieder sein schiefes Grinsen aufgesetzt. »Hat er dir Angst eingejagt?«, fragte er. »Er wird sich schon wieder beruhigen. Und keine Sorge, er kann nicht mehr aufstehen, auch wenn es so aussieht.«

Wilhelm fuhr sich verlegen durch die Haare. »Nein, nein«, murmelte er. »Ich habe keine Angst vor ihm, jetzt nicht mehr. Ich wollte nur verhindern, dass er den Zorn, den er wohl bei meinem Anblick empfunden hat, an Anna auslässt. Er hat sich so sehr aufgeregt, als er mich gesehen hat, deshalb bin ich lieber gegangen.«

Heinrich zog die Augenbrauen hoch, deshalb setzte Wilhelm hinzu: »Sie hat wohl sehr unter ihm zu leiden.« Doch insgeheim gestand er sich ein, dass es ihm nicht nur um die Schwester gegangen war. Er hätte sich beinahe in die Hosen gemacht. Auch wenn der Vater nur noch ein Schatten seiner selbst war und sich kaum noch bewegen konnte, so hatte Wilhelm doch nur allzu deutlich gespürt, welche Macht der alte Mann noch über ihn hatte.

17

Aachen, 1879

Jacob biss sich auf die Unterlippe. Flüchtig ging ihm durch den Kopf, wie schön Andreas seinen Mund fand. »Ich möchte deine roten Lippen immerzu küssen«, hatte er einmal gesagt. Aber von solchen Gedanken durfte er sich jetzt nicht ablenken lassen, sie waren im Moment wohl eher unangebracht.

»Jacob, du musst ganz aufrichtig mit mir sein«, sagte der Vater gerade. Sein Ton war ungewohnt ernst. »Ich muss mich auf dein Wort verlassen können.«

Unbehaglich blickte Jacob ihn an. »Was erwartest du von mir, Vater? Ich kann nur wiederholen, dass ich nicht weiß, wie Wilhelm auf diesen Gedanken gekommen ist. Ich habe mir ihm gegenüber nichts zuschulden kommen lassen.«

Der Vater seufzte. »Ja, ja, ich weiß, davon gehe ich auch nicht aus. Aber er muss doch irgendeinen Anlass gehabt haben, so ungeheuerliche Vorwürfe auszusprechen. Wo Rauch ist, ist auch Feuer.«

Jacob suchte fieberhaft nach einem Ausweg aus diesem unangenehmen Gespräch. Er schüttelte den Kopf. »Er war aufgebracht, weil Luise seinen Antrag nicht angenommen hat. Aber du sagst selber, dass das auch ein vermessener Wunsch von ihm war.«

Herr Becker machte eine wegwerfende Handbewegung. »Ja, das war töricht von ihm, aber deshalb geht man doch nicht hin und will einen alten Freund bei der Polizei anzeigen.« Ernst blickte er Jacob an. »Wenn er tatsächlich Anzeige erstattet hätte, wäre die Angelegenheit nur schwer aus der Welt zu schaffen gewesen. Wenn erst einmal das Gerede angefangen hätte … Es war ein Glück, dass kaum jemand etwas mitbekommen hat und ich ihn mir gleich zur Brust nehmen konnte. Ich finde sein Verhalten ungeheuerlich. Ich habe ihn immer fast wie einen Sohn behandelt, und jetzt dankt er mir meine Großzügigkeit mit einem solchen Benehmen! Ich möchte seinen Namen nie wieder in meinem Hause hören.«

Jacob nickte bedrückt. Gleich nach dem Vorfall hatte der Vater ihm zu verstehen gegeben, dass er sich um die Angelegenheit kümmern würde. »Bis nach der Hochzeit werden wir kein Wort mehr über diese Ungeheuerlichkeit verlieren. Auch gegenüber Luise nicht, hast du gehört? Was denkt sich dieser kleine Kretin nur, uns so die Feierlichkeiten zu verderben«, hatte er gesagt. Noch am gleichen Abend hatte er Wilhelm weggeschickt. Jacob war zwar bei dem Gespräch nicht dabei gewesen, aber danach hatte Wilhelm sofort sein Bündel geschnürt und Montjoie verlassen. Er hatte ihn gar nicht mehr gesehen. Luise, die von alldem nichts mitbekommen hatte, hatte ihn verwundert gefragt, ob er wisse, wo Wilhelm abgeblieben sei, aber Jacob hatte sich ahnungslos gegeben. Vielleicht war es besser so, dachte er. Ihm war eiskalt geworden, als Wilhelm die Beschuldigungen gegen ihn ausgestoßen hatte. Zuerst hatte er befürchtet, tatsächlich entdeckt worden zu sein, aber offensichtlich war es dem Freund mehr um Luise als um ihn gegangen. Freund, dachte er, ist er jetzt überhaupt noch mein Freund? Vertrauen konnte er nicht mehr zu ihm haben.

»Aber«, fuhr der Vater fort, »irgendetwas sickert vielleicht doch durch, so oder so, womöglich haben einige Gäste doch mitbekommen, was vorgefallen ist. Und ich muss zumindest in der Fabrik erklären, warum Wilhelm nicht mehr da ist.«

»Ich bleibe einfach noch ein Jahr länger in Aachen«, bot

Jacob eilfertig an. Ihm sollte es recht sein, er war sowieso nicht so versessen darauf, nach Montjoie zurückzukehren. »Bis ich wiederkomme, ist sicherlich Gras über die unerfreuliche Geschichte gewachsen. Und ich versichere dir, du brauchst dir keine Sorgen zu machen! Ich bin kein Sodomit« – er konnte das Wort kaum aussprechen, weil sein Hals auf einmal wie ausgedörrt war. Er kam sich nicht gut dabei vor, den Vater anzulügen, aber was blieb ihm übrig? Sollte er ihm alles gestehen und ihm von Andreas erzählen? Undenkbar! Hastig fügte er hinzu: »Mein Interesse gilt dem anderen Geschlecht.«

Der Vater musterte ihn aufmerksam. »Ich will aufrichtig mit dir sein, Jacob. Ich bin nicht vollständig überzeugt. Meine Lebenserfahrung sagt mir, dass irgendetwas nicht stimmt. Du reagierst mir ein wenig zu glatt. Falls doch etwas an der Geschichte dran ist ...« Er hob die Hand, um Jacob, der widersprechen wollte, zum Schweigen zu bringen. »Falls doch etwas an der Geschichte dran ist«, wiederholte er, »solltest du die Zeit in Aachen nutzen, um in dich zu gehen und deine Neigung zu überdenken. Die Folgen für die Fabrik und unseren Ruf wären nicht auszudenken, das können wir uns auf gar keinen Fall leisten, ganz abgesehen davon, dass es gegen das Gesetz verstößt. Du musst mir versprechen, dass du niemandem auch nur den geringsten Anlass geben wirst, verbotene Neigungen bei dir zu vermuten.« Er wartete Jacobs Erwiderung gar nicht erst ab, sondern fuhr gleich fort: »Und wenn du wieder in Montjoie bist und in das Familienunternehmen eintrittst, erwarte ich von dir, dass du dir eine passende Ehefrau suchst. Du solltest nicht mehr allzu lange Junggeselle bleiben, wenn du erst einmal wieder zu Hause bist. Jetzt magst du noch ein wenig zu jung sein, aber in ein paar Jahren wirst du heiraten.«

Jacob nickte stumm. Mit einer solchen Reaktion hatte er beinahe gerechnet. Mühsam rang er sich ein Lächeln ab. »Ich werde dich nicht enttäuschen, Vater.« Wenn es so weit war, würde er schon eine Lösung finden.

In Aachen ahnte niemand, was auf dem Polterabend in Montjoie vorgefallen war. Der Vater besprach Geschäftliches mit Herrn Textor, und Jacob bezog wieder sein Zimmer in der Villa des Fabrikanten. Daran, sich nach bestandenem Abitur eine eigene Wohnung zu nehmen, wie er es eigentlich vorgehabt hatte, war im Moment nicht zu denken. Im Gegenteil, er würde auch seine Treffen mit Andreas auf ein Minimum beschränken müssen, obwohl der Gedanke allein ihn schon quälte. Andererseits würde Andreas nicht mehr lange da sein. In spätestens ein, zwei Jahren würde er seinem Onkel nach Südamerika folgen. Und dann, dachte Jacob, würden die Karten sowieso neu gemischt.

Also benahm er sich so unauffällig wie möglich und stürzte sich mit angestrengtem Eifer in seine Aufgaben in der Textor'schen Tuchfabrik.

»Was soll das heißen, ich darf dich nicht mehr am Fabriktor abholen kommen? Ich habe dich doch immer abgeholt, wenn es mir möglich war!« Andreas richtete sich auf und warf ihm einen empörten Blick zu. Sie lagen auf ihrem geheimen Platz, den sie bei einem Sonntagsspaziergang im Wald durch Zufall entdeckt hatten. Vor ihnen wogte hohes Gras, hinter ihnen war das Unterholz so dicht, dass niemand hindurchkam. Hier würde sie, zumindest den Sommer über, niemand entdecken. Jacob hatte sofort an ihr Kindheitsversteck in Montjoie denken müssen. Und dabei war ihm auch Wilhelm in den Sinn gekommen. Geschrieben hatte er ihm bisher nicht, aber Jacob wusste auch gar nicht, ob er das erwartet hatte. Wie mochte es ihm gehen? Ob er wieder auf dem Bauernhof in Wollseifen lebte? Die Erinnerung an den Vorfall auf Isabellas Polterabend war noch zu frisch, und es überlief ihn kalt, wenn er an Wilhelms Drohung dachte.

Andreas hatte einen Grashalm abgerissen und kitzelte Jacob damit an der Nase, aber ihm war heute nicht nach Scherzen zumute.

»Lass das«, wehrte er ab. »Ja, genau deswegen. Auch wenn du es immer getan hast, jetzt geht es nicht mehr, das musst du verstehen. Ich habe es dir doch lang und breit erklärt.« Jacob rang nach Worten. Er hatte Andreas berichtet, was in Montjoie vorgefallen war, aber ihm schien, als ob dem Freund die Tragweite des Vorfalls nicht bewusst war. »Ich muss mich jetzt einfach vorsehen. Ich kann nicht riskieren, dass es Gerede gibt. Wenn uns hier jemand zusammen sieht, dann wird das über kurz oder lang meinem Vater zu Ohren kommen, und dann ist sowieso alles vorbei.«

»Aber wir kommen schon noch zusammen, oder?« Andreas verzog bekümmert das Gesicht.

»Natürlich, nur nicht mehr so oft. Und zunächst einmal fahre ich mit Herrn Textor nach Paris, ich werde also vorerst gar nicht da sein.«

Andreas zog einen Schmollmund. »Erst warst du in Montjoie, und jetzt fährst du auch noch nach Paris. Nimm mich mit!«

Jacob warf ihm einen verweisenden Blick zu. »Wie soll das denn gehen? Ich kann doch Herrn Textor nicht erklären, dass ich meinen Freund auf die Geschäftsreise mitnehmen möchte.«

»Warum denn nicht? Er braucht ja nichts davon zu erfahren.«

»Ach, Andreas, du weißt genau, dass das unmöglich ist. Mir war es schon unbehaglich genug, als ich dich damals der Familie als Schulfreund vorgestellt habe. Wir dürfen keinen Verdacht erregen, es ist einfach zu gefährlich.« Jacob beugte sich vor, um

Andreas einen Kuss zu geben, aber der wandte schmollend den Kopf ab. Jacob seufzte. »Wenn sie uns erwischen, kommen wir beide ins Gefängnis«, sagte er. »Das kannst du doch auch nicht wollen.«

»Ach, du immer mit deiner Vorsicht und deiner Rücksichtnahme auf andere.« Andreas verzog das Gesicht. »Ich lebe lieber wild, aber dafür richtig! Man muss auch etwas wagen, und ich sage dir gleich, ich werde auf nichts verzichten, nur weil du so ängstlich bist. Wenn du dich nicht traust, ein anderer tut's bestimmt!«

Jacob traten die Tränen in die Augen. »Was redest du denn da? Ich dachte, du liebst mich? Wir müssen nur ein bisschen vernünftig sein. Wir werden schon Wege finden.«

Andreas erhob sich. »Ja, ja, such du nur nach Wegen. Wenn du etwas gefunden hast, sag mir Bescheid. Ich bin sowieso nicht mehr lange hier. Der Onkel hat schon geschrieben und gefragt, wie weit ich mit meiner Ausbildung bin. Ich soll so schnell wie möglich nachkommen.«

Jetzt flossen die Tränen. Jacob konnte nichts dagegen machen. Wütend wischte er sich übers Gesicht. »Das kannst du doch nicht ernst meinen! Sag, dass du es nicht ernst meinst! Komm, lass dich umarmen!«

Aber Andreas hatte sich bereits zum Gehen gewandt, und Jacob musste hinter ihm herlaufen, um ihn einzuholen.

Entsprechend trüb war seine Stimmung, als er am nächsten Tag im Kontor saß und die Bestellbücher durchging. Er zuckte regelrecht zusammen, als Herr Textor den Kopf zur Tür hereinsteckte und ihn in sein Büro bat. Waren sie gestern beobachtet worden? Unwillkürlich begann Jacob zu zittern, aber dann rief er sich zur Ordnung. Das war ja alles Unsinn, er sah schon Gespenster.

18

Paris/Aachen 1880

Paris war großartig. Schon die Fahrt in der Eisenbahn war ein Erlebnis. Staunend betrachtete Jacob durch das Fenster ihres Abteils die Landschaft, die vorüberzufliegen schien, während die Lokomotive durch Belgien auf die französische Grenze zustampfte. Wie schnell sie doch vorwärtskamen!

Überwältigt blickte er sich um, als sie an der Gare du Nord ausstiegen. Das war etwas anderes als Aachen oder Montjoie. Auch Köln wirkte seiner Meinung nach provinziell gegen die Atmosphäre in dieser Weltmetropole! Seine Meinung wurde bestätigt, als sie mit der Droschke ins Hotel fuhren.

Herr Textor hatte das Balzac gewählt, ein elegantes Gebäude in einer ruhigen Seitenstraße zwischen dem neu angelegten Boulevard Haussmann und den Champs-Élysées.

»Hier hat bis zu seinem Tod 1850 der große französische Schriftsteller Honoré de Balzac gelebt. Erst vor wenigen Jahren wurde es zu einem Hotel umgewandelt«, erklärte er Jacob, als die Droschke durch die Straßen der Stadt zum Hotel fuhr. »Hast du schon einmal etwas von ihm gelesen? Er hat die *Comédie humaine* geschaffen, eine vielbändige Sammlung von Romanen und Studien über das Leben im Paris seiner Zeit. Durchaus auch Romane mit zweideutigem Inhalt über den Umgang mit Frauen.« Er warf Jacob einen verschmitzten Blick von der Seite zu und begann, über das Werk des berühmten Schriftstellers zu dozieren, aber Jacob hörte ihm gar nicht zu. Zu viel gab es zu entdecken und zu sehen. Die Bauwerke, die er bisher nur von

Bildern kannte. Die breiten Prachtstraßen, wie der erst kürzlich fertiggestellte Boulevard Haussmann. Die eleganten Gebäude! Er hatte das Gefühl, in diese Stadt mit allen Sinnen eintauchen zu müssen. Obwohl er noch nie hier gewesen war, kam es ihm vor, als wäre er nach Hause gekommen.

Gleich am ersten Abend gingen sie aus. »Ich muss dich doch ein bisschen in das Pariser Nachtleben einführen, bevor wir morgen mit den geschäftlichen Verhandlungen beginnen«, sagte Herr Textor augenzwinkernd. Sie aßen in einem eleganten Restaurant an den Champs-Élysées. Es dämmerte schon, als sie aus dem Lokal traten, und während sie die prächtige Straße entlangschlenderten, kam es Jacob vor, als ob ihn einige der gut gekleideten jungen Männer, die wohl ebenfalls einen kleinen Abendspaziergang machten, neugierig musterten.

Ihre Blicke machten ihn verlegen, sodass er ständig den Sitz seiner Krawatte prüfte und seinen Zylinder zurechtrückte, aber er traute sich nicht, sie seinerseits offen anzublicken.

»Jetzt kommen wir zum Höhepunkt, im wahrsten Sinne des Wortes«, verkündete Herr Textor gut gelaunt. Sie stiegen in eine Droschke, die sie zum Montmartre brachte. Durch die engen belebten Gassen, in denen Maler ausstellten, liefen sie zu der großen Baustelle auf dem Gipfel des höchsten Hügels der Stadt, wo bereits die weißen Grundmauern einer Kirche im byzantinischen Stil zu erkennen waren. »An dieser Stelle soll eine Sühnekirche entstehen«, erklärte Herr Textor, »damit das im Krieg gedemütigte Frankreich wieder dem Schutz Gottes empfohlen wird. Ihr Name wird Sacré Cœur sein, was übersetzt etwa ›Heiligstes Herz Jesu‹ bedeutet.«

All diesen Erläuterungen lauschte Jacob nur mit halbem Ohr, weil sie mittlerweile auf einer Terrasse hoch über der Stadt standen. Staunend blickte Jacob über das Häusermeer, in dem jetzt in der Dunkelheit Tausende von Lichtern glitzerten. So etwas

Schönes hatte er noch nie gesehen. Er warf seinem Brotherrn einen dankbaren Blick zu.

»Warte ab«, sagte Herr Textor geheimnisvoll, »das Aufregendste kommt erst noch.«

Über eine steile Straße gingen sie hinunter bis zur Place Pigalle, deren großer Brunnen in der Mitte von einer eingezäunten Grünanlage umgeben war. »Der Brunnen war voller Unrat, und 1870/71 haben sich sogar die Soldaten darin gewaschen. Deshalb hat man einen kleinen, abgeschlossenen Garten darum herumgebaut, damit die Schönheit des Platzes erhalten bleibt«, erklärte Herr Textor. »Aber das ist nicht der Grund, warum wir hier sind. Du bist alt genug, um das wahre Nachtleben in dieser Metropole kennenzulernen, und das kann man nirgendwo besser als im Café du Rat-Mort.«

Jacob runzelte die Stirn. »Was ist das denn für ein hässlicher Name?«, fragte er. »Café zur toten Ratte«, das hörte sich ja grässlich an.

»Genau weiß ich es auch nicht«, erwiderte Herr Textor. »Es hängt wohl damit zusammen, dass es in den Räumlichkeiten nicht immer so gut riecht. Aber das Wichtigste und Interessanteste an diesem Café ist, dass es die ganze Nacht geöffnet hat und du hier jederzeit den berühmtesten Malern, Schriftstellern und Musikern von Paris begegnen kannst. Und«, fügte er augenzwinkernd hinzu, »auch den schönsten Frauen, denn die Musen und Modelle der Künstler sind natürlich ebenfalls anwesend.«

Es war Jacob ein wenig unangenehm, dass Herr Textor ihn ständig aus den Augenwinkeln beobachtete, um zu sehen, wie er auf die vielen schönen, freizügig gekleideten Frauen reagierte, aber er ließ sich nichts anmerken und heuchelte Interesse, obwohl sie ihn gar nicht sonderlich interessierten. Die Atmosphäre allerdings war berauschend, und es herrschte ein solcher Betrieb, dass sie sich einfach nur von der Menge mitreißen ließen und die ausgelassene Stimmung genossen.

Am nächsten Tag hatte Jacob nach dem geschäftlichen Termin, bei dem er gedolmetscht hatte, Zeit für sich alleine, weil Herr Textor im Haus seines Geschäftspartners eingeladen war. Das Wetter war schön, und so spazierte er ziellos durch die große Stadt, ließ sich treiben und gelangte schließlich in die Tuilerien, ohne genau zu wissen, wo er war.

Ein junger, sehr eleganter Mann sprach ihn an und machte ihm aus heiterem Himmel ein Kompliment über sein gutes Aussehen, und während Jacob noch verwirrt in seinem Schulfranzösisch kramte, um die Freundlichkeit mit einer ähnlichen netten Bemerkung zu erwidern, strich ihm der andere Mann auffordernd über den Oberarm und sagte: »Lust auf ein kleines Tête-à-Tête, mein Freund?«

Jacob glaubte, sich verhört zu haben. Das war doch gar nicht möglich, dass der andere Mann ihm gerade in aller Öffentlichkeit so eine Frage gestellt hatte! Er lief knallrot an und stotterte: »Äh, ich habe leider gar keine Zeit, ich muss zurück ins Hotel.«

»Soll ich dich begleiten?«, fragte der andere. Jacob musterte ihn verlegen. Er war hübsch, ohne Frage, mit dichtem blonden Haar, das ihm leicht gelockt bis auf die Schultern fiel, und einem gepflegten kleinen Schnäuzer. Gekleidet war er wie ein Dandy. Jacob hatte mal ein Bild des bekannten Schriftstellers Oscar Wilde gesehen, und der Aufzug seines Gegenübers erinnerte ihn daran. Eigentlich gefiel ihm der Mann, und die Vorstellung, dass es hier in Paris anscheinend so einfach war, miteinander in Kontakt zu kommen, reizte ihn. Doch im Moment war er mit der Situation völlig überfordert.

»Nein, danke«, sagte er steif. »Ich muss gehen.«

Hastig wandte er sich ab und rannte fast den ganzen Weg

zurück, an der Seine entlang, vorbei am Obelisken auf der Place de la Concorde. Er hatte keinen Blick für die Sehenswürdigkeiten von Paris, und die entgegenkommenden Passanten machten ihm verwundert Platz. Schließlich kam er, völlig außer Atem, auf den Champs-Élysées an. Erst hier ging er langsamer, und es dauerte eine Weile, bis er wieder zu Atem kam.

Im Hotelzimmer ließ er den Vorfall noch einmal Revue passieren. Nicht auszudenken, wenn der nette junge Mann mitgekommen wäre. Er hätte ja wohl kaum so einfach mit aufs Zimmer gehen dürfen. Aber die Vorstellung wühlte ihn auf, und bei dem Gedanken daran, was möglich gewesen wäre, lief ihm ein wohliger Schauer über den Rücken. An Andreas hatte er nicht eine Minute gedacht.

Zurück in Aachen ging ihm die Reise nicht mehr aus dem Kopf. Zum ersten Mal in seinem Leben hatte er eine Ahnung davon bekommen, wie es sein konnte, frei zu sein und ein Leben nach seinen Neigungen führen zu können. Andreas meldete sich nicht bei ihm. Einmal sah er ihn von Weitem im Café, ins Gespräch vertieft mit einem älteren Mann. Wahrscheinlich war er immer noch beleidigt und ging dem Freund deshalb aus dem Weg.

Zwar versetzte es Jacob einen kleinen Stich, als er ihn so vertraut mit dem anderen sah, aber eigentlich machte es ihm nicht so viel aus. Er malte sich lieber aus, was er alles tun und wagen würde, wenn er wieder nach Paris fahren konnte. Er würde alles daransetzen, damit eine solche Reise so bald wie möglich stattfinden konnte. Auch wenn Herr Textor dabei war, blieb ihm bestimmt immer noch genug Zeit, die Möglichkeiten der Großstadt auf eigene Faust zu erkunden.

Und tatsächlich konnte Jacob schon wenige Wochen später die Reise erneut antreten. Dieses Mal fuhr er sogar alleine. Der

Fabrikant war erkrankt, und er musste ihn bei einem unaufschiebbaren Termin vertreten.

Als die Droschke vor dem Hotel Balzac hielt, kam Jacob sich schon vor wie ein alter Hase. Gewissenhaft erledigte er den geschäftlichen Auftrag. Alles lief glatt und ohne Komplikationen, und danach hatte er einen ganzen Tag zur freien Verfügung!

Wieder machte er sich auf in die Tuilerien. Der Park der ehemaligen Residenz der französischen Könige lag idyllisch am rechten Seine-Ufer. Das weitläufige Palais, das über seinen Außenflügel mit dem Louvre verbunden war, war vor neun Jahren von den Mitgliedern der Pariser Kommune angezündet worden, und jetzt stand nur noch die völlig ausgebrannte Ruine.

Doch Jacob ging es nicht um historische Bauten. Er schenkte den traurigen Überresten des einst so prächtigen Schlosses kaum einen Blick, sondern beobachtete aufmerksam die Flaneure, die die Wege entlangspazierten.

Für seinen Ausflug hatte er seine Kleidung besonders sorgfältig ausgewählt. Er hatte eine ganze Weile vor dem Spiegel verbracht, damit er mit der Eleganz der Pariser Männer mithalten konnte.

Es dauerte nicht lange, und er wurde tatsächlich angesprochen. Vor Aufregung klopfte ihm das Herz bis zum Hals. Er schenkte dem Mann, der das Wort an ihn gerichtet hatte, ein strahlendes Lächeln, fest entschlossen, dieses Mal nicht davonzulaufen.

Noch ganz erfüllt von den vielfältigen Erlebnissen seiner Reise betrat Jacob am Morgen seiner Rückkehr das Frühstückszimmer der Familie Textor. Die Kinder waren bereits fertig und verabschiedeten sich unter der Obhut ihres Hauslehrers und ihrer Gouvernante von den Eltern.

Als die kleine Juliane ihn erblickte, kam sie auf ihn zugerannt. »Jacob ist wieder da«, jubelte sie und fiel ihm um den Hals, noch bevor ihre Gouvernante einschreiten konnte.

Lächelnd befreite er sich und wollte an den Tisch treten, als Juliane nach seinem Arm griff und daran schnupperte.

»Du riechst aber komisch«, stellte sie fest. »Gar nicht so wie sonst! Riecht Paris so?«

Sofort stieg Jacob das Blut in den Kopf. Der Mann, mit dem er noch gestern früh zusammen gewesen war, hatte tatsächlich ein aufdringliches Parfüm gehabt, aber Jacob hatte nicht daran gedacht, dass es so lange an der Kleidung haften würde. Verlegen erwiderte er: »Ich weiß nicht, das ist mir nicht aufgefallen.«

»Kinder, in den Unterricht mit euch! Lasst Jacob in Ruhe.« Herr Textor klatschte in die Hände. »Komm, setz dich, Jacob. Minna bringt dir ein Frühstück. Danach gehen wir in die Bibliothek, und du kannst mir berichten, wie alles gegangen ist.«

Jacob setzte sich und begann zu frühstücken. Herr Textor hatte wieder nach seiner Zeitung gegriffen. Auf einmal sagte er zu seiner Frau: »Nicht zu fassen, was in unserem stillen Städtchen so alles passiert! Das ist ja ungeheuerlich. Jetzt hör dir das einmal an!« Mit halblauter Stimme begann er vorzulesen: »Gestern gab es in den frühen Morgenstunden ein Handgemenge im Elisengarten. Eine Patrouille der berittenen Polizei entdeckte zwei Männer, die offensichtlich Unzucht miteinander trieben. Ein Beamter stieg vom Pferd und näherte sich den beiden, um sie zu verhaften. Daraufhin setzten sie sich so heftig zur Wehr, dass der zweite Polizist sich genötigt sah, Gebrauch von der Schusswaffe zu machen. Dabei wurde einer der beiden Männer, ein gewisser Hubert L., der den Behörden bereits einschlägig bekannt war, getötet. Der andere, ein gewisser Andreas M., rannte davon, wurde aber in kürzester Zeit von dem berittenen Polizisten eingefangen und in Gewahrsam genommen. Ihm wird jetzt der Prozess gemacht, und es erwartet ihn eine Gefängnisstrafe nicht unter einem Jahr. Zudem werden ihm die bürgerlichen Ehrenrechte aberkannt, was jeder anständige Bürger für eine angemessene Bestrafung halten wird. Der Staat muss solchen Perversionen energisch Einhalt gebieten, damit nicht der Unzucht Tür und Tor geöffnet wird.«

Jacob rauschte das Blut in den Ohren. Er hatte das Gefühl, ohnmächtig zu werden. Eine bange Ahnung stieg in ihm auf. Ging es in dem Bericht etwa um Andreas? Wie von Weitem hörte er die empörte Stimme von Herrn Textor, der weiterlas: »Es ist unfassbar, dass sich in unserer anständigen Stadt solche Subjekte herumtreiben und ihren kranken und schändlichen Gelüsten in öffentlichen Grünanlagen nachgehen. Die Polizei versichert, dass sie mit aller Härte dagegen vorgehen wird, damit unsere Bürger nachts wieder ruhig schlafen können.«

Frau Textor hatte die Hand vor den Mund geschlagen. »Widerlich!«, murmelte sie. »Friedhelm, das ist widerlich! Was für ein Glück, dass die Polizei gleich eingegriffen hat.« Sie wandte sich zu Jacob, dann schaute sie ihren Mann wieder an. »Friedhelm, du hättest es wohl besser gar nicht vorgelesen! Sieh nur, der Junge ist ja kreidebleich!« Sie tätschelte Jacob die Hand. »Ach, mein armer Junge, du weißt natürlich noch gar nichts davon, wie abartig manche Menschen sein können.«

Herr Textor musterte Jacob nachdenklich. »Andreas M.« Er schüttelte den Kopf, als könnte er sich dann besser erinnern. »Hattest du nicht in der Schule einen Freund namens Andreas, der manchmal mit hierhergekommen ist?«

Jacob schluckte. »Ja.« Er nickte. »Ich habe ihn schon lange nicht mehr gesehen. Ich weiß gar nicht, was aus ihm geworden ist. Aber er wird es wohl nicht sein.« An Frau Textor gewandt fuhr er fort: »Das ist wirklich eine widerliche Geschichte! Man kann nur froh sein, dass man mit so etwas nichts zu tun hat.«

Herr Textor räusperte sich. »Ja, ein schlimmer Vorfall! Es tut mir leid, wenn dich der Bericht erschreckt hat. Aber nimm es dir nicht so zu Herzen, mein Junge. Diese widernatürlichen Subjekte haben Strafe verdient.«

Die Meldung hatte sich in Jacobs Kopf eingebrannt. Den ganzen Tag über konnte er kaum einen klaren Gedanken fassen. Immer wieder stellte er sich die in dem Artikel beschriebene Szene vor, und es lief ihm kalt den Rücken herunter. Für ihn bestand kein Zweifel daran, dass es sich um seinen ehemaligen Freund handelte. Er hatte sich früher häufiger spätabends noch mit Andreas im Park aufgehalten, und er wusste sehr gut, dass sich dort auch andere Männer trafen. Nicht auszudenken, wenn die Polizei ihn dort erwischt hätte. Abwechselnd wurde ihm heiß und kalt, und er musste sich aufs Äußerste zusammenreißen, damit ihm nicht gleich jeder ansah, wie sehr ihn die Geschichte mitnahm.

Wie mochte es Andreas jetzt gehen? Im Gefängnis sprangen sie bestimmt nicht zimperlich mit ihm um. Was sollte er, Jacob, machen, wenn Andreas ihn, um vielleicht mildernde Umstände zu bekommen, ebenfalls anzeigte? Oder allein schon, wenn er sich um Hilfe an ihn wandte, wenn es ihm gar zu schlecht erging? Wie sollte er seinen Kopf aus der Schlinge ziehen, wenn man ihn mit einem stadtbekannten Sodomiten in Verbindung brächte? Jacob erschauerte bei dem Gedanken. Aber sie hatten sich tatsächlich schon eine ganze Weile lang nicht mehr gesehen, und vielleicht dachte Andreas gar nicht mehr an ihn.

Diese Vorstellung tröstete ihn ein wenig, aber tagelang saß er wie auf glühenden Kohlen.

Zunächst passierte jedoch nichts. Gerade hatte er sich wieder ein wenig beruhigt, als das Unfassbare eintrat. Jacob bekam eine Vorladung vom Gericht. Andreas hatte ihn ebenfalls der Sodomie beschuldigt.

Herr Textor hatte das amtliche Schreiben natürlich gesehen. »Was hast du mit dem Gericht zu tun, Jacob?«, fragte er neugierig.

Jacob wollte abwiegeln, doch dann besann er sich. Textor konnte ihm vielleicht helfen. Er musste alles auf eine Karte setzen. »Sie erinnern sich doch an den Zeitungsbericht mit den beiden Männern, die bei unzüchtigen Handlungen im Park ertappt worden sind? Nun, der eine der beiden Beteiligten war tatsächlich mein früherer Mitschüler Andreas. Er hat mich angezeigt, und ich muss vor Gericht erscheinen.« Flehend sah er seinen Mentor an. »Herr Textor, das ist eine so ungeheuerliche Geschichte! Er behauptet, ich hätte Unzucht mit ihm getrieben. Wahrscheinlich will er seinen Kopf retten, indem er unbescholtene Bürger mit hineinzieht. Ich bitte Sie, stehen Sie mir bei! Sie wissen doch, dass ich nichts damit zu tun habe. Mein Vater darf nichts davon erfahren!«

Zögernd willigte der Fabrikant ein, vor Gericht für ihn zu bürgen. Möglicherweise hatte er leise Zweifel, doch letztlich wollte er ihn vor Schaden bewahren. »Du bist uns ans Herz gewachsen, Jacob«, sagte er. »Für mich bist du wie mein eigener Sohn, und auch aus Freundschaft zu deinem Vater will ich vor Gericht für dich bürgen. Aber angenehm ist die Sache nicht, und du musst mir ein für alle Mal versprechen, mich nie wieder mit einem solchen Ansinnen zu konfrontieren. Ich möchte mit solchen Subjekten nicht in Verbindung gebracht werden.«

Jacob atmete erleichtert auf. Die Stellungnahme des angesehenen Aachener Fabrikanten würde verhindern, dass er vor Gericht erscheinen musste. Und er konnte nur hoffen, dass Herr Textor Wort halten und die Angelegenheit seinem Freund Becker gegenüber nicht erwähnen würde.

Wieder einmal in letzter Minute den Kopf aus der Schlinge gezogen, sagte sich Jacob erleichtert. Andreas hatte sich alles selbst zuzuschreiben. Er nahm sich vor, gegen seine Neigung anzukämpfen, um sich nicht noch einmal so in Gefahr zu bringen. Doch tief im Inneren kam er sich vor wie ein feiger Verräter.

Aus dem Tagebuch von Friederike Linden

17. Juni 1880

Mein kleiner Caspar ist ein ruhiges, zufriedenes Kind. Oft liegt er einfach nur auf seiner Decke und schaut zu, wie das Mobile sich dreht, das Isabella für ihn gebastelt hat. Besonders faszinierend findet er es, im Garten zu sein, wenn das Sonnenlicht durch das Laub der Bäume fällt. Dann fuchtelt er aufgeregt mit den Ärmchen und jauchzt vor Freude. Gertrud hingegen hatte schon früh diesen Bewegungsdrang, und sie kann auch heute nicht stillsitzen. Wie unterschiedlich doch die Kinder sind!

4. August 1880

Der Gymnasiallehrer und Lexikograf Konrad Duden hat in Leipzig das Vollständige Orthografische Wörterbuch der deutschen Sprache herausgegeben. Dietmar hat sich bereits kurz nach Erscheinen vor einem Monat ein Exemplar zusenden lassen. Er ist begeistert von der Fülle der Begriffe, die Duden aufführt. »Ein epochales Werk«, hat er zu mir gesagt.

27. Oktober 1880

In Köln hat ein großer Festakt zur Fertigstellung des Doms stattgefunden. Ich kann mich noch gut an meinen ersten Besuch in der Stadt am Rhein erinnern. Wir sind von Aachen aus mit der Eisenbahn dorthin gefahren, und als wir am Zentralbahnhof ausstiegen, bot sich uns ein beeindruckendes Bild. Obwohl die beiden Türme des Doms damals noch fehlten, beherrschte er, direkt neben dem Bahnhof gelegen, das Stadtbild. Bei der festlichen Einweihung jetzt war auch Kaiser Wilhelm I. zugegen, allerdings haben wohl zahlreiche Bürger der katholischen Stadt und das gesamte Domkapitel nicht am Empfang teilgenommen, weil der Kaiser protestantisch ist.

28. März 1881

Zar Alexander II. ist in St. Petersburg einem Attentat zum Opfer gefallen. Es war nicht das erste Attentat, das auf ihn verübt wurde. Schon vor zwei Jahren wurde auf ihn geschossen. Er galt als der große Befreier des russischen Volkes, weil er die Leibeigenschaft für die Bauern abgeschafft hat. Und doch wurde er ermordet.

7. Mai 1881

In Berlin und auch in Hamburg gibt es jetzt Verbindungen über Fernsprecher. In Berlin haben sie sogar einen öffentlich zugänglichen Fernsprechkiosk aufgestellt. Es wäre zu schön, gäbe es so etwas bei uns auch. Ich kann mir zwar nicht vorstellen, wie es funktioniert, aber man spricht in eine Art Muschel und hört, wie der Teilnehmer am anderen Ende antwortet. Luise könnte mit ihrem Vater sprechen, obwohl er so weit entfernt ist.

26. März 1882

Seit Leonhards Geburt vor vier Wochen komme ich nicht mehr so richtig auf die Beine. Ständig bin ich müde, und jeder Schritt wird mir zu viel. Dietmar und Luise sind sehr besorgt um mich und achten streng darauf, dass ich mich ausruhe. Auch haben wir jetzt ein Mädchen, das im Haushalt hilft, Rike, die älteste Tochter von Frau Piel. Sie ist sehr tüchtig, und vor allem kann sie sehr gut kochen.

18. Juli 1882

Schönes, warmes Sommerwetter. Damit Luise mal eine Pause in ihren anstrengenden Studien hat, haben wir am Sonntag einen Familienausflug ins Strandbad Eldena gemacht. Auch mir hat die frische Luft gutgetan, zumal Dietmar einen besonders windgeschützten Platz für uns ausgesucht hat. Er hat in der Zeitung gelesen, dass in Warnemünde ein Korbmacher für eine Kundin, die wohl an Rheuma leidet, einen Sitzkorb aus Weidengeflecht angefertigt hat, mit dem sie das Meer, die Sonne und den Wind genießen kann, ohne dass ihre Gesundheit angegriffen wird. Ich finde, das ist eine großartige Idee. Man stelle sich vor, wir hätten ebenfalls solche Sitzkörbe am Strand! Wie viel bequemer wäre es doch für uns! Vielleicht kommt diese Erfindung ja auch zu uns.

19

Greifswald, 1880

Luise schlug das Herz bis zum Hals, als sie vor dem imposanten Universitätsgebäude in Greifswald stand. Sie war in der Vergangenheit zwar schon häufiger hier gewesen, aber heute durfte sie zum ersten Mal am Präparationskurs teilnehmen. Damit würde sie einen großen Schritt in ihrer Ausbildung weiterkommen.

Seitdem sie im letzten Jahr extern ihre Abiturprüfung mit Erfolg abgelegt hatte, durfte sie in manchen Seminaren als Zuhörerin ganz hinten in der letzten Reihe sitzen. Das hing immer vom Wohlwollen des jeweiligen Dozenten ab. An der Universität immatrikulieren durfte sie sich nicht, das war Frauen verboten und blieb den Männern vorbehalten. Deshalb hatte sie zunächst eine Tätigkeit als Hilfspflegerin auf der Station für Frauenheilkunde der Universitätsklinik in Greifswald übernommen. Sie war dankbar für diesen Strohhalm, der ihr zumindest Zugang zur Universitätsklinik gewährte.

Dietmar Linden war mit dem Chefarzt der Chirurgie, Prof. Dr. Viktor Klinkhammer, befreundet, der ihr die Stelle besorgt hatte. Er war es auch gewesen, der ihr die Teilnahme am Präparationskurs, oder Präpkurs, wie es in der Studentensprache hieß, verschafft hatte.

»Natürlich wirst du kein Zeugnis darüber erhalten«, hatte Dietmar zu Luise gesagt, »aber du gewinnst sicherlich wertvolle Einblicke. Du wirst dir allerdings ein dickes Fell zulegen müssen, das sage ich dir gleich. Weder die Dozenten noch die Studenten sind besonders zimperlich im Umgangston, und sie werden auf dich sicher keine Rücksicht nehmen.«

»Das ist mir gleichgültig, wenn ich nur etwas lernen kann«, hatte Luise erwidert. »Mir ist schon klar, dass sie mich am liebsten nicht dabeihaben wollen, aber du kennst mich doch, Bangemachen gilt nicht, und ich habe auch nicht vor, mir die Butter vom Brot nehmen zu lassen.«

»Nein.« Dietmar hatte gelacht. »Das weiß ich. Friederike und ich bewundern dich dafür, und wir werden immer alles tun, um dich zu unterstützen. Ich werde auf jeden Fall noch einmal mit dem Professor reden, ob er dir nicht zumindest die Teilnahme am Kurs bestätigen kann.«

Als Luise jetzt vor der massiven dunklen Eichentür stand, zitterte ihre Hand, aber sie kämpfte ihre Aufregung nieder, drückte den massiven Metallgriff herunter und trat in den hohen, dunklen Flur, in dem ihre Schritte ihr unnatürlich laut in den Ohren hallten. Heute hatte sie sich bewusst für ein dunkelgraues, schlichtes Kleid unter dem ebenso unauffälligen Mantel entschieden, um möglichst wenig Aufsehen zu erregen. Die Haare hatte sie im Nacken zu einem tiefen Knoten geschlungen.

Kurz zögerte sie, dann wandte sie sich nach links und ging zielstrebig auf den Saal zu, in dem der Kurs stattfand. Als sie eintrat, merkte sie, dass sie – ob absichtlich oder nicht – zu spät einbestellt worden war. Der Unterricht war bereits in vollem Gange, und bei ihrem Eintreten wurde es schlagartig still. Doch das dauerte nur kurz. Die jungen Männer, die in Gruppen an den einzelnen Tischen standen und sich den ihnen zugewiesenen Körperteilen widmeten, hatten sich zu ihr umgedreht und musterten sie unverhohlen und mit sichtlicher Befremdung. Ein paar Pfiffe und leises Johlen waren zu hören. Einer, ein Kleiner mit blonden Haaren und einem schütteren Spitzbärtchen, sagte: »Sie haben sich wohl verlaufen, Fräulein, das hier ist der Präparationssaal.«

Luise brauchte nicht zu antworten, da in diesem Moment der Professor auf sie zukam und sie am Arm ergriff. Er hatte einen langen weißen Bart, der an den dünnen Spitzen ein wenig feucht schimmerte und durchdringend scharf roch. Luise wusste, dass man in die Leichen eine Mischung aus Alkohol und Arsen injizierte, um sie haltbar zu machen, und es schüttelte sie ein wenig bei dem Gedanken, dass die Barthaare des Professors offensichtlich mit diesem Gemisch aus Alkohol und Arsen in Berührung gekommen waren. Doch hier durfte sie nicht empfindlich sein, deshalb ließ sie sich nichts anmerken und knickste höflich.

»Ah, Fräulein Fabricius, der Kollege hat Sie schon angekündigt. Na, dann wollen wir mal. Hier entlang. Aber fallen Sie mir bloß nicht in Ohnmacht!« Ohne ein weiteres Wort der Erklärung für die anderen Studenten zog er sie mit sich in die hinterste Ecke. Neugierige Blicke folgten ihr, als sie Mantel, Hut und Handschuhe ablegte und das Ledermäppchen aus der Tasche zog, in dem sich das Sezierbesteck befand, das ihr Vater ihr geschickt hatte. Er hatte ihr einige schriftliche Erläuterungen dazu gegeben, und im Prinzip wusste sie, wie sie mit den Scheren, Pinzetten und verschiedenen Skalpellen umgehen musste.

»Nun, meine Herren, ich wüsste nicht, was es hier zu sehen gäbe. Konzentrieren Sie sich bitte auf Ihre Arbeit!«, wies der Professor die jungen Männer zurecht, die immer noch dastanden und gafften. Sofort beugten sich alle wieder über die Tische, an denen sie standen. Nur der kleine Blonde zog ein wenig die Augenbrauen hoch, machte sich aber dann wieder an dem vor ihm liegenden Bein zu schaffen.

Der Professor zog mit Schwung das Laken weg, das über dem

Metallwagen gelegen hatte, und enthüllte einen einzelnen, anscheinend weiblichen Arm.

»Machen Sie sich an die Arbeit«, sagte er ohne eine weitere Erklärung. »Und bereiten Sie sich darauf vor, mir anschließend die lateinischen Namen der Knochen, Muskeln und Sehnen zu referieren. Und fallen Sie mir bloß nicht um!«

Luise schluckte, aber sein Verhalten schüchterte sie nicht ein. Auch der säuberlich vom Rumpf abgetrennte Arm, der bleich und wächsern vor ihr lag, schreckte sie nicht ab. Im Prinzip wusste sie, was sie zu tun hatte. Jetzt zahlte es sich aus, dass sie sich bei jeder Gelegenheit in die Lehrbücher des Vaters versenkt hatte. Auch hatte sie zu Hause an Hühnerteilen geübt und einmal sogar an einem toten Frosch, den sie auf der Straße gefunden hatte. Er war schon ziemlich platt gewesen, als hätte jemand die Luft aus ihm herausgelassen, aber sie hatte ihren Ekel überwunden und mutig hineingeschnitten, um ihm die Haut abzuziehen und sich sein Innenleben anzusehen. Als sie jetzt daran dachte, musste sie sogar ein wenig lächeln, denn Friederike war von ihrem Forschungsdrang nicht begeistert gewesen. Sie war beinahe in Ohnmacht gefallen, als sie gesehen hatte, was Luise auf ihrem Küchentisch veranstaltete. »Bist du des Wahnsinns?«, hatte sie gerufen. »Nimm sofort das grausliche Ding von meinem sauberen Tisch!«

Konzentriert machte sie sich an die Arbeit. Mit mehreren längs verlaufenden Schnitten löste sie die Haut am Unterarm ab und legte sie in eines der bereitstehenden Gefäße. Sie präparierte die Sehnen heraus, und bald schon hatte sie die Venen einschließlich ihrer Wurzeln und einiger Nerven freigelegt. Der Professor warf einen anerkennenden Blick auf ihren Arbeitstisch und brummte etwas vor sich hin, sagte aber nichts.

Luise ließ sich nicht beirren und arbeitete schweigend weiter. Kurz dachte sie, dass dieser Arm, der hier vor ihr lag, einmal zu einem lebendigen Menschen gehört hatte. Welches Schicksal mochte die Frau wohl gehabt haben? Die harte, verarbeitete Hand mit den kurzen ungepflegten Fingernägeln deutete auf eine Arbeiterin oder eine Bäuerin hin, was auch wahrscheinlich war, denn Frauen von Stand stellten ihre Leichen nicht der Wissenschaft zur Verfügung. Doch dann rief sie sich zur Ordnung. Sie durfte sich nicht in solchen Gedanken verlieren, sie musste einfach nur ihre Arbeit tun. Sie hielt auch nicht inne, als einer der anwesenden männlichen Studenten laut zu seinem Kommilitonen sagte: »Wo kommen wir denn hin, wenn heutzutage schon die Frauen diese schwierige Arbeit leisten wollen?«

»Ja«, pflichtete der andere ihm bei. »Ich kann mir ehrlich gesagt Frauen im Arztberuf nicht vorstellen. Sie besitzen keine körperlichen Kräfte, und sie haben doch auch ein viel zu empfindliches Nervensystem! Sie sollten lieber in der Krankenhausküche für gutes Essen sorgen – damit tragen sie auch zur Gesundung bei. Und wahrscheinlich besser, als wenn sie die Patienten allein schon durch ihr Erscheinen am Krankenbett aufregen.«

Der das sagte, war ein vierschrötiger Kerl mit einem mächtigen Schmiss auf der linken Wange, und es lag Luise schon auf der Zunge, ihm zu erwidern, dass er mit seinem Aussehen die Patienten sicher mehr erschreckte als jede Frau, aber sie schluckte die Bemerkung hinunter. Mit solchen Angriffen würde sie häufiger rechnen müssen, das war ihr klar. Es war eben nicht üblich, dass Frauen in eine reine Männerdomäne einbrachen.

»Das ist ganz sicher so«, hatte Friederike gesagt, als sie sich mit ihr darüber unterhalten hatte, »aber du musst dir auch immer wieder vor Augen halten, dass sich nie etwas ändern wird, wenn wir uns diesen Angriffen nicht stellen. Jeder Fortschritt beginnt mit einem kleinen Schritt. Wir müssen uns nur diplomatisch verhalten, um den Kerlen dabei nicht auf die Füße zu treten. Doch das fällt uns nicht schwer: Frauen sind seit jeher das klügere Geschlecht.«

Friederike wusste, wovon sie redete – der Frauenverein war in der Männerwelt auch nicht gern gesehen, weil die Frauen für Rechte kämpften, die ihnen die Männer nicht zugestehen wollten. Zurzeit waren ihnen durch die Gesetzgebung sogar mehr als sonst die Hände gebunden. Öffentliche Forderungen konnten sie nicht stellen. Doch sie sannen bereits auf Mittel, um das Verbot des Vereins zu umgehen und ihre Arbeit fortsetzen zu können. Ihnen würde schon etwas einfallen, da war sich Friederike sicher.

Wie überheblich war es doch von den Männern, Frauen als das schwache Geschlecht zu bezeichnen, ging Luise durch den Kopf. Sie dachte an Frau Piel, die sich Schwäche ganz gewiss nicht leisten durfte, weil das Überleben ihrer gesamten Familie daran hing. Überhaupt, die vielen Arbeiterinnen, die von morgens bis abends in den Fabriken schufteten, nicht weniger als die Männer …

In der Mitte des Saales gab es Unruhe. Luise blickte nicht von ihrer Arbeit auf, hörte aber an den Zurufen, dass offenbar einem der jungen Männer in der stickigen Luft schlecht geworden war. »Schafft ihn raus!«, ordnete der Professor an. Sein Tonfall klang verächtlich. Offensichtlich war es ein Zeichen von Schwäche, am Seziertisch umzufallen. Luise betete insgeheim, dass ihr das auf keinen Fall passieren durfte. Bis jetzt war ihr nicht übel, dazu fand sie ihre Arbeit viel zu spannend.

Der Professor griff bei den Reden seiner Studenten nicht ein, aber als Luise ihm das fertige Präparat mitsamt den lateinischen Begriffen präsentierte, nickte er kurz. Zur Qualität ihrer Arbeit sagte er nichts, aber er ließ sie an einem weiteren Abschnitt des einzelnen Arms arbeiten. Als sie fertig war, nahm er sie beiseite.

»Ich muss zugeben, Sie erstaunen mich, Fräulein Fabricius«, sagte er. »Ich bin kein Freund davon, dass Frauen an den Universitäten zugelassen werden. Gerade der Arztberuf ist anstrengend, und für so harte Arbeit sind Frauen nicht geeignet. Auch sehe ich keinen Sinn darin, Männern, die doch die Ernährer ihrer Familie sind, Brot und Arbeit wegzunehmen, indem Frauen das Gleiche lernen dürfen wie sie. In Ihrem Fall jedoch muss ich zugeben, dass ich selten beim ersten Kurs so gute Präparate gesehen habe. Sie haben entschieden Fachwissen und ein tieferes Verständnis für die menschliche Anatomie. Das ändert zwar nichts an der Tatsache, dass Sie als Frau in diesem Fach nichts zu suchen haben und mir nur meine Studenten durcheinanderbringen, aber ungeachtet dessen will ich Ihnen trotzdem gestatten, einmal wöchentlich meinen Präparierkurs zu besuchen. Allerdings kann ich nicht zulassen, dass Sie mit den anderen Studenten zusammen am Tisch stehen. Sie werden weiter an diesem Einzeltisch arbeiten. Ich hoffe, Sie wissen das zu würdigen, es bedeutet für uns einen nicht unbeträchtlichen Aufwand. Wir sehen uns dann nächsten Donnerstag, sechzehn Uhr sine tempore.«

Friederike wartete vor dem Universitätsgebäude, als Luise herauskam. »Und? Wie war es?«, rief sie ihr entgegen.

»Ich darf wiederkommen!«, jubelte Luise. »Der erste kleine Schritt ist geschafft!«

20

Wollseifen, 1881

Noch vor dem ersten Hahnenschrei stand Wilhelm auf. Er hatte unruhig geschlafen, wie so manche Nacht, seit er wieder in Wollseifen war. Immer noch haderte er mit sich, weil er sein Leben und seine Zukunft in Montjoie so leichtfertig verspielt hatte, auch wenn die Erinnerung an das Leben, das er dort geführt hatte, schwächer wurde. Vor allem nachts kreisten seine Gedanken, zumal er tagsüber keine Zeit dazu hatte. Anfangs hatte er Jacob schreiben wollen, um ihm alles zu erklären, er hatte sogar schon die ersten Zeilen zu Papier gebracht, aber die richtigen Worte waren ihm nicht eingefallen, und schließlich hatte er es aufgegeben. Zum Teufel mit der Schreiberei! Er war jetzt wieder Bauer und hatte damit nichts am Hut.

Müde rieb er sich die Augen und stand auf. Draußen war es stockdunkel, heftiger Regen prasselte an das kleine Fenster. Sauwetter! Auch das noch. In der letzten Zeit regnete es entschieden zu viel. Wenn das so weiterging, würden sie schon wieder auf eine Hungersnot zusteuern. Zwar wollte die Regierung die notleidenden Bauern finanziell unterstützen, aber die versprochenen Hilfsmaßnahmen liefen nur langsam an, und bis jetzt hatten sie hier in Wollseifen noch kein Geld gesehen. Missmutig kratzte er sich am Nacken, während er sich in den Nachttopf erleichterte, bevor er in seine Arbeitshose und die alten Stiefel schlüpfte. Mit dem Gefäß in der Hand trat er vor die Tür und schlurfte zum Misthaufen, um es dort auszuleeren.

Matthes war schon auf, und seine Schwester Anna stand in

der Küche und bereitete dem Vater das Frühstück zu. Wilhelm hörte ihn in der Kammer husten und greinen. Es wurde immer schlimmer mit ihm, an manchen Tagen konnte Anna sich kaum gegen ihn zur Wehr setzen. Wenn sie ihm beim Füttern oder Waschen zu nahe kam, schlug er unvermittelt so heftig um sich, dass sie seinen Fäusten nicht ausweichen konnte. Sie ertrug alles mit einer Engelsgeduld, doch nachts hörte Wilhelm sie in ihrer Kammer weinen. Er nahm sich immer wieder vor, mit ihr einmal zu reden, aber dann ließ er es doch, weil er ihr ja sowieso keine Hilfe anbieten konnte. Und im Grunde traute er sich auch nicht, das Thema anzusprechen. Nicht auszudenken, wenn Anna auf einmal zu sich käme und die Familie verlassen würde.

Der Regen wurde stärker, und Wilhelm zog sich die Mütze tiefer in die Stirn. Trotzdem blieb er einen Moment lang am Misthaufen stehen und blickte sich auf dem kleinen Hof um. Hinten in der Ecke könnte er vielleicht eine Grube ausheben, um ein Plumpsklo zu installieren, überlegte er. Der Mist war zwar als Dünger unabdingbar, zumal er sich den teuren Kunstdünger nicht leisten konnte, aber es wäre schon angenehmer, wenn man sich in so ein Häuschen zurückziehen könnte.

Fröstelnd wandte er sich zum Stall, wo Matthes bereits bei der Arbeit war. Sie mussten die Kartoffeln ausmachen, besser jetzt als zu spät, sonst verfaulten sie ihnen noch in der Erde. Oder es wurde dieses Jahr wieder so früh und plötzlich Winter, dass sie erfroren. Und die Wintergerste musste gesät werden. Und, dachte er, sie müssten dringend mehr Geld haben, um notwendige Reparaturen vornehmen zu können. Vielleicht sollte er sich eine Arbeit suchen.

»Was machen wir zuerst?«, fragte er den Knecht. »Kartoffeln ausmachen oder Wintergerste säen?«

Matthes zuckte mit den Schultern. »Sag du, du bist der Bauer. Ich würde die Kartoffeln noch ein paar Tage drinlassen.«

»Gut, dann machen wir es so.«

Im Stall war es dunkel. Im Schein der flackernden Laterne blickte Wilhelm auf seinen Viehbestand. Von dem Geld, das Wilhelm in der Fabrik verdient und gespart hatte, hatte er noch eine Kuh und zwei Schweine gekauft. Es war ja gar nichts mehr da gewesen, als er zurückgekommen war, und er war fest entschlossen, den Hof wieder auf Vordermann zu bringen, koste es, was es wolle.

Das letzte Gespräch mit Heinrich fiel ihm wieder ein, als er die Schubkarre holte. Damals hatte er seinen Bruder sogar verstehen können – Heinrich hatte einfach nicht mehr gewusst, wie er seine Familie ernähren sollte. Und wenn Wilhelm es sich hätte aussuchen können, wäre er ja auch nicht freiwillig nach Wollseifen zurückgekommen. Zum ersten Mal hatte ihm deutlich vor Augen gestanden, wie groß die Not auf dem Land war. Sie waren nie wohlhabend gewesen, hatten immer viel arbeiten müssen, aber früher hatten sie zumindest zu essen gehabt. Doch selbst das war jetzt nicht mehr gewährleistet.

»Meinst du, es geht ihnen in Amerika besser?«, fragte er Matthes, der schweigend mistete.

Matthes wusste sofort, von wem er redete. »Keine Ahnung«, brummte er. »Man hört und sieht ja nichts von ihnen. Ich würd's ihnen gönnen. Für Heinrich war das kein Leben hier.«

»Aber für uns, was?«, murmelte Wilhelm.

Matthes richtete sich auf und blickte ihn offen an. »Ich sag's dir ganz ehrlich, Bauer. Wenn einer es schafft, dass wir hier alle unser Auskommen haben, dann bist du das, auch wenn die Zeiten schwierig sind. Ich bin froh, dass du wieder da bist.«

Wilhelm blickte ihn erstaunt an. »Warum gerade ich?«

»Ich kann es nicht erklären.« Der Knecht suchte nach Worten. »Du sorgst einfach dafür, dass alles passt, und das gibt auch mir Hoffnung. Heinrich war der Hof gleichgültig, er hat einfach so vor sich hin gewirtschaftet. Du hältst dich an die alten Regeln, dir muss man nichts über den Lauf des Mondes erklären, du guckst danach, sagst, dass wir die Kartoffeln am besten setzen, wenn der Mond abnimmt. Das macht sonst kaum einer, höchstens die Alten, aber es verbessert den Ertrag tatsächlich.«

Wilhelm machte eine wegwerfende Handbewegung. »Ach was. Das habe ich mal in einem uralten Buch gelesen, und als ich hierhergekommen bin und das Elend gesehen habe, habe ich gedacht, es kann ja nicht schaden, wenn wir es mal ausprobieren.«

»Eben.« Der Knecht schob seine Kappe zurück und kratzte sich am Kopf. »Bei Heinrich hat es das nicht gegeben, und der hat doch auch Bücher gelesen. Du hörst es vielleicht nicht gerne, aber du bist der geborene Bauer. Und mittlerweile habe ich das Gefühl, dass es auch dir gar nicht so unrecht ist, dass du wieder hier bist. So, als ob ...« Wieder suchte er nach dem passenden Ausdruck. »Als ob du dich hier wohler fühlst als in Montjoie.«

Wilhelm zog die Augenbrauen hoch. »Ach was, quatsch keine Opern. Arbeite lieber weiter.« Insgeheim jedoch freute er sich darüber, dass Matthes ihn so sah. Zwar hätte er nie gedacht, dass er sich noch einmal zum Bauern berufen fühlen würde, aber er spürte ja selbst, wie er so nach und nach trotz oder gerade wegen der harten Arbeit hier in Wollseifen zur Ruhe kam. Hier war er unter seinesgleichen, und es zählte nur, wie er seine Familie durchbrachte. Die Verbindung zu dem, was er tat, war ihm in Montjoie nie so deutlich gewesen, er war ja nur ein kleines Rädchen unter den vielen Arbeitern in der Fabrik gewesen. Hier jedoch sah er täglich, was er geschafft hatte, weil es in direkter Verbindung zu ihm stand. Er merkte erst jetzt, dass es ihm in Montjoie vor allem darum gegangen war, jemand zu sein, nach außen etwas darzustellen, doch das spielte hier kaum noch eine Rolle. Natürlich, Geld war auch hier wichtig. Der Hof war heruntergekommen, die Zeiten waren schlecht, und jeder musste sehen, wie er durchkam. Da hatten ihm die paar Kröten, die er gespart hatte, erst einmal weitergeholfen. Er hatte nötige Reparaturen durchgeführt und seinen Viehbestand vergrößert. Er hatte sogar wieder Schafe gekauft, auch wenn er damit im Dorf beinahe alleine war. Er hoffte zwar nicht auf Handel mit den Tuchfabriken in Montjoie, das lag auf der Hand, aber nach allem, was man so hörte, ging es den Fabriken in Euskirchen sowieso besser, und bei nächster Gelegenheit würde er dort vorsprechen.

Pläne zu haben und die richtigen Entscheidungen zu treffen war jetzt überlebenswichtig, doch Äußerlichkeiten wie Kleidung oder Schmuck spielten keine Rolle mehr.

Er dachte an den Ring, den er sich vom Munde abgespart hatte, um ihn Luise an den Finger zu stecken. Was für eine Ironie, dass er ihn gegen etwas zu essen eingetauscht hatte. Der Gedanke an Luise schmerzte immer noch tief im Innern, aber um das Schmuckstück tat es ihm nicht leid, er hatte ja keinen Bedarf mehr dafür, und es hätte ihn nur immer an diesen einen schrecklichen Abend erinnert. Jetzt lagen nur noch die Glasmurmel und die Perle eingewickelt in dem Loch in der Wand, in dem er schon als Junge seine Schätze versteckt hatte.

Vielleicht sollte er auf Brautschau gehen, dachte er, auch wenn ihm bei dem Gedanken ein Stich durchs Herz fuhr. Noch war er nicht über Luise hinweg, das spürte er immer wieder, aber er musste praktisch denken, vor allem, seitdem er einen Hof zu versorgen hatte und das Geld nicht jede Woche aus der Lohntüte kam. Andere Mütter hatten auch schöne Töchter, und er sollte sich eine suchen, die ihm bei seiner Arbeit zur Seite stand.

Als könnte er ihm in den Kopf schauen, sagte Matthes unvermittelt: »Du solltest dir eine Frau suchen, Wilhelm. Es ist nicht gut, dass du hier auf dem Hof alleine lebst. Und Anna könnte ein bisschen Unterstützung auch gut gebrauchen.«

Überrascht schaute Wilhelm auf. »Kannst du Gedanken lesen?«, fragte er den alten Knecht. »Gerade habe ich darüber nachgedacht. Na, mal sehen, vielleicht findet sich ja eine.«

Es gab tatsächlich eine. Sie war die Erste gewesen, die ihm in Wollseifen über den Weg gelaufen war, als er drei Tage nach jenem unseligen Vorfall in der Waldwirtschaft müde und hungrig im Dorf angekommen war. Er konnte sich noch gut daran erinnern, dass er sich nach ihr umgeschaut hatte. Trotz seiner elenden Verfassung war sie ihm schon da besonders vorgekommen.

Er hatte Matthes nie von ihr erzählt, hatte sich nur beiläufig bei dem einen oder anderen Nachbarn erkundigt, wer sie war, vor allem, als er sie nach seiner Ankunft gar nicht mehr gesehen hatte. Doch keiner hatte etwas zu sagen gewusst, und bis jetzt war das dunkelhaarige Mädchen verschwunden geblieben. Manchmal, nachts, hatte er von ihr geträumt, wobei er sich nach dem Aufwachen nie sicher gewesen war, ob er nicht doch Luise im Traum gesehen hatte. Im Laufe der Zeit jedoch hatte er das Mädchen in den hintersten Winkel seines Kopfes verstaut. Er musste sich um so vieles kümmern, da blieb keine Zeit für Brautschau.

Erst Matthes' Bemerkung heute hatte ihn wieder daran erinnert. Der Knecht hatte ja recht, ein Bauer musste eine Frau haben, so ganz alleine war es kein Leben.

Schließlich machten sie doch die Kartoffeln aus, weil es immer weiterregnete und Wilhelm nicht schon wieder riskieren wollte, dass sie ihm in der Erde verfaulten.

»Groß sind die ja nicht«, sagte Matthes und betrachtete die Ernte.

Wilhelm zuckte mit den Schultern. »Nein, aber es sind wenigstens viele. Damit sollten wir eine Weile hinkommen. Möhren und Kohl haben wir ja genug. Und die Apfelernte wird auch gut. Nur verkaufen können wir nichts mehr. Und das Futter für die Tiere wird knapp, wenn sie im Winter im Stall stehen müssen.«

»Wir haben wenigstens wieder Kühe, um den Pflug zu ziehen.« Matthes rieb sich das Kinn. »Bei Bendermachers spannen sie die beiden Kinder ein, damit August pflügen kann.«

»Tja, was bleibt ihm anderes übrig? Wenn ich Heinrich richtig verstanden habe, hat Dora manchmal sogar die Rolle übernommen.«

»Na ja.« Matthes grinste schief. »Hat er es dir gegenüber so dargestellt? Das hätte er wohl gerne gehabt, weil wir dann zwei Felder gleichzeitig hätten pflügen können. Aber eigentlich musste ich die meiste Zeit ran, nicht Dora. Es ist schon schwere Arbeit, und die Bohnenstange hatte ja keine Kraft.«

»Ja, ja, ich hatte mich sowieso schon gewundert. Dem Bendermacher kann man nur wünschen, dass er sich einen Ochsen kaufen kann, wenn es endlich staatliche Unterstützung gibt.«

»Meinst du denn, bis zum Winter kommt das Geld von der Regierung?«, fragte Matthes.

»Eigentlich rechne ich nicht damit«, erwiderte Wilhelm achselzuckend. »Ich werde wohl doch ins Bergwerk schaffen gehen müssen, sonst reicht das Geld hinten und vorne nicht. Ich glaube, Fritz Brettschneider denkt auch darüber nach. Dann müsste ich wenigstens nicht alleine dorthin.«

Matthes warf ihm einen besorgten Blick zu. »Willst du nicht lieber versuchen, ob du eine Anstellung in einer Tuchfabrik bekommst? Das hast du schließlich gelernt. Und du willst doch sowieso nach Euskirchen fahren, um zu sehen, ob sie uns Wolle abkaufen. Dann kannst du auch gleich fragen.«

Betont gleichmütig antwortete Wilhelm: »Nein, das ist nichts mehr für mich. Es ist schon in Ordnung, wenn uns Müller in Euskirchen Wolle abkauft, aber verdienen kann man in der Fabrik nicht so viel. Ich glaube, im Bleibergwerk ist der Lohn höher.«

Er wollte vor Matthes nicht zugeben, dass er es nicht fertigbrachte, wieder in einer Tuchfabrik zu arbeiten. Er hatte Angst davor, dass es ihn jeden Tag an sein verlorenes Glück in Montjoie erinnern würde, und er wusste instinktiv, dass er dieses Kapitel in seinem Leben hinter sich lassen und abschließen musste. Und dazu war nichts besser geeignet als das Bleibergwerk in Mechernich. Zwar fürchtete er die schwere Arbeit dort, zumal gemunkelt wurde, dass die Luft in den Schächten der Gesundheit nicht zuträglich war, aber viele Bauern aus den umliegenden Dörfern arbeiteten dort und bestellten ihre Äcker nur noch im Nebenerwerb. Von Fritz Brettschneider, dem ein kleiner Hof am Ortseingang gehörte, wusste Wilhelm, dass er ebenfalls mit dem Gedanken spielte. Zu zweit ließ sich die Arbeit im Bergwerk sicher besser aushalten.

»Ich hab's ja noch gut im Vergleich zu vielen anderen, weil ich dich habe«, sagte er zu Matthes. »Du bleibst hier und kümmerst dich um den Hof, und ich gehe die Woche über nach Mechernich.«

Vorläufig jedoch blieb er auf dem Hof. Eine Weile kamen sie noch hin, und frühestens im nächsten Jahr, wenn hier alles auf dem richtigen Weg war, würde er in den sauren Apfel beißen.

Und dann war auf einmal das hübsche Mädchen mit den langen Zöpfen wieder da. Sie lief durchs Dorf, als wäre sie nie weg gewesen, und als Wilhelm abends müde von der Feldarbeit nach

Hause kam, begegnete er ihr. Wie eine Erscheinung huschte sie an ihm vorbei, nicht ohne ihm auch dieses Mal ein strahlendes Lächeln zu schenken.

Er starrte ihr mit offenem Mund hinterher, aber dann besann er sich und lief ihr nach.

»Kennen wir uns nicht?« Die Frage klang dumm, aber etwas anderes fiel ihm so schnell nicht ein. Rasch streckte er die Hand aus. »Ich bin Wilhelm. Mir gehört der Lintermann-Hof«, fügte er ein wenig großartig hinzu und wies mit dem Kopf in die Richtung. »Und wer bist du?«

Die Schöne, die zum Glück stehen geblieben war und nicht abgeneigt schien, mit ihm zu sprechen, ergriff seine Hand. »Ich bin Kathi«, sagte sie. »Und ja, wir haben uns schon mal gesehen. Aber das ist eine ganze Weile her, und wir kennen uns nicht.«

»Dann müssen wir das unbedingt ändern«, sagte Wilhelm.

Kathi kam aus Simmerath und war die Jüngste einer großen Familie. Sie hatte neun Geschwister, und da ihre Eltern sich nicht in der Lage sahen, auch noch das zehnte Kind zu ernähren, war sie von klein auf zwischen den Verwandten hin- und hergeschickt worden. In Wollseifen lebte eine Großcousine ihrer Mutter, und sie ging ihr von Zeit zu Zeit zur Hand. Sie besaß buchstäblich nur das, was sie am Leibe trug, und war in allem auf die Mildtätigkeit fremder Leute angewiesen. Aber sie war von Natur aus fröhlich und zuversichtlich, und trotz ihrer Armut und ihrer misslichen Lage hatte sie ihren Humor nicht verloren.

Wenn Wilhelm sie traf, dann war ihm immer, als ginge die Sonne auf. In ihrer Gegenwart fühlte er sich wohl und hatte das Gefühl, alles schaffen zu können. Sie strahlte so viel Lebensfreude und Optimismus aus, dass das auch auf ihn abfärbte. Sie ließ ihn Luise vergessen, und allein schon deswegen war sie die perfekte Ehefrau für ihn, davon war er zutiefst überzeugt. Und seitdem er sie kannte, war sein juckender Ausschlag im Nacken, der ihn zuletzt sehr gequält hatte, verschwunden. Sie hatte ihm Umschläge mit einer Ringelblumensalbe gemacht, und nach ein paar Tagen war alles schon wesentlich besser gewesen.

Bereits nach einem Monat machte er ihr einen Antrag. Umständlich nestelte er bei einem ihrer Treffen die Perle aus dem kleinen Lederbeutel, den er dafür gemacht hatte, und hielt sie ihr hin. »Es ist kein Ring«, sagte er verlegen, »aber ich habe gedacht, man kann vielleicht einen daraus machen lassen. Ich wusste ja auch gar nicht, ob du es willst.«

Kathi blickte ungläubig auf die Perle, dann sah sie ihn an. Tränen traten ihr in die Augen. »Die ist aber schön! So etwas Kostbares hat mir noch niemals jemand geschenkt«, flüsterte sie ergriffen. »Ja, Wilhelm, ich will deine Frau werden.« Sie machte einen halben Schritt auf ihn zu, als würde sie ihm am liebsten um den Hals fallen, hielt aber errötend inne und blickte sich um.

»Es ist niemand da.« Auch Wilhelm sah sich um und zog sie einfach in die Arme. »Du machst mich zum glücklichsten Mann der Welt«, sagte er überschwänglich. Und in diesem Moment spürte er, dass das auch stimmte. Montjoie, Luise, Jacob – all das gehörte der Vergangenheit an. Ihm war plötzlich ganz leicht zumute, als ob ihm eine Last von den Schultern genommen worden wäre. Ab jetzt begann sein neues Leben.

Sie schickten eine Nachricht an Katharinas Eltern, aber die waren offensichtlich so froh, eins ihrer Kinder los zu sein, dass sie nichts von sich hören ließen. Die Hochzeit feierten sie im kleinsten Kreis, Matthes und Anna waren Trauzeugen. Die Braut war wunderschön. Sie trug ein schwarzes Kleid, das sie in einer Truhe auf dem Dachboden gefunden hatten. Es war wohl das Hochzeitskleid von Wilhelms Mutter gewesen, und Kathi hatte nur wenige Änderungen daran vornehmen müssen, um es für sich passend zu machen. Nach der Kirche saßen sie in der Küche und aßen dicke Bohnen und Kartoffeln. Große Festlichkeiten konnte sich niemand leisten, aber Wilhelm hatte ein kleines Stück selbst geräucherten Speck geopfert, das er seit der letzten Schlachtung aufbewahrt und gehütet hatte wie seinen Augapfel. Die Perle als Ring fassen zu lassen, konnte er sich nicht leisten, denn er hatte den letzten Rest seiner Ersparnisse für einen schmalen Ehering ausgegeben, damit er ihn Kathi an den Finger stecken konnte. Für sich nahm er keinen, er konnte ihn bei der Arbeit sowieso nicht brauchen.

Als er ihr den Ring über den Finger streifte, fielen ihm plötzlich Luises Worte ein. »Ein Ring ist ein Versprechen«, hatte sie gesagt. Jetzt erst verstand er, was sie damit gemeint hatte. Entschlossen schüttelte er jeden Gedanken an die Vergangenheit ab.

»Das ist mein Versprechen an dich«, sagte er zu Kathi. »Ich werde dich immer lieben und ehren!«

Kathi fügte sich in seine kleine Familie ein, als wäre es nie anders gewesen. Vor allem mit Anna verstand sie sich auf Anhieb. Die kleine Schwester blühte auf, seit die Schwägerin das erste Mal zu ihnen nach Hause gekommen war. Sie litt immer noch sehr unter dem Verlust von Mathilde, und die fröhliche Art, die Kathi ins Haus brachte, tat ihr gut. Sie lachte jetzt häufiger, zumal Kathi sich auch die Pflege des Vaters wie selbstverständlich mit ihr teilte.

Der Alte bekam mittlerweile kaum noch etwas mit, und es wurde immer mühsamer, ihn zu versorgen. Wilhelm hatte ihm zwar gesagt, dass Kathi jetzt die Bäuerin auf dem Lintermann-Hof sei, aber er hatte nicht zu erkennen gegeben, dass er ihn verstanden hatte. Er lag einfach nur da.

Hoffentlich stirbt er bald, dachte Wilhelm manchmal. Dann kann hier endlich das Glück einziehen.

Es war Winter geworden, ein harter, eisiger Winter mit wenig Schnee und bitterem Frost. Frühmorgens fiel es Wilhelm, der am liebsten so lange wie möglich bei seiner jungen Frau im warmen Bett geblieben wäre, noch schwerer als sonst aufzustehen. Und in einer eiskalten, stürmischen Januarnacht läutete auf einmal um drei Uhr morgens die Feuerglocke. Wie die meisten jungen Männer im Dorf war auch Wilhelm bei der Freiwilligen Feuerwehr, für ihn nicht nur ein guter Weg, um sich wieder in die Dorfgemeinschaft zu integrieren, sondern auch eine Selbstverständlichkeit. Wenn es im Dorf brannte, bei den niedrigen, strohgedeckten Häusern keine Seltenheit, wurde jeder Mann gebraucht.

Stöhnend schälte Wilhelm sich aus den Federn und zog sich hastig an. Als er am Spritzenhaus ankam, das vor ein paar Jahren vom Besitzer des Hahnenhofs, Wilhelm von Hahn, gespendet worden war, traf er auf zahlreiche Nachbarn, die den Spritzenwagen bereits herausgezogen hatten.

»Wo brennt es denn?«, rief er noch im Laufen.

»Der Stall von Breuers hinten am Garten«, gab Fritz Brettschneider Auskunft. »Hilf mal hier beim Wagen. Wir müssen uns beeilen.«

Als sie an der Brandstelle ankamen, stürzte Trudchen Breuer, die Frau des Kleinbauern, dessen Stall Feuer gefangen hatte, gerade aus dem Haus. Sie hatte lediglich die Arbeitsjacke über das lange Nachthemd gezogen. Ihre Haare hatten sich gelöst und ringelten sich überall unter ihrer Haube hervor. Laut schreiend lief sie auf den Stall zu. »Anton!«, heulte sie mit überkippender Stimme. »Anton, bist du da drin?«

Alle standen wie erstarrt, aber Wilhelm überlegte keine Sekunde und rannte ihr nach. Am Stall holte er sie ein, drängte sie beiseite und trat beherzt die Tür ein. Diese Seite des Fachwerkgebäudes hatten die Flammen noch nicht erreicht, und durch den Rauch sah er die Gestalt des Bauern, der leblos in der Ecke neben dem Gestell mit den Kaninchenboxen auf dem Boden lag. Die beiden Ziegen der Familie drängten sich aufgeregt meckernd an ihm vorbei ins Freie. Ihnen war anscheinend nichts passiert. Er packte den ohnmächtigen Mann unter den Armen und zerrte ihn hinaus. Hinter ihm kam krachend ein Deckenbalken herunter.

In der Zwischenzeit hatten die anderen Männer begonnen zu pumpen. Sie hielten den Schlauch auf den Stall gerichtet, doch es kam kein Wasser. »Die Spritze ist eingefroren«, schrie einer. »Wir müssen sie auftauen.«

Nachbarn kamen mit Eimern voller Wasser, aber es half nicht viel. Das Feuer war nicht mehr aufzuhalten. Der Stall brannte vollständig nieder, und als die Spritze dann schließlich doch funktionierte, traf der Wasserstrahl nur noch auf die qualmenden Überreste. Wenigstens waren die umstehenden Gebäude verschont geblieben.

»Puh!« Trotz der Eiseskälte war Wilhelm der Schweiß ausgebrochen. »Das war knapp!« Er beugte sich über den Bauern, der hustend und spuckend zu sich kam.

Seine Frau hockte neben ihm auf dem Boden. »Anton! Geht's wieder?« Trudchen blickte auf. »Ja, der erholt sich schon. Unkraut vergeht nicht. Danke, Wilhelm, dass du die Ziegen rausgeholt hast. Schlimm genug, dass die Karnickel dran glauben mussten.«

Fritz Brettschneider trat zu ihnen. »Wieso hat es überhaupt gebrannt, Trudchen? Die Ziegen haben ja wohl kein Feuer gelegt.«

Die Frau wies mit dem Kinn auf ihren Mann, der sich gerade

würgend übergab. »Frag ihn. Als ich wach wurde, hatte er sich mal wieder weggeschlichen, und dann hab ich auch schon den Feuerschein gesehen.«

Das ganze Dorf wusste, dass Anton Breuer nachts nicht schlafen konnte und deshalb gerne mal die Flasche mit dem schwarzgebrannten Schnaps ansetzte und dabei seine stinkenden Selbstgedrehten, die er mit klein gehackten Buchenblättern versetzte, rauchte. Da seine Frau ihm streng verboten hatte, das im Haus zu tun, ging er in den Garten. Heute Nacht jedoch war es ihm wohl zu kalt gewesen, und deshalb hatte er sich in das kleine Stallgebäude zurückgezogen. Der Rest der Geschichte war schnell erzählt. Ihm war schlecht geworden, und er hatte kurz das Bewusstsein verloren. Dabei war ihm die glimmende Zigarette wohl ins Heu gefallen und hatte es entzündet.

Es ging schon auf halb fünf zu, als die Männer die Pumpe zum Spritzenhaus zurückbrachten. Alle waren sich einig, dass Wilhelms mutiges und schnelles Handeln Schlimmeres verhindert hatte. Von allen Seiten kam Zustimmung, und Brettschneider schlug ihm auf die Schulter. »Das hast du wirklich gut gemacht, Lintermann!«, sagte er anerkennend.

Verlegen wehrte Wilhelm ab. »Ach was, das war doch nichts! Ich hab nur zufällig am nächsten gestanden.« Doch insgeheim freute er sich über das Lob. Er war in der Dorfgemeinschaft angekommen.

Aus dem Tagebuch von Friederike Linden

16. Juli 1883

Mitte Juni ist ein Gesetz in Kraft getreten, das Arbeiter verpflichtet, sich gegen Krankheit zu versichern. Einerseits ist das sicher eine gute Sache, weil eine solche Versicherung die Behandlungskosten im Krankheitsfall sowie die Fortzahlung des Lohns für eine gewisse Zeit übernimmt, andererseits müssen die Arbeitnehmer die Versicherung zu zwei Dritteln selber tragen, während die Arbeitgeber lediglich ein Drittel übernehmen. Bei dem oft mageren Lohn wird das für viele unzumutbar sein.

28. August 1883

In Indonesien ist der Vulkan Krakatau ausgebrochen und hat unzählige Menschenleben gekostet. Es muss eine gewaltige Explosion gewesen sein, weil die Folgen selbst hier bei uns, im fernen Deutschland, noch spürbar waren. Der Himmel ist bedeckt, und das Wetter ist seitdem merklich kühler geworden.

30. Juni 1885

Herr Dr. Fabricius hat in seinem letzten Brief berichtet, dass heute die Eisenbahnstrecke zwischen Montjoie und Aachen feierlich eröffnet werden soll. Dietmar meinte nur trocken, besser spät als nie, aber es ist eine Tatsache: die lange fehlende und immer wieder geforderte Anbindung an das allgemeine Schienennetz war mit schuld am wirtschaftlichen Niedergang des Städtchens. Ob er noch aufzuhalten ist, wird sich weisen.

21

Greifswald, 1885

»Ach, es ist alles zu ärgerlich! Du glaubst es nicht, wie borniert diese Männer sind.« Frustriert ging Luise auf und ab. Friederike saß über einer großen Schüssel Erbsen, die sie palte. Ihre beiden jüngsten Kinder, der dreijährige Leonhard und der fünfjährige Caspar, saßen neben ihr am Küchentisch und halfen ihr.

»Nicht alle in den Mund, Schätzchen, wir brauchen auch noch welche zum Abendessen«, mahnte Friederike ihren jüngsten Sohn. An Luise gewandt fuhr sie fort: »Ich fühle mit dir, aber es hilft dir nicht, wenn du dich in meiner Küche darüber aufregst.«

Luise lächelte. »Nein, natürlich nicht. Verzeih mir, du hast recht. Ich brauchte ja auch nur jemanden, bei dem ich Dampf ablassen kann. Es ist einfach unfassbar, wie sie mich behandeln. Sie dulden mich wie ein exotisches Tierchen, aber ich komme nicht weiter. Auf der Station darf ich meinen Dienst als Krankenschwester verrichten, aber die Prüfung wird mir nicht anerkannt. Und wenn ich einmal eine eigene Meinung äußere …« Sie hob die Hände. »Ich kann ja noch froh sein, wenn sie mich nur nachsichtig lächelnd übersehen. Schlimmer sind die, die von Anfang an in mir eine Konkurrentin wittern und mir feindselig gegenübertreten.« Sie blickte auf die beiden Jungen, die ihrer Mutter so bereitwillig bei der Küchenarbeit halfen. »Glaub mir, du bist die große Ausnahme, Friederike. Solche Aufgaben verlangt sonst keiner von Jungen. Noch nicht einmal von den

Kleinsten. In der Familie gibt es immer noch die klassische Aufteilung der Rollen, und das wirkt sich natürlich später auch auf die Gesellschaft aus.«

Friederike lächelte ihrem Jüngsten zu, der gerade erfolgreich drei Erbsen aus der Schote geholt hatte und sie jetzt einzeln in die Schüssel legte. »Ja, das ist leider so. Wir haben das Thema auf der letzten Sitzung des Frauenvereins angesprochen. Unter Bismarck werden die Dinge nicht einfacher. Du kennst die Problematik mit dem Sozialistengesetz, und solange Frauen sich noch nicht einmal in einem Verein organisieren dürfen, um sich auszutauschen, ist es kein Wunder, dass wir nichts erreichen.«

Luise nickte. Seit dem Sozialistengesetz von 1878 ging Bismarck gegen alle sozialdemokratischen und sozialistischen Vereine und Parteien vor. Erst im Mai hatte der Allgemeine Deutsche Frauenverein seine Umwandlung in eine Genossenschaft beschließen müssen. Das sicherte den Erhalt der Gruppe, aber sie konnten jetzt nach außen natürlich nicht mehr so viel bewirken wie vorher.

»Du weißt ja«, fuhr Friederike fort, »es ist immer noch nicht daran zu denken, dass Jungen und Mädchen die gleiche Schulbildung und damit die gleichen Voraussetzungen im Leben haben. Das ist doch alles hanebüchen! Aber statt zu lamentieren, konzentrieren wir uns besser darauf, eine Lösung zu finden. Wenn du hier an der Universität nicht die Möglichkeit hast, Prüfungen abzulegen, dann musst du eben einen anderen Weg beschreiten. Du kannst nicht noch länger warten, in Deutschland vergeudest du offenbar deine Zeit, weil sich nichts ändert. Hast du denn mit deinem Vater darüber geredet, dass du vielleicht ins Ausland gehen musst? Du hast ja gesagt, dass in der Schweiz und in Frankreich Frauen beim Medizinstudium zugelassen sind.«

»Ja, es ist kaum zu glauben, wie viel fortschrittlicher diese

Länder sind. Aber eigentlich möchte ich euch nicht verlassen. Ich bin so glücklich bei euch!«

Friederike seufzte. »Glaub mir, ich habe mich vor diesem Zeitpunkt gefürchtet. Du bist mir und auch Dietmar so ans Herz gewachsen, dass wir dich nur ungern ziehen lassen. Und die Kinder hängen so sehr an dir. Aber es hat keinen Zweck, du trittst hier auf der Stelle. In absehbarer Zeit sehe ich nicht, dass Frauen an den Universitäten zugelassen werden.«

»Ich bin ganz deiner Meinung und habe auch schon mit Vater darüber geredet. Noch ist er ein wenig zögerlich. Er hat mich gefragt, ob ich das Studium überhaupt noch weiter verfolgen will, ob es mir nicht ausreicht, als Pflegekraft im Krankenhaus zu arbeiten.«

»Und?« Friederike blickte sie aufmerksam an. »Was hast du ihm geantwortet?«

»Natürlich will ich weitermachen, das ist gar keine Frage. Ich bin schon so weit gekommen, ich kann jetzt nicht einfach aufhören. Aber ich bin fünfundzwanzig, und ich kann Vater auch verstehen. Er hat mich immer unterstützt, aber tief im Innern möchte er natürlich, dass ich heirate. Er hat mir sogar angeboten, mich als Krankenschwester in Montjoie im Krankenhaus unterzubringen. Ich glaube, er fühlt sich gesundheitlich nicht ganz auf der Höhe, und er möchte mich in seiner Nähe wissen, falls ihm etwas passiert. Mit Enkelkindern rechnet er ja gar nicht mehr«, sie schaute ein wenig wehmütig auf die beiden Blondschöpfe von Friederike, die sich eifrig den Erbsen widmeten, »aber er möchte, dass ich mein persönliches Glück finde.«

Friederike nickte. »Es ist eine Schande, dass es für die meisten Frauen nicht möglich ist, beides zu verbinden – Ehefrau und Mutter zu sein und einen Beruf ihrer Wahl auszuüben. Und, was sagst du jetzt dazu? Hast du deine Entscheidung schon getroffen?«

Luise nickte und schob sich geistesabwesend eine Erbse in den Mund.

»Tante Luise«, tadelte Caspar sie. »Nicht alle Erbsen essen!«

Luise lächelte ihm zu und strich ihm über die Haare. »Ach, du weißt doch«, sagte sie zu Friederike, »ich will überhaupt nicht heiraten. Vielleicht bin ich gar nicht dafür geschaffen, einen Mann zu haben. Und ich bin zuversichtlich, dass ich mich schon alleine werde ernähren können. Das Wichtigste auf der Welt ist für mich, dass ich als Ärztin arbeiten kann. Und ich werde es schaffen. Alles andere ist nebensächlich. Es tut mir leid, Vater enttäuschen zu müssen, aber er wird schon darüber hinwegkommen. Mein Entschluss steht jedenfalls fest: Ich werde im Herbst nach Zürich gehen. Dort bin ich auch als Frau an der medizinischen Fakultät zugelassen, und ich kann mein Studium beenden.«

»Wenn du das tust, enttäuschst du deinen Vater doch nicht! So gut solltest du ihn kennen. Ich frage mich wirklich, warum den Frauen hier solche Steine in den Weg gelegt werden.« Friederike schüttelte den Kopf. »Ach, was sag ich, Steine ... Felsblöcke sind es, richtige Felsblöcke.«

Luise zuckte mit den Schultern. »Ich habe mich schon beinahe damit abgefunden. Es ist bestimmt nicht das Schlechteste, in einer Stadt wie Zürich zu studieren, aber du hast recht, leichter wäre es, wenn man die Heimat nicht verlassen müsste.«

»Ach, übrigens, bevor ich es vergesse ...« Die Erbsen waren ausgepalt, und Friederike stand auf und stellte die Schüssel neben den Herd. »Jetzt waschen wir noch die Möhrchen mit der Bürste ab«, sagte sie zu ihrem Sohn, »und dann kann es heute Abend leckeres Leipziger Allerlei geben. Da wird sich der Papa freuen.«

Caspar sprang auf. »Darf ich die Möhrchen waschen?«, bat er. »Bitte, Mama, ich bin auch ganz vorsichtig.«

»Ja.« Friederike nickte. »Stell dich hierhin, ich schiebe dir den Hocker an die Waschschüssel.« Während sie das Kind mit Bürste und Karotten versorgte, wandte sie sich wieder an Luise. »Frau Piel lässt dich ganz besonders herzlich grüßen. Ich habe sie heute zufällig in der Stadt getroffen. Sie hat sich eingehend nach deinem Fortkommen erkundigt, und als ich ihr erzählte, wie schwierig der von dir gewählte Weg ist, meinte sie, wie jammerschade es wäre, wenn du nicht Ärztin werden könntest. Sie wünscht dir alles Gute. Dass es ihr damals so schnell wieder besser gegangen ist, sagt sie, verdankt sie nur dir.«

»Ach was.« Verlegen winkte Luise ab. »Ich habe doch gar nichts gemacht. Du hast dich immer so fürsorglich um sie gekümmert, und letztendlich hat Papa sie behandelt.« Aber die freundlichen Worte taten ihr gut und bestärkten sie in ihrer Entschlossenheit, trotz aller Widrigkeiten durchzuhalten.

22

Montjoie, 1887

Jacob verzog missmutig das Gesicht. Es war jetzt schon zwei Jahre her, dass der Vater mit Nachdruck darauf bestanden hatte, dass er endlich zurück nach Montjoie kommen und sich um die Fabrik kümmern sollte. Und jetzt saß er hier und überlegte jeden Tag, wie er am unauffälligsten wieder wegkam. Eigentlich hatte er gar nicht aus Aachen weggewollt. Kurz nach Andreas' Verurteilung hatte Herr Textor ihm das gesamte Frankreich-Geschäft übertragen. Von da an hatte er regelmäßig nach Paris reisen können. Manchmal hatte er zwar durchaus das Gefühl gehabt, der Fabrikant wolle ihm dadurch die Möglichkeit geben, unerkannt seine Neigung auszuleben, aber darüber wollte er lieber nicht allzu intensiv nachdenken. Für ihn waren die Reisen ein Geschenk des Himmels. Und solange er seine Arbeit getan hatte, hatte ihn niemand danach gefragt, was er dort in seiner freien Zeit unternahm.

Seit der Sache mit Andreas stand für ihn fest, dass er sich in Deutschland nichts würde zuschulden kommen lassen, es war einfach zu gefährlich. Aber gerade deshalb war es ihm wichtig, so oft wie möglich nach Frankreich zu kommen. Am liebsten wäre er ganz nach Paris gezogen. Das Lebensgefühl der französischen Hauptstadt kam ihm einfach entgegen. Die französischen Gesetze stellten Beziehungen zwischen Männern nicht unter Strafe, und er genoss seine Freiheit dort in vollen Zügen.

Gerade in diesem Jahr war ein weiteres Vergnügungsetablissement am Fuß des Montmartre gebaut worden, das Moulin

Rouge, und die offene Zurschaustellung von Sexualität und Lebenslust faszinierte ihn. Wirklich, das Leben in Paris war unvergleichlich!

Doch seitdem er wieder in Montjoie war, war es zunehmend schwieriger geworden, seine häufigen Ausflüge nach Paris zu begründen. Er konnte schließlich nicht ständig Urlaub dort machen, und das Argument, dass Textor großen Erfolg mit seinen Verbindungen nach Frankreich hatte, überzeugte den Vater nicht. Becker produzierte hauptsächlich für den deutschen Markt und war zudem kleiner als Textors Unternehmen. Kostspielige Verbindungen nach Frankreich könne er sich nicht leisten, meinte er.

Für ihn war nur wichtig, dass Jacob so bald wie möglich nach Montjoie zurückkam. Er kündigte ihm sogar an, ab jetzt keine Rücksicht mehr auf die Wünsche und Vorstellungen seines Sohnes nehmen zu wollen. »Deine guten Erfahrungen in Textors Unternehmen in allen Ehren, Jacob, aber du bist unser einziger Sohn, und ich muss mich darauf verlassen können, dass du in absehbarer Zeit die Fabrik übernimmst. Deiner Mutter geht es nicht gut, das weißt du, und du solltest nicht mehr allzu lange warten. Denk bitte ein wenig an deine Eltern.«

Ja, Jacob wusste, dass seine Mutter kränkelte, aber für sein Gefühl war das schon immer so gewesen, und er nahm es eigentlich nicht so sonderlich ernst. Seit einigen Jahren fuhr sie regelmäßig zur Kur nach Bad Ems, allerdings ohne dass sich ihr Zustand gebessert oder verändert hätte. Dem Vater war es wohl gar nicht recht, dass er sich zu Hause um die Geschäfte kümmern musste, während die Mutter in dem eleganten Kurort an der Lahn berühmten Persönlichkeiten begegnete. Früher hatte dort sogar der russische Zar Alexander II. mit seiner deutschstämmigen Frau Elisabeth gekurt. Auch der Kaiser hielt sich von Zeit zu Zeit in Bad Ems auf, um das heilkräftige Wasser zu trinken und Gespräche mit hochrangigen Diplomaten und politischen Würdenträgern zu führen.

Alleine schon deshalb hatte Herr Becker seinen Sohn gedrängt, den Aufenthalt in Aachen endlich zu beenden und nach Montjoie zurückzukehren. Er hatte noch nicht einmal mehr seinen Einwand gelten lassen, dass Herr Textor ihn für das Frankreich-Geschäft doch brauchte, weil er so gut Französisch sprach.

Schließlich hatte Jacob ihm nicht mehr ausweichen können. Er war nach Hause zurückgekehrt und hatte damit begonnen, sich in die Abläufe in der Fabrik einzuarbeiten. Der Vater setzte hohe Hoffnungen in ihn, vertraute darauf, dass er als junger Mann mit den technischen Neuerungen besser umgehen konnte als er und vielleicht sogar eine Nische finden würde, die die Stoffproduktion sicherte.

»Ich baue auf dich«, war einer seiner Lieblingssätze. Jacob wurde es immer ganz unbehaglich, wenn er darüber nachdachte, welche Erwartungen der Vater mit seinem Eintreten in die Firma verband. Er merkte mit jedem Tag, den er in Montjoie verbrachte, dass ihm das Leben in der kleinen Stadt nicht mehr zusagte. Alles hier atmete Provinz, und an manchen Tagen hatte er das Gefühl, er müsse ersticken. Und nicht nur der Vater erwartete von ihm, dass er sich einfügte, auch die Mutter sprach ihn immer häufiger darauf an, dass er sich doch sicher bald einmal eine Ehefrau suchen wolle.

»Es ist nicht gut für dich, dass du so oft alleine bist, Jacob«, hatte seine Mutter erst kürzlich zu ihm gesagt. »Du musst entschieden mehr unter Menschen, und wir werden unser Möglichstes tun, dich dabei zu unterstützen. Papa und ich haben vor, demnächst eine Soirée zu geben, nichts Großes, aber doch mit einigen von Papas Geschäftsfreunden, die Töchter im heiratsfähigen Alter haben.« Jacob hatte die Mundwinkel verzogen, aber seine Mutter hatte unbeirrt weitergeredet. »Es würde mich sehr wundern, wenn da nicht eine dabei wäre, die dir gefällt. Du bist ein gut aussehender junger Mann und zudem Erbe eines soliden Familienunternehmens, denk daran. Die jungen Frauen lecken sich alle zehn Finger nach dir.«

»Mama«, sagte Jacob peinlich berührt. »Muss das sein? Ich komme mir vor wie auf dem Viehmarkt, wenn ihr solche Veranstaltungen plant.«

»Ja, aber von dir kommt ja auch nichts. Versteh mich doch.« Bittend sah sie ihn an. »Du weißt, dass ich nicht gesund bin. Ich möchte meine zukünftige Schwiegertochter kennenlernen, bevor ich diese Welt verlasse.«

»Mama!« Entsetzt blickte Jacob sie an. Da war sie schon wieder, diese Drohung mit dem Gesundheitszustand seiner Mutter. Stand es so schlimm um sie? »Das kann doch nicht dein Ernst sein! Du wirst noch viele Jahre leben.« Er ergriff ihre Hände, und gerührt streichelte sie mit dem Daumen über seine Handrücken. »Du würdest doch sicher auch wollen, dass dein einziges Kind glücklich ist?«

Schmeichelnd sah er sie an. Er wusste, dass seine Mutter ihm nicht widerstehen konnte. »Bis jetzt ist mir einfach noch keine begegnet, die mir gefallen hat. Ich bin doch erst achtundzwanzig. Lasst mir einfach noch ein bisschen Zeit.«

»Ach, mein Junge.« Seine Mutter sah ihn unglücklich an. »Gibt es denn gar keine Frau, die dein Herz erobern könnte?«

Jacob spürte, dass sie nicht lockerlassen würde, deshalb beschloss er, seine Taktik zu ändern. »Nun ja«, gab er widerstrebend zu, »möglicherweise gibt es tatsächlich eine, aber vorläufig möchte ich noch reisen und mein Leben als ungebundener Mann genießen. Und natürlich will ich mich auch um die Fabrik kümmern«, fügte er rasch hinzu. »Heiraten und eine Familie gründen kann ich noch früh genug. Und wer weiß, vielleicht präsentiere ich euch ja dann eine Schwiegertochter, die euch beiden sehr gefallen wird«, fügte er geheimnisvoll hinzu.

»Junge!« Die Augen seiner Mutter leuchteten auf. »Magst du mir denn gar nicht verraten, wer das sein könnte? Kenne ich sie?«

Jacob bereute schon, voreilig zu viel versprochen zu haben. Der letzte Satz war ihm einfach so herausgerutscht, weil ihm nichts Besseres eingefallen war. Jetzt winkte er ab. »Bitte, Mutter, lass mir mein kleines Geheimnis. Es ist ja auch noch gar nichts abgesprochen. Ihr werdet es früh genug erfahren.«

»Ja, gut, mein lieber Junge. Ein wenig Zeit wollen wir dir schon noch lassen.« Seine Mutter sah ihn liebevoll an. »Aber versprich mir, dass du uns nicht zu lange auf die Folter spannst.«

Ich muss eine Lösung für das Problem finden, dachte Jacob. Nicht gleich, aber allzu viel Zeit darf ich mir nicht mehr lassen. Ich werde mit Luise sprechen und mich ihr offenbaren, schoss ihm durch den Kopf. Natürlich! Dass er darauf nicht schon früher gekommen war. Sie würde ihm raten können, was er tun sollte. Er wusste natürlich nicht, wie sie darauf reagieren würde, aber sie wurde immerhin Ärztin, und da durfte sie nicht einfach alles ausplaudern, oder? Außerdem hatte sie ihn immer beschützt. Vielleicht würde sie ihn ja sogar heiraten, dann würde niemand Verdacht schöpfen.

Je länger er über diese Möglichkeit nachdachte, desto verheißungsvoller erschien sie ihm. Ja, er würde mit ihr sprechen, und ganz gleich, ob tatsächlich daraus eine Eheschließung entstand, so würde Luise sicher Rat wissen. Und alleine die Andeutung, dass er mit ihr gesprochen hatte, würde ihm bei den Eltern einen kleinen Spielraum verschaffen, dachte er. Was dann daraus wurde, konnte man immer noch sehen.

Zunächst einmal bemühte er sich jedoch, es seinem Vater recht zu machen und sich ums Geschäft zu kümmern. Jeden Tag ging er ins Büro, ließ sich in der Fabrik blicken und beobachtete aufmerksam die Produktionsvorgänge, um zu sehen, wo man vielleicht etwas einsparen oder verbessern konnte.

Er hatte bei Textor trotz aller Ablenkung viel gelernt, und dieses Wissen versuchte er jetzt anzuwenden. Vor allem hatte er sich mit Farbrezepturen und Stoffen beschäftigt, und dieses Wissen gab er jetzt weiter. Ihm waren diese ästhetischen Aufgaben am liebsten, der Lärm und die Hitze in den Fabrikhallen störten ihn eher. Sein Vater allerdings hätte es wohl lieber gesehen, wenn er sich in stärkerem Maße mit technischen Neuerungen befasst hätte, aber daran hatte Jacob so gar kein Interesse.

Nicht zum ersten Mal, seitdem er wieder in Montjoie war, dachte er an Wilhelm. Manchmal vermisste er den Freund. Er hätte ihn in der Fabrik unterstützen können, aber er war nun einmal leider nicht mehr da. Wie mochte es ihm wohl in den letzten Jahren ergangen sein? Wahrscheinlich war er nach Wollseifen zurückgegangen, und so idyllisch Jacob seine Aufenthalte dort als Kind empfunden hatte, der Hof war armselig gewesen. Ob er überhaupt die Familie ernährte?

Doch nach einer Weile wurden ihm solche Gedanken immer zu viel. Wilhelm hatte es nicht anders gewollt, sagte er sich. Schließlich hatte er ihm gedroht, und warum sollte er sich jetzt wegen ihm den Kopf zerbrechen?

Zum Glück lief es in der Fabrik gar nicht so schlecht, der Vater hatte über die Jahre gute Leute eingestellt und sie immer anständig bezahlt, und so musste Jacob eigentlich nur kleinere Korrekturen vornehmen, um ein besseres Ergebnis zu erzielen. Zwar war es lästig, dass es immer noch keine direkte Eisenbahnverbindung zu den großen Städten und Häfen gab, aber eigentlich waren sie sowieso nicht auf Wolle aus Übersee angewiesen – die Bauern im Venn waren wesentlich preiswerter, und ihre Wolle eignete sich für Uniformstoffe besser.

Jacobs Arbeitseifer hielt jedoch nicht lange an. Wann immer er es einrichten konnte, fuhr er nach Paris, zunächst noch unter dem sorgfältig konstruierten Vorwand, sich technische Neuerungen anschauen zu wollen, von denen er dem Vater bei seiner Rückkehr auch gewissenhaft berichtete. Doch mit der Zeit wurde er nachlässiger und fuhr einfach los, vor allem, wenn die Eltern verreist waren. Immer häufiger hatte er in Montjoie das Gefühl, platzen zu müssen, und um diesen Druck zu lindern, gab es für ihn nur ein einziges Mittel: ein Spaziergang im Schlosspark, in der Nähe des Carrousel du Louvre. Und wenn er, aus was für Gründen auch immer, der Enge seines Büros und seines Lebens in Montjoie nicht entrinnen konnte, verging er fast vor Unruhe und fühlte sich wie ein Tier im Käfig.

Er hatte keinen festen Liebhaber in Paris, doch er wusste aus Erfahrung, wie schnell er Anschluss fand, wenn er sich nur in der richtigen Umgebung aufhielt. Und mittlerweile bewegte er sich in den entsprechenden Kreisen ganz selbstverständlich, wie in einem vertrauten Zuhause, und er überlegte immer häufiger, ob er sich nicht zumindest heimlich eine ständige Wohnung in der Metropole nehmen sollte. Er hatte viele Freunde, und jeder kannte den hübschen deutschen Mann mit der verkrüppelten kleinen Hand, der nicht mit Geschenken und Einladungen knauserte.

Eines Tages saß er im Kontor an seinem Schreibtisch und tat so, als prüfe er die Eingangsbücher. In Wirklichkeit sah er im Geiste die Bilder seines letzten Aufenthalts in der Stadt an der Seine vor sich. Er war drei Wochen her, eine lange Zeit, wie er fand, zumal er dieses Mal einen besonders anziehenden jungen Mann kennengelernt hatte, der ihm vorkam wie ein Seelenverwandter. Träumerisch dachte er an ihr letztes Zusammensein und durchlebte noch einmal jeden einzelnen Moment. Er zuckte zusammen, als sich plötzlich die Tür öffnete und sein Vater eintrat.

»Ah, du bist allein«, sagte er und schloss die Tür hinter sich wieder. »Das trifft sich gut. Ich muss mit dir reden.«

Innerlich seufzte Jacob wegen der unwillkommenen Unterbrechung, aber er richtete sich auf seinem Stuhl auf und blickte den Vater aufmerksam an.

Herr Becker setzte sich umständlich und räusperte sich. »Nun«, sagte er, »ich habe lange mit mir gerungen, ob ich dieses Gespräch überhaupt führen soll, aber …«, er räusperte sich erneut, »ich fürchte, du lässt mir keine andere Wahl.«

»Um Gottes willen, Vater, was ist denn passiert?« In Jacob stieg ein ungutes Gefühl auf.

»Nun, Jacob, um gleich zur Sache zu kommen, in der Fabrik wird geredet. Ich würde nichts darauf geben, die Leute sollen ihre Arbeit machen und sich nicht mit unnötigem Geschwätz aufhalten, aber in der letzten Zeit haben die Gerüchte ein solches Ausmaß angenommen, dass ich etwas dagegen unternehmen muss. Zumal«, er hob die Hand, um Jacob, der ihn unterbrechen wollte, zum Schweigen zu bringen. »Zumal auch ich Anlass habe, diesen Gerüchten Glauben zu schenken.«

Jacob schluckte. Dabei glitt seine Zunge über einen kleinen festen Knoten im Mund, was zu seiner Irritation noch beitrug. Bisher war er ihm noch nicht aufgefallen.

»Was reden die Leute denn?«, fragte er. Auch in seinen Ohren hörte sich seine Stimme rau an. »Ich habe nichts gehört.«

»Nein, das wundert mich nicht.« Der Vater klang auf einmal müde. »Ich will ganz offen mit dir sein. Die Leute sagen, du seist ein Sodomit, du würdest ständig nach Frankreich fahren, um dort Unzucht zu treiben, während hier die Fabrik führerlos ist, wenn ich nicht da bin. Sie reden noch vieles mehr, was ich hier und jetzt gar nicht wiederholen möchte, weil es mich zu sehr schmerzt.« Erneut hob er die Hand. »Nein, warte, lass mich ausreden. Ich habe die Wahrheit schon geahnt, als Wilhelm dich damals anzeigen wollte. Zwar habe ich es keinen Moment für möglich gehalten, dass du dich ihm unsittlich genähert hast, aber mir war klar, dass seine Beschuldigungen nicht völlig aus der Luft gegriffen waren. Ich wollte es damals nur nicht wahrhaben, weil ich geglaubt habe, dass du vernünftig genug bist, um dagegen anzukämpfen. Einen weiteren Hinweis hat mir dann vor einigen Jahren Textor gegeben, der mir berichtete, er habe in einem Gerichtsverfahren, bei dem der Angeklagte dich schwer belastet und behauptet habe, er habe mit dir ein widernatürliches Verhältnis gehabt, für dich gebürgt, damit du nicht hineingezogen wurdest.«

Jacob schluckte. Textor hatte den Vater also doch eingeweiht! Ihm wurde heiß.

»Er war seinerzeit völlig überzeugt, so kam es mir jedenfalls vor, dass du nichts damit zu tun hattest«, fuhr der Vater fort. »Doch für mich waren das alles Anzeichen deiner unseligen Veranlagung ... Du kannst von Glück sagen, dass er dich vor dem Gefängnis bewahrt hat.«

»Vater!« Jacob sprang entsetzt auf, aber sein Vater hob die Hand und sagte nur: »Lass mich ausreden. Setz dich hin!« Er räusperte sich. »In den Jahren, die darauf folgten, hast du dich offensichtlich eines Besseren besonnen, mir ist jedenfalls nichts zu Ohren gekommen. Aber deine häufigen Reisen nach Frankreich, schon von Aachen aus, lassen für mich nur den Schluss zu, dass sich lediglich der Schauplatz verlagert hat.«

Jacob hatte das Gefühl, sein Kopf würde platzen. Seine Gedanken überschlugen sich. Textor hatte ihn verraten. Wie anders sollte es sonst möglich sein, dass sein Vater ihn so durchschaute?

»Du bist mein einziges Kind, Jacob, mein Sohn, und ich liebe dich über alles. Ich weiß nicht, wie ich dir helfen soll, deine ...« Er räusperte sich erneut. »Nun, deine unnatürliche Neigung zu überwinden, aber ich kann es nicht dulden, dass du den Ruf unserer Familie ruinierst. Die Fabrik ist mein Lebenswerk. Ich habe sie von meinem Vater übernommen, wie er von seinem Vater. Sie ist das Fundament unseres Vermögens, unseres Lebens, und all das kann und will ich nicht aufs Spiel setzen.«

Jetzt unterbrach ihn Jacob doch. Bei den Worten des Vaters waren ihm Tränen in die Augen getreten. »Aber Vater, das ist doch auch mein Bestreben! Wie kannst du nur denken, dass ich dir schaden will?«

Herrn Becker war anzusehen, wie schwer es ihm fiel, so mit seinem Sohn zu sprechen, aber er fuhr trotzdem fort: »Ich will dir keine Vorwürfe machen, Jacob. Ich erwarte jedoch von dir, dass du deine Veranlagung bekämpfst, wenn nicht völlig unterdrückst. Deine ständigen Reisen nach Paris sind nicht dazu angetan, das Gerede verstummen zu lassen. Das muss aufhören. Und ich verlange von dir, dass du dir eine Frau suchst und heiratest. Und zwar so schnell wie möglich. Solltest du meinem Wunsch nicht nachkommen, suche ich eine Ehefrau für dich aus.«

Jacob schaute ihn an. Seine großen blauen Augen schwammen mittlerweile in Tränen. Er schluchzte jetzt. »Vater, aber ich habe ...«

»Genug!«, donnerte der Vater. »Du hast gehört, was ich gesagt habe. Ich erwarte, so bald wie möglich deine Entscheidung bezüglich einer Ehegattin zu hören.« Er musterte ihn. »Und ich bitte dich, reiß dich zusammen! Ich möchte nicht, dass dich einer der Angestellten so sieht.« Kopfschüttelnd verließ er das Büro und schloss die Tür hinter sich.

Jacob sackte auf seinem Stuhl zusammen. Er zitterte am ganzen Leib, und kurz wurde ihm sogar schwarz vor Augen. Diese Wendung hatte er nicht kommen sehen. Doch jetzt konnte er den Forderungen seines Vaters nicht mehr ausweichen. Er musste handeln.

23

Mechernich/Wollseifen, 1887

Bumm, bumm, bumm! Immer schneller dröhnten die Hammerschläge, bis Wilhelm seine Arme nicht mehr spürte und nur noch mechanisch schaufelte, ohne zu wissen, was er eigentlich tat. Sein Rücken schmerzte unerträglich, seine Lungen brannten, und er hielt sich nur noch mit Mühe auf den Beinen. Blind für seine Umgebung machte er immer weiter, bis schließlich alles um ihn herum in einem grauen Nebel versank …

»Wilhelm! Wilhelm! Wach auf!« Schweißgebadet fuhr Wilhelm aus dem Schlaf. Hermann stand an seinem Bett und rüttelte ihn an der Schulter. »Du hast schwer geträumt und alle mit deinem Schnaufen und Stöhnen geweckt! Aber wir müssen sowieso aufstehen, es ist Zeit.«

Langsam kam Wilhelm zu sich. In seinem Kopf hallten dumpf die Hammerschläge des Vorarbeiters nach, aber genau konnte er sich nicht mehr erinnern. »Ich glaube, ich hab mal wieder von Spandau geträumt«, murmelte er und kratzte sich am Kopf. Verschlafen blickte er sich um. Er lag nicht zu Hause in seinem Bett, sondern im Schlafsaal des Bleibergwerks, und in den zahlreichen Betten um ihn herum regte es sich jetzt überall. Heute war der letzte Samstag im Monat, fiel ihm ein. Und er musste nicht auf Spandau, sondern ihn erwartete ein langer Tag unter der Erde.

Endlich war es Samstagabend. »Mann, bin ich müde, ich kann es dir gar nicht sagen.« Wilhelm, der sich an seinem Spind seine

Alltagssachen anzog, drehte sich nach seinem Wollseifener Nachbarn Hermann Schütze um. »Lange halte ich das nicht mehr durch. Wenn das verdammte Geld nicht wär ...«

Seit über vier Jahren arbeiteten sie jetzt gemeinsam im Bleierzbergwerk in Mechernich, in der Grube Günnersdorf, zuerst im Tagebau, dann, nachdem dieser eingestellt worden war, unter Tage. Wilhelm hätte nicht sagen können, was ihm lieber war. Über Tage war die Luft eindeutig besser, aber die Arbeit war hart. »Wir schuften wie die Galeerensklaven«, sagte Hermann, und er hatte recht, denn sie arbeiteten in einem Takt, der Wilhelm bis in seine Träume verfolgte. Jeweils zwei Mann standen auf einer der zahllosen Stufen, die bis zum Grund der etwa fünfzig Meter tiefen Grube in den trichterförmigen Abhang geschlagen worden waren, und schaufelten Sand und erzhaltiges Gestein, das unermüdlich am Grund der Grube herangebracht wurde, nach oben. »Tempeln« nannte man das, eine schwere Arbeit, die der Steiger vorgab, der auf einer vorspringenden Kanzel etwa in der Hälfte der Grube mit Hammerschlägen das Tempo bestimmte. Das hatte der Grube den Beinamen »op Spandau« eingetragen. Ein neu eingestellter Steiger, der aus Spandau bei Berlin kam, wo es wohl eine berüchtigte Strafanstalt gab, hatte beim Anblick der arbeitenden Bergleute ausgerufen: »Das ist ja hier wie in Spandau!«

Wilhelm war harte Arbeit seit jeher gewohnt, aber was er hier in Mechernich erlebte, brachte ihn oft an den Rand seiner Kräfte. Deshalb war er froh gewesen, als die moderne Technik Einzug in Mechernich gehalten hatte und das mit Blei versetzte Gestein mit Dampfkraft nach oben befördert werden konnte. Zwar wurde dafür nur noch die Hälfte an Arbeitern benötigt, über zweitausend Arbeiter hatten entlassen werden müssen, darunter auch Nachbarn aus Wollseifen wie Fritz Brettschneider, aber Wilhelm hatte zum Glück nicht dazugehört. Und auch

Hermann war geblieben. Der Tagebau wurde eingestellt, und Erz wurde nur noch im Bergwerk abgebaut. Doch auch unter Tage kamen die Männer an ihre Grenzen, sie hatten Augenprobleme, weil die Öllampen nur schwaches Licht spendeten, und litten häufig unter Atemnot.

Untergebracht zumindest waren sie gut. Schon bevor Wilhelm und Hermann angefangen hatten, war eine Schlaf- und Speiseanstalt gebaut worden, die ihnen für einen geringen Obolus ein Bett und Verpflegung sicherte. Wilhelm mochte sich gar nicht ausdenken, wie mühsam es in früheren Jahren, noch vor der Sozialgesetzgebung durch Bismarck, gewesen sein musste, dafür auch noch selbst zu sorgen. Seit sie unter Tage arbeiteten, wurde obendrein zu niedrigem Preis eine tägliche Ration Bier ausgegeben. »Es heißt ja, das machen sie, um die Arbeiter vom Suff wegzukriegen«, hatte Hermann gemeint. Damit hatte er sicher recht, denn viele nahmen sich jeden Tag eine Halbliterflasche Schnaps mit in den Stollen.

»Ob das was nützt?« Wilhelm bezweifelte, dass das ein geeignetes Mittel war, um die Leute nüchtern zu kriegen, denn viele Arbeiter tranken solche Mengen an Bier, dass sie davon genauso betrunken waren. Für ihn kam das nicht infrage. Er mochte weder Hochprozentiges noch Bier besonders gerne und sparte sein Geld lieber, um seine Familie und seinen Hof erhalten zu können. Zum Glück war auch Hermann kein starker Trinker.

Wilhelm schulterte seinen Rucksack. Hermann war schon fertig und wartete bereits auf ihn an der Tür. »Beeil dich«, rief er. »Du weißt doch, dass der Fuss nicht gerne wartet.« Einmal alle zwei Wochen fuhren sie mit einem Fuhrunternehmer aus Gemünd, der Kartoffeln nach Mechernich lieferte, nach Hause. Wenn sie ihn verpassten, mussten sie zu Fuß gehen, und dann waren sie vier Stunden unterwegs. Jetzt liefen sie eilig zur Zahlstelle, um sich ihren Wochenlohn abzuholen. So hart die Arbeit auch war, wenigstens die Bezahlung stimmte.

»Mir ist heute nach der Sprengung mal wieder ganz mulmig geworden«, sagte Hermann. »Gut geht's mir immer noch nicht. Ich hab das Gefühl, die Luft da unten steckt mir in den Knochen. Ich krieg sie einfach nicht raus.«

Wilhelm nickte. »Ja, wenn gesprengt wird, hängt dieser stinkende Dunst oft noch stundenlang in den Stollen. Ich habe oft auch so einen Druck auf der Brust. Gesund ist das sicher nicht. Deshalb sag ich ja auch: Lange mache ich das nicht mehr.«

Genau wie bei Wilhelm reichte die Landwirtschaft auch bei Hermann nicht, um die Familie ernähren zu können, und der Lohn im Bergwerk sicherte ihnen das Überleben. Aber der Preis dafür war hoch. Wilhelm ahnte, dass das Bleierz, das sie abbauten, gesundheitsschädlich war, er hatte schon häufiger von Arbeitern gehört, die lungenkrank geworden oder qualvoll erstickt waren. Aber solches Gerede wollte Wilhelm erst gar nicht zur Kenntnis nehmen. »Was bleibt mir denn übrig?«, hatte er zu Matthes gesagt. »Wir brauchen das Geld, das ich verdiene.«

»Dass du arbeiten musst, weiß ich ja, aber vielleicht solltest du dir doch Arbeit in einer Tuchfabrik suchen«, hatte Matthes mal wieder gemeint.

»Ach was, das ist genauso schlecht für die Gesundheit«, hatte Wilhelm erwidert. »Hast du eine Ahnung, was sich zum Beispiel in der Appretur und der Färberei für giftige Dämpfe entwickeln.« Dabei verschwieg er allerdings die Tatsache, dass er doch in einer Tuchfabrik in Kuchenheim vorstellig geworden war, bevor er die Stelle in Mechernich angenommen hatte. Herr Becker hatte ihm kein Zeugnis ausgestellt, und als er nichts vorweisen konnte, hatte der Betriebsleiter bedauernd den Kopf geschüttelt. »Nein, tut mir leid, guter Mann. Für Ihre angeblichen Kenntnisse kann ich mir nichts kaufen. Wir stellen zurzeit sowieso nicht ein. Sie können es ja bei den anderen Fabriken hier in Euskirchen versuchen, aber ich will Ihnen keine zu großen Hoffnungen machen.«

»Und was ist mit der Wolle?«, fragte Wilhelm.

Auch da hatte der Betriebsleiter keine guten Nachrichten für ihn. »Wir kaufen hauptsächlich Wolle aus Übersee ein«, erwiderte er. »Das kommt uns billiger, weil sie von besserer Qualität ist als die Wolle der Eifelschafe.«

Wilhelm hatte das Misstrauen des Mannes sogar verstehen können. Es war ihm wohl dubios vorgekommen, dass ausgerechnet ein Bauer in Montjoie das Tuchhandwerk gelernt haben wollte, und deshalb hatte er von seiner Schafwolle dann auch nichts mehr wissen wollen. Allerdings hatte Wilhelm schon davon gehört, dass die Fabriken in Euskirchen tatsächlich Wolle aus Übersee bezogen, doch das hatte er vorher nicht bedacht. In Montjoie war das wegen der komplizierten Transportwege nie infrage gekommen, aber Euskirchen war natürlich an die Eisenbahn angeschlossen, und über diese Strecke konnte Ware aus Übersee einfach und schnell transportiert werden.

Er hatte dann in Euskirchen zum Glück noch eine andere Tuchfabrik gefunden, die ihm die Schafwolle abnahm, aber sie war nur klein, und er konnte nicht wissen, wie lange sie der Konkurrenz noch standhalten würde. Fürs Erste jedoch reichte es, um die Schafe behalten zu können. Sie waren genügsam und hielten zumindest die Brachflächen in Schuss, aber ihm war klar, dass sie als Einnahmequelle nicht mehr so recht taugten und er sich über kurz oder lang wieder von ihnen trennen musste. Die Zeiten hatten sich eben geändert.

Er hatte Matthes von diesem Gespräch nichts berichtet, sondern es ganz allein mit sich ausgemacht. Auch hatte er seinen Frieden damit gemacht, dass er in einer Tuchfabrik nie wieder den Status erlangen würde, den er einmal gehabt hatte. Und als ungelernter Arbeiter Handlangerdienste machen konnte er woanders auch. Das ist sowieso nicht die Zukunft, hatte er sich gesagt.

Matthes gegenüber fand er immer wieder Argumente. »Es ist nicht so gut bezahlt, und die Arbeitsbedingungen sind sogar noch schlechter. Nein, ich bleibe vorläufig in Mechernich. Es wird schon alles gut gehen. Ich bin ja oft genug an der frischen Luft, und spätestens wenn das Kind kommt, höre ich auf.«

Das Kinderkriegen war ein wunder Punkt für Wilhelm. Katharina und er träumten von einem Stall voller Kinder. Sicher, die Zeiten waren schlecht, aber Kinder bedeuteten auch Kapital, außerdem wollte Wilhelm das traurige, düstere Haus endlich wieder mit Lachen und Leben füllen.

Nach der Heirat war Kathi auch sofort schwanger geworden, aber sie hatte das Kind verloren. Zwei weitere waren tot zur Welt gekommen.

Jetzt erwartete sie wieder ein Kind, und Wilhelm hoffte inständig, dass dieses Mal alles gut ging.

Als sie sich dem Haus näherten, hörten sie den Vater schreien. Die dünne Altmännerstimme trug erstaunlich weit. Einer der Kleinbauern im Dorf, mit denen sich Wilhelm schon seit der Schulzeit weniger gut verstand, Remigius Schwarz, kam ihnen entgegen. Spöttisch grinsend wies er mit dem Kinn aufs Haus und sagte: »Dein Vater sorgt ja mal wieder für Stimmung in der Hütte. Der ist wohl immer noch der Herr bei euch im Haus.«

Wilhelm beachtete ihn gar nicht. Er verabschiedete sich hastig von Hermann und rannte hinein. Es wunderte ihn immer wieder, wie kräftig die Stimme des Vaters noch war, obwohl er doch nur noch so ein kleines, dürres Männchen war. Er hatte den Frauen in den letzten Jahren nicht mehr so viel Arbeit gemacht, weil er die meiste Zeit bewegungslos in seinem Bett lag. Nur von Zeit zu Zeit bekam er das, was Wilhelm bei sich »einen Anfall« nannte, aber es wurde immer seltener, und Anna war förmlich aufgeblüht. Sie hatte sich eng an Katharina angeschlossen, offensichtlich bot ihr die Schwägerin mit ihrer liebevollen, fröhlichen Art, die sie trotz aller widrigen Umstände nie verlor, Halt und Schutz.

Jetzt allerdings schien wieder einmal ein Anfall im Anmarsch zu sein. Na, da komme ich ja gerade rechtzeitig, dachte Wilhelm.

Im Hof begegnete ihm Matthes. Er machte sich gar nicht erst die Mühe, den Bauern zu begrüßen, sondern sagte nur: »In den letzten zwei Wochen war es besonders schlimm!« Eilig rannte er ins Haus.

»Katharina! Anna!« Laut nach Frau und Schwester rufend, trat Wilhelm in die Küche. Dort stand der Suppentopf auf dem Feuer und brodelte so heftig vor sich hin, dass der Inhalt schon fast verschmort war. Rasch zog Wilhelm den Topf mit bloßen Händen zur Seite. Verdammt, das war heiß! Fluchend pustete er auf seine Hände. Es sah Katharina gar nicht ähnlich, das Essen unbeobachtet auf dem Herd stehen zu lassen.

Als er in den dunklen Flur kam, konnte er zunächst nichts erkennen, und es dauerte ein wenig, bis sich seine Augen an die vollständige Dunkelheit gewöhnt hatten. Der Vater musste oben an der steilen Treppe sein. Er kreischte anhaltend und röchelte zwischendurch immer wieder. Am Fuß der Treppe, auf der ersten Stufe, lag der zerschlagene Nachttopf, aus dem langsam der Inhalt heraussickerte. In diesem stinkenden Rinnsal lag Anna in einer seltsam verkrümmten Lage. Matthes hatte sich bereits über sie gebeugt. Neben ihr kauerte Katharina. Sie schluchzte leise vor sich hin. Den Kopf der Schwägerin hatte sie auf ihren Schoß gezogen.

»Ist sie tot?«, fragte Wilhelm atemlos.

»Wilhelm!«, sagte sie, als sie ihn erkannte. »Oh, Gott sei Dank, du bist da. Sie lebt, aber sie ist ... sie ist die Treppe heruntergefallen. Der Vater ...« Ihr versagte die Stimme, und sie beugte sich weinend über die reglose Gestalt.

Ein kehliger Schrei des Vaters riss ihn aus der Erstarrung. »Lumpenpack seid ihr! Alles Lumpenpack! Nichtskönner! Ihr lasst mir den Hof verkommen!«, geiferte er erstaunlich deutlich.

Doch Wilhelm hatte keine Zeit, sich darüber zu wundern. »Hol den Arzt«, rief er Matthes zu. Vorsichtig trat er um die Scherben des Nachttopfs herum und eilte die Treppe hinauf, um nach dem Vater zu sehen. Er lag im Nachthemd auf dem Boden und schlug mit seinem heilen Arm wie wild um sich. Die deutlichen Worte waren wieder in ein unverständliches Brabbeln übergegangen. Als Wilhelm sich über ihn beugte, packte der Greis auf einmal in seinen Haarschopf. Es war ungeheuerlich, welche Kraft er entwickelte. Er krallte die Finger zusammen und ließ erst los, als er ihm ein großes Büschel Haare ausgerissen hatte.

Wilhelm keuchte auf und schlug unwillkürlich nach dem Alten. Die dürre Gestalt bäumte sich auf. Ein Schwall Blut und Schaum kamen aus seinem Mund, er schaute Wilhelm aus aufgerissenen Augen an. Dann fiel er in sich zusammen wie eine Lumpenpuppe.

Entsetzt wich Wilhelm zurück, sodass er beinahe rücklings die Treppe heruntergefallen wäre. »Heilige Mutter Gottes, heilige Mutter Gottes«, stieß er hervor.

In diesem Moment schrie seine Frau leise auf. »O Gott, Wilhelm, wann kommt endlich der Doktor? Anna atmet so schwer!«

Wilhelm wandte sich ab und lief die Treppe herunter.

Endlich kam Doktor Simon, ein noch junger Mann, der die Praxis des alten Arztes in Herhahn übernehmen wollte. Vorläufig führten sie sie noch gemeinsam, damit sich die Patienten langsam an den Wechsel gewöhnen konnten. Bis jetzt hatte niemand etwas Schlechtes über ihn gehört. Er hatte eine angenehme Art und schien tüchtig zu sein. »Ich bin aufgehalten worden«, sagte er ein wenig außer Atem. »Wo ist denn der Patient?«

Sie führten ihn zur Treppe, doch auch er konnte nur noch den Tod des Vaters feststellen. Was wirklich vorgefallen war, wie es dem Alten gelungen war, sein Bett und sein Zimmer zu verlassen, konnte niemand genau sagen. Der Vater hatte wohl oben angefangen zu toben, und als Anna zur Treppe gelaufen kam, hatte er bereits oben gestanden und wild mit seinem Nachttopf gestikuliert.

Anna rief Kathi, die in der Küche mit dem Essen beschäftigt war, zu Hilfe und lief die Treppe herauf, damit er das Nachtgeschirr nicht auskippte. Doch als sie ihn wieder ins Bett führen wollte, stieß er sie mit solcher Kraft, dass sie die Treppe herunterfiel und hart mit dem Kopf aufschlug. Den Nachttopf hatte der Vater hinterhergeworfen, bevor er oben an der Treppe zusammengebrochen war.

Anna hatte sich den Arm gebrochen, und der Arzt vermutete auch eine heftige Gehirnerschütterung. Als sie aus der Ohnmacht erwacht war, hatte sie im ersten Moment nicht gewusst, wo sie war. Verwirrt hatte sie sich umgeschaut und über starke Kopfschmerzen geklagt.

»Sie hat Glück gehabt, dass sie sich nur den Arm und nicht das Rückgrat gebrochen hat«, sagte der Doktor nach der Untersuchung. »Ich schiene ihr den Arm notdürftig, dann nehme ich sie mit ins Krankenhaus. Aber ich kann euch beruhigen: Sie ist bald wieder auf dem Damm! Vor der Niederkunft ist sie bestimmt wieder bei euch.« Er tätschelte der völlig aufgelösten Kathi freundlich die Schulter.

»Jetzt sind wir nur noch zu dritt«, sagte Matthes düster, als sie am Abend in der Küche zusammensaßen. Der Bestatter, Heinrich Züll, der zugleich auch Schreiner im Dorf war, war gekommen und hatte die Leiche des Vaters abgeholt. Seitdem hatte Kathi nicht mehr aufgehört zu weinen. Auch Wilhelm war nach Weinen zumute. Nicht nur, weil der Vater tot und die Schwester im Krankenhaus war. Ständig sah er das Bild des Alten vor sich. Mehr als einmal hatte er ihm den Tod gewünscht, und jetzt fühlte er sich schuldig. Er hatte die Hand gegen seinen Vater erhoben, und dann war er gestorben. Wilhelm schluckte. Vorsichtig betastete er die Stelle an seinem Kopf, wo der Vater ihm die Haare ausgerissen hatte. Sie tat immer noch weh, aber er wusste, dass der eigentliche Schmerz tiefer saß. Doch jetzt musste er sich zusammenreißen. Seine Frau brauchte ihn. Tröstend strich er ihr über die Schulter.

»Hör auf zu weinen«, sagte er liebevoll. »Davon wird Anna auch nicht schneller gesund. Sie kommt ja wieder! Und für das Kind ist das viele Weinen bestimmt nicht gut. Du wirst sehen, der Doktor hat recht, bald ist sie wieder zu Hause.«

Kathi nickte jammervoll. »Die Tränen kommen von ganz alleine, ich kann nichts dagegen machen«, sagte sie betrübt. »Sie hat die ganze Zeit über so ein trauriges Leben gehabt. Mir wird das Herz schwer, wenn ich daran denke.«

Wilhelm nickte stumm. »Von jetzt ab machen wir es ihr leichter«, versprach er. Er sah die kleine Schwester vor sich, wie sie mit Mathilde unter dem Tisch in der Küche gehockt, wie die beiden miteinander getuschelt und gekichert hatten. Alles hatten sie gemeinsam gemacht, sie hatten sich gegenseitig gestützt, auch als die Mutter damals gestorben war. Wie einsam mochte sie sich gefühlt haben, als der Vater Mathilde dann fortgeschickt hatte. Und doch hatte sie ihn klaglos gepflegt und versorgt. Er hatte sie in ihrem Kummer immer nur alleingelassen. Nicht ein einziges Mal hatte er gefragt, wie es ihr ging. Ob er das Unglück hätte verhindern können, wenn er da gewesen wäre?

Er räusperte sich. »Du musst jetzt vor allem an dich denken«, sagte er zu seiner Frau und legte seine schwielige Hand auf ihre. »Wenn das Kind erst einmal da ist, ziehen wieder bessere Zeiten bei uns ein. Wir werden alle glücklicher werden, auch Anna. Ich spüre es einfach.«

Kathi wollte etwas erwidern, aber er unterbrach sie. »Und ich bleibe ab jetzt zu Hause. Ich war lange genug weg.«

Vom Vater redete niemand.

24

Zürich, 1888

Franziska saß in der Küche und studierte aufmerksam die Abbildungen in dem dicken Wälzer, der aufgeschlagen vor ihr auf dem Tisch lag. Sie hob den Kopf, als Luise hereinkam. »Schön, dass du kommst«, sagte sie. »Ich hab Tee gekocht. Frau Hug hat uns einen Kuchen gebacken. Den können wir schon einmal anschneiden.«

»Wollen wir nicht auf Theresia warten?« Theresia Lauter war die Dritte in der geräumigen Etagenwohnung in der Zürcher Konkordiastraße, die die drei Frauen gemeinsam bewohnten.

»Sie hat eine Besprechung mit ihrem Doktorvater. Mir hat sie gesagt, es kann länger dauern.« Franziska war aufgestanden und hatte ihr Lehrbuch auf die Anrichte gelegt. »Ach, übrigens, bevor ich es vergesse, du hast Post. Ich habe den Brief in dein Zimmer gelegt.«

Luise nickte. »Danke. Ich schaue gleich nach. Ich lege erst noch rasch Mantel und Hut ab.«

Während sie über den breiten Flur in ihr Zimmer ging, dachte sie nicht zum ersten Mal, welches Glück sie doch mit ihren Mitbewohnerinnen hatte. Nicht nur konnten sie zusammen lernen und ihre Erfahrungen austauschen, sie unterstützten sich auch gegenseitig und trösteten sich, wenn das Heimweh sie überkam oder die Mühen des Universitätsalltags mal wieder zu viel wurden.

Sie hatten alle einen unterschiedlichen Hintergrund. Wie Luise kam auch Theresia aus einem Akademiker-Haushalt, war jedoch bei ihrem Vater, einem Privatgelehrten, mit ihrem Berufswunsch auf wenig Verständnis gestoßen. Letztlich war es die Mutter, die der Tochter das Studium aus ihrem Vermögen finanzierte. Franziska hingegen hatte alles aus eigener Kraft und eigenem Antrieb erreicht. Die Älteste im Bunde, die bereits als Krankenschwester gearbeitet hatte, war eine glühende Verfechterin von gleichen Rechten für Frauen und Mitglied des Allgemeinen Deutschen Frauenvereins, dem auch Friederike angehörte. Obwohl auch noch eine junge Frau, kam sie den beiden anderen viel erwachsener und reifer vor, und sie schätzten sie als erfahrene Ratgeberin.

Die medizinischen Interessensgebiete der drei Frauen waren genauso unterschiedlich wie ihre Herkunft: Franziska hatte sich auf Frauenheilkunde spezialisiert und stieß zu ihrem Ärger ständig auf den erbitterten Widerstand der männlichen Kollegen, die einfach nicht einsehen wollten, dass es den Patientinnen sicher oft lieber war, einer Frau ihre Beschwerden zu schildern und von ihr untersucht zu werden. »Ich habe ja gar nichts dagegen, dass sich Männer mit Frauenleiden befassen, solange sie nur einfühlsam genug vorgehen«, sagte sie zu ihren Freundinnen. »Aber sie sollen doch aufhören, mir erklären zu wollen, welche Bedürfnisse mein Körper hat und wie er funktioniert.«

Theresia interessierte sich besonders für Augenheilkunde. Der Grund dafür war offensichtlich der noch junge Direktor der Augenklinik, Professor Otto Haab, den sie anhimmelte. Luise hatte sich als Einzige von den dreien noch nicht festgelegt. Sie tendierte zur Inneren Medizin, die ihr am umfassendsten erschien, aber ihr Interesse galt auch den Hautkrankheiten, die allerdings in Zürich noch keine eigene Abteilung darstellten. In Montjoie und Greifswald hatte sie vor allem bei den armen Leuten zahlreiche Hauterkrankungen gesehen, für die es kaum Linderung gab.

»Zur Armut kommen dann noch durch Narbenbildung solche schrecklichen Entstellungen hinzu, wie sie zum Beispiel von Lupus Erythematodes und auch von manchen Geschlechtskrankheiten verursacht werden«, hatte sie einmal im Gespräch mit Franziska erwähnt. »Wenn ich das Studium abgeschlossen habe und wieder zu Hause bin, werde ich sowieso versuchen, vor allem den armen Leuten zu helfen, die es sich nicht leisten können, einen Arzt aufzusuchen.«

»Manchmal frage ich mich«, hatte Franziska erwidert, »ob wir in Deutschland überhaupt arbeiten können. Die Gesetzgebung ist ja immer noch sehr rigoros, und was machen wir denn, wenn unsere Examina und die Promotion nicht anerkannt werden? Am Ende können wir gar nicht zurück und müssen in der Schweiz bleiben.«

Luise hatte entschieden den Kopf geschüttelt. »Ich muss auf jeden Fall nach Hause zurück. Mein Vater ist nicht mehr der Jüngste. Er baut darauf, dass ich seine Praxis übernehme. Es wird schon irgendwie gehen«, hatte sie zuversichtlich hinzugesetzt.

Der Briefumschlag, den Luise in ihrem Zimmer vorfand, trug Jacobs Absender. Verwundert nahm sie das Kuvert in die Hand. Erstaunlich dick für den alten Freund, der doch sonst so schreibfaul war, fand sie. Sie freute sich, war aber auch ein wenig besorgt. Hoffentlich war zu Hause nichts Schlimmes passiert, er hatte sich schon lange nicht mehr gemeldet. Sie hatte ihm mehrmals geschrieben, um über ihre Fortschritte im Studium zu berichten, aber er hatte wohl nie die Zeit gefunden, ihr zu antworten. Es hatte sie nicht wirklich gekränkt, weil sie natürlich wusste, dass er kein großer Briefeschreiber war, und vielleicht, so dachte sie, kam er einfach nicht dazu. Einmal im Jahr, meistens zu Weihnachten, hatten sie sich in Montjoie getroffen, und das musste eben reichen. Bisher hatte ihre Freundschaft auf jeden Fall Bestand gehabt, anders als die Freundschaft zu Wilhelm. Nachdem er noch vor Isabellas Hochzeit Montjoie verlassen hatte, hatte sie ihm wiederholt geschrieben. Sie gab sich die Schuld an seinem Verschwinden, sie war vielleicht doch zu harsch in ihrer Ablehnung seines Antrags gewesen, und anfangs lag ihr viel daran, sich mit ihm auszusprechen. Doch auf keinen ihrer Briefe war je eine Antwort gekommen, und irgendwann hatte sie es aufgegeben.

Sie ergriff den Brieföffner aus Elfenbein, der auf ihrem Schreibtisch lag, und schlitzte das Kuvert auf. Dann entfaltete sie die Briefbögen. Gleich der erste Satz in Jacobs großer, ein wenig krakeliger Schrift sprang ihr förmlich ins Auge. Auf eine Anrede hatte er verzichtet. Stattdessen fiel er gleich mit der Tür ins Haus.

Du musst mir helfen, Luise! Es geht um Leben und Tod! Vater hat mir heute das Messer auf die Brust gesetzt. Entweder präsentiere ich ihm in den nächsten drei Monaten eine Braut, oder er wird eine Frau für mich aussuchen. Und das wäre mein Untergang!

Na, ein bisschen dramatisch, dachte sie. So wie früher. Sie sah Jacob förmlich vor sich, wie er ihr mit aufgerissenen Augen die Zumutung schilderte. Doch als sie weiterlas, änderte sie ihre Meinung. Er gestand ihr, dass er sich seit Langem zu Männern hingezogen fühlte, schilderte ihr seine Konflikte und Schwierigkeiten, wie er versucht hatte, dagegen anzukämpfen, es ihm aber nicht gelungen sei. *Und irgendwann habe ich meinem Verlangen nachgegeben,* schrieb er.

Er flehte sie an, ihn nicht zu verurteilen, appellierte an ihr Verständnis als zukünftige Ärztin und an ihre Freundschaft.

Und dann hielt er in aller Form um ihre Hand an.

Luise ließ sich auf ihren Stuhl sinken. Fassungslos schaute sie auf den Briefbogen und stieß hörbar die Luft aus. Ihre Hand, die das Blatt Papier hielt, zitterte ein wenig. Nach einer Weile stand sie auf und ging langsam in die Küche.

»Wo bleibst du so lange?«, fragte Franziska, die sich gerade ein weiteres Stück Kuchen nahm. »Der Tee ist schon beinahe kalt.« Sie blickte auf. »Um Gottes willen, Luise, was ist los? Du bist ja ganz blass! Schlechte Nachrichten?«

Luise schüttelte den Kopf. »Wie man's nimmt«, sagte sie. »Ich muss heiraten.«

Aus dem Tagebuch von Friederike Linden

29. April 1888

Heute kam ein Brief von Luise. Ach, ich vermisse sie so sehr, auch wenn meine Rasselbande mir wenig Zeit für Wehmut lässt. Ihre Briefe sind immer eine Freude, nicht nur, weil sie mich so gewissenhaft über ihre Fortschritte im Studium auf dem Laufenden hält, sondern auch, weil sie mir mit ihren Berichten von Ausflügen in die Berge und Feiertagen, die es bei uns nicht gibt, die Stadt nahebringt, in der sie lebt. Sie war mit ihren beiden Mitbewohnerinnen beim Sechseläuten, dem alljährlichen Frühlingsfest in Zürich, und sie erzählt so anschaulich, wie der Böögg, der mit Knallkörpern und Holzwolle gefüllte künstliche Schneemann, das Symbol für den Winter, auf dem Scheiterhaufen brannte.
Es geht ihr wohl gut in der Schweiz, und das ist für mich das Wichtigste.

16. Juni 1888

Das Jahr ist noch keine sechs Monate alt, hat aber in kurzer Abfolge bereits drei Kaiser erlebt. Nachdem am 9. März Wilhelm I. gestorben ist, hat zunächst sein Sohn als Friedrich III. seine Nachfolge angetreten. Gestern nun ist er nach nur neunundneunzig Tagen Regentschaft seiner Krankheit erlegen (soweit ich weiß, hatte er Kehlkopfkrebs), und noch am selben Tag hat sein ältester Sohn den Thron bestiegen. Wilhelm II. ist jetzt Deutscher Kaiser und König von Preußen. Wie er das Land regiert, wird sich weisen. Was die Beliebtheit von Wilhelm I. angeht, wird er es, ebenso wie schon sein

Vater, nicht leicht haben. Immer noch singen viele den Gassenhauer »Wir wollen unseren alten Kaiser Wilhelm wiederhaben«.

27. Juni 1888

Es gibt neuerdings eine ganz wunderbare Würzsauce. Die kleine braune Flasche fiel mir zunächst wegen ihrer Form ins Auge. Laut Aufdruck hat ein Schweizer Unternehmer namens Julius Maggi sie erfunden, und man kann damit Speisen aller Art würzen. Ich habe sie bei unserem Kolonialwarenhändler erstanden, der mir riet, etwas davon in die Suppe zu geben. Und tatsächlich haben alle mit großem Appetit gegessen. Sogar Caspar, der normalerweise ein mäkeliger Esser ist, hat sich noch einmal einen Nachschlag erbeten.

31. August 1888

In der Zeitung habe ich gelesen, dass Bertha Benz mit ihren beiden Söhnen im Motorwagen ihres Mannes von Mannheim nach Pforzheim zu ihrer Mutter gefahren ist. Über hundert Kilometer an einem Tag, wobei sie sagt, dass sie zwischendurch sogar ausgiebig Rast gemacht hätten. Das Leichtbenzin, mit dem der Wagen angetrieben wird, haben sie unterwegs in der Apotheke gekauft. Und zwei kleinere Schäden hat sie selber repariert. Ich finde die Geschichte ungeheuer spannend, da sieht man doch, wozu Frauen in der Lage sind, obwohl die Herren der Schöpfung uns so oft nichts zutrauen! Allerdings berichtet Bertha Benz, dass sie ohne Wissen ihres Mannes losgefahren ist – er hätte die Fahrt wohl nie erlaubt. Und sie sagt auch, dass sie unterwegs vor allem von der Landbevölkerung beschimpft und teilweise sogar angegriffen worden sind, weil beim Anblick des knatternden Gefährts die Pferde scheu geworden sind.

17. September 1888

Eben ist ein Brief von Luise gekommen. Mein Mädchen ist Braut! Sie und Jacob haben sich verlobt! Meine Hände zittern so sehr, dass ich den Bleistift kaum halten kann. Ich freue mich unbändig, aber es kommt so überraschend, dass ich tief im Innern auch ein wenig gekränkt bin, weil sie vorher nicht die leiseste Andeutung gemacht hat. Nie im Leben hätte ich damit gerechnet! Sie wollte doch nie, nie heiraten, und ich rätsele schon ein wenig, was sie zu ihrem Sinneswandel bewogen hat. Schließlich wird sie nächstes Jahr schon dreißig, und damit ist sie nach den herrschenden Maßstäben spät dran. Andererseits geht die Liebe manchmal verschlungene Wege, und sie scheint eine wirklich tiefe Zuneigung zu Jacob zu empfinden. Sie schreibt so liebevoll von ihm. Leidenschaft spüre ich nicht in ihren Zeilen, die ist wohl immer noch ihrem Beruf vorbehalten. Außerdem kennen sich die beiden schon so lange, und das ist sicherlich die beste Voraussetzung für eine Ehe. Jacob hat liebe Worte und Grüße an uns angefügt. Er wirkt aufrichtig glücklich.

25

Wollseifen, 1888

»Liebe Muttergottes, mach, dass Kathi und das Kind alles gesund überstehen! Ich werde zum Gedenken an diesen Tag jedes Jahr eine Kerze für dich anzünden, und ich verspreche dir, zeit meines Lebens dafür zu sorgen, dass es meiner Familie an nichts fehlt!«

Seit Stunden saß Wilhelm in der Küche und betete. Immer wieder gesellte sich seine Schwiegermutter zu ihm und ließ den Rosenkranz durch die Finger gleiten. Kathis Mutter hatte im Winter überraschend bei ihnen vor der Tür gestanden. Kathi hatte ihr aufgemacht, sie aber im ersten Moment gar nicht erkannt. Zu selten war sie als Kind bei der Mutter gewesen, und seit sie erwachsen war, hatte sie immer woanders gelebt. Soweit sie es aus der alten Frau herausbekamen, war der Vater wohl gestorben, und da von Kathis Geschwistern keiner bereit gewesen war, die Mutter aufzunehmen, hatte sie sich auf den Weg zu ihrem jüngsten Kind gemacht. Kathi war viel zu gutherzig, um ihr die Tür zu weisen, auch wenn sie als Kind nie die Liebe ihrer Mutter erfahren hatte.

»Wir können sie doch nicht wegschicken«, hatte sie zu Wilhelm gesagt. »Schon gar nicht jetzt im Winter. Wo soll sie denn hin?«

Wilhelm hatte sie gewähren lassen. Vielleicht, so dachte er, war sie insgeheim froh, dass ihre Mutter da war. Er erinnerte sich noch zu gut daran, wie schmerzlich er seine Mutter vermisst hatte, und er hatte zwar nie mit Kathi darüber geredet, aber es ging ihr wohl nicht anders. Außerdem konnte ihr die alte Frau wenigstens einen kleinen Teil der täglichen Plackerei abnehmen.

Seitdem wohnte sie bei ihnen. Sie ging nur selten hinaus und huschte die meiste Zeit wie ein stummer Geist durchs Haus. Und jetzt stand sie Kathi in ihrer schweren Stunde bei. Im Morgengrauen schaute Matthes kurz herein. »Bleib hier, Bauer, falls man dich braucht. Ich kümmere mich um alles«, sagte er scheu. Obwohl es schon Ende April war, ging draußen gerade ein heftiger Graupelschauer nieder, und der Wind klapperte an den Holzläden. Auf einmal wurde es trotz des Sturms still im Haus. Ängstlich lauschte Wilhelm, doch aus dem oberen Stockwerk war kein Laut zu vernehmen.

Seit über dreißig Stunden lag Kathi im Schlafzimmer in den Wehen. Zuerst waren nur die Nachbarinnen bei ihr gewesen, aber als gar nichts vorangehen wollte, hatten sie noch in der Nacht nach der Hebamme geschickt.

Die Nachfolgerin von Frau Schlund hatte noch bei der alten Hebamme gelernt. Sie war sofort gekommen und nach oben gelaufen, aber schon nach wenigen Minuten hatte sie wieder bei Wilhelm in der Küche gestanden und ihm aufgetragen, so schnell wie möglich den Arzt zu holen. Und der war jetzt bereits seit Stunden dort oben, ohne dass das Wimmern und Stöhnen nachgelassen hätte. Bis eben.

Wilhelm erinnerte sich noch gut daran, wie er damals wegen der Mutter zu der alten Hebamme gerannt war. Sie hatte ihr nicht helfen können, dachte er bang. Noch einmal durchlebte er den Moment, als Frau Schlund ihm vor dem Haus entgegengekommen war. Alles Laufen war umsonst gewesen. Die Mutter war gestorben. So ohnmächtig und allein wie damals fühlte er sich auch jetzt. Er konnte nur hoffen, dass bei Kathi alles gut ging.

Immer noch war es still im Haus. Sollte er nach oben gehen und nachschauen? Zögernd erhob er sich, doch in diesem Moment ertönte ein kräftiger Schrei.

Hastig bekreuzigte sich Wilhelm. Er flog förmlich die Treppe hinauf. Das Kind war da! Und es lebte! Als er ins Schlafzimmer trat, beugte sich der Doktor gerade über seine Frau. Er hatte sein großes Hörrohr auf ihre Brust gesetzt und lauschte aufmerksam. Dann richtete er sich auf. »Der Herzschlag ist ruhiger geworden. Jetzt müssen wir abwarten, ob sie die nächsten Stunden überlebt«, sagte er zur Hebamme und zu Kathis Mutter, die neben ihm stand und das in ein Tuch gehüllte Kind in den Armen hielt. »Wir können nur hoffen, dass sie kein Fieber bekommt.«

Dann wandte er sich an Wilhelm, der zögernd in der Tür stehen geblieben war. »Nehmen Sie ihn ruhig«, sagte er und wies mit dem Kinn auf das Neugeborene. »Es ist alles dran, ein gesunder, kräftiger Junge.«

Wilhelm wurden die Augen feucht, als er das kleine Bündel vorsichtig entgegennahm. »Und meine Frau? Wie geht es ihr?«, fragte er angstvoll.

»Sie hat viel Blut verloren«, sagte der Arzt, »und es kann Komplikationen geben. Aber sie ist jung und gesund, ich denke, sie wird es überstehen. Sie muss kräftiges Essen bekommen, und die Hebamme wird Ihnen stärkende Kräuter für Tee dalassen.« Er warf einen Blick auf Kathi, die leichenblass dalag, und fügte hinzu: »Sie hat das Bewusstsein verloren, aber sie wird gleich wieder aufwachen. Ich muss Sie warnen, Mann: Kinder darf sie keine mehr bekommen. Es wäre ihr Tod.«

Wilhelm nickte beklommen und drückte den kleinen Jungen unwillkürlich so fest an sich, dass er zu schreien anfing.

Kathi schlug die Augen auf. Sie atmete tief durch, als sie den Arzt sah. »Ist alles vorbei?«, fragte sie flüsternd. Dann glitt ihr

Blick zu Wilhelm mit dem schreienden Säugling auf dem Arm. »Oh«, ihre Stimme wurde lauter, »gib es mir. Ich will es halten!«

Wilhelm trat ans Bett und reichte ihr das Kind. »Es ist ein Junge«, sagte er stolz. »Hör nur, wie kräftig er schreit. Er ist stark und gesund!«

Der kleine Junge, der auf den Namen Albert getauft wurde, gedieh prächtig. Vor allem die Großmutter war ganz vernarrt in ihn. Stundenlang wiegte sie ihn auf den Armen, sang ihm leise etwas vor, bedachte ihn mit unzähligen Kosenamen und hätte ihn am liebsten nie mehr losgelassen. Für Kathi war sie eine große Hilfe, denn sie brauchte lange, bis sie wieder auf die Beine kam. Zwar hatte sie zum Glück genug Milch, um den Kleinen zu stillen, aber dabei wurde sie selbst immer dünner und erschöpfter. An manchen Tagen, so gestand sie Wilhelm, wäre sie am liebsten morgens im Bett liegen geblieben. Doch es half alles nichts, ausruhen konnte sie sich nicht, schließlich musste die Arbeit auf dem Hof gemacht werden.

Wilhelm arbeitete mittlerweile vier Tage in der Woche auf Gut Hahn, um nicht so lange von zu Hause abwesend zu sein und wenigstens ein bisschen dazuzuverdienen. Matthes kümmerte sich um das Vieh und die Feldarbeit, und so blieben für Kathi Haus und Garten.

Besser wurde es erst mit ihrer Gesundheit, als ihr die Hebamme neben ihrem Kräutertee das Heilwasser vom Helingsbach aus dem Sauerbachtal empfahl. Wilhelm legte mehrmals den weiten Weg zurück und brachte es ihr, damit sie regelmäßig davon trinken konnte. »Ich fühle mich wie neugeboren«, sagte sie nach einer Weile schließlich zu ihm. »Jetzt bin ich auch wieder kräftig genug, um die Kindstaufe in der Wirtschaft zu feiern.«

Doch Wilhelm winkte ab. »So gerne ich's möchte, ich kann nicht das halbe Dorf freihalten. Die Leute werden es schon verstehen.« Er zog eine kleine Schachtel aus seiner Tasche. »Und hiervon brauchen sie ja nichts zu wissen.«

Er öffnete den Deckel der Schachtel, und Kathi schlug die Hand vor den Mund, als sie den Ring sah. Ein schmaler Goldreif, auf dem, gehalten von vier Krappen, die unregelmäßige Flussperle lag, die ihr Wilhelm zur Verlobung geschenkt hatte. Vorsichtig schob sie ihn an den Ringfinger und drehte die Hand bewundernd hin und her.

»Das ist viel zu schön für mich«, flüsterte sie. »Oh, Wilhelm, ein solches Schmuckstück für mich! Ich kann ihn mir ganz sicher nicht an den Finger stecken! Am Ende verliere ich ihn noch!«

»Du kannst den Ring um den Hals tragen, damit du die Perle wenigstens bei dir hast«, schlug Wilhelm vor. »Hier, siehst du, die Kette liegt auch in der Schachtel. Ich habe alles bedacht.« Er lächelte sie stolz an. »Das ist mein Geschenk zur Geburt unseres Sohnes.«

»Ich will ja nicht klagen«, sagte Wilhelm zu Matthes, als sie am Samstagabend vor dem Haus saßen und ein Feierabendbier tranken, »aber es fällt mir schon schwer, immer für andere zu schaffen. Lieber wäre ich endlich wieder mein eigener Herr.«

Matthes nickte bedächtig und kaute auf seiner Pfeife. »Der Hof wirft nicht genug ab«, sagte er nach einer Weile. »Wir können es drehen und wenden, wie wir wollen. Es reicht hinten und vorne nicht, wenn es nicht noch eine andere Einnahmequelle gibt. Soll ich mir was Neues suchen? Dann gäbe es zumindest einen Esser weniger.« Er verzog bekümmert das Gesicht.

Wilhelm blickte ihn erschrocken an. »Um Himmels willen,

Matthes, was redest du da? Ohne dich wäre ich verloren! Nein, darum geht es nicht. So habe ich das auch nicht gemeint. Im Grunde kann ich froh sein, dass ich wenigstens hier im Dorf auf dem Hahnenhof noch etwas dazuverdienen kann, auch wenn der Herr von Hahn weiß Gott schlecht bezahlt.« Wilhelm nahm einen tiefen Schluck aus dem Bierkrug, den sie sich in der kleinen Wirtschaft im Ort geholt hatten. Sie hätten sich auch in die Gaststube setzen können, aber das gönnten sie sich nur zu besonderen Gelegenheiten – es war einfach zu teuer. »Aber der Walberhof kommt gar nicht infrage. Da möchte ich nicht abgemalt sein.« Der Walberhof war der zweite große Hof auf der Hochebene. Auch dort arbeiteten etliche Männer aus dem Dorf zusätzlich, um leben zu können.

Wieder nickte Matthes. »Es ist eben ein Unterschied, ob der Bauer vor Ort ist oder ob's nur ein Verwalter ist. Die adeligen Herrschaften aus Aachen haben kein gutes Händchen mit der Wahl ihrer Verwalter. Der Kalscheuer ist ein krummer Hund, dem würde ich nicht über den Weg trauen.«

»Geht mir genauso«, pflichtete Wilhelm ihm bei. »Und ehrlich gesagt, wäre es mir auch unheimlich, da zu arbeiten. Du hörst immer wieder, dass die Schweine Knochen aus dem Boden wühlen, menschliche Knochen wohlgemerkt.«

Matthes nickte. »Ja, es heißt, da soll wohl früher so eine Art Friedhof gewesen sein.«

»Hoffentlich nichts anderes.« Wilhelm schauderte. »Aber auf Gut Hahn ist auch nicht alles so, wie es sein sollte. Von Hahn ist zwar in Ordnung, wenn man mal von der Bezahlung absieht, aber er kümmert sich viel zu wenig. Den siehst du immer nur von hinten, wenn er mal wieder in die Stadt fährt.«

Matthes blickte nachdenklich zum Stall, wobei er, mehr für sich, feststellte: »Das Tor muss ausgebessert werden. Da unten in der Ecke ist das Holz morsch.« Dann fügte er hinzu: »Irgendwie liegt auf dem Hahnenhof ein Fluch. Ich hab mir sagen lassen, die Männer in der Familie sterben alle keines natürlichen Todes. Da kann man nur hoffen, dass der Alte noch eine Weile durchhält. Der Sohn ist zwar noch jung, aber er macht schon jetzt keinen so freundlichen Eindruck. Ich finde ihn unangenehm.« Matthes wischte sich mit dem Handrücken den Schaum von den Lippen.

»Ach was, der ist doch noch ein halbes Kind. Bisschen eingebildet, aber das wächst sich aus. Mit dem Fluch, da hast du recht, das wird im Dorf geredet. Ich weiß nicht, ob was dran ist, es kann auch Zufall sein. Und Wilhelm von Hahn ist ja noch jung. Ich meine, der wäre gerade mal zehn, zwölf Jahre älter als ich. Auf jeden Fall geht es ihnen nicht schlecht, sonst hätten sie sich nicht die dampfbetriebene Dreschmaschine angeschafft.«

Matthes nickte. »Das wäre eine Arbeitserleichterung, wenn man so etwas hätte. Ich hab mal zugeguckt. Das geht ratzfatz, so schnell und einfach, und du brauchst viel weniger Leute.« Er überlegte, und Wilhelm sah ihm förmlich an, wie es in seinem Kopf ratterte.

»Vielleicht könnten wir ja fürs ganze Dorf eine anschaffen, die man dann gemeinsam benutzt. Der Hahnenbauer gibt seine bestimmt nicht her. Oder meinst du, er verleiht sie?«

»Eine eigene wäre sicher besser«, pflichtete Wilhelm ihm bei. »Aber ich fürchte, das würde für die Dorfgemeinschaft zu teuer. Außer den Großbauern geht es ja keinem so besonders gut. Wahrscheinlich sollten wir den von Hahn einfach mal fragen.«

Wieder nickte Matthes. »Ja, bevor ihn der Fluch trifft. Ich fürchte, wenn der junge Hahn den Hof übernehmen muss, dann ist es da mit der Arbeit vorbei. Der Jakob wirtschaftet das Gut schneller in Grund und Boden, als du ›aufgepasst‹ sagen kannst. Und dann wird's für uns alle noch enger.«

»Das habe ich mir auch schon gedacht.« Wilhelm trank den letzten Schluck Bier und erhob sich. »Aber darüber mach ich mir jetzt noch keine Gedanken. Kommt Zeit, kommt Rat.«

26

Montjoie, 1890

Montjoie lag im weichen Dämmerlicht des Sommerabends, als die offene Kutsche darauf zufuhr. Luise legte ihrem Vater, der neben ihr saß, die Hand auf den Arm.

»Ich bin so froh, wieder zu Hause zu sein, Papa!«

Ihr Vater schaute sie liebevoll an. »Und ich erst, mein Kind! Fräulein Dr. Fabricius! Ich bin so stolz auf dich, ich kann es dir gar nicht sagen. Doktor der Medizin – dass du das zu Ende gebracht hast. Und dann auch noch mit summa cum laude – ich ziehe meinen Hut vor dir.«

»Ach, Papa, ich werde noch ganz verlegen, wenn du so redest! Wenn du nicht gewesen wärst, hätte ich das alles überhaupt nicht zustande gebracht. Es hätte ja niemand an mich geglaubt, und wer weiß, ob ich dann überhaupt den Mut aufgebracht hätte, diesen schwierigen Weg zu gehen. Allein die Diskussionen mit meinem Doktorvater, der bei aller Aufgeschlossenheit oft der Meinung war, meine Betrachtungsweise sei nicht wissenschaftlich genug und beruhe zu sehr auf weiblicher Intuition. Ich habe dir ja ausführlich darüber berichtet. Und die Staatsprüfung jetzt war auch nicht ohne, das kann ich dir sagen.«

Dr. Fabricius nickte. »Ja, es war sicher nicht einfach, mein armes Kind. In Gedanken war ich ständig bei dir, das weißt du. Aber wenigstens ist deine Zukunft gesichert. Wenn ich es richtig sehe, dann wird dir vorläufig dein Examen hier gar nicht anerkannt. Im Krankenhaus arbeiten könntest du also nicht.«

»Das will ich auch gar nicht, Papa«, fiel Luise ihm ins Wort, »das weißt du doch. Ich habe in Zürich einen guten Überblick über alle medizinischen Fachbereiche bekommen, und gerade hier auf dem Land kann ich mein Wissen sicherlich anwenden.«

Fabricius nickte. »Ja, ich freue mich schon darauf, dass du mir endlich offiziell in der Praxis zur Seite stehen kannst. Wie habe ich mich danach gesehnt, von dir entlastet zu werden! Ich bin ja nun nicht mehr der Jüngste, und nach den langen Tagen spüre ich mein Alter schon sehr.«

Luise lächelte ihren Vater an. »Ach was, Papa, du bist doch nicht alt. Noch nicht einmal siebzig!«

Fabricius lachte. »Mein liebes Kind, in meinem Alter haben sich andere schon seit einigen Jahren aus allen Geschäften zurückgezogen. Aber du hast recht, ein paar Jahre halte ich noch durch, schließlich möchte ich dir alles geordnet übergeben.«

Er schwieg einen Moment lang. Die Kutsche rumpelte über die Hauptstraße, und Luise schaute sich um.

»Hier sieht es ganz fremd aus«, sagte sie. »Gar nicht mehr wie in meiner Kindheit. Nach dem großen Brand damals sind tatsächlich weniger Häuser neu gebaut worden. Aber es ist nicht nur weniger eng, finde ich, mir kommt es für einen schönen Sommerabend so wenig belebt vor.«

»Ja, das ist wohl so«, sagte der Vater. »In den letzten Jahren hat die Einwohnerzahl von Montjoie ständig abgenommen. Viele Fabriken mussten schließen, und nicht wenige Fabrikanten sind bankrottgegangen. Oft können sie sich nicht einmal mehr die verpflichtenden Versicherungen für die Arbeiter leisten. Becker ist ein wenig besorgt über die Entwicklung, obwohl es bei ihm wohl noch ganz gut aussieht. Seit die Sozialdemokraten bei der Reichstagswahl stärkste Kraft wurden und Bismarck seinen Abschied eingereicht hat, weht ein anderer Wind. Das Sozialistengesetz gilt nicht mehr, und die Arbeiter pochen auf ihre Rechte. Doch hier bei uns waren die Geschäfte für viele wohl so schlecht, dass sie ihre Leute nicht halten konnten. Jetzt wandern sie in Scharen in die Städte ab.«

»Oh.« Luise runzelte die Stirn. »Mir war doch gleich so, als ob es hier so still geworden wäre. Das ist aber plötzlich gekommen.«

»So plötzlich nicht, Kind. Du warst lange fort. Und bei deinen kurzen Besuchen hier ist es dir sicher nicht so aufgefallen. Schon seit vielen Jahren sinkt die Zahl der Menschen, die in Montjoie leben und arbeiten. Aber ich will dir deine Heimkehr nicht mit Politik belasten. Vorläufig geht es schließlich nur um Jacob und dich!« Er schaute seine Tochter liebevoll an. »Ich muss sagen, ich bin immer noch erstaunt, dass ihr euch letztendlich doch gefunden habt. Es war unsere geheime Hoffnung, aber ich hatte sie schon aufgegeben, und ich glaube, Becker auch.«

Luise lächelte ihren Vater an. Er sah erschöpft aus, fand sie. Diese harten Linien um den Mund hatte sie nicht in Erinnerung, und es kam ihr auch so vor, als ob er tiefe Schatten unter den Augen hätte.

»Oh, Papa, ich habe ein ganz schlechtes Gewissen, dass ich euch hier in Montjoie die gesamten Vorbereitungen für die Hochzeit überlassen habe, aber ich hätte nicht gewusst, wie ich euch dabei von Zürich und mitten im Examen hätte unterstützen sollen.«

Fabricius winkte ab. »Mach dir darüber keine Gedanken. Ich habe gar nichts tun müssen, und Jacob auch nicht, soweit ich weiß. Deine Schwiegermutter in spe hat sich um alles gekümmert. Sie ist so außer sich vor Glück, dass ihr kein Gang für euch zu viel ist.«

»Seit der Verlobung hat sie mir regelmäßig nach Zürich geschrieben. Ich glaube, sie ist überglücklich, dass ihr Sohn endlich heiratet. Und als Schwiegertochter bin ich ihr wohl lieber als manch andere, auch wenn ich nicht dem Ideal der braven Ehefrau entspreche.« Nervös drehte Luise ihren Verlobungsring. Im Alltag konnte sie ihn nicht tragen, er behinderte sie bei der Arbeit, aber heute hatte sie ihn natürlich angesteckt. Jetzt betastete sie unwillkürlich die Perle, die Jacob für sie als Ring hatte fassen lassen. Damals, in der Kindheit, war sie das Geheimnis gewesen, das die Eltern auf keinen Fall hatten erfahren dürfen, aber heute stand etwas viel Größeres auf dem Spiel. Das Gespräch war ihr nicht angenehm. Sie durfte Jacob nicht verraten, doch es widerstrebte ihr, ihren Vater anzulügen. Er schien jedoch überhaupt keinen Verdacht gefasst zu haben. Liebevoll drückte er ihre Hand. »Um ehrlich zu sein, hatte auch ich mich schon damit abgefunden, dass du mit deinem Beruf verheiratet sein würdest. Umso mehr freue ich mich, dass ihr vor zwei Jahren endlich zusammengefunden habt. Becker und ich haben zwar nie darüber gesprochen, aber ich weiß, dass auch er glücklich über Jacobs Wahl ist.«

Das zumindest wollte Luise richtigstellen. »Es war unsere gemeinsame Entscheidung, Papa«, sagte sie. »Ich würde Jacob nicht heiraten, wenn er mir nicht zugesichert hätte, dass ich auch in der Ehe ungehindert meinen Beruf ausüben darf.«

»Ja, natürlich, ich wollte nicht anzweifeln, dass du ebenso daran beteiligt bist.« Ihr Vater zog sie leicht an sich. »Es hätte mich sehr gewundert, wenn mein tatkräftiges Kind diese lebenswichtige Entscheidung passiv hingenommen hätte. Du hast immer deine eigenen Vorstellungen gehabt. Aber vielleicht kommen ja auch Kinder«, fügte er hoffnungsvoll hinzu, »und dann werdet ihr doch alles noch einmal neu überdenken müssen.«

»Wir werden sehen«, sagte Luise diplomatisch. »Jetzt lass uns erst einmal heiraten. Alles andere wird sich weisen.«

Sie dachte zurück an den Tag, als sie Jacobs Brief bekommen hatte. Die Szene stand ihr noch lebhaft vor Augen. Zu dritt hatten sie in Zürich in der sonnendurchfluteten Küche gesessen, und sie hatte Franziska und Theresia, die später auch noch dazugekommen war, die Lage aufrichtig geschildert. Sie wusste, auf die beiden konnte sie sich verlassen, und sie hatte dringend jemanden gebraucht, dem sie sich anvertrauen konnte. Damals war sie zwar sofort bereit gewesen, Ja zu sagen, um Jacob zu schützen, aber sie hatte nicht darüber nachgedacht, was das für sie bedeuten würde.

»Ist dir bewusst, dass du damit dein eigenes Leben aufgibst? Ihr werdet wie Bruder und Schwester zusammenleben. Und du musst immer schweigen. Du hast aber auch Bedürfnisse, nicht zuletzt als Frau, die er dir nie erfüllen wird, im Gegenteil, du musst vielleicht sogar tolerieren, wie er heimlich seinen Liebhaber trifft. Dir wird diese Möglichkeit versagt bleiben. Als verheiratete Frau kannst du nicht einfach nach Paris fahren und nach deinem Geschmack leben«, hatte Franziska sie gewarnt.

Damals hatte Luise nur mit den Schultern gezuckt. »Nein, das kann ich vielleicht nicht, aber ich wollte sowieso nie heiraten. Und Jacob gibt mir doch etwas zurück: Ich habe eine anerkannte Stellung in der Gesellschaft und kann gleichzeitig meinen Traum, als Ärztin zu arbeiten, viel besser ausleben, als wenn ich ledig bliebe. Ich bin durch die Ehe geschützt und einfach nicht so angreifbar. Und das, verbunden mit der Geborgenheit in einem so vertrauten Verhältnis, wie wir beide es zueinander haben, ist doch unendlich viel mehr wert als jedes körperliche Bedürfnis.«

Franziska war nicht so schnell zu überzeugen gewesen. »Das siehst du jetzt so, aber vielleicht wirst du es auch eines Tages bereuen, dich darauf eingelassen zu haben.«

»Die Zukunft kann natürlich niemand voraussagen, Franziska«, hatte sich Theresia eingeschaltet. »Ich finde es großartig von Luise, dass sie Jacob durch die Eheschließung vor der Entdeckung bewahrt. Stell dir doch nur mal die Konsequenzen für den armen Mann vor. Und seien wir einmal ehrlich: Was heißt denn körperliche Erfüllung für die Frau? Wir haben doch alle schon genug Patientinnen gesehen, die unter ihren ehelichen Pflichten ächzen wie Ochsen unter dem Joch.«

Das hatte zum Glück dem Gespräch wieder eine leichtere Wendung gegeben, weil Luise bei dem etwas schiefen Vergleich hatte lachen müssen. »Es ist nicht sehr charmant, eine Frau mit einem Ochsen zu vergleichen«, erwiderte sie. »Und sagt doch selber: Dazu eigne ich mich nun gar nicht!«

Sie lächelte, als sie daran zurückdachte. »Es wird sich alles weisen«, wiederholte sie. »Auf jeden Fall bin ich froh, wieder in der Heimat zu sein.«

Die Zeit verging wie im Flug. Trotz der tatkräftigen Unterstützung von Jacobs Mutter blieb für die Brautleute immer noch genug zu organisieren und vorzubereiten. Luise kam kaum zum Atemholen. Sie hatte gar nicht darüber nachgedacht, was alles vonnöten war, bis sie endlich den Bund der Ehe schließen konnten. In den letzten Studiensemestern hatte sie sich ganz auf die Prüfungen konzentriert und alles andere weit von sich geschoben. Jetzt aber hatte sie alle Hände voll zu tun, zumal ihre zukünftige Schwiegermutter ständig mit irgendwelchen Fragen bezüglich der Hochzeitsfeier zu ihr kam. Sie hatte schon seit der Verlobung die Modezeitschrift *Der Bazar* abonniert und wollte mit Luise über die Modelle, die ihr besonders gut gefielen, sprechen, ein Thema, das Luise so gar nicht interessierte. Doch um Jacobs Mutter nicht zu kränken, ging sie darauf ein, auch wenn sie sich lieber mit anderen Dingen beschäftigt hätte.

Jacob, der sich vor der Trauung noch einmal einen ausgedehnten Ausflug nach Paris gegönnt hatte, war heilfroh darüber, seine Braut jetzt endlich an seiner Seite zu wissen. »Wir müssen übermorgen zum Pastor. Er wird ein Ehegespräch mit uns führen, und dazu muss er wissen, ob alle Ehehindernisse beseitigt sind.«

Luise sah Jacob entgeistert an. »Ach du lieber Himmel, daran habe ich gar nicht mehr gedacht! Ich bin doch evangelisch, Jacob, aber dann muss ich wohl zum katholischen Glauben übertreten, oder?«

»Ja, ich dachte, das wäre schon geschehen.« Jacob hatte offensichtlich alle Verantwortung an sie abgegeben.

»Wann hätte ich das arrangieren sollen? Ich hatte anderes im Kopf. Bis zuletzt habe ich mitten in den Prüfungen und der Arbeit an der Dissertation gesteckt.« Luise seufzte innerlich. In den letzten Tagen hatte sie häufiger gedacht, dass an dieser Heirat mehr hing, als ihr lieb war. Statt sich auf ihren frisch gewonnenen Beruf zu konzentrieren, musste sie sich mit Dingen beschäftigen, die sie eigentlich gar nicht interessierten. Aber es stimmte ja, sie würden katholisch getraut werden, und dazu musste sie den Glauben ihres Ehemannes annehmen. Und diesen Gang konnte Jacob ihr natürlich nicht abnehmen.

Sie besprachen, welche Schritte dazu erforderlich waren, doch plötzlich sagte Jacob: »Hättest du eigentlich lieber Wilhelm geheiratet?«

Luise riss die Augen auf. »Nein! Wie kommst du jetzt darauf? Der Gedanke ist mir nicht ein einziges Mal gekommen!«

»Ich dachte nur.« Jacob zuckte mit den Schultern. »Er hat dir schließlich damals einen Antrag gemacht. Er ist so viel männlicher als ich.« Er blickte Luise aus seinen großen blauen Augen an und lächelte ein wenig. »Mir würde er gefallen.«

Luise hatte tatsächlich in den letzten Jahren nicht mehr an Wilhelm gedacht. Sie war so beschäftigt gewesen mit sich und ihren Problemen, als Frau Medizin zu studieren, da war für den Kindheitsfreund kein Raum mehr gewesen. Nach ihrer Verlobung hatte Jacob ihr erzählt, was damals auf Isabellas Polterabend vorgefallen war, und so empört sie auch über Wilhelms Verhalten gewesen war, so hatte es sie doch erleichtert zu erfahren, dass er Montjoie nicht wegen ihr verlassen hatte.

Luise schüttelte den Kopf. »Wirklich, Jacob, ich habe mir darüber keine Gedanken gemacht. Ich heirate dich, und dazu stehe ich.« Sie schwieg, dann fügte sie hinzu: »Ich mochte Wilhelm immer gerne, aber ich hatte nie so eine enge Beziehung zu ihm wie zu dir. Deshalb habe ich ihn auch nie mit dir verglichen. Sicher wirkt Wilhelm männlich und stark, das bringt ja seine Herkunft schon mit sich. Ich würde dir allerdings nicht empfehlen, ihn aufzusuchen, um ihm ein unzüchtiges Angebot zu machen. Ich kann mir nicht vorstellen, dass er das gut aufnähme.«

Jacob ging auf ihren Scherz nicht ein. Nachdenklich sagte er: »Wir wissen eigentlich gar nicht, wo er ist und wie es ihm geht, Luise. Meinst du, er ist nach Wollseifen zurückgegangen? Ich würde ihn gerne einmal wiedersehen.«

»Ich will jetzt nicht kalt erscheinen, aber überleg dir, ob du das wirklich möchtest. Bedenke, was er dir angetan hat. Deine ganze Existenz war gefährdet. Zumindest deinen Eltern gegenüber hat er dich in eine wirklich unangenehme Situation gebracht, nach allem, was du mir erzählt hast.«

»Ja, mag sein. Aber ich glaube fest daran, dass er das mittlerweile bereut. Es sah ihm so gar nicht ähnlich. Na ja, auf die Hochzeit würde ich ihn dennoch nicht einladen wollen.« Er schwieg, dann setzte er erneut an. »Ich muss noch etwas mit dir besprechen. Ich brauche deinen Rat als Ärztin. Zu deinem Vater mag ich nicht gehen. Ich habe seit Wochen ein merkwürdiges Knötchen im Mund.« Er schwieg einen Moment. »Es tut nicht weh, deshalb habe ich es zunächst auch kaum beachtet, aber jetzt ist es aufgegangen, und es ist lästig. So etwas Ähnliches hatte ich schon einmal, aber es ist nach einer Weile wieder verschwunden, und ich habe nicht mehr daran gedacht. Doch dieses Mal ist es schlimmer. Es ist sehr unangenehm.«

Er öffnete den Mund, und Luise betrachtete die Entzündung, die er ihr beschrieben hatte.

»Hast du Hautausschläge?«, fragte sie.

»Ja«, erwiderte Jacob zögernd, »vor ein paar Wochen hatte ich einen Ausschlag auf der Brust.« Er überlegte. »Ach ja, und dann noch einmal an den Oberarmen. Aber das ist jetzt alles wieder weg. Und noch etwas, hier, schau einmal ...« Er beugte sich vor, sodass Luise auf seinen Kopf sehen konnte. Verlegen schob er seine dichten Locken beiseite. »Du kannst es vielleicht nicht auf Anhieb erkennen, aber mir fallen die Haare aus. Hier, siehst du die kahle Stelle?«

Luise musterte ihn aufmerksam. Dann tastete sie vorsichtig seinen Hals ab. »Deine Lymphdrüsen sind ein wenig geschwollen.«

»Was bedeutet das?« Jacob sah sie besorgt an.

In Luise stieg ein Verdacht auf, aber sie wollte Jacob nicht beunruhigen. Nicht vor der Hochzeit. Sie schluckte. »Ich muss in meinen Lehrbüchern nachschauen«, log sie. »Ich habe noch nicht so große Erfahrung. Es hat bestimmt eine harmlose Ursache. Und was die Haare angeht, nun ja. Viele Männer haben eine Glatze, das kommt vor.«

Jacob verzog schmollend den Mund. »Die Männer in meiner Familie hatten immer volles Haar. Das weißt du doch. Ich möchte keine Glatze bekommen.«

Luise tätschelte ihm die Hand. »Ich überlege mir, wie wir dir helfen können. Jetzt warten wir erst einmal ab und sehen zu, dass wir rechtmäßig Mann und Frau werden.«

An diesem Abend konnte sie nicht einschlafen. Sie kam einfach nicht zur Ruhe. Unablässig kreisten ihre Gedanken. Eigentlich hätte sie ihre Fachbücher gar nicht mehr konsultieren müssen, aber sie hatte es trotzdem getan, um ganz sicherzugehen. Jacob hatte Syphilis, und seiner Schilderung nach zu urteilen bereits in der sekundären Phase. Möglicherweise hatte er sich bei einem seiner Kontakte in Paris angesteckt. Und die Krankheit bei seinen letzten Besuchen sicher auch noch weiterverbreitet.

Sie hatte Fälle von Syphilis während ihres Studiums in Zürich gesehen. In den seltensten Fällen wurden die Anfangssymptome, die vielleicht noch zu behandeln gewesen wären, vom Patienten erkannt, da sie meistens harmloser und vorübergehender Natur waren. In den späteren Stadien konnte man nichts mehr machen, weil es noch keine wirklich wirksamen Behandlungsmethoden gab. Die Krankheit schlummerte oft Jahre unentdeckt, bis sie schließlich ausbrach und die Kranken zu einem langsamen Siechtum verdammte, dessen Endphase häufig erst nach vielen Jahren eintrat. Dann jedoch konnten zu entstellenden Geschwüren im Gesicht auch Demenz und vielfache organische Probleme hinzukommen. Natürlich konnte sie nicht voraussagen, wie sich die Erkrankung bei Jacob entwickeln würde, aber sie musste aufs Schlimmste gefasst sein.

Morgen früh war das Ehegespräch bei Pastor Siebers. Und in zwei Monaten fand die Hochzeit statt. Konnte sie unter diesen Umständen die Lüge aufrechterhalten? Sollte sie nicht besser alles absagen? Aber das ging ja gar nicht mehr. Es würde alles nur noch schlimmer machen.

Natürlich war Syphilis keine Krankheit, die nur Homosexuelle befiel, wie Männer, die Männer liebten, in wissenschaftlichen Schriften seit einigen Jahren bezeichnet wurden, aber wer würde Jacob glauben, dass er sich bei einer Frau angesteckt hatte, wenn sie ihn nicht heiratete? Dazu hatte es wohl in Montjoie viel zu viel Gerede um seine Person gegeben, nach allem, was sie gehört hatte.

Sie durfte Jacob auf keinen Fall im Stich lassen. Noch sah man ihm nichts an, und sie könnten seinen Zustand lange geheim halten. Vielleicht fand sich sogar ein Mittel, mit dem er erfolgreich behandelt werden konnte. Die Medizin machte doch rasante Fortschritte. Auf jeden Fall würde sie nichts unversucht lassen.

Irgendwann würde er Pflege brauchen, dachte sie. Wer, wenn nicht sie, sollte dann für ihn sorgen?

Die Wahrheit über seinen Zustand wollte sie ihm erst sagen, wenn sie verheiratet waren. Den kleinen Aufschub wollte sie ihm lassen. Es würde ihn nur nervös machen, wenn er es wüsste, und er brauchte sich nicht den Kopf darüber zu zerbrechen, ob er sie von dem Eheversprechen entbinden sollte.

Eine Welle der Zärtlichkeit durchströmte Luise, und sie merkte einmal mehr, wie sehr ihr das Wohlergehen von Jacob am Herzen lag. Wenn sie bis vor Kurzem vielleicht noch Zweifel gehegt hatte, ob sie wirklich das Wagnis eingehen sollte, sich an ihn zu binden, so wusste sie jetzt mit absoluter Sicherheit, dass sie das Richtige tat. Wer außer ihr könnte Jacob in dieser Situation beistehen? Zwar war ihr bewusst, dass sie einen Teil ihres eigenen Lebens aufgab, aber sie hatte nicht das Gefühl, dass sie etwas vermissen würde. Es erfüllte sie mit Freude und Zufriedenheit, ihm helfen zu können.

Und dann war endlich der Tag der kirchlichen Trauung da. Am Morgen hatte es noch geregnet, und Isabella, die Luise mit der Schneiderin zusammen beim Anlegen des Hochzeitskleides half, blickte immer wieder sorgenvoll aus dem Fenster.

Luise lachte sie aus. »Bella, zieh nicht so ein verzweifeltes Gesicht! Es bringt doch Glück, wenn es bei der Hochzeit ein bisschen regnet. Du wirst sehen, heute Nachmittag scheint die Sonne!«

Isabella seufzte. »Du hast wirklich die Ruhe weg, Luise! Bist du denn gar nicht aufgeregt?«

»Nein, warum sollte ich? Erwartet mich eine furchterregende Entdeckung? Hast du mir etwas verschwiegen?«

»Ach, mach dich nicht lustig! Selbst du fändest es doch auch nicht schön, wenn dieses wunderbare Kleid nass und schmutzig würde. Von deinen Stiefelchen ganz zu schweigen! Und jetzt halt still, ich muss die unzähligen kleinen Knöpfe schließen. Wenn du dich dauernd so drehst und wendest, vergesse ich am Ende noch einen.«

Luises Brautkleid war aus schwerer Atlasseide, und das hochgeschlossene, langärmelige Oberteil, das auf dem Rücken von einer Reihe unzähliger, stoffüberzogener Knöpfe zusammengehalten wurde, schmiegte sich eng an ihre Büste. Die Schneiderin, die dieses Kunstwerk, wie Luise fand, geschaffen hatte, kniete vor ihr, um die letzte Änderung in der Länge vorzunehmen.

Luise blickte zu der Sesselgruppe am Fenster ihres Schlafzimmers. Dort hing der bodenlange Schleier, den schon ihre Mutter und Isabella bei der Hochzeit getragen hatten. Die Brautkrone, die auf dem Tisch lag, stammte von ihrer Schwiegermutter. Luise fand sie eigentlich zu schwer und zu wuchtig, aber Jacobs Mutter war so stolz darauf gewesen, auch von sich etwas zur Brautausstattung beitragen zu können, dass sie es ihr nicht hatte abschlagen können. Genauso wie ihre Bitte, unbedingt einen Polterabend zu feiern. Luise und Jacob waren sich eigentlich einig gewesen, dass sie vor dem Gang zum Standesamt nicht auch noch ein Fest für ganz Montjoie feiern wollten, aber letztendlich hatten sie sich dann doch ihr zuliebe darauf eingelassen. »Es bringt Unglück, wenn vor der Hochzeit kein Porzellan zerschlagen wird«, hatte ihre Schwiegermutter gesagt. »Außerdem müsst ihr beide eurer gesellschaftlichen Stellung gerecht werden – ihr tragt auch Verantwortung, Jacob für die Leute in der Fabrik und du für die Patienten, die du ab jetzt behandeln wirst.«

Sie hatte recht gehabt, und es war wirklich schön gewesen, dachte Luise jetzt, während ihre Schwester und die Schneiderin an ihr herumzupften. Isabella und Conrad waren einen Tag vorher in Begleitung von Conrads Cousin Arno angereist. »Wir haben ihn einfach mitgebracht, du hast hoffentlich nichts dagegen?«, hatte Isabella erklärt. »Der arme Junge wäre sonst die nächsten zwei Wochen ganz alleine bei uns im Haus gewesen. Er wohnt doch zurzeit bei uns. Jetzt in den Semesterferien wird das Verbindungshaus, in dem er in Bonn untergekommen ist, renoviert, und er weiß nicht, wohin sonst.«

Luise lächelte leise. »Der Junge« war schon einundzwanzig Jahre alt und eine wirklich angenehme Erscheinung. Groß und schlank, mit blonden welligen Haaren und grauen Augen, aus denen er sie bewundernd gemustert hatte, als Conrad ihn ihr vorgestellt hatte. Für den Bruchteil einer Sekunde war es Luise unter seinem Blick ganz warm geworden.

»Halt den Kopf gerade«, befahl Isabella. »Sonst verrutscht die Brautkrone.«

Luise straffte sich. Als sie das Gewicht auf dem Kopf spürte, drehte sie sich vorsichtig um, um sich im Spiegel zu betrachten. Forschend musterte sie sich. Sie erkannte sich kaum wieder. Sie wirkte ernst und bräutlich – und sehr fremd. »Gut«, sagte sie schließlich, mehr zu sich selbst als zu den beiden anderen Frauen, die leise Laute des Entzückens von sich gaben. »Lasst uns gehen. Ich bin bereit.«

Die Trauung fand in der alten Pfarrkirche St. Mariä Geburt statt, in die Jacob früher immer mit seinen Eltern gegangen war. Deshalb hatte sich das Brautpaar auch dafür entschieden, obwohl sie mittlerweile nur noch selten genutzt wurde, da die sonntägliche Messe in der Aukirche St. Mariä Empfängnis unten an der Rur abgehalten wurde, die wesentlich mehr Menschen fasste. Doch darum war es dem Brautpaar nicht gegangen. Sie wollten beide keine große Hochzeit, und die Atmosphäre in dem kleinen Gotteshaus war heimeliger und gefiel ihnen besser.

Als Luise am Arm ihres Vaters die Kirche betrat, spielte der Organist den Hochzeitsmarsch von Felix Mendelssohn Bartholdy, und unter den brausenden Orgelklängen schritt sie durch den Mittelgang auf Jacob zu. Er drehte sich zu ihr um und lächelte sie strahlend an. In seinem Blick lagen Bewunderung und Zuneigung.

Der Gottesdienst begann, und als sie sich schließlich das Ja-Wort gaben und die Ringe tauschten, fiel ein Sonnenstrahl durch die hohen Fenster, und der feuervergoldete Schrein blitzte auf. Sie schauten einander in die Augen, und in diesem Moment war Luise so von Liebe erfüllt, dass ihr die Tränen kamen.

»Was Gott zusammengefügt hat, das soll der Mensch nicht scheiden«, sagte der Pastor. »Ich segne euch im Namen des Vaters, des Sohnes und des Heiligen Geistes. Gehet hin in Frieden.«

Aus dem Tagebuch von Friederike Linden

30. März 1890

Bismarck ist von Kaiser Wilhelm II. entlassen worden. So lange hat er die Geschicke unseres Landes bestimmt. Ob jetzt eine bessere Zeit anbricht? Zumindest eine andere ...

20. Mai 1890

Luise hat alle ihre Prüfungen mit Auszeichnung bestanden und darf sich jetzt Fräulein Doktor nennen! Und bald ist sie dann Frau Dr. Becker, wer hätte das gedacht. Meine kluge, mutige Luise ... Sie hat so hart gearbeitet, und ich wünsche mir für sie, dass jetzt eine leichtere Zeit beginnt.

22. Juli 1890

Vor zehn Tagen haben wir die Hochzeit von Luise und Jacob gefeiert. Es war so eine schöne, feierliche Zeremonie. Mir war, als stünde meine eigene Tochter vor dem Traualtar. Dietmar hatte vorher schon im Scherz gemeint, er müsse sich wohl mehrere Taschentücher einstecken, um meine Tränenfluten einzudämmen. Und er hatte recht – ich musste sehr weinen. Mein Mädchen! Wie entschieden sie immer erklärt hat, Heiraten sei nichts für sie. Dietmar meint, er hätte schon immer gewusst, dass auch für Luise eines Tages der Richtige kommt, aber ich war mir da nie so sicher. Jacob wäre mir als Kandidat nicht in den Sinn gekommen. Aber wo die Liebe hinfällt ... Jetzt sind sie Mann und Frau.

25. Juni 1891

Ich kann es immer noch nicht fassen! Ich lese Luises Brief immer wieder und kann es nicht begreifen. Jacobs Eltern sind bei einem schrecklichen Unglück ums Leben gekommen. Und dabei hatten sie gerade erst angefangen, ihr Leben im Ruhestand zu genießen. Sie haben erst Anfang des Monats eine Reise in die Schweiz angetreten und sind in Basel in einen Extrazug der Jura-Simplon-Bahn gestiegen, die hinter Basel über eine von Gustave Eiffel erbaute Brücke führt. So großartige Bauwerke hat dieser Mann geschaffen, man denke nur an die Freiheitsstatue in New York und den Eiffelturm in Paris, den Dietmar und ich bei der Weltausstellung vor zwei Jahren so sehr bewundert haben. Und ausgerechnet diese Brücke nun ist eingestürzt und hat den Zug mit sich gerissen. Neben zahlreichen Verletzten gab es dreiundsiebzig Tote, darunter auch Jacobs Eltern. Luise und Jacob waren in der Schweiz, um die Leichen der beiden zu identifizieren. Ende des Monats werden die sterblichen Überreste in Montjoie beigesetzt, und Dietmar und ich werden selbstverständlich hinfahren.
Der arme Jacob ist vor Trauer wie erstarrt, schreibt Luise. Ach, in Gedanken bin ich bei den beiden, und mein Herz fliegt ihnen zu. In ein paar Tagen kann ich sie wenigstens umarmen.

27

Montjoie, 1896

»Jacob, wir müssen endlich eine Entscheidung bezüglich der Fabrik treffen. Dort geht es drunter und drüber. Die Leute treten schon an mich heran, weil sie sich anders nicht mehr zu helfen wissen.«

Jacob hob den Kopf und blickte seine Frau müde an. »Ich habe doch erst letztes Jahr einen neuen Fabrikleiter eingesetzt. Führt er denn die Geschäfte nicht?«

Luise schüttelte den Kopf. »Ach, Jacob, ich kann es fachlich nicht beurteilen, aber mir kommt es so vor, als ob der Mann nichts taugt. Die schwierige wirtschaftliche Lage allgemein spielt sicher auch eine Rolle. Ich kann mich nicht auch noch um die Geschäfte kümmern, ich habe zu viel mit der Praxis zu tun. Doch so kann es nicht weitergehen. Entweder du kümmerst dich mehr um die Angelegenheiten in der Fabrik, oder wir werden verkaufen müssen, um unsere Arbeiter nicht ins Elend zu stürzen.« Sie blickte ihren Mann forschend an. »Kannst du denn nicht wenigstens zweimal in der Woche dort erscheinen? Die Leute fühlen sich sonst von dir alleingelassen.«

Die Frage war eher rhetorisch, sie sah ihm ja an, wie es um ihn stand. Die Symptome, anhand derer sie damals die Krankheit diagnostiziert hatte, waren kurz nach der Hochzeit abgeklungen, und zunächst hatte es keine weiteren Anzeichen gegeben. Jacob war es gut gegangen, und deshalb hatte er es auch nicht wahrhaben wollen, dass er an Syphilis litt. Luise allerdings hatte sich davon nicht täuschen lassen. Sie wusste, dass dieser Stillstand im ersten Stadium durchaus nicht unüblich war. Zuerst hatte sie das jedoch in den ersten Wochen ihrer Ehe nicht erwähnt, um ihn nicht zu beunruhigen, aber schließlich blieb ihr nichts anderes übrig, als er ihr eröffnete, er wolle demnächst wieder einmal eine längere Reise nach Paris machen.

»Wir könnten sie als Hochzeitsreise deklarieren«, sagte er. »Für dich gibt es in Paris doch bestimmt auch eine Menge zu sehen und zu entdecken. Vielleicht möchtest du dir ja eine Garderobe bei einem der großen Couturiers zusammenstellen lassen«, fügte er hinzu und blickte sie hoffnungsvoll an.

Er fiel aus allen Wolken, als sie ihm eröffnete, dass Syphilis nicht heilbar war und er auf keinen Fall in engen Kontakt mit anderen Personen treten durfte.

»Es besteht immerhin die Möglichkeit, dass die Krankheit bei dir einen milden Verlauf nimmt und du vielleicht sogar jahrzehntelang ohne weitere Symptome bleibst«, sagte sie zu ihm. »Aber ansteckend bist du leider so oder so, und ich muss dich bitten, in Zukunft auf ein intimes Zusammensein mit deinen Freunden zu verzichten.«

Für Jacob war das der Todesstrafe gleichgekommen, und er war wochenlang nicht ansprechbar gewesen. Letztendlich hatte er sich in das Unvermeidliche gefügt, aber er verlor jeden Antrieb und jede Lebensfreude.

Seit einiger Zeit nun gab Jacobs Gesundheitszustand Anlass zur Besorgnis. Er hatte sich noch nie gerne um die Fabrik gekümmert und jeden Tag einen neuen Grund gefunden, warum er sich nicht damit befassen konnte. Regelmäßig war er eigentlich nur dorthin gegangen, als seine Eltern noch gelebt hatten. Doch jetzt war er seit Wochen besonders matt. Ein trockener Husten quälte ihn, und ohne ihn untersucht zu haben, spürte Luise, dass die Krankheit fortschritt. Und dabei waren gerade zurzeit die Zustände in der Fabrik unhaltbar geworden. Sie hatten kaum noch Aufträge, die Maschinen waren veraltet, alle naselang ging etwas kaputt, und die Arbeiter liefen ihnen in Scharen weg. Sie suchten lieber mit ihren Familien ihr Glück in den großen Städten, ehe sie hier im Elend lebten. Der Fabrikleiter, den Jacob eingestellt hatte, verstand offensichtlich nichts vom Geschäft, und, was noch schlimmer war, er zahlte die Löhne nicht zuverlässig aus. Luise wurde das alles von ihren Patienten zugetragen, und ihr war klar, dass es nur noch eine Frage der Zeit war, bis die Arbeiter aufbegehrten. Das jedoch wollte sie auf jeden Fall verhindern, deshalb musste das weitere Schicksal der Fabrik so bald wie möglich geklärt werden.

Ihr graute vor dem Zeitpunkt, an dem die Krankheit in das dritte, das letzte Stadium eintreten würde, in dem sie mit all ihrem medizinischen Wissen nichts mehr würde ausrichten können. Es würden sich wieder Hautausschläge bilden, Geschwüre im Gesicht, an anderen Körperteilen, die allerdings zum Glück nicht schmerzhaft waren. Wenn sie abheilten, hinterließen sie oft tiefe Narben, aber das waren nur die sichtbaren Anzeichen. Die wirklich fatalen Auswirkungen der letztendlich tödlichen Geschlechtskrankheit spielten sich im Körper ab und waren auf den ersten Blick gar nicht zu erkennen. Was sie in dieser Hinsicht zu erwarten hatten, konnte man jetzt noch nicht sagen, aber es war leider eine Tatsache, dass sie mit dem Schlimmsten rechnen musste.

Mit einer müden Geste wehrte Jacob ihr Ansinnen ab. »Ach, Luise, nein, ich glaube nicht. Zweimal in der Woche, das stehe ich nicht durch. Diese Fabrik hängt mir zum Hals heraus. Ich kann mich nicht selbst darum kümmern. Mach, was dir beliebt. Mir ist einerlei, was damit geschieht, wenn ich nur nicht mehr dorthin gehen muss.« Er hustete keuchend. »Die Leute haben mich sowieso noch nie ernst genommen. Und sie haben mich immer schon so komisch angeschaut.«

»Ach was.« Luise schüttelte den Kopf. »Das bildest du dir ein. Sie haben wahrscheinlich nur darauf gewartet, dass du die Zügel in die Hand nimmst, vor allem, nachdem dein Vater tot war.«

Das war, wenn überhaupt, nur die halbe Wahrheit, aber sie wollte ihren Mann nicht unnötig beunruhigen. Es hatte immer, trotz ihrer Heirat, Gerede über Jacob gegeben. In so einer kleinen Stadt wie Montjoie blieb selten etwas unkommentiert, und so hatte auch die Tatsache, dass Jacob sich schon in den Anfangsjahren ihrer Ehe nur selten in der Fabrik gezeigt hatte, häufig verreist war und sich keine Kinder einstellen wollten, zu allerlei Mutmaßungen geführt. In der Praxis war sie häufig mit der nur schlecht verhüllten Neugier ihrer Patienten konfrontiert. Sie begegnete den Fragen mit gleichbleibender Freundlichkeit und Gelassenheit, aber manchmal kostete es sie doch mehr Kraft, als sie sich vorgestellt hatte. Doch sie konnte nichts dagegen tun, dass sich die Leute ihren Teil dachten.

»Du weißt doch, dass ich das nie konnte, nie wollte.« Jacobs Stimme klang weinerlich. Theatralisch hob er seine verkrüppelte Hand. »Schau mich doch an! Wer bin ich denn? Ein Krüppel, ein armer, kranker Krüppel! Und diese furchtbare Krankheit nimmt mir alles!«

»Ach, Lieber, reg dich nicht auf. Das ist nicht gut für dich.« Luise seufzte. »Wenn es in meiner Macht läge, würde ich dich nur zu gerne gesund machen.«

Ihre Worte wirkten mäßigend auf ihn, und er fiel wieder in seine übliche Lethargie zurück. In ruhigerem Tonfall sagte er: »Ja, du hast recht. Wir wollen die Fabrik verkaufen, das wird das Beste sein. Kannst du es denn für mich in die Wege leiten? Ich wäre dir sehr dankbar.«

»Mach dir keine Gedanken, ich kümmere mich um alles«, versprach Luise. »Ich werde mich umhören, möglicherweise ist Scheibler interessiert.«

Einfach würde es sicher nicht werden, dachte Luise. Den Tuchmachern in Montjoie und Umgebung ging es allgemein nicht gut, und die Arbeiter, die ums Überleben kämpften, wanderten ab in die großen Städte, die nicht so abseits vom Weltgeschehen lagen. Doch die Familie Scheibler, immer noch die reichste Fabrikantenfamilie in Montjoie mit Unternehmen in zahlreichen anderen Städten, hatte vielleicht Interesse an der alteingesessenen Fabrik der Beckers. Möglicherweise führten sie sie ja auch einer neuen Verwendung zu.

Als ob die Anstrengung der Entscheidung zu viel für ihn gewesen wäre, war Jacob, kaum dass er den Satz ausgesprochen hatte, wieder in sich versunken. Versonnen lächelte er vor sich hin, und Luise sah ihm an, dass er an alte Zeiten dachte. Das tat er nun immer häufiger, und manchmal kam es ihr vor, als ob er dabei selber wieder zum Kind würde. Plötzlich hob er den Kopf und schaute sie bittend an. »Ich möchte so gerne nach Paris fahren. Nur, um mir alles noch ein letztes Mal anzusehen. Das täte mir sicher gut. Ich bin diese Umgebung hier so leid.« Wehmütig fügte er hinzu: »Ich habe meine Freunde so lange nicht gesehen. Du kannst mich ja begleiten, und ich verspreche dir, ich werde ganz brav sein.«

Innerlich zuckte Luise zusammen, aber laut sagte sie: »Jacob, ich werde zusehen, wie und wann ich es arrangieren kann. Bevor wir die Fabrik verkauft haben, ist allerdings daran nicht zu denken.« Jacob wollte aufbegehren, aber sie fuhr fort: »So gerne ich dir den Wunsch erfüllen würde, im Moment geht es leider wirklich nicht. Deine Freunde dort solltest du sowieso nicht aufsuchen. Es würde dich nur unnötig quälen.«

Jacob schaute sie verzweifelt an. »Gut«, sagte er dann zögernd. »Es muss ja auch nicht gleich sein, wenn du es überhaupt möglich machst. Ich weiß, du musst dich um so vieles kümmern, und ich bin dir nur ein Klotz am Bein.«

»Das stimmt doch gar nicht.« Luise strich ihm liebevoll über die Haare.

Sie waren jetzt seit sechs Jahren verheiratet, und medizinisch war sie mit ihrem Latein schon lange am Ende. Es gab keine wirklich wirksamen Medikamente gegen die Syphilis. Das einzige Mittel, das die Schulmedizin kannte, war Quecksilber. Sie verabreichte ihm das giftige Metall äußerst vorsichtig nur in kleinen Mengen, weil ihr bewusst war, dass sie ihn mit einer zu hohen Dosierung vergiften würde, aber es half eben auch nichts. Besserung war nicht in Sicht. Sie hatte sich durch die gesamte Fachliteratur gelesen und vor allem die Schriften von Paul Ehrlich und Emil Behring verfolgt, die sich in der Bekämpfung der Diphtherie einen Namen gemacht hatten. Erst dieses Jahr war in Berlin ein Institut für Serumforschung gegründet worden, in dem Paul Ehrlich arbeitete, aber die Forschung ging nur langsam voran, und bis jetzt war noch nichts entdeckt worden, was als Heilmittel geeignet war. Wer an Syphilis erkrankte, dem stand ein langer Leidensweg bevor.

»Gut«, sagte Jacob und lächelte schwach. »Ich werde noch ein wenig schlafen.«

»Tu das, mein Lieber. Ich muss rasch noch einmal in die Praxis, um nach meinen Frauen zu sehen, bin aber bald wieder daheim und schaue später noch einmal nach dir.«

Schon vor dem Tod ihrer Schwiegereltern hatten Luise und Jacob in Jacobs Elternhaus gewohnt, weil dort einfach mehr Platz war. Ihre Schwiegereltern waren froh darüber gewesen, und Luise machte es nichts aus, die wenigen Schritte bis zur Praxis zu Fuß zu gehen, im Gegenteil, der kurze Spaziergang an der frischen Luft war für sie immer eine willkommene Gelegenheit, ihre Gedanken von den Sorgen zu Hause zu lösen und sich auf den Tag vorzubereiten.

Im Grunde, so dachte sie jetzt, als sie sich den Umhang überwarf, um zur Praxis zu gehen, führte sie zwei Leben. In dem einen Leben war sie die Gattin des Fabrikantensohns Jacob Becker. Sie hatte gesellschaftliche Verpflichtungen zu erfüllen und musste nach außen hin das Bild einer funktionierenden Ehe aufrechterhalten, in der sie mit Hingabe ihren kranken Mann pflegte. An welcher Krankheit er litt, wusste niemand, durfte niemand in Montjoie wissen. Die wenigen Dienstboten, die sie hatten, Köchin, Kutscher und ein Hausmädchen, waren schon lange im Haus. Auf ihre Verschwiegenheit konnte sie sich verlassen.

Und dann hatte sie noch ein anderes, ihr eigentliches Leben. Hier war sie eine Frau in einem Männerberuf und führte als Ärztin die Praxis ihres Vaters weiter.

Luise erinnerte sich noch gut daran, wie einfach sie sich alles vorgestellt hatte, als sie nach bestandenem Examen aus Zürich zurückgekommen war. Die Ehe mit Jacob eine perfekte Interessengemeinschaft auf Augenhöhe, in der jeder dem anderen das Recht auf freie Entfaltung zugestand, die Arbeit als Ärztin gesichert durch die Rückendeckung des Vaters. Noch immer war es in Deutschland nicht möglich, als Frau Medizin zu studieren, und die Ärztinnen, die aus dem Ausland zurückkamen und sich niederließen, mussten damit rechnen, dass ihre männlichen Kollegen sie anzeigten und Gerichtsverfahren gegen sie anstrengten. Da jedoch Doktor Fabricius seine schützende Hand über seine Tochter hielt, blieb sie von solchen Angriffen gegen ihre Person weitgehend verschont.

Anfangs hatte sie noch nicht so gespürt, wie schwierig und kraftraubend es war, diese beiden Leben zu führen und zusammenzubringen. Die Erkenntnis, dass Jacob an Syphilis litt, war zwar ein Schlag gewesen, doch man sah und merkte ihm die Krankheit ja noch nicht an. Sie hatte sich voll und ganz auf die Arbeit in der Praxis konzentrieren können. Dabei hatte es ihr sehr geholfen, dass ihr Vater mit ihr zusammenarbeitete und sie den Patienten gegenüber als seine Nachfolgerin einführte. So hätte es, wenn es nach Luise gegangen wäre, noch ewig weitergehen können.

Jacob und sie hatten sich in ihrem geschwisterlichen Leben behaglich eingerichtet. Jacob nahm, ganz anders als an der väterlichen Fabrik, an Luises Arbeit regen Anteil, und sie liebte die abendlichen Gespräche mit ihm. Lediglich die ständigen Andeutungen und vorsichtigen Fragen ihrer Schwiegereltern, wann sie denn endlich ein Enkelkind in den Armen halten könnten, waren schwer zu ertragen gewesen, aber als sie dann ums Leben kamen, bedauerte Luise es beinahe, dass sie ihnen die Freude nicht hatten machen können. Sie wusste, dass sich auch ihr Vater nichts sehnlicher wünschte als ein Enkelkind, zumal Isabella und Conrad Kinder versagt blieben. Aber er, der sie sowieso nie bedrängt hatte, wusste über Jacobs Krankheit Bescheid.

Sie waren bereits drei Jahre verheiratet gewesen, als Luise beschlossen hatte, ihn einzuweihen, wenn sie ihn auch darüber im Unklaren ließ, wo und wann sich ihr Mann angesteckt hatte. Zu diesem Zeitpunkt hatten die Symptome noch geruht, aber sie würden sich nicht mehr lange verbergen lassen, und der Vater, der sie immer in allem unterstützt hatte, würde ihr auch in dieser Angelegenheit beistehen, da war sie sich sicher.

Doch kurz darauf war das Unfassbare geschehen: Eduard Fabricius starb ganz plötzlich an einem Herzstillstand. Als Luise in die Praxis kam, zehn Minuten zu spät an jenem Morgen, weil sie beim Frühstück ins Plaudern geraten waren, standen die

Patienten vor der verschlossenen Tür. Erstaunt ließ Luise sie ins Wartezimmer. Eine bange Ahnung überkam sie, als sie die stille, dunkle Treppe in die Wohnung hinauflief. Der Vater hatte außer dem Pferdeknecht und der Haushälterin kein Personal mehr, und die Haushälterin war für ein paar Tage zu ihrer Tochter nach Brühl gefahren. Er lag im Esszimmer neben dem Tisch, noch im Schlafrock, mit dem Gesicht nach unten. Seine Taschenuhr war ihm aus der Hand geglitten und zu Boden gefallen. Die Zeiger zeigten auf Viertel nach sechs.

Luise trauerte unendlich um den geliebten Vater. Er war ihr Vorbild, ihr Lehrmeister, ihr Mentor und ihr Kompass gewesen. Nie hatte er geklagt, unermüdlich hatte er für seine Familie und seine Patienten gesorgt. Für alle hatte er ein großes Herz gehabt, nur um sich selbst hatte er sich nie gekümmert. Nun war er tot, und als sie, von Schmerz überwältigt, an seinem Grab stand, hatte sie das Gefühl, auch ihr Leben müsse jetzt zu Ende sein. Wenn Jacob sie nicht mit seinem heilen Arm gehalten hätte, wäre sie zusammengebrochen. Es tat so weh, auch jetzt noch, über zwei Jahre später.

Diese Gedanken begleiteten sie, als sie die Tür zum Elternhaus aufstieß. In der Praxis machten es ihr die meisten Patienten zum Glück leicht. Sie hatte sich in den letzten Jahren einen guten Ruf erworben, selbst in den weiter entfernten Dörfern zuckte kaum noch jemand zusammen, wenn sie mit ihrem Einspänner vorgefahren kam. Im Gegenteil, sie waren stolz auf »ihre« Frau Doktor, die als erste Frau in der Eifel ganz alleine eine Arztpraxis führte. In Montjoie selbst war es manchmal nicht ganz so einfach, weil vor allem die alteingesessenen Honoratioren im Ort, die allesamt Patienten bei ihrem Vater gewesen waren, es nicht einsahen, sich von der, wie sie meinten, viel zu jungen, unerfahrenen Frau behandeln zu lassen. »Bisher hat ja der Vater immer noch ein Auge auf sie gehabt«, hieß es, »aber ob sie das alleine schafft?« Doch vor allem die jungen Ehefrauen hatten von Anfang an Vertrauen zu ihr, und mit der Zeit verstummten nach und nach auch die Einwände der Männer.

Es lag sowieso nicht in Luises Natur, wegen der vielfältigen Probleme, die sich ihr in den Weg stellten, in Trübsal und Lethargie zu verfallen. Tatkräftig, wie sie nun einmal war, hatte sie sich nach dem Tod des Vaters zunächst darangemacht, ihr ehemaliges Zuhause, in dem jetzt zwei Etagen leer standen, umbauen zu lassen, um dort eine Art Heim für ledige Frauen einzurichten, die durch eine Schwangerschaft in Not geraten waren. Unterstützt wurde sie dabei von Mutter Marie, wie die alte Montjoier Hebamme von allen genannt wurde. Sie verfügte über einen fast unerschöpflichen Erfahrungsschatz, und wo Luises medizinisches Wissen an seine Grenzen geriet, wusste sie immer noch einen Rat oder einen besonderen Kniff. Von ihr lernte Luise, dass Wehen mit einem Sud aus Rizinusöl und Eisenkraut angeregt wurden und dass manchmal sogar ein kleines Gläschen Branntwein förderlich sein konnte – auch wenn es häufig wohl eher so war, dass die Hebamme den Alkohol zu sich nahm.

Vor allem gab der Beistand der alten Hebamme Luise die nötige Gelassenheit, um das Gerede in Montjoie an sich abprallen zu lassen. Ihre Einrichtung gefiel nämlich längst nicht allen, besonders die ehrbaren Matronen im Ort zerrissen sich die Mäuler über ihre Wöchnerinnenstation. Doch Luise ignorierte sie einfach und tat, was ihrer Meinung nach längst überfällig war. Diese jungen Frauen hatten niemanden, an den sie sich wenden konnten, und sie wollte ihnen wenigstens so lange Schutz und Fürsorge bieten, bis sie mit ihren Säuglingen irgendwo anders unterkommen konnten.

Regelmäßig korrespondierte Luise auch mit den Freundinnen aus der Studienzeit. Theresia hatte tatsächlich Professor Haab, den Direktor der Klinik für Augenheilkunde, geheiratet. Zunächst sehr zur Genugtuung ihres Vaters, der immer prophezeit hatte, dass sie mit ihrem beruflichen Ehrgeiz nicht weit kommen würde. Doch er kannte seine Tochter offenbar nicht besonders gut, denn obwohl sie vor Kurzem das zweite Kind bekommen hatte, dachte sie gar nicht daran, ihren Beruf aufzugeben. Sie beabsichtigte, mit ihrem Mann zusammen in Zug bei Zürich eine Praxis zu eröffnen.

Franziska war nach der Promotion und dem Staatsexamen nach Berlin gegangen. Sie behandelte vor allem Frauen und Kinder, die sich einen regulären Arztbesuch nicht leisten konnten. Luise bewunderte ihren Einsatz und ihren Mut sehr. Über die Freundin hielt niemand seine schützende Hand, und sie hatte in der Großstadt mit wesentlich größeren Schwierigkeiten zu kämpfen als Luise. Die Approbation wurde ihr nicht anerkannt, weil sie ihren Titel im Ausland erworben hatte, und ein besonders hartnäckiger Gegner, ein Berliner Professor, bedrängte sie mit allen möglichen Anzeigen und versuchte, ihr das Recht abzusprechen, in ihren Privaträumen zu behandeln. Sie war als Mannweib verschrien, und mehr als einmal hatten unbekannte Täter nachts die Tür und die Hauswand des Gebäudes, in dem sie praktizierte, mit Schimpfwörtern beschmiert. Aber sie ließ sich von alldem nicht beeindrucken, und nach und nach kamen immer mehr Frauen, vor allem Fabrikarbeiterinnen und Dienstmädchen, um ihre Hilfe in Anspruch zu nehmen.

Es liegt so viel im Argen, hatte sie letztens an Luise geschrieben, *und ich weiß manchmal gar nicht, wo anfangen. So viele Frauen und Kinder brauchen unsere ärztliche Hilfe. In unserem reichen Land ist es leider so, dass sich niemand um die armen Leute kümmert.*

Wenn Luise die Arbeit mal wieder über den Kopf wuchs und sie das Gefühl hatte, dass eine einzige Person all das gar nicht bewältigen konnte, weil sie sich neben ihren Patientinnen auch um ihren kranken Mann kümmern musste, dann brauchte sie nur an Franziska zu denken. Wie viel leichter als die Freundin hatte sie es doch in ihrem beschaulichen Eifelörtchen!

Zurzeit hielten sich im Haus in Montjoie nur drei Frauen auf, aber Luise wusste, dass sich das schnell ändern konnte. Es gab so viele Mädchen in Not. Sie hatten alle noch einige Monate Zeit, aber eine von ihnen, Frieda, war sehr jung. Von zarter, schwächlicher Konstitution, fing sie sich jeden Schnupfen ein, und Luise machte sich Sorgen um den Gesundheitszustand der Schwangeren.

Als sie den Türknauf der Praxistür drehte, wurde die Tür von innen aufgerissen. »Gott sei Dank, Frau Doktor, da sind Sie ja. Frieda verlangt ganz dringend nach Ihnen.«

Agathe war eine kräftige Person mit großen roten Händen. Sie war vor einem Jahr eine der ersten Frauen gewesen, die Luise aufgenommen hatte. Ihr Kind war kurz nach der Geburt leider an einem Fieber gestorben, aber Agathe war geblieben und machte sich im Heim und in der Praxis nützlich, wo sie nur konnte.

»Ich komme sofort. Ich wasche mir nur noch rasch die Hände.«

Im oberen Schlafsaal saß Frieda auf der Kante ihres Bettes. Offensichtlich wartete sie schon auf sie. »Oh, Frau Doktor, endlich sind Sie da. Können Sie sich bitte meine Beine anschauen? Ich halte es nicht mehr aus.«

Sie hatte die Strümpfe bereits heruntergerollt, und Luise sah, dass die Schienbeine geschwollen und mit feuerroten Quaddeln bedeckt waren. An manchen Stellen war die Haut blutig aufgekratzt.

Vorsichtig untersuchte Luise den Ausschlag. Dann lächelte sie. »Das ist Schwangerschaftsjucken, Frieda«, sagte sie. »Ich würde ja sagen, es ist nicht so schlimm und es geht vorüber, aber es quält dich bestimmt sehr.«

»Ja, es juckt wie der Teufel, und wenn ich einmal angefangen habe zu kratzen, dann kann ich nicht mehr aufhören.«

Luise nickte verständnisvoll. »Ich weiß, aber du siehst es ja – dann fängt es an zu bluten und wird immer schlimmer. Am Ende entzündet es sich noch. Das ist nicht gut. Ich lasse dir in der Apotheke eine Mentholsalbe anrühren. Das sollte den Juckreiz lindern. Bis dahin legst du die Beine hoch und machst kühlende Umschläge. Ich sage Agathe Bescheid. Aber nicht mehr kratzen, hörst du?«

Die junge Frau nickte gehorsam.

Eine weitere Schwangere hatte seit ein paar Tagen einen bösen Husten. Luise untersuchte auch sie und beauftragte Agathe, einen Sud aus Zwiebeln und Honig zu kochen. »Wenn er abgekühlt ist, soll sie davon dreimal am Tag zwei Löffel nehmen.«

Es war schon dunkel, als sie endlich nach Hause kam. Die Haushälterin erwartete sie bereits, als Luise ihre Privaträume betrat. »Ich habe eine schöne Hühnersuppe für Sie vorbereitet, Frau Doktor«, sagte sie und nahm Luise Mantel und Hut ab. »Es ist schon spät, und Sie müssen doch unbedingt noch etwas Warmes essen. Ihr Mann hat sich schon zurückgezogen. Und es ist Post für Sie gekommen.« Sie wies auf das Tischchen in der Empfangshalle. Dort lag ein cremefarbener Briefumschlag.

Luise nahm ihn in die Hand. Die steile, markante Handschrift sagte ihr nichts. Sie drehte den Umschlag um. *Dr. Arno Lissenich*, stand auf dem Absender. Unwillkürlich verzogen sich ihre Mundwinkel nach oben. Conrads Cousin ... Der Junge mit dem gewinnenden Lächeln und den bewundernden Blicken.

28

Montjoie, 1897

»Zur Ruhe kommen werden Sie hier aber nicht!« Luise warf dem gut aussehenden jungen Arzt einen warnenden Blick zu. »Das können Sie sich aus dem Kopf schlagen. Dazu ist hier viel zu viel zu tun.« Sie erinnerte sich noch gut an den schlaksigen Studenten von einst, mit dem sie sich schon damals so angeregt über das Medizinstudium unterhalten hatte. Er war erwachsen geworden, dachte sie bei sich, aber ein wenig fehlte ihm auch die Leichtigkeit von früher, er wirkte müde und angespannt. Seinen Dienst beim Militär hatte er vorläufig quittiert. Seine Kompanie war in Deutsch-Südwestafrika stationiert gewesen, und er hatte als Militärarzt nicht nur die anderen Soldaten, sondern wohl auch die Einheimischen behandelt. Sie wusste nicht viel von dem, was er in den Kolonien bei seiner Arbeit erlebt hatte, er hatte ihr lediglich gesagt, dass ihn ein Fieber gezwungen habe, wieder in die Heimat zurückzukehren.

»So dürfen Sie die Bemerkung in meinem Brief auch nicht verstehen, gnädige Frau«, erwiderte er jetzt. »Ich hatte es eher im übertragenen Sinn gemeint. Im Gegenteil, ich schätze es mehr, wenn ich viel zu tun habe.«

»Das ›gnädige Frau‹ lassen wir gleich einmal weg. Ich möchte Ihnen gerne das Du anbieten, schließlich sind wir sozusagen miteinander verwandt, und es erleichtert den Umgang ungemein, wenn wir zusammenarbeiten wollen.«

Arno Lissenich verneigte sich. »Nur zu gerne, liebe Cousine. Ich heiße Arno.«

»Und ich Luise.« Bildete sie sich das ein, oder wurde ihr unter seinem Blick auf einmal ganz warm? Irritiert wandte Luise sich ab.

»Dann komm, ich zeige dir deine Räume. Du kannst für die Dauer deines Aufenthaltes im Kutscherhaus wohnen. Natürlich bist du jederzeit bei Jacob und mir willkommen. Aber auch Henny wird sich freuen, wenn sie wieder jemanden umsorgen kann.« Arno blickte sie fragend an, und Luise erklärte ihm: »Die alte Köchin meines Vaters. Sie ist eigentlich gar nicht mehr im Dienst, aber sie kann es nicht lassen, weiterhin alle mit ihrem leckeren Essen zu versorgen. Sie bringt sogar einmal am Tag eine warme Mahlzeit ins Rosenthal. Das findet unsere Köchin dort gar nicht gut. Vielleicht lässt sie es ja jetzt, wo du da bist.«

Arno lachte. »Also, ich bin bestimmt ein dankbarer Abnehmer. Das scheint mir hier das reinste Paradies zu sein!«

Luise wehrte lächelnd ab. »Freu dich nicht zu früh!« Wie jung er aussieht, wenn er lacht, dachte sie. Es würde ihm bestimmt guttun, wenn Henny ihn aufpäppelte. Das afrikanische Fieber hatte ihm wohl sehr zugesetzt.

Sie hatte nicht lange überlegen müssen, als er sie in seinem Brief gefragt hatte, ob er wohl eine Zeit lang in ihrer Praxis mitarbeiten könne. Immerhin gehörte er in gewisser Weise zur Familie. Ein bisschen Unterstützung konnte sie gut gebrauchen, und sie hatte ihn von seinen früheren Besuchen als angenehmen Menschen in Erinnerung. Ein wenig erschrocken war sie dann, als er das erste Mal wieder vor ihr gestanden hatte. In seinen Augen sah sie eine Traurigkeit, die nicht von der Erkrankung herrühren konnte. Was mochte er in Afrika erlebt haben? Luise wusste nicht viel von der sogenannten Schutzherrschaft über Deutsch-Südwestafrika, aber man hörte immer wieder von Aufständen der einheimischen Bevölkerung, die vom Militär blutig niedergeschlagen wurden. Wer wusste schon, was er alles gesehen hatte?

Der junge Arzt arbeitete sich schnell ein. Die Patienten mochten ihn, und Luise gefiel es, dass sie nicht mehr alleine in der Praxis war. Erst jetzt wurde ihr bewusst, wie einsam sie sich oft seit dem Tod des Vaters gefühlt hatte. Es tat ihr gut, sich fachlich austauschen zu können. Sie waren in vielem einer Meinung und ergänzten sich gut, und unmerklich wurde der Ton bei ihren Gesprächen über Krankheitssymptome und Behandlungsmethoden privater. Eines Tages fasste sie sich ein Herz und sprach Jacobs Krankheit an. Arno hatte bei ihnen zu Mittag gegessen. Ausnahmsweise hatte sogar Jacob, der in der letzten Zeit kaum noch aus seinen Räumen im ersten Stock herauskam, mit ihnen am Tisch gesessen, sich aber nicht am Gespräch beteiligt, sondern nur übellaunig auf seinem Teller herumgestochert und das Essen bemäkelt. Nur von Zeit zu Zeit hatte er bittere Bemerkungen darüber gemacht, dass sich seine Frau und der junge Arzt ja anscheinend bestens unterhielten.

Als Luise und Arno schließlich wieder in die Praxis gingen, räusperte sich Luise verlegen. »Nun, du hast ja gesehen, was mit Jacob los ist«, sagte sie. »Ich nehme an, du kennst die Diagnose, auch ohne ihn untersucht zu haben. Es ist wohl nicht zu übersehen.«

Sie näherten sich der Treppe, die zur Eschbachstraße hinaufführte. Arno blieb stehen und sah sie an. »Ich weiß es schon vom ersten Tag an«, antwortete er, »aber ich wollte es nicht erwähnen, weil ich annahm, es sei dir unangenehm. Da du es jetzt jedoch ansprichst, möchte ich dir sagen, wie sehr ich dich dafür bewundere, dass du ihn mit solcher Engelsgeduld und unter Missachtung eigener Bedürfnisse zu Hause pflegst. Es gibt auch Anstalten für solche Patienten.« Luise wollte etwas erwidern, aber er ließ sie nicht zu Wort kommen. »Ich gehe davon aus, dass er sich die Krankheit in einem Bordell zugezogen hat, und bei allem Respekt bin ich der Meinung, dass er es verdient hätte, die Folgen selbst zu tragen und sie nicht seiner unschuldigen, betrogenen Ehefrau aufzubürden.«

Luise öffnete den Mund und schloss ihn verblüfft wieder. Sie war noch gar nicht auf die Idee gekommen, dass jemand annehmen könnte, Jacob hätte sie mit einer Hure betrogen und sich dabei angesteckt. Beinahe wäre sie in Lachen ausgebrochen. Sie schüttelte den Kopf. »Nein, nein, du irrst dich, Arno. So ist es keineswegs. Ich kann dir weiter nichts dazu sagen, doch meine Verantwortung Jacob gegenüber trage ich freiwillig. Du darfst es ihm nicht ankreiden. Er ist ein armer, gequälter Mensch, und wir müssen ihm seine Launen und seine Gereiztheit nachsehen.« Sie ging hinter ihm die Treppe hinauf, und als er sich bei ihren Worten erstaunt umdrehte, fügte sie hinzu: »Aber es tut gut, dass ich es einmal ausgesprochen habe, so kann ich mich doch wenigstens fachlich mit dir austauschen, wenn ich einmal nicht mehr weiterweiß.«

Das Vertrauen, das sie ihm schenkte, führte auch bei ihm dazu, dass er sich ihr mehr öffnete. Er erzählte ihr von seiner Zeit beim Militär, und Luise lernte eine ganz neue Seite an ihm kennen. Das Leben in Deutsch-Südwestafrika schilderte er ihr in den glühendsten Farben, und fasziniert lauschte sie seinen Geschichten über Einsätze in den Wüstengebieten der Kalahari und der Namib. Doch trotz seiner Begeisterung über das Abenteuer Afrika war er nicht mit allem einverstanden. Genau wie sie hatte er seine eigene Meinung über die deutsche Kolonialpolitik, die seit Bismarcks Abschied noch mehr an Bedeutung gewonnen hatte.

»Ich sehe durchaus die Probleme, die die Kolonisierung mit

sich bringt. Wir nehmen den Menschen dort ihren Grund und Boden, ihre Lebensgrundlage und ihre Heimat weg. Dass sie sich dagegen wehren, ist verständlich, und im Kampf gegen Aufständische geschehen bei Weitem zu viele Gräueltaten«, gab er zu. Er schwieg einen Moment, bevor er fortfuhr: »Andererseits haben wir den Eingeborenen überhaupt erst Zivilisation und Kultur gebracht. Was die Medikamente und Behandlungsmethoden für die vielfältigen Krankheiten und Seuchen der schwarzen Bevölkerung angeht, ist das deutsche Wirken in den Kolonien sicher segensreich.«

Luise schürzte die Lippen. »So ganz segensreich kommt es mir nicht vor, sonst hättest du dich wegen des Fiebers, das du dir dort eingefangen hast, nicht erst in Hamburg behandeln lassen müssen. Du sagtest doch, der Heilungsprozess war langwierig und schwierig«, erwiderte sie. »Ich finde deinen Standpunkt sehr unreflektiert, denn es besteht immerhin die Möglichkeit, dass durch die Anwesenheit der Weißen neue Krankheiten eingeschleppt oder bestehende verschlimmert werden. Ich halte jedenfalls nichts davon, den Menschen dort unsere Kultur und unsere Lebensweise aufzwingen zu wollen, und sei es nur in medizinischer Hinsicht. Warum lässt man sie nicht einfach in Ruhe leben? Sie sind schließlich jahrhundertelang sehr gut ohne uns ausgekommen.«

»Von Aufzwingen kann gar keine Rede sein«, entgegnete Arno aufgebracht. »Und was heißt hier unreflektiert? Militär handelt nie unreflektiert. Hinter unserem Handeln steht immer eine Strategie.«

Luise zog die Augenbrauen hoch. »Das bezweifle ich nicht. Aber in diesem Fall lautet die Strategie wohl eher, die Bodenschätze dieser Länder auszubeuten und, wie du selber sagst, den Menschen das Land wegzunehmen.«

Arno zuckte mit den Schultern. »Dafür bekommen sie

schließlich auch etwas. Ich sage es dir, eine solide gesundheitliche Versorgung hat es in Deutsch-Südwestafrika bisher nicht gegeben. Krankheiten wurden von sogenannten Heilern oder Schamanen behandelt, und ich möchte nicht wissen, wie viele Leute dadurch vorzeitig ins Grab gekommen sind.«

»Ein äußerst arroganter Standpunkt, Arno.« Luise funkelte ihn zornig an. »Heilerinnen gibt es auch hier in der Eifel, und mit Kräutern kann man sehr wohl Krankheiten heilen oder Beschwerden lindern, das weißt auch du.«

Ein Wort gab das andere, und sie ereiferten sich beide so sehr, dass sie sich auf einmal mitten in einer hitzigen Auseinandersetzung befanden.

Hochrot im Gesicht stand Luise vor Arno, der sie um einen ganzen Kopf überragte, und schrie ihn mit überkippender Stimme an: »Das ist die Krux mit euch Männern, ihr wollt immer nur die Stärkeren sein und andere beherrschen!«

»Völliger Unsinn«, brüllte Arno zurück. »Gerade auf einem Kontinent wie Afrika haben wir nur die besten Absichten! Wir wollen diesen armen Schwarzen nur ...« Er brach ab, weil Luise auf einmal eine unbändige Lachlust überkam. Fassungslos starrte er sie an. Sie wusste selber nicht, wie ihr geschah, sie wand sich vor Heiterkeit und schlug sich die Hand vor den Mund, um ihren unkontrollierten Lachanfall zu unterdrücken.

»Tut mir leid!«, prustete sie. »Ich kann nicht ...« Wieder begann sie zu lachen. »Wir streiten uns wie ein altes Ehepaar ...« Kichernd rang sie nach Luft. »Worum geht es eigentlich?« Ihre Augen funkelten vor Vergnügen. »Entschuldige, ich höre gleich auf.« Sie sah ihn an.

Auf einmal war es sehr still im Zimmer. Dann trat Arno einen Schritt auf sie zu, zog sie in die Arme und küsste sie. Ohne nachzudenken, schmiegte sie sich an ihn und genoss das Gefühl, gehalten zu werden. Instinktiv erwiderte sie seinen Kuss.

In diesem Moment ertönte die Türglocke. Erschrocken fuhren Arno und Luise auseinander. »Ach du lieber Himmel! Frau Flosdorff! Ich habe sie für drei Uhr bestellt.« Luise strich ihr Kleid glatt und betastete ihre Haare. »Alles an seinem Platz?« Fragend sah sie Arno an, der immer noch wie erstarrt mit hängenden Armen dastand. Er nickte.

»Verzeih mir«, stieß er hervor. »Ich weiß nicht, was in mich gefahren ist.«

Luise hob die Hand. »Später«, sagte sie. »Wir reden später.«

Frau Flosdorff war überpünktlich. Die Gattin des Notars war im mittleren Alter und trotz ihrer Korpulenz eine agile Person. Sie bewegte sich mit schnellen, manchmal ein wenig hektischen Bewegungen, und wenn sie sprach, klang sie immer atemlos. Vor einer Woche hatte sie Luise um einen Termin gebeten. »Frau Doktor, eine diskrete Unterredung. Es soll nicht gleich der ganze Ort darüber reden.«

Luise hatte gelächelt. »Aber, liebe Frau Flosdorff, alle Termine bei mir sind diskret. Die ärztliche Schweigepflicht verbietet es mir ganz ausdrücklich, etwas über meine Patienten nach außen dringen zu lassen.«

Aber sie hatte ihr den Wunsch erfüllt, außerhalb der regulären Sprechzeiten zu kommen, zumal die Frau des Notars zu den begüterten Patientinnen gehörte und Geld in die Kasse brachte, das Luise für die kostenlose Behandlung der armen Leute bitter nötig hatte.

Jetzt saß sie vor Luise im Sprechzimmer und knetete ihr Taschentuch zwischen den Fingern.

»Nun?«, ermunterte Luise sie. »Wo drückt denn der Schuh?«

»Ja, wissen Sie, es ist Folgendes …« Frau Flosdorff holte tief Luft, und Luise stellte sich auf eine lange Geschichte ein. »Mein Gemahl hat doch das Haus elektrifizieren lassen«, begann Frau Flosdorff. Sie sprach das schwierige Wort sehr geläufig aus, stellte Luise fest. »Und seitdem kann ich nicht mehr schlafen. Und ich habe auch, nun ja, wie soll ich es sagen, also, ich habe auch gewisse Probleme mit der ... nun, Sie verstehen ...«

Luise blickte sie aufmerksam an. »Nein, ich verstehe nicht. Womit haben Sie Probleme?«

»Nun, mit der ... Verdauung«, sagte Frau Flosdorff entschlossen und wurde rot.

»Hm. Und das führen Sie auf die Elektrifizierung zurück? Habe ich das richtig verstanden?« Luise überlegte. Dieses Phänomen war ihr in der letzten Zeit häufiger begegnet. Einige Patienten hatten über solche Erfahrungen berichtet. Auch Luise hatte Wohnhaus und Praxis mit elektrischem Licht ausstatten lassen, allerdings hatte sie noch keine negativen Auswirkungen verspürt.

Frau Flosdorff nickte eifrig. »Ich weiß nicht, woher es sonst kommen sollte. Und wenn ich nachts schlaflos liege, habe ich auch diese Schweißausbrüche. Und manchmal bin ich traurig, ohne jeden Grund. Ach, Frau Doktor, Sie müssen mir helfen!«

Luise erhob sich. Sie wies auf den Wandschirm in der Ecke des Sprechzimmers. »Machen Sie sich bitte obenherum frei, Frau Flosdorff, damit ich Sie untersuchen kann.«

»Ich habe ihr fürs Erste Baldriantropfen und ein leichtes Schlafpulver verschrieben«, sagte Luise zu Arno, als die Patientin gegangen war. »Eine ernsthafte Erkrankung konnte ich nicht feststellen. Aber sie leidet unter Schlaflosigkeit, Verdauungsstörungen und Schweißausbrüchen. Vielleicht eine Nervensache.« Ratlos blickte sie ihn an. »Ich hätte dich gerne hinzugezogen, aber das wollte sie auf keinen Fall. Sie führt ihre Symptome darauf zurück, dass sie jetzt elektrisches Licht im

Haus haben. Und es klingt zwar seltsam, aber in der letzten Zeit klagen viele Patienten darüber.«

Arno trat an den Bücherschrank. »Warte«, sagte er, »da habe ich kürzlich etwas gelesen.« Er zog ein Buch heraus und schlug es auf. »Hier, das ist ein Aufsatz von George Miller Beard. Das ist ein amerikanischer Neurologe, dessen Schriften ich hochinteressant finde. Er schreibt, dass die Erfindungen der modernen Zeit, wie zum Beispiel Edisons elektrisches Licht, das Nervensystem angreifen. Er nennt es Nervosität.« Er lächelte Luise an. »Du hast intuitiv das Richtige vermutet und ihr auch das richtige Heilmittel gegeben.«

»Du meinst, wenn sie sich erst einmal an die Umstellung von Gaslampen auf Glühbirnen gewöhnt hat, geht es ihr wieder besser?«

Arno zuckte mit den Schultern. »Vermutlich.«

»Hm, mich stellt das nicht zufrieden. Ich habe das Gefühl, es steckt mehr dahinter. Vielleicht ist es ja etwas Frauenspezifisches. Ich werde der Sache auf jeden Fall nachgehen.«

»Ja, tu das.« Arno schaute sie an. Er räusperte sich. »Wegen vorhin, Luise, ich möchte dich noch einmal um Entschuldigung bitten. Ich weiß nicht, was über mich gekommen ist. Das heißt, ich weiß es schon ...« Er geriet ins Stottern. »Aber ... nun ja, es war ungehörig von mir. Verzeih mir.«

Luise schluckte. Dann nickte sie. »Ich nehme deine Entschuldigung an und entschuldige mich ebenfalls bei dir. Ich hätte deinen Kuss nicht erwidern dürfen.« Sie senkte den Blick, weil sie spürte, wie ihr die Röte in die Wangen stieg. »Vergessen wir es«, sagte sie. Arno wandte sich zur Tür. Leise und wie zu sich selbst murmelte sie: »Aber es war sehr schön.«

»Was hast du gesagt?« Arno drehte sich um und trat erneut einen Schritt auf sie zu. »Ich kann es nicht vergessen, Luise, tut mir leid.« Flehend schaute er sie an. »Seit ich dich damals bei deiner Hochzeit gesehen habe ...« Er holte tief Luft. »Ich habe mich schon damals in dich verliebt.«

Ungläubig starrte Luise ihn an. Ihr war auf einmal heiß und kalt zugleich, das Herz klopfte ihr bis zum Hals, und sie kam sich vor, als würde sie von einem Sog erfasst, der sie unweigerlich zu ihm hin trieb. Aber das durfte doch nicht sein. »Ich bin eine verheiratete Frau, Arno«, stieß sie hervor. »Und ich erwarte, dass du das respektierst, sonst können wir nicht mehr zusammenarbeiten.«

Arno rührte sich nicht, sondern schaute sie immer noch so eindringlich an, dass sie sich am liebsten in seine Arme gestürzt hätte. Seine Stimme klang rau, als er sagte: »Kannst du mir nicht wenigstens ein kleines bisschen Hoffnung geben? Nur einen winzigen Fingerzeig.«

»Ich, ich weiß nicht«, sagte Luise mit erstickter Stimme. »Du musst jetzt gehen.«

»Ja, selbstverständlich.« Arno deutete eine Verneigung an und verließ das Zimmer.

Als er gegangen war, sank Luise auf den Schreibtischsessel. Ihr war auf einmal nach Weinen zumute. Sie stützte den Kopf in die Hände und starrte vor sich hin. Als sie sich schließlich müde erhob, um nach Hause zu Jacob zu gehen, dämmerte es bereits.

Beim Abendessen war sie so schweigsam, dass selbst Jacob, der normalerweise so mit sich selbst beschäftigt war, dass er um sich herum nichts wahrnahm, sie besorgt fragte, ob es ihr gut gehe. »Oder bist du meiner überdrüssig? Es wird dir alles zu viel mit mir, oder?« Bekümmert blickte er sie an.

In diesem Moment spürte Luise deutlich, wie sehr er ihr Leben beherrschte. Die Sorge um ihn verdrängte alles andere. Sie liebte den Mann, in dem sie immer noch den zarten, kleinen

Jungen von einst sah, und sie hätte ihm nur zu gerne geholfen. Er tat ihr unendlich leid. Es war doch schwer genug für ihn, dass er mit seiner unglückseligen Veranlagung leben musste und keine Erfüllung fand. Und dann hatte ihn auch noch diese schreckliche Krankheit ereilt. Was war sie nur für ein gefühlloser Mensch, dass sie in einer solchen Situation an sich dachte? Seine größte Angst war, dass sie nicht mehr für ihn da sein wollte, weil er ihr zur Last fiel, das wusste sie.

Und doch war sie heute Abend zu sehr mit sich selbst beschäftigt, um einen Blick für sein Leiden zu haben und ihn zu beruhigen, wie sie es sonst immer tat.

»Nein, nein, Lieber«, erwiderte sie nur. »Es ist nichts. Mir geht einfach nur viel im Kopf herum. Fälle aus der Praxis, weißt du. Sei mir nicht böse, aber ich möchte mich früh zurückziehen.«

Später saß sie in ihrem Zimmer am Fenster und schaute hinaus. Wolken zogen über die dünne Sichel des Mondes, Sterne waren kaum zu sehen. Luise lehnte sich in ihrem Sessel zurück und schloss die Augen. Wie sollte das alles nur werden? Es war nicht mehr als ein Kuss gewesen, doch er hatte sie in Aufruhr versetzt und ein Gefühlschaos in ihr ausgelöst, wie sie es nie für möglich gehalten hätte.

Sie hatte immer geglaubt, romantische Gefühle bedeuteten ihr nichts. Ein Gefühl der Verliebtheit hatte sie nie gekannt. Zwar hatte sie sich stets am Glück ihrer Freundinnen oder ihrer Schwester gefreut, doch wenn ein Mann auf sie zugekommen war, hatte sie sich so abweisend verhalten, dass jeder Anwärter entmutigt aufgegeben hatte. Leidenschaft hatte sie nur für ihren Beruf empfunden, er nahm den wichtigsten Platz in ihrem Leben ein. Nur deshalb hatte sie sich ja auch auf die Ehe mit Jacob eingelassen. Nie wäre ihr in den Sinn gekommen, dass sie sich einmal in jemanden verlieben könnte.

Doch seit Arno da war, hatte sich etwas verändert, das spürte sie schon seit Längerem. Er weckte eine weichere Seite in ihr, von der sie gar nichts gewusst hatte. Und obwohl es nur ein Kuss gewesen war, drehte sich auf einmal ihre ganze Welt darum. Wie sie damit umgehen sollte, wusste sie noch nicht.

Sie seufzte. Was war das alles nur für dummes Zeug! Sie war eine verheiratete Frau von vierzig Jahren und Arno ein zehn Jahre jüngerer Mann, der so blendend aussah, dass er an jedem Finger ein Dutzend Frauen haben konnte. Und doch hatte er gesagt, er sei schon immer in sie verliebt gewesen. Er hatte sie geküsst, und sie hatte in seinem Kuss gespürt, dass es ihm ernst war.

Sie erhob sich aus ihrem Sessel und begann, sich auszukleiden. Wenn sie eine Nacht darüber geschlafen hatte, sah möglicherweise alles ganz anders aus.

Aus dem Tagebuch von Friederike Linden

3. April 1901

Heute Nachmittag ist mir beim Aufräumen mein Tagebuch in die Hände gefallen. Ich muss gestehen, ich hatte gar nicht mehr daran gedacht. Mein Alltag hat mich so auf Trab gehalten, dass ich nicht mehr dazu gekommen bin, meine Erlebnisse und Gedanken aufzuschreiben. Der letzte Eintrag ist wahrhaftig schon zehn Jahre her. Ich bedauere das, doch es zeigt mir auch, dass ich mich auf eine Weise mit anderen austausche, die diese stille Zwiesprache mit mir offenbar nicht mehr notwendig macht, denn ich habe sie ja auch nicht vermisst. Zunächst einmal habe ich das Buch auf meinen Sekretär gelegt – mal sehen, ob ich die letzten freien Seiten noch fülle.

7. April 1901

Heute früh beim Osterfrühstück hat uns Caspar eröffnet, dass er nach Deutsch-Südwestafrika gehen will, um beim Aufbau einer Schule in Marienthal mitzuhelfen. Seitdem er das Lehrerexamen bestanden hat, zieht es ihn hinaus in die Welt. Dietmar und ich sind über seine Wahl nicht glücklich, man hört immer so viel von Kämpfen mit den Eingeborenen, aber was wollen wir machen? Die Kinder müssen schließlich ihren eigenen Weg finden. Wenigstens Leonhard wird uns wohl noch ein Weilchen erhalten bleiben, er ist glücklich mit der Buchhandelslehre bei der Witwe Bamberg.

27. September 1901

Gertrud ist Fräulein Doktor. Wir sind so stolz auf sie, es ist mit Worten nicht zu beschreiben. Ebenso wie Luise damals, hat sie ungeheuer zielstrebig ihren Weg verfolgt, zunächst nach ihrem Abitur als Gasthörerin für Germanistik und Romanistik an der Universität Halle, jener Universität, die im 18. Jahrhundert der Arzttochter Dorothea Erxleben die Promotion in Medizin ermöglicht hat. Das Studium dort war nicht immer einfach und, was die Genehmigung zur Teilnahme an entscheidenden Seminaren und Prüfungen anging, auch ein ständiges Auf und Ab, je nachdem, was die Herren Professoren gerade für richtig hielten. Im Sommersemester 1900 nun wurden in Baden offiziell Frauen zum Studium zugelassen, und sie hat die Gelegenheit sofort ergriffen, um die Staatsprüfung abzulegen und bei Professor Neumann in Heidelberg ihre Promotion abzuschließen. Mit magna cum laude! Ein bisschen stolz bin ich auch auf mich. Dietmar sagt immer, »wie die Mutter, so die Tochter«, und ich möchte gerne glauben, dass ich mit meiner Erziehung dazu beigetragen habe, aus meiner Tochter eine glückliche, selbstbestimmte Frau zu machen.

29

Wollseifen, 1901

Es dämmerte bereits, als Wilhelm auf die Gastwirtschaft zustapfte. Den ganzen Tag über war es nicht richtig hell geworden, und in der kalten Luft lag ein Geruch nach Schnee. Er schlug den Kragen hoch und steckte die Hände in die Jackentaschen.

Als er die Kraniche hörte, blickte er verblüfft nach oben. »Na, ihr seid aber spät dran in diesem Jahr!«, stellte er fest. »Habt ihr euch nicht loseisen können?« Eigentlich waren die großen Züge der majestätischen Vögel schon vor Wochen über Wollseifen hinweggezogen und hatten mit ihrem Flug in den Süden auf den nahenden Winter hingedeutet, aber dann war es bis Anfang Dezember ungewöhnlich mild geblieben, und die Kraniche, die jetzt in der einsetzenden Dunkelheit über ihn hinwegflogen, mussten Nachzügler sein, die nicht früh genug den Absprung geschafft hatten.

»Brr!« Er schüttelte sich wie ein nasser Hund, als er die Wirtschaft betrat. »So ein usseliges Wetter!«, schimpfte er. »Wenn es wenigstens mal ordentlich schneien würde, aber so! Und dabei haben wir Dezember!«

Addi Commer, der Schmied, und Fritz Brettschneider, der seinen kleinen Hof immer noch im Nebenerwerb bewirtschaftete, erwarteten ihn bereits. »Die anderen sind alle schon da«, schimpfte Addi. »Bist du im Schlamm stecken geblieben?«

Wilhelm lachte gutmütig. Er mochte Addi, nicht zuletzt, weil sein Ziehsohn Hennes, den er vor zwei Jahren an Kindes statt aufgenommen hatte, der beste Freund von Albert war. »Ist Hennes noch rechtzeitig zu Hause gewesen?«, fragte er. »Die Jungs haben gemeinsam Schularbeiten gemacht, und das dauert seine Zeit.« Gemeinsam gingen die Männer in den kleinen hinteren Saal, wo sonntagabends immer die Probe des Wollseifener Gesangvereins stattfand. Er war erst vor wenigen Jahren von der Kirchengemeinde gegründet worden, und Wilhelm, der seit seiner Zeit in Montjoie das Singen schmerzlich vermisst hatte, war sofort beigetreten. Offiziell gab es auch weibliche Mitglieder, aber eigentlich sangen nur die Männer, zumal die wöchentlichen Treffen im Winter nicht in der Kirche, sondern im Gasthaus stattfanden.

Addi winkte ab. »Ja, ich glaube schon. Hertha hat ihn in Empfang genommen. Aber kommst du zu spät, weil die Kinder Hausaufgaben aufhaben?«

Wilhelm schüttelte den Kopf. »Nein, wir haben neue Logiergäste. Zwei Landvermesser aus Wuppertal. Die müssen an der Baustelle unten irgendwas vermessen. Sie haben jedenfalls jede Menge so rot-weiße Stangen mitgebracht.«

Fritz schaute Wilhelm groß an. »Warum kommen die alle zu dir? Ihr müsst wohl bald anbauen, wenn ihr so viele Zimmer vermietet.«

Wilhelm grinste. »Ja. Ich denke mal, das liegt an Kathis Kochkünsten. Meine Frau kocht so gut, das spricht sich eben rum.«

Brettschneider nickte. »Das kann ich bestätigen. Kathi kann aus nichts ein Festessen zaubern. Du hast recht, das wird wohl der Grund sein.«

Nach der Probe blieben sie meistens noch auf ein Bier im Gasthaus. Das hatten sie sich nicht immer leisten können, aber seit einigen Jahren ging es mit dem Dorf langsam ein wenig bergauf. Es gab Kunstdünger, mit dem man die Böden verbessern konnte, und vor allem hatten sich die Bauern im Dorf in einer Art Kooperative zusammengeschlossen, um einander zu unterstützen. Es war Wilhelm gewesen, der auf einer Gemeinderatssitzung eine flammende Rede gehalten hatte, die in dem Satz gipfelte: »Wir müssen zusammenhalten. Wenn jeder für sich allein kämpft, geht er unter, aber gemeinsam können wir es schaffen!«

Und seitdem 1899 mit dem Bau der Urfttalsperre begonnen worden war, war, wie Wilhelm es ausdrückte, Leben in die Bude gekommen.

Zunächst hatte Wilhelm sich überlegt, ob er, wie so mancher aus dem Dorf, auf der Baustelle anheuern sollte. Jede Hand wurde gebraucht, vom ungelernten Arbeiter bis hin zu Handwerkern wie Schmied oder Schreiner. Viele überließen ihre Landwirtschaft den Frauen und griffen zu Spitzhacke und Schaufel, um die gewaltigen Fels- und Erdmassen zu bewegen, die aus dem Weg geschafft werden mussten, damit ein Stausee entstehen konnte.

Doch Kathi hatte eine bessere Idee gehabt. »Was willst du dich da so abrackern?«, hatte sie gesagt. »Du hast in deinem Leben wahrhaftig schon hart genug gearbeitet, und nach allem, was man so hört, sind so Felsen wie die Huppeley nur schwer zu überwinden. Überlass das mal den Jüngeren.« Sie hatte ihm liebevoll die Haartolle aus der Stirn gestrichen. »Du bist auch schon ein bisschen in die Jahre gekommen und solltest etwas langsamer machen.« Dann hatte sie ihm auseinandergelegt, dass sie die zwei oberen Zimmer, in denen der Vater und später auch Anna geschlafen hatten, genauso gut vermieten konnten. »Die Zimmer stehen doch nur leer, und seitdem die Großmutter und Anna nicht mehr da sind, haben wir viel zu viel Platz«, hatte sie gesagt.

Kathis Mutter war vor zwei Jahren gestorben, leise und unauffällig, so wie sie durchs Leben gehuscht war. Sie war abends eingeschlafen und morgens einfach nicht mehr aufgewacht. Albert hatte sehr um seine geliebte Oma geweint, und es hatte Wilhelm in der Seele wehgetan, den Kummer seines Jungen zu erleben. Es erinnerte ihn an seine eigene Trauer, als damals die Mutter gestorben war.

Anna hingegen war letztes Jahr im Winter an Diphtherie gestorben. Sie hatten die Schwere der Erkrankung nicht rechtzeitig erkannt und zu spät den Arzt gerufen, der dann auch noch mit Verspätung eingetroffen war, weil der Schnee so hoch gewesen war. Bedauernd hatte er, als er den Totenschein ausstellte, gesagt: »Wenn ihr mich rechtzeitig gerufen hättet, wäre ihr vielleicht noch zu helfen gewesen. In Berlin haben sie ein Mittel gegen die Diphtherie gefunden.«

Diese Bemerkung hatte Wilhelm lange nachgehangen. Hätte, wäre, könnte … Immerzu gab es verpasste Gelegenheiten im Leben. Hättest du so gehandelt, wäre das und das daraus geworden. Längst vergangene Bilder hatten ihm auf einmal vor Augen gestanden, aber er hatte sie energisch zurückgedrängt. Es hatte doch alles keinen Zweck. Sein Leben war so, wie es war, und jetzt hatte er auch noch die Schwester, das letzte Bindeglied zu seiner Familie, verloren. Aber wenigstens hatte er Kathi und Albert, das war seine Familie, an der er mit ganzem Herzen hing.

Nach einem Bier stand Wilhelm auf und griff nach seiner Jacke. »Ich muss nach Hause! Maria, schreib's an, ich bezahle beim nächsten Mal.«

Maria, die hübsche Tochter des Gastwirts Johann Zepp, der unten an der Baustelle auch einen Kiosk betrieb, nickte. Sie war noch keine zwanzig, aber sie war die gute Seele der Wirtschaft. Die Mutter stand in der Küche, und Maria bediente die Gäste und sorgte für eine behagliche Atmosphäre, in der sich nicht nur die Einheimischen, sondern auch die vielen Arbeiter und Fachleute vom Talsperrenbau wohlfühlten. Die Gaststätte in Wollseifen war weithin bekannt, und die Gäste kamen nicht zuletzt wegen der hübschen Tochter.

Im Hof war alles dunkel, als Wilhelm nach Hause kam. Bello, der Hofhund, kam aus seiner Hütte und winselte, als er sich bückte und ihn streichelte. »Pass schön auf!«, sagte er leise zu ihm und ging zur Hintertür. Kathi stand noch in der Küche und bereitete im schwachen Schein der Petroleumlampe das Frühstückstablett für die Logiergäste vor. Sie lächelte ihn an, als er hereinkam. Spontan trat er auf sie zu und drückte sie. Sie sah so proper aus mit der langen weißen Schürze, die sie sich über ihre Alltagskleidung gebunden hatte.

»Die beiden haben schon im Voraus bezahlt«, flüsterte sie. »Sie bleiben einen ganzen Monat. Und sie haben gesagt, sie werden uns weiterempfehlen.«

Wilhelm gab ihr einen Kuss auf die Wange. »Ich hab schon überlegt, dass wir besser noch eine Magd einstellen«, sagte er. »Für dich wird das alles doch zu viel.«

Kathi zuckte mit den Schultern. »Geht schon. Nur besseres Licht wäre gut.« Sie wies mit dem Kinn auf die stinkende Petroleumlampe. »Gerade jetzt, in der dunklen Jahreszeit. Ich sehe manchmal selber nicht, was ich mache. Wenn es heller wäre, ginge alles viel schneller. Ich habe gehört, dass mit der Talsperre auch ein Werk gebaut werden soll, das die Leute mit Licht versorgt.«

Wilhelm griff sich an den Kopf. »Du hast immer Ideen! Das ist doch alles Teufelszeug. Ich kann dir sagen, in der Fabrik in Montjoie haben wir auch nur Petroleumlampen gehabt. Und trotzdem war es hell genug.« Das mit der Elektrizität war ihm, wie den meisten im Dorf, unheimlich, weil sie nicht sichtbar war. Er winkte ab, als sie etwas erwidern wollte. »Ich will ja nur nicht, dass dir etwas passiert. Lass uns ein anderes Mal darüber reden. Heute Abend bin ich zu müde.«

Am nächsten Morgen ließ er es sich nicht nehmen, die beiden Landvermesser persönlich zur Baustelle zu begleiten. Der Lärm dort war ohrenbetäubend, vor allem, nachdem es Jahrzehnte in ihrer Gegend immer nur still gewesen war. Von überallher kamen die Arbeiter, aus allen Teilen Deutschlands, aber auch aus Polen, Kroatien und vor allem aus Italien. Die Schilder mit den Anweisungen, die überall hingen, waren sogar zweisprachig abgefasst. Erst gestern war wieder ein kleiner Trupp Italiener aus Norditalien angekommen, die in den Baracken an der Baustelle untergebracht waren.

Auch aus Wollseifen und den Orten in der Umgebung arbeiteten Männer auf der Baustelle. Es lohnte sich aber auch. Zweiunddreißig Pfennig Stundenlohn und dazu noch gutes Essen, das musste man anderswo erst einmal finden. Doch dafür wurde auch etwas verlangt. Die Arbeit war hart.

Manchmal, wenn Wilhelm auf seinem Kartoffelacker stand und auf das Gewimmel an der Baustelle herunterschaute, dachte er zufrieden, dass er sich den besten Teil ausgesucht hatte. Von der Schufterei in Mechernich im Bergwerk hatte er Rückenschmerzen und einen hartnäckigen, trockenen Husten zurückbehalten, der ihn besonders in den feuchtkalten Wintermonaten quälte. Nein, da war es schon besser, Bauer und sein eigener Herr zu sein. Dass er einmal andere Träume gehabt hatte, daran wollte er gar nicht mehr denken. Das war Vergangenheit.

Nachdem die Arbeitstrasse von Gemünd bis zur Baustelle angelegt worden war – ein Projekt, bei dem ungeheure Erdmassen bewegt und zahlreiche Holzbrücken errichtet werden mussten – und sämtliche Vorarbeiten fertiggestellt waren, konnte im Sommer 1901 mit den Bauarbeiten an der Staumauer begonnen werden. Vorher war die Urft in einen Kanal umgeleitet worden. Mittlerweile waren mehr als achthundert Arbeiter vor Ort, ein Großteil von ihnen Italiener.

»Passt mal auf!« Fritz Brettschneider, dessen Söhne auch auf der Baustelle arbeiteten, trank einen Schluck von seinem Feierabendbier. »Am Ende gehören wir hier noch zu Italien. Hermann hat erzählt, dass der italienische Koch unten im Lager so fremdländische Gerichte macht. Aber lecker, sagt er, wirklich lecker.«

August Bendermacher schürzte die Lippen. »Ich glaub ihm das. Das würde ich schon gerne mal probieren.«

Wilhelm zog die Augenbrauen hoch. »Damit könntest du mich nicht hinter dem Ofen vorlocken. Ich bleibe lieber bei guter deutscher Hausmannskost. Davon haben Italiener doch keine Ahnung.«

Brettschneider zuckte mit den Schultern. »Das hab ich zu Herbert auch gesagt. ›Ja, ja, Vater, schon gut. Was der Bauer nicht kennt, das frisst er nicht‹, hat er gemeint. Wir müssen weltoffen sein, hat er gesagt.«

Bendermacher nickte. »Ich hab gehört, dass die Talsperre die größte und höchste in ganz Europa werden soll. Stellt euch das mal vor, hier in unserer Eifel, so ein mächtiges Bauwerk!«

»Und in Heimbach entsteht am Auslauf ein großes Wasserkraftwerk. Dann kriegen wir womöglich auch elektrisches Licht.«

»Fritz, hör mir bloß auf mit elektrischem Licht! Kathi hat wohl auch davon gehört, und seitdem liegt sie mir damit in den Ohren. Ich weiß nicht, ich weiß nicht!« Wilhelm schüttelte den Kopf. »Wenn du eine Petroleumlampe anmachst, dann brennt sie, aber mit dem elektrischen Strom – das sieht man doch gar nicht! Wer weiß, was da so alles passieren kann.«

Bendermacher hob die Hände. »Ich kenn mich damit nicht aus. Wir sollten mal im Gemeinderat drüber reden, wie die anderen dazu stehen. Das kostet ja wahrscheinlich auch. Eine eigene Dampfdreschmaschine wäre wichtiger.«

Das stieß auf allgemeine Zustimmung. »Gerade jetzt, wo Gut Hahn immer mehr verkommt«, sagte Brettschneider düster.

»Ja«, pflichtete Wilhelm ihm bei. »Der Jakob Hahn kümmert sich um rein gar nichts.«

»Der hat wahrscheinlich auch nicht damit gerechnet, dass der Vater so früh ums Leben kommt. Achtundvierzig ist ja kein Alter. Das war wirklich ein tragischer Unfall«, meinte Brettschneider.

»Ja, ja, der Fluch ...« Bendermacher wiegte bedächtig den Kopf. »Und der Junge taugt nichts. Der verjubelt lieber das Geld, das der Vater erarbeitet hat, beim Glücksspiel.«

»Wir sollten zusehen, dass die Gemeinde eine Dampfdreschmaschine für alle anschafft. Dann haben wir wenigstens eine. Die von Gut Hahn hat wahrscheinlich der Gerichtsvollzieher geholt, bis wir sie brauchen, und dann gucken wir in die Röhre.«

»Genau.« Brettschneider winkte Maria zu. »Mariechen, tu uns noch drei Bier. Ich geb einen aus.« Dann wandte er sich wieder an die anderen beiden. »Lust auf ein kleines Spielchen?« Er zog die Skatkarten aus der Tasche und legte sie auf den Tisch.

Am 29. Juli wurde an der Staumauer der Grundstein gelegt. Zahlreiche Persönlichkeiten trafen an der mit Fahnen und Tannengrün geschmückten Baustelle ein. Gewichtige, bärtige Männer in Uniform oder dunklen Gehröcken stiegen aus dem Sonderzug, der ebenfalls festlich dekoriert war, und begaben sich über eine Holzbrücke zu der Stelle, an der der Festakt vollzogen werden sollte.

Die Kinder in Wollseifen hatten schulfrei, und der Dorfschullehrer Nette hatte sich mit den älteren Kindern an den Ort begeben, an dem der Festakt stattfinden sollte.

Nachmittags kam Albert ganz erfüllt vom Geschehen nach Hause. Auch Matthes und Wilhelm hatten von ihrem hochgelegenen Kartoffelacker einen kurzen Blick auf die Baustelle geworfen und von oben das Gewimmel der vornehm gekleideten Männer und der Schaulustigen gesehen, die aus allen Richtungen mit Droschken angefahren kamen, um das Schauspiel aus der Nähe zu betrachten.

»Hennes und ich haben einen guten Platz ganz vorne an der Absperrung gehabt«, berichtete Albert. »Wir konnten alles ganz genau sehen. Zuerst hat der Erbauer der Talsperre eine Rede gehalten ...« Er überlegte kurz. »Herr Nette hat uns gesagt, er heißt richtig: Geheimer Regierungsrat Professor Dr. Otto.« Zufrieden mit sich, weil er den schwierigen Titel behalten hatte, schaute er Matthes und seine Eltern an. »Stellt euch vor, er hat gesagt, die Staumauer, die sie hier bauen, muss einem Wasserdruck von hundertsechzig Millionen Kilogramm standhalten, deshalb wird sie ein Gewicht von dreihundertzwanzig Millionen Kilogramm haben.« Erklärend hob er den Zeigefinger, und Wilhelm dachte nicht zum ersten Mal, dass sein Sohn ein kluger Bursche war. Stolz erfüllte ihn, und er warf Kathi einen Blick zu. Das war ihr Kind! Albert war nicht immer so selbstbewusst und redegewandt gewesen. In den ersten Schuljahren hatte Lehrer Nette ihn, aus welchen Gründen auch immer, ständig getadelt und schon für Nichtigkeiten bestraft. Wilhelm hatte das nie begriffen, weil Albert so ein freundlicher, aufgeweckter und hilfsbereiter Junge war, aber wer verstand schon die Lehrer? Auf jeden Fall hatte er ihn manches Mal nachsitzen lassen, und oft war er weinend nach Hause gekommen, weil er mal wieder das Stöckchen zu spüren bekommen hatte. Es hatte Wilhelm an seine eigene Schulzeit erinnert, und es hatte ihn hilflos gemacht, dass sein Sohn das Gleiche erleben musste. Entsprechend ungelenk war auch sein Trost ausgefallen. »Du wirst sowieso Bauer«, hatte er wider besseres Wissen zu ihm gesagt. »Was kümmert dich die Schule?«

Vor zwei Jahren jedoch war Hennes Mager in seine Klasse gekommen, der Ziehsohn des Schmieds; ein unbekümmerter, fröhlicher Kerl, immer bereit zu lachen, und seitdem machte Lehrer Nette auf einmal seinem Namen alle Ehre. Es schien, als ob die gute Laune des Jungen auf seine gesamte Umgebung abfärbte. Albert und Hennes waren beste Freunde geworden, Albert war wie ausgewechselt. Und jetzt stand er vor ihnen und erzählte alles so anschaulich, dass Wilhelm fast das Gefühl hatte, dabei gewesen zu sein.

»Aber«, fuhr Albert fort, »da sie mit dem Bau erst am Anfang stehen, hat er gesagt, könne man natürlich den Ingenieuren, die alles so gut berechnet haben, noch nicht Entlastung aussprechen.«

»Was soll das denn heißen?«, warf Matthes ein. »Der redet aber geschwollen. Ich verstehe gar nicht, was er damit sagen will.«

»Er meint wahrscheinlich, dass man jetzt noch nicht wissen kann, ob die Mauer überhaupt die Wassermassen hält, die die Talsperre aufnehmen soll«, erklärte Wilhelm. »Ob die Berechnungen stimmen, weiß ja keiner.« Alle nickten ernst.

»Danach hat noch ein Landrat geredet, und anschließend hat der Oberbürgermeister von Aachen eine Urkunde überreicht, die vorher alle unterschrieben haben. Die ist in einer Blechbüchse in den Grundstein eingemauert worden. Als das fertig war, haben wir alle gerufen: ›Hoch lebe Seine Majestät, der Kaiser!‹ Habt ihr das hier oben nicht gehört? Es war ganz laut. Danach haben die Männer die Baustelle besichtigt, und wir mussten Platz machen und gehen.«

Albert schaute seine beeindruckten Zuhörer an. »Einen Satz habe ich mir ganz besonders gemerkt: ›Ein Denkmal des deutschen Geistes, eine Vereinigung deutscher Kräfte, möge das Bauwerk Jahrtausende überdauern.‹«

»Amen«, sagte Kathi unwillkürlich.

30

Montjoie, Dezember 1901

Luise blickte auf die Wanduhr. Es war zwanzig nach zwei. »Ich laufe rasch zur Apotheke, Agathe«, rief sie durch die geöffnete Tür ins Nebenzimmer, wo ihre Sprechstundenhilfe gerade die frisch gewaschenen Handtücher in den Wäscheschrank einsortierte. »Mein Mann braucht seine Salbe.«

Die Frau wandte sich um. »Wenn Sie es mir genau aufschreiben, kann ich den Gang doch für Sie machen, Frau Doktor«, sagte sie. »Um Viertel nach drei kommt Frau Flosdorff in die Sprechstunde.«

»Ich weiß, aber bis dahin bin ich längst wieder zurück. Ich muss auch für sie etwas abholen. Außerdem brauche ich ein bisschen frische Luft.« Luise eilte in die Diele. Die Tür zu Arnos Sprechzimmer stand offen. Er saß am Schreibtisch und hob nur kurz den Kopf, als sie ihren Mantel vom Haken nahm. Sie lächelte ihm zu, aber er nickte nur und vertiefte sich wieder in seine Lektüre. Seit Tagen war er in die *Vier chirurgischen Briefe* des Münchner Arztes Johann Nepomuk von Nußbaum vertieft.

Luise zog sich ihr Umschlagtuch fest um die Schultern. Er wolle wieder zum Militär gehen, hatte er ihr vor Kurzem verkündet. Die Arbeit in der Praxis fordere ihn nicht mehr genug. Einen genauen Zeitpunkt hatte er nicht genannt, aber sie fürchtete sich davor. Dann wäre er ganz aus ihrem Leben verschwunden. Seit dem unverhofften Kuss damals hatte er nie mehr einen Annäherungsversuch gemacht, im Gegenteil, er hatte sich zurückgezogen und verhielt sich distanzierter als am Anfang.

Luise zuckte leicht mit den Schultern und trat an die Haustür. Du hast es ja nicht anders gewollt, sagte sie sich. Was wäre auch daraus geworden? Im besten Fall ein heimliches Liebesverhältnis, und das konnte und wollte sie sich in ihrer Heimatstadt nicht leisten. Nein, an eine wie auch immer geartete intime Beziehung zu Arno Lissenich war nicht zu denken. Er war ein junger Mann, zehn Jahre jünger als sie, sie war eine verheiratete Frau, und sie musste zu ihrer Verantwortung für Jacob stehen. Jacob ging es immer schlechter, er war nur noch ein Schatten seiner selbst.

Und doch tat es weh. Sie konnte ja mit niemandem darüber reden, noch nicht einmal Isabella hatte sie ins Vertrauen gezogen. Die Schwester hätte sicher kein Verständnis dafür gehabt, und nicht auszudenken, wenn sie dem Schwager davon erzählen würde. Schließlich fühlte Conrad sich seit dem Tod von Arnos Eltern für seinen Cousin verantwortlich wie ein Vater.

Und so hatte sie ganz allein damit fertigwerden müssen. Wie oft hatte sie nachts schlaflos im Bett gelegen und sich vor Sehnsucht nach Arno verzehrt. Immer wieder hatte sie sich die kurze Szene vor Augen geführt und sie von allen Seiten beleuchtet. In solchen Nächten wäre sie am liebsten in die Eschbachstraße gelaufen und hätte sich in seine Arme geworfen. Einmal nur in ihrem Leben, einmal nur, wollte sie sich begehrt, ganz als Frau fühlen. Aber immer wieder siegte letztlich ihre Vernunft, und sie sagte sich, dass ihr ihre überreizten Nerven einen Streich spielten. Was bedeutete schon ein Kuss? Außerdem hatte sie sich diesen Weg selbst verbaut, deshalb musste sie sich mit dem zufriedengeben, was sie hatte. Und das war ja nicht wenig. Jacob bot ihr einen sicheren Hafen und hatte sie in ihrer Arbeit immer unterstützt. Im Gegenzug war sie dafür gerne bereit, auch ihren Teil des Abkommens einzuhalten und ihn zu schützen.

Als Luise die Haustür aufzog, kam ihr ein Schwall frostiger Luft entgegen. Rasch trat sie hinaus, zog die Tür hinter sich zu und steckte die Hände in den Muff. Seit Wochen war es bitterkalt in Montjoie. Der letzte Schnee war Mitte Dezember gefallen, seitdem hatte es immer nur gefroren. Die Stadt lag wie erstarrt, nur wenige Menschen waren draußen unterwegs. Straßen und Wege waren zwar mit Asche bestreut, damit niemand ausrutschte, aber das Gehen auf dem eisigen Boden war trotzdem mühselig.

Sie dachte an den großen Brand vor fast fünfundzwanzig Jahren, als wegen eines solchen Kälteeinbruchs die Wasserspritzen eingefroren waren. Deshalb waren damals neun Häuser in der Innenstadt abgebrannt. Der Platz war nie wieder bebaut worden, und heute waren sie stolz auf den schönen Marktplatz, der danach angelegt worden war. Aber solche Unglücke nahmen natürlich nicht immer so ein gutes Ende, und sie wollte lieber hoffen, dass es in den nächsten Tagen nirgendwo brannte.

Auf dem Weg zur Apotheke resümierte sie noch einmal, was sie besorgen musste. Der Fall von Frau Flosdorff hatte ihr keine Ruhe gelassen. Als die Frau damals in ihre Sprechstunde gekommen war, hatte Luise ihr angemerkt, dass ihre Symptome ihr wirklich zu schaffen machten und nicht nur nervöser oder gar hysterischer Natur waren, wie ihre männlichen Kollegen derlei Beschwerden gerne abtaten. Auch Arno hatte das ja vermutet. Doch die Erklärung mit der Elektrifizierung des Hauses war Luise so unwahrscheinlich vorgekommen, dass sie ausführlich mit Franziska darüber korrespondiert hatte. Die Freundin arbeitete an einem umfangreichen Kompendium zu Frauenkrankheiten, denen sie in ihrer Berliner Praxis tagtäglich begegnete, und Luise legte auf ihren Rat den allergrößten Wert.

Ich habe so eine Ahnung, hatte sie geschrieben, als Luise ihr die Symptome geschildert hatte. *Ich treffe vor allem bei Patien-*

tinnen auf diese Symptome, die gerade im Wechsel sind. Die monatliche Blutung bleibt aus, und sie können keine Kinder mehr bekommen. In dieser Zeit leiden sie unter Hitzewallungen, Schlafstörungen, Schweißausbrüchen und depressiven Verstimmungen. Das kann jahrelang andauern. Ich sehe wenig Sinn darin, den Frauen Stärkungssäfte, Beruhigungsmittel oder gar Schlafmittel zu verschreiben, das schafft nur Abhängigkeiten und führt nicht zur Besserung der Symptome. Ich habe bei meinen Patientinnen gewisse Erfolge mit pflanzlichen Präparaten erzielt, aber ich kann dir natürlich nicht versprechen, dass sie bei jeder Frau wirken. Ich schicke dir beiliegend eine Liste. Du kannst es ja einmal ausprobieren.

Danach hatte Luise Frau Flosdorff einen Tee aus Mönchspfeffer, Frauenmantel, Schafgarbe, Traubensilberkerze und Ringelblume mischen lassen, den diese seit nunmehr über einem Jahr brav jeden Tag trank. Es ging ihr schon so viel besser, und bei ihrem letzten Besuch hatte sie Luise berichtet, dass sie auch ihren Freundinnen das Wundermittel der Doktorin empfohlen habe.

Luise lächelte ein wenig, als sie daran dachte. Sie hätte nie geglaubt, dass gerade die konservative, spießige Notarsgattin einmal eine ihrer begeistertsten Anhängerinnen werden würde.

Die Glocke über der Eingangstür der Apotheke bimmelte, als sie den Verkaufsraum betrat. Leberecht Hoffmann, der Apotheker, kam eilfertig angelaufen, als er sie erkannte.

»Dass Sie sich bei dieser Eiseskälte auf die Straße wagen, Frau Doktor!«, meinte er. »Aber Sie sind nicht umsonst gekommen, ich habe schon alles vorbereitet.«

»Das ist gut, Herr Hoffmann. Und so schlimm ist die Kälte nicht. Ich brauche ab und zu frische Luft, ich kann nicht den ganzen Tag in geschlossenen Räumen verbringen.«

Der Apotheker war immer ausgesucht freundlich zu ihr. Sie

unterhielten sich häufig über Rezepturen und Anwendungen, und Luise hatte das Gefühl, dass er ihre Behandlungsmethoden, die sich manchmal von denen der männlichen Kollegen unterschieden, mit Interesse verfolgte. Aber er ließ sich nicht so richtig in die Karten gucken. Als sie ihm vorgeschlagen hatte, den Tee, den sie für Frau Flosdorff mischen ließ, ins Sortiment aufzunehmen, weil er auch anderen Frauen helfen konnte, hatte er abgelehnt. Das sei ihm zu wenig wissenschaftlich begründet, hatte er gesagt. Und dass es bei ihrer Patientin so gut wirke, könne auch Zufall sein.

Heute waren sie beide nicht zum Plaudern aufgelegt. Luise nahm die bestellten Heilmittel entgegen und machte sich wieder auf den Heimweg.

Der Himmel hatte sich bezogen, und die Wolken lasteten schwer und grau über der Stadt. Es schien wärmer geworden zu sein, die Luft roch nach Schnee. Luise warf einen Blick auf den Rahmenberg. Die Holzgestelle waren verrottet und wurden nicht ausgebessert, weil sie nicht mehr gebraucht wurden. Es gab ja kaum noch Tuchfabriken im Ort. Jacobs Fabrik war zwar tatsächlich vor vier Jahren von einem Mitglied der Familie Scheibler übernommen worden, aber er hatte die Produktion so gut wie eingestellt und versuchte sich eher auf anderen Gebieten. Selbst Uniformen waren mit den Bedingungen in Montjoie nicht wirtschaftlich herzustellen, zumal wesentlich preiswertere Stoffe aus dem Ausland den Markt überschwemmten.

Flüchtig wanderten Luises Gedanken zu Jacob. Er hatte Bewegungsstörungen in der letzten Zeit, war häufig kaum noch ansprechbar, und sie hatte zu ihrem Leidwesen Isabella und Conrad für die Weihnachtsfeiertage schon wieder absagen müssen. Sie seufzte. Seit Sommer 1899 hatte sie die Schwester nicht mehr gesehen. Die Jahre waren vorübergegangen, ohne dass sie Zeit gefunden hatte, auch nur einmal nach Köln zu fahren. Es war aber auch so viel zu tun gewesen, der Strom der Patienten war nicht abgerissen, und die tägliche Pflege von Jacob beanspruchte sie ebenfalls mehr und mehr. Eigentlich hatten sie schon zum Jahrhundertwechsel gemeinsam verreisen und in einer Großstadt ins neue Jahr feiern wollen, doch das hatte Jacobs Gesundheitszustand nicht zugelassen. Deshalb waren sie unter sich geblieben und hatten den 31. Dezember 1899, der überall mit rauschenden Bällen, Straßenfesten und Böllern gefeiert worden war, ganz ruhig zu zweit im Haus im Rosenthal verbracht, zumal auch Arno nicht dabei gewesen war. Er hatte mit seiner Burschenschaft gefeiert und war die gesamten Feiertage über in Bonn geblieben. Luise hatte ihn schmerzlich vermisst, und es hatte sie einige Kraft gekostet, sich vor ihrem Mann nichts anmerken zu lassen. Wenn doch wenigstens Isabella da gewesen wäre …

Beim Gedanken an ihre Schwester fiel ihr Emilie Remscheid ein, und augenblicklich war sie abgelenkt. Die junge Frau war vor über einem Jahr so unglücklich vom Pferd gestürzt, dass die gesamte untere Gesichtshälfte ein einziges Trümmerfeld war. Monatelang hatte sie ein kompliziertes Gestell aus Drähten tragen müssen, damit der Kieferknochen wieder zusammenheilte, aber als es dann entfernt worden war, war doch alles schief und krumm geblieben. Sie hatte mit einer langwierigen Knochenentzündung zu kämpfen gehabt, und irgendwann hatte sie, zu Besuch bei Verwandten in Montjoie, in Luises Praxis Hilfe gesucht.

Luise hatte gleich festgestellt, dass das eigentliche Problem für die junge Frau in ihren seelischen Nöten bestand. Die Brüche waren so schlecht verheilt, dass die untere Gesichtshälfte völlig entstellt war. Luise erinnerte sich noch gut daran, wie verzweifelt die Frau sie aus ihren großen blauen Augen angeblickt und sie angefleht hatte, ihr zu helfen. Das Gesicht musste früher einmal so perfekt ausgesehen haben wie ein Puppenkopf aus Porzellan. Von diesem Eindruck war es nur noch ein kleiner Schritt zu Isabellas Figuren gewesen. Der Entschluss war damals schnell gefasst, sie hatte Emilie erklärt, wie sie vorgehen wollte, und dann hatte sie den Gipsabdruck, den sie vom Gesicht ihrer Patientin gemacht hatte, nach Aachen geschickt, und Isabella hatte eine perfekte Halbmaske aus Gutta mit einem dünnen Kupferüberzug für die zertrümmerte Kinnpartie angefertigt.

Luise lächelte, als sie daran dachte. Es hatte etwas seltsam Befriedigendes gehabt, der Frau mit der Maske zu ihrer alten Schönheit verhelfen zu können. Zwar musste sie sie zum Sprechen und Essen abnehmen, aber sie konnte zumindest ihr Gesicht wieder in der Öffentlichkeit zeigen. Erst vor wenigen Tagen war Luise ihr auf der Straße begegnet, und die Augen der jungen Frau hatten vor Dankbarkeit gestrahlt.

»Na, alles erledigt?« Arno blickte auf, als sie in die Praxis kam. Er machte einen aufgeräumten Eindruck, und Luise trat zu ihm, um ihm über die Schulter zu blicken. Sie wollte seine Nähe spüren.

»Beschäftigst du dich immer noch mit dieser Abhandlung über Chirurgie beim Militär?«, fragte sie, wobei sie sich bemühte, ihre Stimme leicht klingen zu lassen. »Willst du die Praxis denn schon so bald verlassen?«

Arno drehte sich auf seinem Stuhl um und blickte sie forschend an. Bildete sie sich das ein, oder war da Verlangen in seinen Augen?

»So bald wie möglich. Ich möchte mein Können als Chirurg verbessern und verfeinern, und wo ginge das besser als beim Militär? Die Möglichkeit, so zu arbeiten, habe ich hier nicht.« Seine Stimme klang gepresst, und Luise lenkte ein.

»Nein, diese Vielfalt kann ich dir natürlich nicht bieten. Aber du solltest auch an dich denken, schließlich hast du gesagt, wie sehr dich das Kämpfen in Deutsch-Südwestafrika belastet hat. Und das Fieber, das du dir zugezogen hast, hat dich viel Kraft gekostet.«

»Ich denke an mich«, stieß Arno hervor. »Zwar will ich nicht mehr in ferne Länder, aber ich werde zusehen, dass mein neuer Standort weit genug von hier entfernt ist.«

Erschrocken blickte Luise ihn an. »Arno, ich … ich wollte nie …«, stammelte sie.

Arno erhob sich und ging zur Tür, um sie zu schließen. »Hast du einen Moment Zeit? Können wir reden?«

Luise schüttelte den Kopf. Sofort verschloss sich seine Miene wieder, deshalb sagte sie hastig: »Frau Flosdorff muss jeden Augenblick hier sein. Anschließend habe ich ein wenig Zeit, bevor ich zu Jacob muss.« Sie blickte Arno flehend an.

Er nickte langsam. »Ja, ich warte so lange.«

Frau Flosdorff hatte keine neuen Beschwerden, sie fühlte sich rundherum wohl und wollte eigentlich nur plaudern. Luise saß auf heißen Kohlen. Am liebsten hätte sie die Frau sofort wieder zur Tür hinauskomplimentiert, aber sie zwang sich, ihr lächelnd zuzuhören. Auch das gehörte schließlich zum Praxis-Alltag. Trotzdem atmete sie erleichtert auf, als die Patientin endlich gegangen war.

Auch Agathe war nicht mehr da, sie hatte an zwei Nachmittagen in der Woche Dienst in der Mütterstation. Arno und Luise waren allein in der Praxis. Luise schlug das Herz bis zum Hals. Jetzt oder nie, dachte sie. Wenn ich mich jetzt nicht mit ihm ausspreche, ist alles verloren. Sie klopfte an seine Tür und öffnete sie. Er saß wieder am Schreibtisch und hatte den Kopf in den Händen vergraben. Als sie hereinkam, sprang er auf und trat auf sie zu.

»Luise«, sagte er drängend, »bevor du etwas sagst: Ich halte es nicht mehr aus. Ich liebe dich, Luise! Ich habe versucht, dagegen anzukämpfen, ich habe es weiß Gott versucht. Aber jetzt kann ich nicht mehr. Empfindest du denn gar nichts für mich?«

»Du bist mir der liebste Mensch auf Erden«, entfuhr es Luise. Im gleichen Moment schlug sie sich die Hand vor den Mund. Durfte sie so etwas sagen? Musste sie in dieser Situation nicht eher vernünftig und beherrscht sein? Ihre Gedanken überschlugen sich. Arno ergriff ihre Hände, und sie ließ es geschehen. Ihr zitterten die Knie, sie konnte sich kaum noch auf den Beinen halten. War es so, wenn man jemanden liebte?

»Dann darf ich hoffen?«, fragte er.

Luise blickte ihn verzweifelt an. »Ja, aber Jacob ...«, stammelte sie.

»Du zitterst ja, Liebste. Komm, setz dich!« Arno drückte sie auf die Chaiselongue. Dann setzte er sich neben sie und ergriff erneut ihre Hände. »Jacob ist nur auf dem Papier dein Mann«, sagte er ruhig. »Nein, lass«, unterbrach er sie, als sie widersprechen wollte. »Ich weiß es. Und wir wissen beide, dass er sterbenskrank ist.«

Luise senkte den Kopf. »Er hat vielleicht noch zwei, drei Jahre, mehr nicht. Arno, ich kann meinen todkranken Mann nicht hintergehen. Aber sagen kann ich es ihm auch nicht. Ich möchte ihn nicht verletzen.«

Arno hielt ihre Hand fest in seiner. Mit dem Daumen streichelte er über ihren Handrücken. »Das weiß ich doch. Es wäre auch nicht richtig, ganz gleich, welcher Art eure Beziehung ist. Aber wenn du mir ein kleines bisschen Hoffnung gibst, dann werde ich mich gedulden, bis du frei bist. Bitte, Luise, ich warte schon so lange auf ein Wort von dir.«

Luise hob den Kopf und blickte ihn an. In seinen Augen stand nichts als Zärtlichkeit und Liebe. Hatte sie davon nicht immer geträumt? »Du bist so viel jünger als ich«, sagte sie. »Was willst du mit einer alten, vertrockneten Schachtel?«

Arno begann zu lachen. »Komm mit!«, sagte er und stand auf. In der Diele hing ein großer Spiegel, in dem Luise normalerweise den Sitz ihres Hutes kontrollierte. Jetzt schob Arno sie davor und stellte sich hinter sie. »Was siehst du?«, sagte er.

Luise schluckte. »Eine Frau in mittleren Jahren mit widerspenstigen Haaren und einem schlichten braunen Kleid. Und hinter mir steht ein blendend aussehender junger Mann. Arno, was soll das? Hör auf zu lachen!«

»Ich kann dir sagen, was *ich* sehe. Ich sehe eine schöne Frau mit wachen, traurigen Augen und einem wunderbaren Lächeln. Und hinter ihr steht ein verliebter Kerl, der sich nichts Schöneres vorstellen kann, als von dieser Frau erhört zu werden.« Er legte ihr die Hände auf die Schultern. »Ach Luise, so begreif es doch: Ich liebe dich! Du bist die Frau meiner Träume.«

Immer noch zweifelnd begegnete sie seinem Blick im Spiegel. »Und warum lachst du dann?«

»Vor Glück, Luise. Vor lauter Glück!«

31

Wollseifen, Januar 1904

Die Staumauer wuchs immer weiter – ein wuchtiges Konstrukt, dem man ansah, dass es dem gewaltigen Wasserdruck standhalten würde. In der Gastwirtschaft erfuhr man alles aus erster Hand. Seitdem der Stundenlohn der Arbeiter auf vierzig Pfennige gestiegen war, kamen am Sonntag ab und zu auch schon mal ausländische Arbeiter in die Wirtschaft. Die meisten, vor allem die Italiener, lebten sparsam und schickten den größten Teil ihres Lohns nach Hause, weil sie aus bitterarmen Familien kamen. Aber da Essen und Wohnen auf der Baustelle kostenlos waren, konnten sie sich jetzt ab und zu auch mal ein Bier gönnen. Und da sie in den letzten Jahren ganz passabel Deutsch gelernt hatten, konnten sie sich mit der Dorfbevölkerung auch verständigen. Trotzdem überwog an solchen Abenden ein babylonisches Sprachgewirr, das oft für Gelächter sorgte.

Der dicke Giovanni, wegen seines Alters – und auch wegen seines Umfangs, wie manche behaupteten – Truppführer der Italiener, äußerte ab und zu seine Besorgnis darüber, ob aus der kleinen Urft überhaupt jemals genug Wasser für eine Talsperre abgezweigt werden konnte. »Das ist doch nur ein Wässerchen, da wird in zehn Jahren keine Talsperre draus! Aber was kümmert mich?«, radebrechte er dann letztlich immer gut gelaunt. »Bei dem Lohn schaffen wir immer weiter!«

Unweigerlich endeten die »italienischen« Abende in der Gastwirtschaft damit, dass der dicke Giovanni aufstand und zu singen begann. Die anderen Arbeiter fielen ein, und nicht selten erschallten in dem hoch gelegenen Eifeldorf zu später Stunde Lieder wie *O sole mio*, *Va' pensiero*, die Klage des Gefangenenchors aus der Oper *Nabucco*, oder gefühlvolle Bergsteiger-Balladen, bei denen nicht nur die Italiener feuchte Augen bekamen. Dann kam auch Walburga, Marias Mutter, aus der Küche und lauschte dem Gesang. Und Maria hielt im Gläserspülen inne und blickte sich in der vollen, verrauchten Gaststube nach dem jungen Mann um, der seit einiger Zeit ihr Herz erobert hatte.

Wilhelm wusste davon, weil Walburga Kathi erzählt hatte, dass sie wohl bald einen italienischen Schwiegersohn bekommen würden. »Und das Beste ist«, hatte sie hinzugefügt, »sobald die Bauarbeiten an der Talsperre beendet sind, will er hier in der Wirtschaft mitarbeiten! Johann freut sich schon!«

Heute Abend war es in der Wirtschaft besonders voll. Die Kälte hatte die Arbeiter in die Gaststube getrieben. Viele von ihnen erinnerten die Schneemassen, wie es sie in der Eifel gab, an die norditalienische Heimat, und vielleicht gerade deshalb sang der Chor der Männer voller Inbrunst. Ein bisschen Heimweh war wohl auch dabei, und die wehmütige Stimmung übertrug sich auf die Gäste aus dem Dorf.

Wilhelm summte die Melodien mit. Unwillkürlich tastete er dabei nach dem Brief, den er in die Innentasche seiner Jacke gesteckt hatte. Es war nicht nötig, dass Kathi ihn fand, es reichte, dass er wusste, was darin stand. Sie war zum Glück nicht da gewesen, als der Briefträger ihn gebracht hatte.

Luises Zeilen hatten ihn verwirrt. Zunächst hatte er geglaubt, sie wolle ihn sehen, mit ihm über die Vergangenheit sprechen. Doch dann war ihm aufgefallen, dass ihr Nachname jetzt Becker war. Sie hatte Jacob also geheiratet. Und jetzt lag ihr Mann im Sterben und wollte sich mit ihm aussöhnen, wie sie schrieb. Beinahe hätte er im ersten Impuls den Brief ins Feuer geworfen. Was ging ihn das an? Er hatte seit Jahren nicht mehr an Montjoie, geschweige denn an Luise und Jacob gedacht, und offensichtlich waren auch die beiden prächtig ohne ihn zurechtgekommen. Doch dann hatte er sich besonnen. Was sollte der alte Groll? Darüber war er doch schon lange hinaus. Nur geantwortet hatte er noch nicht auf den Brief, weil er sich nicht sicher war, wie er sich verhalten sollte. Sollte er den letzten Wunsch eines Sterbenden erfüllen, oder – zu seinem eigenen Seelenfrieden – lieber so tun, als hätte er den Brief nie bekommen? Die Entscheidung zerriss ihn, und zum ersten Mal seit Jahren dachte er wieder an das Feuer, das damals so hell in ihm für Luise gelodert hatte.

»Hast du schon gehört?«, fragte ihn am nächsten Morgen Matthes, als sie die Ställe ausmisteten. »Der junge von Hahn hat sich umgebracht. Sie haben seine Leiche vorgestern unten an der Urft im Gebüsch gefunden. Seine Pistole lag neben ihm.«

»Nein!« Wilhelm riss die Augen auf. »Woher weißt du das?«

»Manzes Heinrich hat ihn gefunden. Er arbeitet doch unten auf der Baustelle.«

»Tja«, sagte Wilhelm nachdenklich, »irgendwie hab ich so was schon vermutet. Er hat einfach zu viel gesoffen. Und ganz dicht war er ja auch nicht mehr.«

»Nein.« Matthes schüttelte den Kopf. »Weißt du noch, wie er hier abends durchs Dorf getorkelt ist und alle verflucht hat?« Er rieb sich die Hüfte, und Wilhelm blickte ihn besorgt an. Der Knecht war ein Phänomen. Wie alt er war, wusste Wilhelm gar nicht, er wusste nur, dass er immer schon da gewesen war. Hoffentlich hält er noch lange durch, dachte er. Ich wüsste nicht, was ich ohne ihn machen sollte. »Eigentlich kann er einem leidtun«, fuhr Matthes fort. »Keiner hat sich je richtig um ihn gekümmert. Da nützt dir doch der ganze Reichtum nichts. Und dann ist auch noch der Vater so früh gestorben.«

Wilhelm zuckte mit den Schultern. »Wenn du damit erst mal anfängst, können einem viele leidtun. Er konnte sich doch nicht beklagen, er hatte ein angenehmes Leben. Mir müsste mal einer so viel Geld bescheren, ich wüsste schon was damit anzufangen. Und was tut er? Er geht hin und verspielt und versäuft alles! Na ja, was rege ich mich so auf, jetzt tut ihm jedenfalls nichts mehr weh. Hast du was wegen der Beerdigung gehört?«

»Nein, noch nicht. Aber ich denke nicht, dass er auf dem Friedhof im Familiengrab beigesetzt wird. Vielleicht haben sie ihn schon unten verscharrt, irgendwo in ungeweihter Erde.«

Wilhelm nickte. »So ist das eben bei Selbstmördern. Na, warten wir mal ab, was mit dem Hof passiert. Viel wird da nicht mehr sein, er hatte doch schon alles verkauft.«

»Wenn die Dampfdreschmaschine noch da ist, sollten wir sie in Sicherheit bringen. Dann brauchen wir im Dorf keine eigene anzuschaffen.«

Wilhelm lachte. »Du bist mir der Richtige! Immer schön praktisch denken.« Er schob die volle Schubkarre zum schneebedeckten Misthaufen. Der frische Mist dampfte in der Kälte.

Matthes war heute früh zum Reden aufgelegt. Er trat neben ihn und stützte sich auf die Mistgabel. »Ich hab gehört, dass das Kraftwerk nächstes Jahr fertig werden soll, und dann soll die ganze Umgebung mit elektrischem Licht versorgt werden. Sie haben sogar gesagt, für die Gemeinden entstehen keine Kosten.« Er schaute Wilhelm erwartungsvoll an. »Wenn du noch Zimmer anbauen willst, dann käme das für uns doch vielleicht auch infrage, oder? Für die Gäste wäre es bestimmt gut.«

Wilhelm schüttelte ablehnend den Kopf. »Kathi und Albert liegen mir auch schon die ganze Zeit in den Ohren. Wir haben bei der letzten Gemeinderatssitzung darüber gesprochen, aber es will keiner so richtig ran. Mir ist es ehrlich gesagt auch ein bisschen unheimlich. Bei Dampfbetrieb weißt du, wie alles zustande kommt. Aber elektrisch? Man sieht ja nichts. Und noch ist das Kraftwerk nicht in Betrieb. Wer weiß, wie das alles wird.« Er wandte sich wieder zum Stall. »Komm, lass uns weitermachen. Ich habe Hunger.«

Zimmer anbauen, das Wohnhaus vergrößern, das würde er auf jeden Fall, dachte er. Schon die zwei Zimmer, die sie jetzt vermieteten, rentierten sich. Zum ersten Mal, seit er denken konnte, konnten sie ein bisschen was zurücklegen. Die Männer, die bei ihnen wohnten, bezahlten gut, und wenn die einen abreisten, rückten sofort wieder zwei weitere nach. Kathi verdiente auch noch etwas dazu, indem sie für die Bauarbeiter Flickarbeiten übernahm, und sie belieferten die Kantine unten an der Baustelle mit Gemüse und Kartoffeln.

Mindestens ein Jahr lang würden die Bauarbeiten noch dauern, und danach würden sicher auch Sommergäste nach Wollseifen kommen, denn die Talsperre zog jetzt schon viele Schaulustige an. Doch damit konnte er sich im Moment nicht beschäftigen. Ihm gingen andere Dinge durch den Kopf.

Die halbe Nacht hatte er wach gelegen und überlegt, wie er auf Luises Brief reagieren sollte. Auf keinen Fall sollte sie ins Dorf kommen. Das würde nur unnötiges Aufsehen erregen. Und wie sollte er Nachbarn und vor allem seiner Familie erklären, was sie von ihm wollte? Er hatte ja nie jemandem wirklich erzählt, was damals in Montjoie vorgefallen war.

Andererseits hatte sie das wohl auch gar nicht vor, geschrieben hatte sie jedenfalls nichts davon. Im Gegenteil, sie hatte ihn aufgefordert, nach Montjoie zu kommen. Doch auch das würde er erklären müssen. Wie sollte er eine solche Fahrt Kathi gegenüber rechtfertigen? Sie wusste kaum etwas von seiner Zeit in Montjoie. Oder sollte er ihr einfach die Wahrheit sagen? Wilhelm kratzte sich am Kopf. Dann fasste er einen Entschluss. Er würde Matthes ins Vertrauen ziehen. Auf den alten Knecht war Verlass. Er konnte ihm bestimmt raten, was er tun sollte.

32

Montjoie, 1904

Luise legte Jacob die Hand auf die Stirn. Er glühte vor Fieber. Vorsichtig tastete sie seinen Hals ab. Die Lymphdrüsen waren dick geschwollen. Von der Schläfe bis hinunter zum Mundwinkel zog sich ein besonders übles Geschwür. Aus zahlreichen aufgeplatzten Bläschen trat Eiter aus. Am Kinn hatte sich ebenfalls eine Beule gebildet. Sie würde wohl auch bald aufgehen.

Jacob hatte die Augen geschlossen und atmete ganz flach. Er stöhnte. Dann bäumte er sich plötzlich auf. »Ich ersticke! Ich ersticke!« Er fuhr sich mit der Hand an die Kehle. »Die Flammen! Die Flammen der Verdammnis ... Hölle ...« Seine Stimme wurde so schwach, dass Luise ihn nicht mehr verstand.

»Ich gebe dir ein Schmerzmittel, Lieber«, sagte sie leise. Sie löste etwas Heroin in einem Glas Wasser auf und stützte seinen Kopf. »Trink das. Gleich geht es dir besser.«

Als sie den Kranken versorgt hatte, setzte sie sich an sein Bett und ergriff seine Hand. Um die Praxis brauchte sie sich keine Gedanken zu machen. Arno kümmerte sich um alles. Es war eine große Erleichterung, dass er vorläufig nicht zum Militär zurückkehren würde. Seit sie sich ausgesprochen hatten, gingen sie zwar immer noch behutsam, aber liebevoll miteinander um. Luise genoss die Berührungen, die Blicke, die zärtlichen Worte. Sie hatte nicht gewusst, was sie versäumt hatte, stellte sie jetzt fest.

In der letzten Zeit jedoch überschattete die Sorge um Jacob, die Arno mit ihr teilte, alles andere. Seit Wochen dämmerte er nun schon dem unabwendbaren Ende entgegen, und Luise konnte nur tatenlos zusehen, wie er verfiel. Die lichten Momente, in denen er ansprechbar und bei Verstand war, wurden immer seltener, und sie fürchtete schon, dass er es nicht mehr erleben würde, wenn Wilhelm tatsächlich auf ihren Brief hin kam.

Plötzlich schlug Jacob die Augen auf. Er packte ihre Hand fester und zog sie zu sich heran. Sie trug den Perlenring, den er ihr zur Verlobung geschenkt hatte, und als seine Finger darüber glitten, sagte er klar und deutlich: »Weißt du noch, der Perlenbach? Wie gerne würde ich ihn noch einmal sehen. Wir haben uns ewige Freundschaft geschworen. Wilhelm ...« Seine Stimme wurde leiser und versiegte in unverständlichem Flüstern.

Luise beugte sich über ihn. Sie wusste, was er ihr mitteilen wollte. Die Versöhnung mit Wilhelm beschäftigte ihn selbst in seinen Fieberträumen. »Du darfst dich nicht so anstrengen, Lieber!«, sagte sie. »Ruh dich aus. Er wird bestimmt kommen.«

Aber so sicher war sie sich da gar nicht. Zwar hatte sie nicht gezögert, den Brief zu schreiben, nachdem Jacob sie darum gebeten hatte, doch ob er ihn überhaupt erhalten hatte, wusste sie nicht. Möglicherweise wohnte er gar nicht mehr in Wollseifen. Bis jetzt hatte er sich jedenfalls noch nicht gemeldet. Aber sie wollte die Hoffnung nicht aufgeben, denn tief im Inneren hatte sie das Gefühl, dass der Brief ihn erreicht hatte.

Sie hatte von ihm geträumt, oder vielmehr, sie hatte von ihrer gemeinsamen Zeit in Montjoie geträumt. In ihrem Traum waren Wilhelm und Jacob am Perlenbach entlanggelaufen – zwei fröhliche Jungen, die für jedes Abenteuer zu haben waren. Vor allem Wilhelm sah glücklich aus, und ganz erfüllt von den nächtlichen Bildern war sie aufgewacht.

Es musste ihm doch gut gehen, zumal wenn er noch in Wollseifen war. Man hörte nur aufregende Dinge von dort. Die größte Talsperre Europas stand kurz vor der Fertigstellung, und im nahen Heimbach errichtete man ein Kraftwerk für die Stromversorgung. Das hatte dem kleinen Dorf einen gewissen Ruhm verliehen, es galt als aufstrebender Ferienort.

In Montjoie dagegen würden die Karten neu gemischt werden müssen. Nach Jahrhunderten als Zentrum des Tuchmacherhandwerks musste das Städtchen für sich einen neuen Weg suchen, um nicht ganz in die Bedeutungslosigkeit zurückzufallen. Nur noch die Prachtbauten der Fabrikanten zeugten vom früheren Reichtum, und es war fraglich, ob sie davon im neuen Jahrhundert noch zehren konnten.

Der dumpfe Klang der Türglocke riss Luise aus ihren Gedanken. Sie erhob sich, um hinunterzulaufen. Außer ihr und der Köchin war niemand im Haus, und Käthe war mittlerweile so gut wie taub. Sie hatte die Glocke wahrscheinlich gar nicht gehört.

Ein Mann in Arbeitshose und einer dicken Jacke aus grobem dunkelgrauem Wollstoff stand vor der Tür. Im ersten Moment wusste Luise nicht, wer er war. Er hatte seine Kappe abgenommen und drehte sie verlegen zwischen den rauen, aufgesprungenen Fingern. Sein wirrer Haarschopf war von grauen Strähnen durchsetzt. Er lächelte zögernd, und daran erkannte sie ihn schließlich.

»Wilhelm!« Erleichterung durchströmte sie. »Du bist gekommen!« Spontan trat sie auf ihn zu und schloss ihn in die Arme. Sie spürte, wie er sich unter ihrer Umarmung verkrampfte. Sein ganzer Körper wurde starr.

»Verzeihung!« Verlegen löste sie sich von ihm. »Ich freue mich, dich zu sehen, Wilhelm.«

»Guten Tag«, sagte er förmlich. Auch ihm war die Verlegenheit anzumerken. Er räusperte sich. »Ich habe Sie ... ich habe dich gleich erkannt«, korrigierte er sich. »Zuerst war ich in der Eschbachstraße. Der Doktor in der Praxis oben hat mich hierhergeschickt.«

Luise nickte. »Das war Dr. Lissenich. Er arbeitet mit mir zusammen, aber zurzeit bin ich meistens hier bei Jacob. Es geht ihm nicht gut. Aber komm doch herein. Du musst nicht draußen in der Kälte stehen bleiben.«

Zögernd folgte ihr Wilhelm in die Empfangshalle des prächtigen Hauses, aus dem er vor fünfundzwanzig Jahren so schmählich davongejagt worden war. Er blickte sich um.

»Viel hat sich nicht verändert«, bemerkte er.

Luise zuckte mit den Schultern. »Doch, einiges, aber du hast recht, auf den ersten Blick sieht man es kaum.« Sie bedeutete ihm, seine Jacke an die Garderobe zu hängen, dann führte sie ihn in den Empfangssalon. »Setzen wir uns doch, du bist bestimmt schon lange auf den Beinen. Kann ich dir etwas anbieten?« Sie merkte selber, dass sie dummes Zeug plapperte, aber sie musste erst ihre Aufregung überwinden. Wilhelm schien es nicht anders zu gehen, und Luise zwang sich, in normalem Tonfall fortzufahren. »Ach, Wilhelm, ich danke dir so sehr, dass du gekommen bist. Es ist Jacobs sehnlichster Wunsch, sich mit dir auszusprechen und zu versöhnen. Was das Aussprechen angeht, so weiß ich nicht, ob er dazu überhaupt noch in der Lage ist, du wirst selber sehen, wie schlecht es ihm geht, aber ich denke, schon deine Anwesenheit wird ihm guttun und ihm das Sterben leichter machen. Die Geschichte hat ihm so lange auf der Seele gelastet.«

Sie sah, wie Wilhelm die Lippen zusammenpresste. Wahrscheinlich wollte er den Besuch so schnell wie möglich hinter sich bringen. Zu ihrer Überraschung jedoch sagte er plötzlich: »Er war wohl damals doch mein Nebenbuhler, sonst hättest du ihn ja nicht geheiratet, oder?« Und leiser, mehr zu sich, fügte er hinzu: »Wenn du es zugegeben hättest, hätte ich mich nicht so zum Affen gemacht.«

Luise lächelte traurig. »Nein, er war nicht dein Nebenbuhler, es war ganz anders. Und zum Affen gemacht hast du dich auch nicht, denn eigentlich hast du die Wahrheit ausgesprochen.«

Wilhelm blickte sie verständnislos an, aber als sie erzählte, wie es wirklich gewesen war, veränderte sich sein Gesichtsausdruck.

Als sie geendet hatte, saß er eine Zeit lang ganz still da, er hielt den Blick gesenkt und atmete hörbar. Luise beobachtete ihn bang. Würde er aufspringen und gehen? Es war für sie schwer einzuschätzen, wie er die Geschichte aufgenommen hatte.

Schließlich hob er den Kopf und sagte mit gepresster Stimme: »Ich hatte ja keine Ahnung, Luise. Es tut mir so leid, so unendlich leid.« Er schluckte und räusperte sich. »All die Jahre habe ich geglaubt, damals für meine unbedachte Äußerung viel zu hart bestraft worden zu sein. Aber für mich ist letztlich nur Gutes dabei herausgekommen. Mein Leben hat eine glückliche Wendung genommen. Jacob jedoch hat es am schwersten getroffen. Ich bewundere dich dafür, wie du für ihn einstehst, Luise.«

Luise erhob sich. »Lass uns zu ihm gehen, Wilhelm. Ich bin so froh, dass du hier bist.«

Es erschütterte ihn, wie armselig Jacob in den Kissen lag. Wilhelm war sich nicht sicher, ob der Kranke von seinem Besuch überhaupt etwas mitbekam. Er hatte die Augen geschlossen und sah so aus, als ob er schliefe, aber Luise versicherte ihm, er habe schon lange nicht mehr so ruhig geatmet wie von dem Moment an, als Wilhelm seine Hand ergriff. Durchscheinend blass lag sie in seiner schwieligen Pranke. Das klauenartige »arme Händchen«, glitt währenddessen unermüdlich auf dem Deckbett hin und her, als würde es etwas suchen.

Luise trat ans Bett und schob ihm einen abgegriffenen kleinen Holzvogel in die Hand, der neben das Kissen gefallen war. Er war wohl einmal bemalt gewesen, aber jetzt war überall die Farbe abgeblättert.

Wilhelm schaute genauer hin. »Ich glaube, den Vogel habe ich ihm als Kind geschnitzt. Kann das sein?« Fragend blickte er Luise an.

Sie nickte. »Ja. Er hat ihn immer bei sich getragen, und wenn er ihn nicht spürt, wird er ganz unruhig.«

»Jacob, ich bin hier«, flüsterte Wilhelm. »Verzeih mir, mein Freund. Ich wollte dir nie wehtun.«

Luise wandte sich ab. Er sollte nicht sehen, dass ihr die Tränen in den Augen standen. Aber sie liefen auch Wilhelm übers Gesicht. Er konnte gar nichts dagegen machen, und er schämte sich nicht dafür.

Jacob seufzte tief auf, und das Händchen lag auf einmal ganz still.

Wilhelm blickte angstvoll zu Luise auf. »Ist er …?«, fragte er.

Luise schüttelte den Kopf. Dann sagte sie: »Ich lasse euch jetzt allein, damit du Abschied von ihm nehmen kannst, Wilhelm.«

Wilhelm blieb über Nacht, wie er es von vornherein geplant hatte. Kathi hatte er mit Matthes' Unterstützung etwas von einem Milchvieh-Halter in Eicherscheid vorgeschwindelt, bei dem er sich Kühe anschauen wolle, und das schlechte Gewissen hatte ihn geplagt, als sie ihm ohne Arg reichlich Verpflegung in den Rucksack gepackt und ihm gute Geschäfte gewünscht hatte. Er würde die Sünde nächsten Samstag bei der Beichte bekennen, hatte er zunächst gedacht, sie war ja lässlich. Drei *Vaterunser* und zwei *Gegrüßet seist du, Maria*, dann war er die Bürde wieder los. Aber jetzt, nachdem er an Jacobs Bett gesessen hatte, nahm er sich vor, mit seiner Frau zu sprechen, wenn er wieder zu Hause war. Er würde ihr die ganze Geschichte erzählen, sie würde es verstehen. All die Jahre hatte er diese Lügen mit sich herumgeschleppt, nie hatte er jemandem die Wahrheit über das Ende seiner Zeit in Montjoie erzählt. Doch jetzt wollte er, auch mit sich, reinen Tisch machen.

Er hätte gern in seiner alten Kammer geschlafen, aber da wohnte jetzt Agathe, und so übernachtete er im Gästezimmer des Herrschaftshauses. Luise und er nutzten die Zeit, um sich auszusprechen. Sie fanden nicht mehr ganz zu der alten, leichten Vertrautheit von früher zurück, sie versprachen sich nicht, sich von nun an gegenseitig zu besuchen, das wäre ihnen beiden falsch vorgekommen. Aber sie waren mit sich im Reinen, als Wilhelm am nächsten Morgen nach einem letzten Besuch am Krankenbett aufbrach, um nach Wollseifen zurückzukehren.

Nach fünfundzwanzig Jahren legte er wieder den Weg von Montjoie nach Wollseifen zurück. Doch dieses Mal war es ganz anders. Damals war es ihm vorgekommen, als ginge er in die falsche Richtung. Er hatte nicht mehr an die Zukunft geglaubt. Jetzt jedoch wusste er genau, dass dies der richtige Weg war.

Ein Fuhrwerk nahm ihn mit bis Einruhr. Von dort ging er zu Fuß weiter. Ihm war, als wäre ihm eine schwere Last von den Schultern genommen worden, und während er in der kalten, klaren Luft zügig bergauf stieg, nahm er seine Umgebung mit allen Sinnen wahr. Auf der Anhöhe angekommen, blieb er stehen und blickte zurück auf die mächtige Staumauer, die, beinahe fertig, hoch aufragte. Dann wandte er sich zum Dorf. Er sah den spitzen Turm der Kirche, die Fachwerkhäuser, die sich eng aneinanderzulehnen schienen, den Rauch, der aus den Schornsteinen aufstieg. Hinter manchen Fenstern schimmerte schon Licht. Hier war sein Zuhause, seine Zuflucht. Hier wurde er gebraucht, warteten Kathi, Albert und Matthes auf ihn. Auf einmal empfand er tiefe Dankbarkeit. Dankbarkeit dafür, dass er mit seinen Lieben ein zufriedenes Leben in seinem schönen, kleinen Heimatdorf führen konnte. Er dachte an alles Gute, was ihn noch erwartete. Und in diesem Moment hätte er mit nichts und niemandem tauschen mögen.

Nicht das Ende

Jacob starb nach langem Leiden am 3. März 1904. Die letzten Wochen nach Wilhelms Besuch verbrachte er in geistiger Umnachtung. Luise war bis zu seinem letzten Atemzug bei ihm. Zu seiner Beerdigung kam auch Wilhelm noch einmal nach Montjoie.

Nach dem Trauerjahr fand Luise mit Arno ein spätes Glück. Sie heirateten im Februar 1908, führten jedoch eine eher unkonventionelle Ehe, in der sie häufig getrennt waren. Arno war mittlerweile als Militärarzt in Koblenz stationiert, und für Luise stand ihr Beruf weiterhin an erster Stelle. Ihrem Mann zu seinem Standort zu folgen und Montjoie zu verlassen kam für sie nicht infrage.

Die Praxis und das Heim für ledige Mütter verlegte sie ganz in Jacobs Elternhaus, weil dort viel mehr Platz war. Ihre Privatwohnung war nun wieder in dem Haus in der Eschbachstraße. Und sie legte sich ein Automobil zu, um schneller zu ihren Patienten in den weit auseinanderliegenden, entlegenen Dörfern zu kommen, und natürlich auch, um ihren Mann besuchen zu können. Bald war sie im weiten Umkreis als besonders waghalsige Autofahrerin bekannt.

Aber sie war auch eine unermüdliche Forscherin. Neben Rezepturen, die vor allem Frauen in den Wechseljahren halfen, entwickelte sie gemeinsam mit Isabella eine leichte hautfarbene Gesichtsmaske aus Guttapercha für Menschen, die aus den unterschiedlichsten Gründen Narben und Entstellungen im Gesicht davongetragen hatten. Die Nachfrage war so groß, dass Isabella in Aachen eine kleine Manufaktur gründete, um genügend Masken herstellen zu können.

Für Wilhelm ging es stetig aufwärts. Im August 1905 wurde die Urfttalsperre offiziell eröffnet, damit wurde Wollseifen endgültig zum Anziehungspunkt für Erholungssuchende aus nah und fern. Wegen seiner Höhenlage galt das hübsche Dorf als Luftkurort. Wilhelm und Kathi vermieteten Fremdenzimmer und konnten ihren Hof beträchtlich erweitern. Nur der Stromversorgung stand Wilhelm, zum Leidwesen seiner Frau und seines Sohnes, skeptisch gegenüber. Er war zufrieden mit den Lebensumständen, wie sie jetzt im Dorf herrschten, und Kathi fügte sich ihm gutwillig, wie sie es ihr ganzes Leben lang getan hatte.

Albert, ihr einziges Kind, war ihr ganzer Stolz, und er enttäuschte seine Eltern nicht. Er war fleißig und klug, und als er die hübsche Bertha heiratete, zogen sich Wilhelm und Kathi aufs Altenteil zurück, um in aller Ruhe ihren Lebensabend zu genießen, umso mehr, als sich auch bald der erste Enkel einstellte. Wilhelm sang im Männergesangverein Harmonia, Kathi fand ihren Kreis im Landfrauenverein, und gemeinsam besuchten sie die zahlreichen Feste im Dorf.

Es waren glückliche, unbeschwerte Jahre, und niemand wollte sehen, dass sich am Horizont bereits dunkle Wolken ballten. Am 28. Juli 1914 brach der Erste Weltkrieg aus.

Die gute alte Zeit ...

Es ist eine Zeit voller Widersprüche, das ausgehende 19. Jahrhundert, dieser lange Frieden zwischen dem Ende des Deutsch-Französischen Kriegs und dem Beginn des Ersten Weltkriegs. Auf der einen Seite geprägt von Erfindungen und Fortschritt in Medizin und Technik, gewaltigen industriellen Umwälzungen, die das bisherige Leben auf den Kopf stellen, auf der anderen Seite jedoch rückschrittlich und starr, überkommenen Konventionen und Regeln verhaftet.

In dieser Zeit spielt *Perlenbach*, nach *Ginsterhöhe* der zeitlich vorgelagerte zweite Band der Eifel-Trilogie. In der Mitte des 19. Jahrhunderts ist die Eifel das Armenhaus Deutschlands. Eine Vielzahl von Katastrophen wie Erdbeben, Feuersbrünste, anhaltender Regen, harter Frost und die daraus resultierenden Missernten und Hungersnöte tragen dazu bei, dass viele Eifler nach Amerika auswandern, wo sie sich ein besseres Leben erhoffen. Auch in Wollseifen, dem kleinen Bauerndorf auf der Dreiborner Hochebene, ist die Not groß. Zwar leitet der preußische Staat noch unter Bismarck Maßnahmen in Form von finanziellen Unterstützungen ein, damit ein sowieso schon dünn besiedelter Landstrich nicht noch zusätzlich entvölkert wird, aber in den meisten Fällen dauert es viel zu lange, bis die Gelder fließen.

In Montjoie, dem heutigen Monschau, geht die Blütezeit der Tuchherstellung dem Ende entgegen. Noch gilt der Ort als wohlhabend, zumal zahlreiche prächtige Bauten, allen voran das Rote Haus, das Stadtbild bestimmen und von der früheren Bedeutung zeugen, aber nach und nach müssen zunächst kleinere Fabriken schließen, und als auch die Familie Scheibler im Roten Haus den Betrieb einstellt, ist der Niedergang nicht mehr aufzuhalten. Gegen Ende des Jahrhunderts ist die Einwohnerzahl drastisch reduziert, und das ehemals blühende Städtchen versinkt mehr und mehr in Bedeutungslosigkeit.

Wollseifen hingegen, das arme Bauerndorf, erlebt um 1900 einen nie gekannten Aufschwung. Der Bau der Urfttalsperre, mit der damals höchsten Staumauer Europas, schafft nicht nur Arbeitsplätze, sondern führt auch dazu, dass der Ort auf einmal zum beliebten Ziel für Feriengäste wird. Für die Rureifel scheint sich das Blatt zu wenden, und die Menschen dort blicken hoffnungsvoll in die Zukunft.

Doch am 28. Juni 1914 werden in Sarajewo der österreichisch-ungarische Thronfolger Franz Ferdinand und seine Frau von einem serbischen Nationalisten ermordet. Einen Monat später erklärt Österreich-Ungarn Serbien den Krieg, und mit dem Ausbruch des Ersten Weltkriegs werden die Karten neu gemischt.

Danksagung

Ich danke:

Allen Mitarbeiterinnen und Mitarbeitern des Ullstein Verlags, die für mich und meine Romane zuständig sind, besonders jedoch Wiebke Bolliger, Juliane Buchar, Sabina Ciechowski, Nadine Werner, Sabine Wimmer – für alles!

Der Kulturanthropologin Gabriele Harzheim für ihre geduldige und ausführliche Beantwortung all meiner Fragen über die Eifel im 19. Jahrhundert.

Georg May für seine Website *Wollseifen – das tote Dorf*, https://wollseifen.jimdofree.com, auf der er alles Wissenswerte über die Geschichte von Wollseifen und den Bau der Urfttalsperre zusammengetragen hat.

Dr. Bernd Läufer, dem Leiter des Stadtarchivs Monschau, für die Hilfsbereitschaft, mit der er mit mir einen Vormittag lang historische Fotos auf der Suche nach einer geeigneten Stadtansicht von Monschau für den Buchumschlag durchgesehen hat.

Dirk Neuß von EifelDrei.TV für seine kenntnisreiche historische Routenbeschreibung der Wanderung von Montjoie auf den Steling.

Dr. med. Dagmar Richter-Hintz, die sich die Zeit genommen hat, mich über ansteckende und entstellende Hautkrankheiten im 19. Jahrhundert zu informieren.

Günther Nießen für seine fachkundige Führung durch das Bleibergwerk und das Bergbaumuseum in Mechernich.

Johannes Zeller für die Vermietung der Bel Étage in Haus Barkhausen, dem Stammsitz seiner Familie. Einige Tage lang hatte ich dort das Gefühl, ins Montjoie des 19. Jahrhunderts zurückversetzt zu sein.

Meiner Lektorin Dr. Clarissa Czöppan. Für mich gibt es keine bessere.

Meinen Lieblingsagentinnen Anoukh Foerg und Dr. Maria Dürig.

Der Otterdriesch-Gang – schön, dass es euch gibt!

Meiner Familie, die all meine Projekte mit liebevollem Interesse begleitet.

Neben zahlreichen Aufsätzen und Artikeln, die ich zur Recherche über die Zeit und das Leben in der Eifel gelesen habe, haben mich vor allem drei Bücher während des Schreibens begleitet:

Bettina Bab et al., *Tuchfabrik Müller. Arbeitsort – Denkmal – Museum*. Hrsg. vom Landschaftsverband Rheinland. Köln 1997.

Ingeborg Weber-Kellermann, *Frauenleben im 19. Jahrhundert*. München 1983.

Ingeborg Weber-Kellermann, *Landleben im 19. Jahrhundert*. München 1987.

Verlorene Träume – eine junge Frau beweist Mut in dunklen Zeiten

Ostpreußen 1939: Während die Welt aus den Fugen gerät, wächst die junge Dora Twardy behütet auf dem Pferdegestüt ihrer Familie auf. Der Tochter des Gutsherrn mangelt es an nichts, auch nicht an Verehrern. Doch als die deutsche Wehrmacht Polen angreift, muss Dora schlagartig erwachsen werden. Ihr Vater wird eingezogen und übergibt ihr die Verantwortung für den Hof. Mit aller Kraft kämpft Dora um den Erhalt des Familienbesitzes. In den Wirren des Krieges stehen ihr zwei Männer bei: der sanftmütige Freund ihres Bruders, Wilhelm von Lengendorff, und der abenteuerlustige Kriegsfotograf Curt von Thorau. Zu spät erkennt Dora, wen sie wirklich liebt ...

Theresia Graw
So weit die Störche ziehen
Roman

Klappenbroschur
Auch als E-Book erhältlich
www.ullstein.de

Eine Ärztin im Hamburg der Kaiserzeit kämpft für die Rechte der Frauen

Hamburger Hafen, 1910: Anne Fitzpatrick ist eine der ersten Ärztinnen Deutschlands und arbeitet unter großen Anfeindungen in einem Frauenhaus. Ihre Mission ist es, Frauen zu helfen, denen Leid zugefügt wurde. Als die couragierte Pastorentochter Helene bei ihr auftaucht und mitarbeiten will, unterstützt Anne die junge Frau in ihrem Wunsch, etwas Sinnvolles zu tun. Da werden neben dem Frauenhaus im Hafenbecken zwei Leichen entdeckt. Die Opfer hatten Kontakt zur neuen Frauenbewegung, so wie Anne selbst auch. Die Polizei spielt den Vorfall jedoch als Mord im Milieu herunter. Aber warum ermittelt der wortkarge Kommissar Berthold Rheydt trotzdem weiter? Zusammen mit Helene sucht Anne nach Antworten und gerät dabei in immer größere Gefahr.

Henrike Engel
Die Hafenärztin. Ein Leben für die Freiheit der Frauen
Roman

Klappenbroschur
Auch als E-Book erhältlich
www.ullstein.de

ullstein